古典文獻研究輯刊

二六編

曾永義 主編

第5冊

屈原在蒙冤議

牟懷川 著

國家圖書館出版品預行編目資料

屈原在蒙芻議／牟懷川 著 -- 初版 -- 新北市：花木蘭文化事
業有限公司，2022〔民 111 〕
序 8+ 目 4+214 面；19×26 公分
（古典文學研究輯刊 二六編；第 5 冊）
ISBN 978-986-518-995-2（精裝）
1.CST：（周）屈原 2.CST：傳記 3.CST：文學評論
4.CST：楚辭
820.8   111009913

ISBN-978-986-518-995-2

9 789865 189952

古典文學研究輯刊
二六編 第 五 冊   ISBN：978-986-518-995-2

屈原在蒙芻議

作 者 牟懷川
主 編 曾永義
總 編 輯 杜潔祥
副總編輯 楊嘉樂
編輯主任 許郁翎
編 輯 張雅淋、潘玟靜、劉子瑄 美術編輯 陳逸婷
出 版 花木蘭文化事業有限公司
發 行 人 高小娟
聯絡地址 235 新北市中和區中安街七二號十三樓
電話：02-2923-1455 ／傳真：02-2923-1452
網 址 http://www.huamulan.tw 信箱 service@huamulans.com
印 刷 普羅文化出版廣告事業
初 版 2022 年 9 月
定 價 二六編 23 冊（精裝）新台幣 62,000 元

屈原在蒙芻議

牟懷川　著

作者簡介

　　牟懷川，男，1946 年生於重慶。1966 年青島二中高中畢業後，赴青海格爾木軍墾農場做農工。1973 年有機會至武漢當中學教員。1980 年考取上海師院碩士研究生，從師馬茂元教授治楚辭及唐詩。1983 年回武漢任職湖北省社科院文學所。為與睽違四十餘年之雙親重聚，1992 年移居加拿大，在 BC 省立大學獲博士學位（PHD）後，有幸留該校教古漢語，2018 年退休。曾在國內、外發表過一些研究溫庭筠和楚辭的中、英文著作。

　　主要發表著作（以下僅供參考）

〈試論杜甫的五言排律〉，《上海師範學院學報》，1983 年第一期

〈溫庭筠生年新證〉，《上海師範學院學報》，1984 年第一期

〈關於溫庭筠生平的若干考證和說明〉，《上海師範學院學報》，1985 年第二期

〈《史記》劉安傳理惑〉，《楚辭論文集》，齊魯書社，1986 年

〈溫庭筠從遊莊恪太子考論〉，《唐代文學研究》第一輯，1988 年第三期

〈溫庭筠改名案詳審〉，《文史》，1994 年第一期

〈溫庭筠江淮受辱始末考〉，《中華文史論叢》，2014 年第一期

〈韓終考疑〉，《江漢論壇》，2015 年第九期

〈溫庭筠《百韻》詩考注〉，《魏晉南北朝隋唐史資料》，2015 年第二期

〈溫庭筠改名補證〉，《魏晉南北朝隋唐史資料》，2016 年第一期

英文著作：*Rediscovering Wen Tingyun A Historical Key to a Poetic Labyrinth*, State University of New York Press, 2004

提　　要

　　上篇《屈原真相淺探》：由考證韓眾始，懷疑楚臣屈原非《遠遊》作者。再從班彪父子之證據及漢儒論《楚辭》的兩重態度，考察劉安與屈原之奇異關係，並從《楚辭章句》原文找到「屈原」名字的解釋，是為王逸深藏的本識：以「屈原」為共名、以蓼太子為主的「淮屠」冤死者群才是《楚辭》的真正作者。其辭賦經史臣精巧編排、構成的「屈原賦」，乃使受害者變為模範忠臣。最後也順勢對有關歷史文本進行了辨偽。

　　下篇《在蒙飛卿別傳》：和「屈原」蒙蔽於《楚辭》編輯者「巧而寡信」的文學設計、而使讀者難識其廬山真面不同，溫庭筠的真相在很大程度上是被他生前死後揮之不去的誣蔑和他自己晦澀艷麗為主的風格所蒙蔽，致使讀者難入其堂奧而賞其珍。本文從證明其家世背景說起，把他人生重要際遇之來龍去脈乃至詩文風格，做了頗細考察；力圖澄清正史、野史的誣蔑而對他達到相對客觀之評價，為「飛卿」無復「在蒙」也。

　　因文旨隱晦與後賢偏解，作者未能使其文意真傳，良可嘆也。王逸史筆深藏的屈原本相和溫庭筠詩筆自描的在蒙真情，竟皆如是。為揭開被掩蔽的作者文心所在，乃用溫氏之字「在蒙」突出二人生前死後遭遇之外，兼表蓼太子大名（劉）「正則」。自知淺薄，而冀千慮一得，故名本書為《屈原在蒙芻議》。

謹以此書獻給故恩師馬茂元先生

序

嚴耀中

本書由《屈原真相淺探》和《在蒙飛卿別傳》二篇合成，是牟懷川先生數十年研究成果中的代表作。

本書作者之所以在詩學中之唐詩和楚辭兩個方向下功夫，首先是因為當年恰逢高考恢復之機遇，他和何丹尼兄一起成了著名學者馬茂元先生的開山弟子；而馬先生乃桐城傳人，為研究楚辭、唐詩之方家。當時我是上海師範學院歷史系史首招的也是唯一的研究生，學校研究生科大概是考慮文史一家，就把我們三人分在一個寢室相處。由此我也見識了懷川兄的治學長處，一是他雖聰慧而依然勤奮，如他的研究生英文入學考試成績為 93 分，不僅在上海師範學院包括外語系在內所有研究生中位於榜首，在整個上海市也名列前茅。學校由此特准他免修英文，但他依然一絲不苟地去上課。二是他無論是深讀古代經典還是遍閱今人論著，總是不斷地發現疑點和提出問題，因此也會在寢室裡時常引發爭議，不過這些爭論一般是無疾而終的切磋，能使他再陷入沉思或忙於尋找新證，隔段時間再拿出來徵求異見。這是我們同窗生活中反反覆覆地出現的場景。

在眾星燦爛的唐代詩人中，懷川看中了溫庭筠作為他主要的研究對象。他之所以有如此選擇，是因溫庭筠「生前含冤負謗，有口難辯，死後仍未能完全澄清冤案，而被讀者誤解」，加之其生平事跡的記載中舛誤甚多，有著誘人的可探究之難點。我們這代人的命運曾隨時代的風浪沉浮，歷盡艱辛困苦，懷川曾在戈壁勞作七載，生活的艱辛也鍛煉成了他剛強無畏的個性。或許是詩人遭受的政治迫害及其疑雲籠罩的生平激起了蘊藏在懷川內心中之原情，他很快就決定把鉤沉溫庭筠生平作為他學位論文題目。此後數十年間，他始

終將這位詩人放在自己心頭，對可能與溫庭筠相關的一切資料進行上窮碧落下黃泉般的搜羅，並據此不斷地撰文加以辨析和闡釋，所以《在蒙飛卿傳略》之完篇，亦可謂水到渠成。

　　屈原的歷史地位遠高於溫庭筠，他名下《離騷》、《九章》、《九歌》等開創的《楚辭》在中國文學史上佔重要一頁。太史公為之立傳，使其事跡歷久彌新，近百年來又成為世界文化名人。這樣一個重量級的歷史文化人物，自然成了學術研究的重點之一，相關的著作文章可謂汗牛充棟。利用前人的研究成果固然可以踏上巨人肩膀，但再要推陳出新卻是難上加難。而在屈原身上欲創新說，哪怕是改變一點舊結論，也談何容易。因為屈原已被諡之為「愛國詩人」。但懷川老兄從《史記》、《漢書》及其他漢人著作中，找到他所謂的證據，而從《楚辭》本文找出大量疑點。尤其通過宋玉名下的《九辯》、屈原名下的《離騷》及東方朔名下的《七諫·初放》等處幾乎是逐字逐句的詮釋，並廣徵博引各種旁證，推證出以《離騷》為代表的《楚辭》作者，竟然是漢武帝時的淮南王太子蓼太子及其父親劉安等人，而不是戰國末一位名叫「屈原」的楚國貴族。提到「屈原」名字的含義，竟是代表一群血染平原橫屍原野的「淮屠」枉死者。這樣一來，閃耀著愛國主義光芒的屈原崇高形象，無異被釜底抽薪了。故爾如此否定性意見之影響也就溢出了學術的界限。然懷川是一個不識時務，不顧利害，在學術上只認死理的人，所以心無旁騖地寫成了這篇難以被接受被發表的文章。使我感慨的是，如果有性格決定命運之說，至少可以肯定的是懷川兄在長期逆境中磨練出來的性格決定了他的學術道路，這篇《屈原真相淺探》就是很好的證據。

　　懷川兄是個普普通通的布衣學者，一生專注於讀書和教書，在一些人眼中就像路邊自生自滅的小草一樣，與被時貴帶笑觀賞的牡丹之類，處境懸殊如天隔。感謝花木蘭文化事業有限公司為懷川兄的如此力作提供發表機會。否則的話，只有沾溉雨露恩澤的名花而無逆風生長之勁草的文壇竟是一個何等畸形的地方！

嚴耀中

2022 年 2 月 22 日寫於上海畹町寓所

篤學深思，抉疑發微

何丹尼

四十多年前，我與牟懷川為研究生同學，在國學名家馬茂元先生教導下攻讀唐詩和楚辭。副導師是首倡文學宏觀研究的陳伯海先生。兩位先生之治學對我們的沾溉都是久遠的。絳帳春風、傳道授業、師門請益、其樂融融。當時情景，至今還頻頻入夢。馬先生鼓勵我們：時名易取，後世難欺。可見做學問而有小成，談何容易。當年畢業，先生贈詩《懷川賢契學成西歸，口占送別》「楓落吳江冷，天寒夢澤深。送君無限意，珍重歲寒心」。往事雖歷歷如在目前，不似雪泥鴻爪，我輩卻轉眼都成老翁，到了多看看晚霞滿天的時光，夫復何言。

我近日卻收到懷川兄書稿《屈原在蒙芻議》，該書即將由臺灣花木蘭文化事業有限公司出版。囑我為序。我先要說的是，懷川與我同年，古稀過半，猶有學術追求而筆耕不輟，頗有點「朝聞道，夕死可矣」的精神，有點令我佩服。

其書分《屈原真相淺探》與《在蒙飛卿別傳》上下兩篇。最初，溫庭筠研究，是懷川兄碩士畢業論文，畢業後又發表多篇考訂溫庭筠的文章，並在出國後，用英語撰寫了溫庭筠研究的專著，十多年前已在美國出版。這次的書稿，是他四十年來溫庭筠研究集大成之作。他潛心苦讀溫氏詩文，爬羅剔抉、旁搜遠紹，並與新舊唐書、諸多史籍相比照、去偽存真、決疑辨誤，考訂出兩《唐書》溫本傳謬誤所在，撥開疑雲、洗去污名，還原出一個真實的溫庭筠；並對著名的《菩薩蠻》十四首，也結合前人論述，揭示出軟香濃艷辭章後的深沉寄託。說他在溫氏詩詞文研究中自樹高標，當非溢美。當年同窗曾共談讀書心得，他說經常見有些前代注家，於所能解處大作文章，於不解處悄悄帶過，好像不值得說一樣；而為之大笑。他的溫氏研究，一反此種文風，對

很多難解字眼問題，不揭開不罷休。如他自己所言，「溫詩文中確有一些特殊用語如『祀親和氏璧，香近博山爐』、『衡軛相逢』、『牽軫』等，或字面簡單，令人反而不知應如何求解；或藏深意，卻又求解不成。」看了他的解之後，也不得不服，往往非一般工具書中能得，好多是他多方思考、找到書證才下結論的。這種追根究底式的固執，有時太鑽牛角尖了，是他為學的優點，也是缺點。

　　至於本書的屈原研究，則可視為「屈原否定論」的最新力作，必將引起楚辭學界的巨大論爭。早在二〇〇五年，他就在《江漢論壇》上發表《韓眾考疑》，以屈原《遠遊》篇中出現的秦時方士韓眾之名，作為否定《遠遊》為楚臣屈原所作的證據。前人如清人胡濬源、吳汝綸、近人陸侃如，雖對《遠遊》為屈原所作質疑，但不如他論述和證明得更為全面周詳。這種對《遠遊》一個人名之邃密的研究，不但使他找到了更多證據，而且導致他發現了現存結集最早的東漢王逸《楚辭章句》的重大疑點。況不僅是王逸，漢代文人如東方朔、班彪班固父子、揚雄等對於屈原都有著兩重性態度。一是大量贊美揄揚，是他所謂「一般態度」也。但在這同時，又常常言外有音，影射乃至質疑屈原及屈賦二十五篇，是所謂「特殊態度」。下面擇其要端，列舉出一部分例子。其一，東方朔的《七諫》說屈原竟然是「言語訥澀兮，又無強輔，淺智褊能兮，聞見又寡。」與《史記‧屈原賈生列傳》中所描述的「博聞強志，明於治亂，嫻於辭令」者判若二人，令人不得不懷疑他另有所指。一旦從《楚辭》本文找到解釋，則令人愕然。其二，班固《漢書‧地理志》中「壽春」條。《地理志》應是記述經濟地理有關消息。《史記‧食貨志》中「壽春」條，就是範本。為什麼班固打破常軌，插入一段對楚辭發生發展演化的議論？其結語「其失巧而寡信」雖也是脫胎於《史記》的「巧說少信」，但直承一段對楚辭的議論，而壽春又是淮南王劉安的封地，結論是不是真如文中所暗示的是《楚辭》有關記事的寡信，作者另有其人？其三，班固《漢書‧揚雄傳》，「（揚雄）又怪屈原文過相如，至不能容，作《離騷》，自投江而死。」揚雄口吻極怪。按照常理，把屈原與司馬相如這樣相比，二人應是同時代之人。是不是在暗示楚辭作者是與司馬相如同為漢代人，而非戰國時人？凡此種種，確實令人生疑。

　　但最顯明彰著的疑點還是在王逸《楚辭章句》。此書是現存最早的楚辭結集，王逸的評述和注釋在楚辭研究中的重要性不言而喻。在此書中，王逸用

主要篇幅來稱頌美屈原，然而又有許多注釋非常怪異。再如《遠遊》中「微霜降而下淪兮」，注曰「淪者，喻上用法之深刻也。」按《史記》本傳所載，屈原雖被疏，但懷王、頃襄王並沒有對他嚴加懲罰。所謂「用法刻深」簡直言之過甚。最難以理解的是王逸對宋玉《九辯》所作疏解。其中有不少對於秋季自然景物的描述，王逸卻避開自然景物，似乎任意興感，另作解釋。這當然是他的自由，但我們要不要相信他？如「秋既先戒以白露兮」，注曰「君不弘德而嚴令也。」「冬又申之以嚴霜」注曰「刑罰刻峻而重深也。」「霜露慘凄而交下兮，」注曰「君政嚴急，刑罰峻也。」「霰雪粉糅其增加兮，」注曰「威怒益盛，刑酷烈也。」下一句「乃知遭命亡將至。」注曰「卒遇誅戮，身顛沛也。」為什麼王逸再三再四把對秋季景物的描述注解成君王失德、對臣下使用嚴刑峻法，甚至誅戮？而這些刑罰與《屈賈列傳》中的屈原遭遇全不相屬，應是所指另有其人，這是疑點之一。有些傷懷之辭，注解更令人驚悚。「何所憂之多方，」注曰「內念君父及兄弟也。」「竊悼後之危敗，」注曰「子孫失嗣，失社稷也。」屈原還有君父、兄弟、子嗣，聞所未聞，不僅自己身受誅戮，還要累及父親、兄弟、子孫後代，還要失去社稷，這還是《屈賈列傳》中的屈原嗎？這是疑點之二。懷川確認以上文字與淮南王劉安及其子蓼太子絲絲入扣。再者屈原到底是老者還是幼者？文中「恨其失時而無當。」注曰「不值聖王，而年老也。」下面「恐余壽之弗將。」注曰「恨我性命之不長也。」與年老同一意義。但緊接的下一句「悼余生之不時兮，」注釋竟是「傷己幼少，後三王也。」不讀注釋，文義明白曉暢，不過是楚辭中常見的嘆老嗟卑、生不逢時。讀了注釋，反倒糊塗了，屈原到底是不是老人？這是疑點之三。王逸注得如此蹊蹺，是不是暗示另有深意，難怪懷川兄認為「屈原」不止一人。能找出以上諸多疑點，確是目光如炬，心細如髮，對開拓研究的深度具有重要意義。也許正因《九辯》中這些注釋政治性的怪異，所以從朱熹《楚辭集注》起，後人直至今人注楚辭，都對它們棄而不用。是他們察覺蹊蹺而不肯說，還是覺得不值得說？懷川則不但要說，而且要說到底。

但他本文的中心內容，尤其是他特別提出的王逸之注釋文字和他對王逸文字的解釋，究竟對不對，恐怕就大有問題了。至少需要極端謹慎的精細嚴格史料和詩料證明，才有可能令人接受。他在這個中心問題沒有徹底證明之前，就開始做「卸載」工作，也太早了。不過懷川兄探幽發微，自立新說，其論點論據好像挺逼人；我雖不敢苟同，眼下也提不出有力駁斥，畢竟關係太

重大了。我以為他推導出了以下可疑論斷。

一，淮南王劉安之子蓼太子在《離騷》創作中占了主要成分，劉安甚或別人之作或纏夾其中，則是後來編輯的作用。理由之一是《離騷》首段自述家世，「朕皇考曰伯庸。」引王引之《經傳釋詞》，「庸，猶何也，安也，詎也。」可以用「安」代「庸」，則伯庸是長子劉安，這個「朕」是劉安之子。理由之二，引《漢書·伍被傳》，「（淮南）王曰夫蓼太子知略不世出，非常人也。以為漢廷公卿列侯皆如沐猴而冠耳。」所以排除劉安另一子。理由之三，東方朔《七諫》開端「平生於國兮，長於原野。」王逸注曰「言屈原少生於楚國，與王同朝，長大（也可在此斷句加逗號）見遠棄於山野，傷有始而無終也。」注釋雖冠名屈原，但「與君同朝」又無列傳提及，而更像比武帝略長幾歲的蓼太子。王逸《九辯》中怪異的注疏正與劉安蓼太子被誅滅國的史實相吻合。

二，負載「屈原」之大名者並非一活的個人，而是以蓼太子為代表的一群「淮屠」枉死者。理由之一，是《九辯》中劉安面臨滅門之禍時的發聲，出人意表地出現了兩個「屈原」。理由之二是《離騷》首段「名余曰正則兮，字余曰靈均。」作者怎會棄而不用其父親授之名（正則）字（靈均），另叫什麼平、原？故《史記·屈賈列傳》的屈原名字，恐是生造出來的。理由之三，《七諫》，「平生於國兮，長於原野」，只提「平」字，不提「原」字，也可見事出可疑。如原文是「原長於野」，更大有異趣。尤研究「卒見棄於原野」諸句，王逸注曰「終棄我於原野而不還也。」詞義重複拖沓，連文帶注，「棄原野」反覆出現，意在引導讀者去讀《國殤》，並從中找出它的原意：「天時墜兮威靈怒，嚴殺盡兮棄原野。出不入兮往不返，平原忽兮路超遠。」當是以原野來強調嚴殺盡，暗指劉安父子被滅門，牽連而死者數萬人這一史實。而「平原忽兮」帶出的名平而字原二字，分明是血腥死亡的一大群人陳屍平原；理由之四，屈原名下的屈賦二十五篇，也主要是劉安門下文人集團所作。又，除前引宋玉《九辯》中注釋時所引顯示屈原時而老時而少外，東方朔《七諫》之注釋中有完全相同的情況。從《九章·惜往日》、《九章·抽思》之內容都可看出劉安父子身死國滅後牽連之眾，含冤受辱之切。

自晚清經學大師廖平對楚辭全面發難以來，胡適、何天行、朱東潤等不少前輩學人對楚辭都有質疑。上世紀七、八十年代，日本學者也加入了這個行列。據近年出版的《歐美楚辭學論文集》一書，歐美也有學者掌握資料，質

疑楚辭。這些論說因而得名「屈原否定論」。懷川提出的諸項推論，雖有的與前輩學人相合，如《離騷》出自淮南王、史上並無屈原其人、《史記・屈賈列傳》非太史公作、楚辭為漢人所作等；但他則是自闢蹊徑、獨倡新論，很像頗有邏輯地展開了他的論證。如《離騷》的作者（蓼太子為主）、屈原名字的來源、屈原自沉的考證、漢代文人對屈原的雙重態度等。他切入的角度、論證的根據及主要材料，班氏父子之外，則竟然多是來自王逸《楚辭章句》本身。筆者不學，耳目所及，這與「屈原否定論」的前輩學人們並無關連。

　　如何理解和評價他的諸多疑點，他的推論是否能夠成立、是否有足夠的史料支撐、阜陽出土楚辭殘簡是否能否定他的推論，這真是關係中國文學史的大問題。完全可以逆料，楚辭界的問罪之師、詰難之文、或論爭之詞、乃至贊同之議，必將隨本書之問世接踵而至。懷川自以為，其文至少可從反面促進《楚辭》研究，所以急切期待學術界的各種批評。他既準備向更有力的論證、向真理投降；也表示基本觀點必須堅持，總是要修正和豐富學術界對楚辭的認識。八十年代中國楚辭學界對「屈原否定論」的討論促進了楚辭研究的長足發展，這次即將到來的紛紜論爭也必然會促使楚辭研究向縱深滲透，而打破大一統式的讚歌大合唱。懷川兄恐也將在研究探索楚辭的路上留下一個鮮明的腳印。

何丹尼

2022 年 2 月 22 日何丹尼寫於悉尼守拙齋

目次

上篇　屈原真相淺探

　　自王逸《楚辭章句》肯定《遠遊》作者為屈原，二十世紀以來出現懷疑和爭論。但歷來研究者，只在肯定和否定不同說法上下功夫，並沒有明白王逸之真意所在。大致說來，肯定者想保護屈原古老的利好形象，總在捍衛和翻新偏執的舊說。否定者雖近年有點蕭條（但並非停滯），卻總是在是追求《楚辭》之正解乃至屈原真面目。對《遠遊》乃至《章句》中另外的屈原賦二十四篇、以及其他作者名下全部《楚辭》篇章的講校，必須通過兩種相反意見不斷深入互相問難，以求逐漸揚棄誤說，逼近正確認識，才能達到真正明白王逸用心。本文正是基於此，重複研索以王逸《章句》為大宗的有關文獻：由《遠遊》的韓眾之追索，引出「神篇靈章」的解釋、加上班固的記載，乃至王逸對整部《楚辭》及其作者之似乎全新而存在了兩千多年之本識本見，即隱藏的正見正識。管窺蠡測，小有所得，而事關重大，故專示學人，祈望能拋磚引玉，引起正視和鑒定，則幸何如焉。

一、考韓眾疑屈原非楚臣

（一）「韓眾」的四種文字記錄

　　拙文《韓眾考疑》（2005 年《江漢論壇》第 8 期）始於研究《遠遊》中韓眾的身份，卻因搜索有關文字記錄，發現班彪《覽海賦》（見《藝文類聚》卷八）之意義豐富而深刻的妙文。結果顯示，單是韓眾的「亮相」，就可證《遠遊》為漢代人之作，直接導致否定楚臣屈原對它的著作權。而《覽海賦》則在使命韓眾之外，蘊含重大消息，加上班固對《楚辭》所作警策評語，可引導我們注意漢人對《楚辭》的「一般」和「特殊」的雙重態度。因而使我們在王逸

的《章句》中找到了還《楚辭》及屈原之本來面目的大致的方向。茲先大略重申以上《韓疑》之論證，藉以展開我們受其啟沃之後的研究過程。首先，《韓疑》在搜羅全部有關文字記錄基礎上，舉要地列出以下載「韓眾」之名的四種文字記錄。

其一，見王逸《楚辭章句》之《遠遊章句》第五。因原文和注文都是我們行將研究的對象，故全錄如下：「聞赤松之清塵兮想聽真人之徽美也。願承風乎遺澤思奉長生之法式也。貴真人之休德兮珍瑋道士壽無極。美往世之登仙羨門子喬古登真也。與化去而不見兮變易形容遠藏匿也。名聲著而日延姓字彌彰流千億也。奇傅說之得星辰兮賢聖雖終精著天也。羨韓眾之得一喻古先聖獲道純也。」

（本文所用《楚辭》為台灣中華書局民國六一年四月發行、王逸《楚辭章句》與洪興祖《補注》的合本，稱《楚辭補注》；附日本竹治貞夫《楚辭索引》。原文以大字排，而每句注釋以小字排在原文句後或句中，皆無標點。為盡存其原貌，本文所引不為原文標點，只隔一格排上加了標點的注釋。為省篇幅，略去無關考證之文字注釋或異文）

王逸對於《遠遊》的章句注解，特點在於，多先以七字或八字語「闡述」每句大意；然後再解句中文字或人名（如必要），三是出校文（如有異文可參）。其「闡述」部分，往往是很整齊的韻語；或引申原文，或提示其事，頗可隨意伸縮。這種注解方式見於《九辯》等很多篇章。其形式本身，也是值得研究的，更不用說內容了。此處「羨韓眾之得一」句，顯示韓眾已如作者「美往世之登仙」的王子喬和傅說一樣成為仙人了。但這段文字表現的作者本意，卻大致是「屈原」羨慕赤松子、王子喬、傅說、韓眾等仙人之長壽無極，自己欲學長生之道。他之求仙或成仙有一個突出特點，竟是隨化而去、不見其人，而留下美名與將來一起延長。王逸解釋得更漂亮和具體：改變形態模樣，遠遠藏匿真身，而葆有令名，萬古顯揚世，流傳千億年！此處的屈原像早已料到自己將要身滅而名揚，王逸則確定其事，誇張其美。這種如仙如聖之解釋，將隨本文論證之深入而展開。

《章句》卷十三東方朔《七諫・自悲》也提到韓眾，與《遠遊》之韓眾，可看做同類。「聞南藩樂而欲往兮南國諸侯為天子藩蔽，故稱藩也。至會稽而且止言己聞南國饒樂，而欲往至會稽山，且休息也。見韓眾而宿之兮，問天道之所在韓眾，仙人也。天道，長生之道也。眾一作終。」王逸到此處才表明韓眾是讀者早就料到的所謂「仙人」，違背了《章句》中先出現先注解之體例。前文卷五只是說「喻古先聖獲道純也」，而對韓眾塵世出身無應有之注，而後文卷十三乃作無用之

解，前後都不說韓眾的人間身份秦始皇時方士。以王逸之學問，他難道不知《史記》的關於韓眾記載嗎（見下）？虛擬地假定他既知秦時韓眾，又知另一同名的韓眾，他也應在注釋中說明啊。須知，他能從「美往世之登仙」句，因「美，一作羨」而解出字面上莫須有的「羨門」（羨門子高，也是秦始皇時方士），可見他已暗示自己肯定知道秦始皇的方士們、包括韓眾的底里，但是他就卻偏偏不肯直說真相。他的這種欲言又止的注釋姿態是非常可疑和有趣的。

其二，《史記・秦始皇本紀》（卷五）有關韓眾記錄「（秦始皇）二十八年，……遣徐市發童男女數千人，入海求仙人。……三十二年，始皇之碣石，使燕人盧生求羨門高誓。……因使韓終侯公石生求仙人不死之藥。……燕人盧生使入海還，以鬼神事，因奏錄圖書，曰『亡秦者胡也。』……三十五年，盧生說始皇曰：『……願上所居宮勿令人知，然後不死之藥殆可也。』……侯生、盧生相與謀曰：『始皇為人，天性剛戾自用。……秦法，不得兼方，不驗，輒死。……』於是乃亡去。始皇聞亡，乃大怒曰：『吾前收天下書不中用者皆去之。悉召文學方術士甚眾。（文學）欲以興太平，方士欲練以求奇藥。今聞韓眾去不報，徐市等費以巨萬計，終不得藥，徒奸利相告以聞。盧生等吾尊賜之甚厚，今乃誹謗我，以重吾不德也。』」這裡記載的是所謂「得一」或得道秦始皇時方士、仙人韓眾的凡人原型，被派求不死之藥而不得，逃去不敢回，因被傳或被神化而成仙的。為下文方便，我們簡稱他「秦韓眾」。這段記載中，韓之名出現兩次，前一次作「終」，後一次作「眾」。而羨門高誓、盧生、侯公、石生、徐市，和韓一樣，皆秦始皇方士。有趣的是劉向（前77～前6）《說苑・反質》把「相與謀」的侯生、盧生改成「韓客侯生，齊客盧生」；且記有侯生被秦皇所執，冒死揭露其惡、而被免死之事；但卻故意抹掉了韓眾的存在。

其三，《漢書・郊祀志下》（卷二五）載谷永諫漢成帝書，曰「秦始皇初併天下，甘心於神仙之道，遣徐福、韓終之屬多齎童男童女入海求神采藥，因逃不還，天下怨恨。」這裡也說到秦始皇派徐市（福）、韓眾（終）等人求神采藥「去不報」、「因逃不還」之事。不過《史記》的徐市、韓眾變成了《漢書》的徐福、韓終。中國歷史上姓名有兩個版本的人，雖有些例子，這二人在《史記》同時出現，又在《漢書》同時變名，是否為《史記》被改竄過程中偶爾剩下的垃圾，不得而論也。查有關記錄，眾、終二字通用，在《詩經》《左

傳》《墨子》《史記》及《後漢書》等都能找到例證，故無可再考。市、福二字，卻除了讀音近同外，意義無關聯；可能因「市」字太冷僻，班固乃以「福」代之。質言之，徐市即徐福，韓眾即韓終，也無可疑。

應順便提及的是，近年網上有人匿名撰文認為《漢書》所舉韓終，與《遠遊》所提者，不是一人。理由是，《遠遊》所言「羨韓眾之得一」，表明韓是一可羨之仙，是正面人物；而《漢書》的韓眾為「天下怨恨」的對象，成反面人物了。這個錯誤，是因對《漢書》原文理解不到位造成。上引句子，自「秦始皇」至「因逃不還」可以看成長句的前半，它表明「天下怨恨」（秦始皇）的例證；從語法上講，它是全句的主語；聯繫這個主語和謂語「天下怨恨」的關係代詞「是」（後演變為通用的聯繫動詞「是」）被隨便省略了，但也不該引起誤會。全句可以譯成：秦始皇剛吞併了天下，就醉心神仙長生之道，而派徐福、韓終等人帶童男女入海求長生藥，他們因而逃去不還的這種事例，是天下怨恨秦始皇的表現。對古漢語這種基本句不該錯解，更不該因錯解而生另一韓眾。不過為保護屈原對《遠遊》著作權生造一古仙人或同名者，並不是罕見的思想方法錯誤。

其四，《藝文類聚》卷八載後漢班彪《覽海賦》也記韓眾事，賦曰「余有事於淮浦，覽滄海之茫茫。悟仲尼之乘桴，聊從容而遂行。馳鴻瀨以縹鷩，翼飛風而迴翔。顧百川之分流，煥爛漫以成章。風波薄其裹裹，邈浩浩以湯湯。指日月以為表，索方瀛與壺梁。曜金璆以為卦，次玉石而為堂。冀芝列於階路，涌醴漸於中唐。朱紫燦爛，明珠夜光。松喬列於東序，王母處於西箱。命韓終與岐伯，講神篇而校靈章。願結侶而自託，因離世而高遊。騁飛龍之驂駕，歷八極而迴周。遂竦節而響應，忽輕舉以神浮。遵霓霧之掩蕩，登雲塗以凌屬。乘虛風而體景，超太清以增逝。麾天閽以啟路，闢閶闔而望予。通王謁於紫宮，拜太一而受符。」我們尤應強調《覽海賦》這篇（或這段）賦文，它有幸傳流後世，是班彪或甚至班固的巨大歷史貢獻，因它為我們提供了糾正、補充而解釋《楚辭》及考察相關歷史的具體的指導，是重新研究楚辭關鍵證據之一，遠不止是可幫助嚴密證明《遠遊》為漢人之作。這個證據有很大的使用空間，幾乎可據以懷疑和幫助解決整部《楚辭》的主要相關問題。我們在繼續深入以前，以下還要從重複嚴密證明韓眾的歷史身份開始。

韓眾在以上所引著作中的四次出現是同一個人的出現四次，我們可以用書篇名代表人名在其中的出現，而寫成以下等式：1 司馬遷《史記》＝2 班固

《漢書》＝3 班彪《覽海賦》＝4 屈原《遠遊》（當然也包括《楚辭章句》卷十三東方朔《七諫‧怨思》）。我們可以逐一說明等號成立的原因。其一，從《史記》到《漢書》，史家寫的同是一個始皇時方士秦韓眾，而且都與徐福（市）、盧生等為同類、或曰同事。其二，從其父班彪的《覽海賦》，到其子班固的《漢書‧郊祀志》，雖史、賦體裁不同，由班彪班固的父子關係和為人為學為史為文的近於授受的關係，我們沒有理由證明父子二人說的不是同一個韓眾；我們甚至承認隔了一百八、九十年的司馬遷（前 145～前 90）和班固（公元 32～92）說的是同一個韓眾，怎麼會偏有道理懷疑都是史家和賦家、且有相近人生理念的班氏父子說的不是同一人了呢？其三，班彪寫《覽海賦》時胸懷《遠遊》的文本（明顯受其影響，加上《離騷》影響），當然心中有與《遠遊》相同的韓眾在，所以《遠遊》和《覽海賦》中的韓眾也必為一人，要之，班氏父子寫史而繼《史記》之事，又為賦而申《遠遊》之情，以史家兼賦家的權威，為我們提供了無可懷疑的證據：漢人所提的韓眾只有一個，都是「秦韓眾」，都與《遠遊》所提者為同一人，而在其後，這個事實必須面對。這個史家眼中的方士，到了《遠遊》作者和以後的王逸章句中，則幾乎成仙人了。為嚴肅其事，我們稱之為「仙者」，自是秦始皇後的「仙者」。秦併吞天下前楚懷王時的屈原居然能知秦韓眾，而且還知韓到漢朝能成仙，此中便大有假戲了。

　　（二）《覽海賦》的證據價值

　　拙文《韓疑》指出，該賦透露了以下幾個重要消息：

　　其一，「神篇靈章」指《楚辭》，除了從大面上總論《楚辭》當之無愧確合此名；《楚辭章句》卷十五王褒《九懷‧株昭》也有文字之証：「丘陵翔舞兮山丘踴躍而歡喜也。谿谷悲歌川瀆作樂進五音也。神章靈篇兮河圖洛書緯讖文也。赴曲相和宮商併會應琴瑟也。余私娛茲兮我誠樂此發中心也。孰哉復加天下歡娛莫如今也。還顧時俗兮回視楚國及眾民也。壞敗周羅廢棄仁義修謟諛也。卷佩將逝兮袪衣束帶將橫奔也。涕流滂沱思念君國泣霑衿也。」這裡「神章靈篇」與「神篇靈章」從修辭上講，其實是互文，都是「神靈篇章」之意，所指當然是《楚辭》，而且就是屈原名下的《楚辭》。據王逸之《九懷‧敘》，王褒「裨」屈原之「詞」而寫《九懷》，不是以第三人稱角度對屈原表示贊賞或同情，而也是代屈原立言，即完全用了第一人稱的手法。其中王逸對第五句「我誠樂此」云云、第七句「回視楚國」云云、第十句「思念君國」云云，更明顯都是以屈原第一人稱的角度說

話。上文說這個世界黑白顛倒、忠奸不分，所以屈原言己「載雲變化」、「超驤卷阿」，而飛翔於仙界。這一段承上文，說在仙界俯視的是這種丘陵谿谷悲歌翔舞的場面。其「神章靈篇」句，王逸注「河圖洛書緯讖文也」，謂屈原文章是如上天授人的「河圖洛書」一樣的符瑞，是對《楚辭》非常神化、帶有讖緯神學腔調的評價。與谿谷丘陵的悲歌翔舞「赴曲相和」者就是這樣的「神篇靈章」，即很有神靈之氣而亦可訴諸神明的謳歌，即指屈原以《離騷》為代表的作品，這是毫無疑問的。縱有人不同意稱屈原的作品為「神章靈篇」，這裡王褒就是這樣寫的。而王逸把字面上本易懂的「神章靈篇」，解作「河圖洛書緯讖文」，其實故意遮蔽了其簡單原意。除深晦其解的苦衷，王逸也許暗示關於《楚辭》的某種結構上的秘密。換言之，他對於班彪的「講神篇而校靈章」的證據，恐怕不但是知道，而且是有意保護。

　　這一方面可以看作是高度評價了《楚辭》的文學價值，恰如王逸《離騷‧後敘》「金相玉質，百世無匹」及劉勰《辨騷》「驚采絕艷，難與并能」，完全是讚揚的態度。但是對漢人來說，頌揚人的詩文「神」而且「靈」，無論對人還是對文，恐都是極高而特殊的評價了；被頌揚的作者則幾乎被相信是神仙，而至少是「仙者」、即神仙家方可。既然我們已經證明「神篇靈章」正是《楚辭》，先依照傳統的說法，其作者當然應是屈原；那麼屈原就應該具備「仙者」的資格，而不是如《史記‧屈原傳》描繪的那樣只是一個純為君國而死的揚雄所謂湘累。而且，既然《楚辭》是「神篇靈章」，如考慮劉安是神仙家，並且也擅長文章辭賦，寫過《離騷》有關的文章（見下）、為《淮南子》主要作者之一，還有「《中篇》八卷，言神仙黃白之術，亦二十餘萬言」（《漢書》卷四四）等，尤其他在漢代已被幾乎被傳說成仙之事實，他也比「屈原」更像是《楚辭》的作者，班彪正用此意來挑戰我們的考證。從問題的另一面來看，後代注家或研究者在解釋《楚辭》的升天乘雲、縱橫八極時，輒歸之於屈原的橫空出世的天才和超絕古今的文思，我們也可以反問：一個心懷楚國、神繫君王，完全陷於政治旋渦的是非利弊而不能自拔的「楚賢臣屈原」，如此喋喋不休、津津樂道於神仙出世，不是有點蹊蹺麼？須知，即使把《楚辭》中大量神仙出世的描寫當成作者懷忠被讒以抒其憤的比喻象徵手段，仍有可疑。作家用比喻時也難免不自覺暴露自己身份。我們讀《楚辭》很多篇章，可看到，無論《楚辭》文本，還是王逸章句，都不忌諱描述其作者之「仙者」、即神仙家姿態，而自然要問：傳統所描畫的沉江死國的屈大夫，仙情道心何其

重也？飛天揚厲何其神也？如此「仙者」畢竟怎樣跌入歷史「漩渦」或政治泥淖，而面目蒙塵、本相變形的？

其二，「神篇靈章」需要「講」和「校」。為什麼呢？一般而言，作品被講錯了，真意被歪曲了，不少關鍵詞被改掉了，一些不相關的東西被加進去了，或作者迷失了，這都是要講要校的基本原因。但班彪強調的「講」和「校」是請「仙者」講校，而且必須是能懂仙籍道藏、神靈篇章，有如秦人韓眾的專業水準者；還要請既能為人診疾又能為國治病、醫人治國的雙料高手、敢於指摘時弊如岐伯者。《漢書‧藝文志‧方技》（卷三十）中，有對岐伯如下的介紹「太古有岐伯俞拊，中世有扁鵲秦和，蓋論病以及國，原診以知政。」班固簡直是早就準備好了對「岐伯」的注解。他告訴我們岐伯「論病及國，原診知政」的本領，是強調講校《楚辭》還需要岐伯一樣的政治勇氣，所以是需要專業知識加政治勇氣。另外，從《覽海賦》本身知，更還需得到最高尊神太一的認可，當然也得到地位相對低的人間帝王之同意。可見此事非同小可，必涉漢代歷史大事件，而關乎國祚民命。遺憾的是，不但班彪未有機會實現其夢想，只留下寶貴遺言而去；時至今日了，雖很多人都在猜度，也尚無人有理有據地解開此中玄秘。看來，我們得琢磨、學習和利用韓眾和岐伯長處，重新精心研究《楚辭》，知其音，抉其義，檢查其邏輯，縷析其形象，通貫其文理，也特別注意王逸的講解，來發現、進而企求破解個中奧秘，不能輕易人云亦云。我們至少得解透很大一部分《楚辭》原文才可能接近達到目的。

而「講」與「校」相輔相成，不能截然分開。「校」之為義，是說《楚辭》本身存在文字問題，尤其是篇章真偽問題，也就是著作權的問題，而需要加以考訂、比勘、核對、鑑別。我們將不得不對《楚辭》文本中一定數量的因被有意改動過而不合理的詞句進行校正。但這種文字肯定不至於多得令《楚辭》文本面目全非，換句話說，今存《楚辭》文字上雖需「校」，當校的文字和作品的篇幅相比，畢竟是有限的；文字相差太大，就完全不著邊際而不存在校的問題了。但是在考校《楚辭》作者方面，二十五篇即使不盡、甚至盡不屬於楚臣屈原，都似乎不是不可能的。不過我們必須首先重新鑒定屈原的歷史身份，來發現別的可能性。這是我們依循班彪提示，也就是「校」的本義，而從字面上推出的必須做的事。當然有待於詳盡的求證。《覽海賦》這個由漢代史家而兼賦家、楚辭專家的班彪嚴肅提出的講校《楚辭》的根據，其本身之被

忽視，卻令人驚異而深思。迄今為止，雖有人懷疑屈原並試圖求證《楚辭》的另外作者，卻無人順著班彪提供的思路深入研究、發現和解決問題。這是一條古老卻被長期擱置因而嶄新的思路，當然也是一條艱難似探險而引人入勝的筆路。近代有廖平、謝無量、胡適、許篤仁、衛聚賢、何天行、朱東潤諸位先生曾就屈原存在與否或《離騷》究出誰手發表過被稱為「屈原否定論」的文章。他們對屈原其人的懷疑雖是合理的，卻似都沒走班彪所指的這條路，所以其論證都有問題，其結論往往成為批判對象。其中何天行的《楚辭作於漢代考》（1948年，上海中華書局印行，2014年山西人民出版社有再版），用力不少，雖其猜測近是，惜其論據無力，難以服人。

　　歷來「屈原否定論」者（應名為屈原求真論者），應都是讀出很多疑點，而都不約而同地把懷疑的眼光投向淮南王劉安（例如以上舉出的何天行、許篤仁、衛聚賢、朱東潤）。很多漢代文獻，甚至《楚辭》篇章，也在問題未搞清前，就很似隱涉劉安。弄懂神篇靈章式的《楚辭》，把它講校清楚，才可能弄清屈原和劉安的關係。他們二人的關係是整個中國歷史記載中最奇怪的二人關係。《史記‧屈原傳》採用了劉安《離騷傳》（幾乎公認）的相當多篇幅，加上屈原名下的作品《懷沙》和《卜居》而湊成。去掉這些附加物，所餘無多，又矛盾重重，乃不成傳記之體，竟無以面對理性追根究底的審查了。而多種《漢書》版本都記劉安作《離騷傳》、《離騷賦》或《離騷經章句》的事，前文已舉例，再如《漢書‧劉安傳》「初，安入朝，獻所作《內篇》。新出，上（武帝）愛秘之。」又《淮南子‧敘目》則說「孝文皇帝甚重之，詔使為《離騷賦》，自旦受詔，日早食已。上愛而秘之。」類似說法尚多，茲暫不枚舉考證。《屈原傳》中有劉安（前179～前122），而《劉安傳》中有屈原（前340？～前278？），此二人傳記可謂你中有我，我中有你，僅憑這一點，就是中國歷史上絕無僅有的奇觀。特別有趣的是，在漢代及其後的傳說中，劉安和屈原都稀里糊塗地「成了仙」。晉葛洪《神仙傳》卷八有關於劉安成仙的相當詳細的故事，而據晉王嘉所著的《拾遺記》（見《四庫全書總目‧卷一四二‧子部‧小說家類三》，是梁朝蕭綺搜羅補綴而發表）卷十亦記「屈原以忠見斥，隱於沅湘。……被王逼逐，乃赴清冷之水。楚之思慕，謂之水仙，立祠」——看樣子，劉安成神的傳說更為隆重和豐滿些，屈原成神好像與他被王逼逐而沉江直接相關。解構以上這種關於屈原和劉安的奇妙文化現象，我們還得先從大面上尋求漢人對《楚辭》及屈原發出不同聲音的文章，歸結到班氏父子

和王逸。再研讀王逸所寫《楚辭》各篇的《敘》和他的章句注釋。

二、漢人評屈的兩重態度

　　以理推之，漢代任何稍知歷史的文人而不知韓眾，是不可能的。王逸居然採取有史而不引，有案而不稽，注解含糊，假裝不知的態度，不惜自亂其《章句》行文的邏輯順序，這畢竟是什麼問題呢？即使不從《覽海賦》立論，我們也可從王逸文字中悟出其理。而從班彪《覽海賦》中，我們能悟出直道不行、文人著書不能暢所欲言，而只好借助於隱喻暗示真義的苦衷。其苦衷，啟發我們猜測：在《楚辭》的注解中，王逸有類似的苦衷。否則他何必在明顯錯誤處，那麼振振有詞；而在明顯容易作注處，偏那麼曖昧呢！

（一）「兩重態度」的變化表現

　　王逸在《楚辭章句》的《離騷・敘》中說過：「至於孝武，恢廓道訓，使淮南王安作《離騷經章句》，則大義燦然。後世雄俊莫不瞻慕，舒肆妙慮，纘述其詞。逮至劉向，典校經書，分為十六卷。孝章即位，深宏道藝，而班固、賈逵，復以所見，改易前疑，各作《離騷經章句》。其餘十五卷，闕而不說。又以壯為狀，義多乖異，事不要括。今臣復以所識所知，稽之舊章，合之經傳，作十六卷章句。雖未能究其微妙，然大旨之趣，略可見矣。」可見王逸作為「博雅多覽」的楚辭家，對前代劉安（！）、劉向、班固、賈逵等關於《楚辭》的見解，應知之甚詳，他的《楚辭章句》應是對前人多所折衷和取捨而成書的。他可質疑和批駁班固的屈原評論，也可「改易前疑」或者揚棄舊說。但既是「稽之舊章，合之經傳」以求「究其微妙」，他至少應汲取前人正確之處，而對謬誤加以辯駁。王逸明知韓眾底里而故意緘默，使人感到蹊蹺而多方思考其原因。這種不得不說官話的情況，從他的《楚辭章句》明處看是很多的。從王逸以「臣」的身份進獻《楚辭章句》的行為來看，政治氣味很濃是自然的。連「至於孝武帝，恢廓道訓」云云，我們也得打上折扣姑妄聽之。這裡歌頌漢武帝的「恢廓道訓」，同時盛贊劉安的「作《離騷經章句》」以至於「大義燦然」，好像君臣和諧、共濟大業的樣子。其中對漢武帝的諛詞是明顯的，也完全抹煞了漢武對劉安的殺機。與所謂正史也是有矛盾的。無論如何，帶有一種官方口吻，是當時特殊歷史條件下冠冕堂皇的假話，不足據以為實而求解別的問題。漢武帝竟要作了《離騷傳》（一作《離騷賦》、一作《離騷經章句》，但總是關《離騷》之作，以《離騷傳》為較可信）的劉安來解釋好像並

非屬於他自己的著作，而且解釋得「大義燦然」乃至「後世雄俊莫不瞻慕，舒肆妙慮，纘述其詞」就更奇怪了。這樣說，可謂不遺餘力讚揚了劉安對《楚辭》的崇高貢獻。把《楚辭》之最大的作者嫌疑人如此抬高，不但強調了劉解釋《離騷》，彰明其「大義」功績，而且凸顯他的巨大影響，以至於「後世雄俊，莫不瞻慕，舒肆妙慮，纘述其詞」。這會置屈原於何地？後面這種高度的讚揚，竟和該文之末「自終沒以來，名儒博達之士，著造詞賦，莫不擬則其儀表，祖式其模範，取其要妙，竊其華藻」贊屈原之口吻極似。雖給屈原留了些面子，卻是在後補說的。簡直令劉安和屈原相侔甚至相混。考慮被滅族的劉安生前身後的遭際，漢家之正統能接受這種說法簡直算妥協了。

班氏父子對屈原的看法非常特別和具體，又很有代表性，值得表而出之（見上，亦見下）。參考史書的褒貶，乃至其自我評價而思考，我們發現相關文字正是二班矢志不渝要寫直錄的宣示。《後漢書·班彪列傳》（四一）曰「班彪以通儒上才，傾側危亂之間，行不踰方，言不失正，仕不急進，貞不違人，數文華以緯國典，守賤薄而無悶容。彼將以世運未弘，非所謂賤焉恥乎？何其守道恬淡之篤也！」此處提到班彪處危世、著文章而守道恬淡。至於他為文如何，《覽海賦》給了我們一個微言大義的例子，透露他對《楚辭》的特殊態度而直關乎歷史。不過他有時也會隨大流，對《楚辭》表達「一般」的態度，如《藝文類聚》卷五十八《悼騷賦》曰「夫華植之有零茂，故陰陽之度也。聖哲之有窮達，亦命之故也。惟達人進止得時，行以遂伸。否則詘而坯蟄，體龍蛇以幽潛。」雖僅數句，亦可看出，班彪感嘆屈原進止不得其時，表達了知天命而相時以動的處世觀。這種看法與他《覽海賦》對《楚辭》表達的意見，既有區別，也有聯繫。在這裡，他對屈原和《楚辭》，無論褒貶，都是直率的，不像《覽海賦》那樣寄大義於微言。一如其子班固及王逸等人的《楚辭》評論，這是對《楚辭》表達的「特殊態度」和「一般態度」的聯繫。這種兩重性態度，值得表而出之。

我們之所以提出「特殊態度」和「一般態度」的概念，是因為許多漢儒好像都對《楚辭》乃至屈原持有兩種不同的看法，有褒有貶，有隱有顯，貶則盤桓欲發、頗含深見，褒則務遵陳言，本乎史傳，後者愛唱赤帝，前者欲問蒼天。前者欲說真話，還得後者遮掩。質言之，前者經常發表一些重要看法或重大發現，對歷史真實披露雋永的暗示以俟後人，而特別關注《楚辭》的作者。令人不得不追究。後者就像當時多數人一樣在公之於眾的「歷史」前提

下研討《楚辭》光輝，具體地說，就是在官方認可的《史記・屈原傳》或劉向《新序・節士篇》的基調上，褒揚屈原的人格；多表現為闡發屈原本傳內容，並搜求其他證據來張揚屈原其文其人。他們不但不允否定屈原，連說屈原有一點不完美都超過了其接受底線。一語破的，前者對屈原之成說示疑，後者則堅決保衛之。而屈原的成說，應是官方公佈倡導的說法，如劉安（！）、司馬遷（？），竟都被表現成持全「褒」的一般態度者。連終說了關鍵真話的王逸也常用假話掩護其真。這種現象誘人深思探出究竟。

　　對屈原人格進行褒貶評論，本屬於一般態度。其中「貶」的聲音，主要是不贊成屈原徒然為壅君效命，在漢代其實代表一派的立場，我們至少可以在揚雄、尤其二班名下的著作中看到公開的貶。這種態度，從漢代以來，未得到深入研究。無論所「貶」正確與否，持其論者總是對那（好像不被懷疑的）屈原發表自己的看法。應特別注意者，「貶」的論點其實更緊密地聯繫著「特殊態度」，這種態度二千年來雖未絕響，而論者寥寥，尤為傳統所不愛。應該注意的是，無論一般態度還是特殊態度，基本上都不否定屈原的神格，也都承認屈原是有大才而受了冤枉的忠臣，只是雙方對屈原本傳的敘事部分所持態度迴異，這種兩重性態度，是我們從以上漢代學者著作中的文字總結出來、並且得到了証實的。班彪採取的這種雙重態度和決定這種態度的為人原則，是他貫徹其直錄精神的表現。其實漢代知情而有正義感的學者都是認同他的。

（二）父子相傳的為史儀則

　　以下我們先試從史家對班氏父子之評論，研究二班在思想上和為學上的授（學）受（學習和繼承）的關係，進而尋求在班固著作中的這種「特殊」之表現。我們應從班氏父子為史和為文兩方面看。《後漢書・班彪列傳》載其論司馬遷《史記》，儼然完全正統儒家的立場，曰「其論術學則崇黃老而薄五經；序貨殖則輕仁義而羞貧窮；道遊俠則賤守節而貴俗功；此其大敝傷道，所以遇極刑之咎也。」至於他本人的為文之道，由《覽海賦》之以隱喻暗示真義和《後漢書》對他的評價，我們聯想到他在《北征賦》（《文選》卷九）末的「亂曰」：「夫子固窮，遊藝文兮。樂以忘憂，惟聖賢兮。達人從事，有儀則兮。行止屈伸，與時息兮。君子履信，無不居兮。雖之蠻夷，何憂懼兮。」可見班彪在「固窮」中「遊藝文」的「儀則」就是效法聖賢、堅守信念；「與時屈伸」、樂天豁達；行義「履信」，無適不可——即使如孔子所言「居九夷」那樣「之

蠻夷」也無憂無懼。班彪這段話,是他直錄歷史、尤其論《楚辭》的指導思想,班固《幽通賦》(《文選》卷十四,亦見《漢書·敘傳》)中對乃父的「儀則」有具體而恰切的認同:「巨滔天而泯夏兮,考遺懿以行謠。終保己而遺則兮,里上仁之所廬。懿前烈之純淑兮,窮與達其必濟。」

我們看到,班固所言其父的「遺則」就是班彪所謂「儀則」。為表述這種遺則,班固說其父班彪在王莽篡權的前後漢之間,遭遇時艱,仍有詩賦行世,而且在亂世中效法聖人,終於保住自己的性命,因而給班固留下明哲保身、為人處世的榜樣;他要依循並效法父親懿德,而「窮與達其必濟」。最後這句話真是擲地作金石聲。《漢書敘傳》注此句引「曹大家(班昭)曰『懿,美也。前烈,先祖也。言己先祖,窮遭王莽,達則必富貴,濟渡民人,惠利之風,有令名於後世也』。孟子曰『窮則獨善其身,達則兼善天下』。《呂氏春秋》曰『古之得道者,窮亦樂達亦樂。非窮達異也,道得於此,窮達一也』」。其中注「窮與達其必濟」而引《孟子·盡心上》二句是對的;但所謂「窮遭王莽,達則必富貴」以下云云,似有意轉圈子繞過正解,後面引《呂氏春秋》雖然接近正解,仍不如不注,是班昭妹故意為其兄之深心作注而不得不寫的名副其實的遁詞。其實「窮與達其必濟」意思很簡單,就是無論自己一生是窮是達,都毫無例外,一定要濟天下。作為史家的班固濟天下的基本手段當是以載道之文寫下歷史的真實,即直錄也。他敢說這句話,不僅表現了他非凡的膽識,也顯示了他生前已克服了種種艱難險阻、安排好了正史的曲筆、乃至正史之外的文字記錄,無論自己遭遇如何,都要保證「直錄」的歷史之絕對可以傳世。面對既要做絕惡事,又要盡得美名,而掌握絕對話語權的統治者,這種堅持如黃鐘大呂,空谷足音,響徹千古紅塵,是極端難能可貴的。我們能找到班氏父子的有關記載,應該如獲至寶。若不把「窮與達其必濟」的全部內涵讀出,明白他如何真正以生命兌現自己的諾言,是對不起班固的。

其實班彪「行止屈伸」以下四句,已包含了一個史家為了傳真實於後代而不得不俯仰隨時之韜晦的姿態。倘若史家連性命都保不住,什麼書也難傳世,則他所知史實都只能爛在腹中,是只能「窮」而不能「濟」的。同樣,倘若寫成史書而不能「行止屈伸,與時息兮」,則不合時宜而得不到時君乃至時人認可,輕則其書中反映當時重要現實或政壇秘要的關鍵內容不能傳世,重則連性命、甚至姓名都被滅掉了。史家還是不能「濟」。所以,為將信史傳於後代,剛正而明智的史家既要保護自己性命,又要保護信史;二者之中,是

以信史為先的。班彪之寫《覽海賦》就是在「固窮」中「遊藝文」的結晶，即他在「與時屈伸」的同時，終於成功寫下並且傳給後世的心血之作，即有關歷史的隱秘真實而能「濟」後世的作品。他留給班固的這種遺訓遺則深刻影響了班固一生。班固對父志的繼承，貫穿在他的著作和為人中，當然包括窮達必濟的例証。

　　除《漢書・郊祀志》關於韓眾的記載外，《漢書・藝文志・方技》所載對「岐伯」的解釋也是班固為其父就《楚辭》說真話而作的一個精妙的默契（二者也可能本是班彪的手筆，但後者至少經過班固的編輯和定稿）。再看《幽通賦》最後的「亂曰」：「天造草昧，立性命兮。復心弘道，惟聖賢兮。渾元運物，流不處兮。保身遺名，民之表兮。舍生取誼，以道用兮。憂傷夭物，忝莫痛兮。皓爾太素，曷渝色兮。尚越其幾，淪神域兮。」《漢書・敘傳上》「有子曰固，弱冠而孤，作《幽通》之賦，以致命遂志。」《文選・幽通賦》（卷十五）李善題解：「賦云：『覿幽人之髣髴。』然幽通，謂與神遇也。」「神」者，誰也？可以懷疑其人即在東漢時已經傳說成神的劉安或其代言者。賦中多引《淮南子》而著意闡明神示的塞翁失馬、禍福無常之理，又強調作為宗族，自應護其本根，勿至禍起蕭牆，像是隱約地影射了劉安被滅族事。其中微妙，值得專題研究，現在只看他對全賦的總結：人生天地間，生命是寶貴的；只有聖賢才能以其偉大本心恢宏大道。大道無所不在，永遠運行而不會停滯。能在亂世中保住性命而以自己有益群庶的功業留名後世，才是人之表率。至於舍生取義，只是因道而用，並非「道」本身的實現，而不能保證「取義」。尤應注意的是，因自己堅守的道得不到實行時，為之悲傷乃至夭折，恐是一種屈辱，而大不必踐行之。人生本源的純潔自然生命之質，自應貫徹始終，為什麼要因世俗溷濁而改變本性本色、輕生短見呢？達到對生命和道的「保身遺名」的認識境界，才算庶幾於天道之幽微而入神明之域。

　　尤「保身遺名，民之表兮」以下，深刻解釋了他承自父親的宗聖保身而立名（窮達必濟）的原則。故《後漢書・班彪列傳》說班固寫《漢書》「若固之序事，不激詭，不抑抗，贍而不穢，詳而有體。使讀之者亹亹而不猒，信哉其能成名也。彪、固譏遷，以為是非頗謬於聖人。然其論議常排死節，否正直，而不敘殺身成仁之為美。則輕仁義，賤守節愈矣。」這裡「能成名」，就是「保身遺名」，而「不敘殺身成仁之為美」，就是因「舍生取誼，以道用兮」。至於班氏父子指責司馬遷之「輕仁義，賤守節」，而他們自己在這方面走得更

遠，自有其特殊的歷史背景。看來班固對乃父遺訓，無論為人還是為文，是心領神會、身體力行的。上引《後漢書》繼之曰「固傷遷博物洽聞，不能以智免極刑；然亦身陷大戮，智及之而不能守之。嗚呼！古人所以致論於目睫也。」班固雖最終未能逃脫殺身之禍，至少在寫《漢書》的始終，是接受了司馬遷寫《史記》的歷史教訓，依父道而行的。他最後何以身陷大戮，史無明文，也恰如司馬遷之死史無明白記載一樣。歸根結底，畢竟與寫直錄有關。司馬遷、班固、范曄，二十四史之前三史作者，居然皆未脫殺身之禍。

上引《班彪列傳》對於班彪及班固的評論，班彪《北征賦》和班固《幽通賦》的一段引文（「巨滔天」以下）及「亂曰」，這五段引文，含義高度一致。我們不厭重複地引了這麼多文字，意在特別看重和強調班氏父子宗聖、保身、立言的原則。可概括為唯聖是宗，唯身是保，唯言是立，唯世是濟。濟世（包括未來之世）是最終目的，不可移易。立言是史家濟世的唯一手段，必須以保身為前提；而為了保身，必須宗聖，即以聖人之教指引自己明哲保身、處濁世而生存下去；有時不妨隨大流沉默服從暴君的意志。但至少要把暴君之主要罪行，傳到將來。質言之：守道恬淡而以文立命，與時屈伸而保身遺名，窮達必濟，以春秋之筆修實錄以惠後人。再換句話說，明哲保身，曲筆藏真，直錄歷史，以惠後人。這是班彪為自己、為史家總結的保身成名立言濟世之道。別人評論班氏父子的話和他們的自我表達，都表明了這兩位史家的一個與眾不同點。他們以此立身，也以此論人，包括論屈原。果如所言，他們父子二人的今存文字中，確應存有價值連國（生造一詞，把「城」改成「國」）的真貨。

（三）班固論《楚辭》亦有硬手

毋庸贅言，班固的這種承自乃父的為史原則不但一般地表現在他寫的《漢書》中，也會發人深省地表現在他對屈原和《楚辭》的評論中。他的《離騷序》（載《離騷》王逸後敘之後，以小字排版）認為所謂劉安《離騷傳》「雖與日月爭光可也」的議論「似過其真」；且謂「君子道窮，命矣」，並舉前賢「全命避害，不受世患」的例子，歸結到「《大雅》曰「既明且哲，以保其身」的教訓。由此以下即劉勰《文心雕龍・辨騷》所概括的班固對屈原及其作品之評論「露才揚己，忿懟沉江。羿澆二姚，與左氏不和。崑崙懸圃，非經義所載。然而文辭麗雅，為辭賦之宗，雖非明哲，可謂妙才。」班固對屈原之文頗有保留的見解，也被王逸當作《離騷序》在《楚辭章句・離騷後敘》之後引述

「（班固）謂之（屈原）露才揚己，競於群小之中，怨恨懷王，譏刺椒蘭。苟欲求進，強非其人。不見容納，忿恚自沉，是虧其高明，而損其清潔者也。」但在王逸的《離騷後敘》之後，又載班固的《離騷贊序》，全是讚揚之語。其《離騷序》和《離騷贊序》觀點完全相反而併存《章句》之中，令人猜測，這若非二人之作，應是班在兩種情況下的作品，不妨併存。相比於歷來更被接受的劉安、王逸等似只是頌揚的看法，班固有《離騷贊序》與之唱和。針對漢代文人對屈原的批評，班固又有《離騷序》與之呼應。他的這兩種批評，都是在對「楚人相教傳」的屈原都承認的前提下發表的，這還是我們所謂的一般態度，其中否定性的評論占上風。

　　然而，作為一個典型「特殊態度」之例證，班固在《漢書‧地理志下》（卷二八下）這記載經濟地理，而於文學則非其處之處，寫下這樣一段話：「壽春、合肥受南北湖皮革、鮑、木之輸，亦一都會也。始楚賢臣屈原被讒放流，作《離騷》諸賦以自傷悼。後有宋玉、唐勒之屬慕而述之，皆以顯名。漢興，高祖王兄子濞於吳，招致天下之娛游子弟，枚乘、鄒陽、嚴夫子之徒興於文、景之際。而淮南王安亦都壽春，招賓客著書。而吳有嚴助、朱買臣，貴顯漢朝，文辭並發，故世傳《楚辭》。其失巧而少信。」其中關於《楚辭》的話所含消息，本來已經很值得琢磨；又被洪興祖斬頭去尾（此人學風不好）置於《楚辭補注》的「楚辭目錄」四字下。這段話開始所介紹的壽春，乃楚之舊都，也是漢代淮南王劉安所都之地。最後一句說《楚辭》「其失巧而寡信」尤其引人注目。這段話的內容，簡言之，似表明了「故世傳《楚辭》」的原因有五個。首先是屈原自傷悼之賦。其次是宋玉唐勒等「慕而述之」的賦（這是附和「一般態度」而言）。再次是吳王濞招致天下娛游子弟，有枚乘（《漢書藝文志》著錄賦九篇）、鄒陽（同上，文七篇）、嚴夫子（當也有賦流傳，待考）等人興於文景之際。四是淮南王劉安都壽春招賓客著書（除《淮南子》等書，《漢書藝文志》載：「淮南王賦八十二篇」；「淮南王群臣賦四十四篇」）。最後再加上「吳有嚴助（有賦三十五篇）、朱買臣（有賦三篇）貴顯漢朝」。「故世傳《楚辭》」之語，簡直是給《楚辭》下了一個定義。其中第三、第四、第五個原因，畢竟和「世傳《楚辭》」有何關係，歷來未得到充分研究而頗值得探討。而第一第二個原因，也需要重新審視。

　　最其後的結語，「其失巧而寡信」應怎樣理解呢？其意大致應為：《楚辭》（或有關《楚辭》的記載？）的錯失是「巧而寡信」。這話好像很模糊很籠統，

但其中有硬核在。此句似也可以解釋成《楚辭》文中的「託雲龍，說迂怪；豐隆求宓妃，鳩鳥媒娀女」等描寫，皆「寡信」之表現。但這種神怪描寫，雖非信實，疑信隨人，卻並不是「寡信」的承載者；所謂「寡信」者，實指《楚辭》所涉敘事，及其特別傳後示信的作者平生傳記內容，即《史記》本傳及附和它的文字。考慮「寡信」之「寡」字，則其可信者極少。可以忽略。如此，倘若我們相信班固之言（我們有什麼理由不考慮他的嚴肅意見所指呢？）則不得不將懷疑的思考集中到《楚辭》所傳的主要人物屈原身上。反過來假設，如果《史記·屈原傳》所記載的其生平是真實可靠的，班固說《楚辭》「寡信」豈不是落了空？我們不得不據此而懷疑屈原其人及其生平。當然也考慮以上「世傳《楚辭》」的幾個來源。班固的記敘中應暗挾關鍵的歷史真實。

班固所說的《楚辭》五個來源，有關詩賦到底指那些篇章，在微言和偽說併存的形勢下，恐怕要揭穿其「巧」，揭穿其「寡信」，才或可看到些真相。此非一般懷疑可解決也，乃需尋求和破解關鍵線索，才能找到打開《楚辭》迷宮的鎖鑰。看來，「巧而寡信」之「巧」，也是我們發現和解決問題之大阻礙。人們在讀《楚辭》時往往完全陷於有關文字的機括，被其中雲謫波詭所迷惑，而不辨其偽。不管怎麼說，班固的《楚辭》「其失巧而寡信」之言，雖然簡短而籠統，卻毫不含糊地發表了他對《楚辭》的重大懷疑意見。此言其實和班彪的《覽海賦》中之語相通，誘使讀者不得不從整體上重新考慮，傳統所認可的屈原歷史身份乃至其名下的作品，真中藏假，假中挾真，都有待辨識。班固此言，作為正史明文，竟未有人論及。是不是論者因不值得辯駁而不置一詞呢？

其實，《史記·貨殖列傳》（卷一二九）早有壽春的相關記載。「衡山、九江、江南、豫章、長沙，是南楚也，其俗大類西楚。郢之後徙壽春，亦一都會也。而合肥受南北潮，皮革、鮑、木輸會也。與閩中、干越雜俗。故南楚好辭，巧說少信。」這段話先說南楚風俗類西楚，而西楚之壽春是楚國自郢所遷之都，也是南北物資交流中心。又說壽春與百越所居的閩中、百越之一的干越靠近，其民風地俗也和閩中干越摻雜起來，所以「南楚好辭，巧說少信」，南楚的壞風氣和閩中、干越的號為美言辭、而實則巧言少信的惡俗有關。這話到了班固筆下，竟變了意思，赫然聚焦於《楚辭》的缺點，謂之「其失巧而寡信」，變成了對《楚辭》的黠巧和不信實的具體批評，顯然大有深心。把有關文學乃至政治的意見，藏在《地理志》角落中，不但只用四字，而且即使被

王朝的鷹犬嗅到，也有以搪塞，可謂善藏，而用心良苦矣。或許，有人會嫌這種解釋未免太曖昧，未必符合班固原意。班固說這種話，如果不曖昧地說，他關於《楚辭》的真話能傳下來嗎？相信下文會有更具體的說明和證明。還有《史記》和《漢書》不約而同，故意責怪「南楚」或「西楚」民俗惡，也有深意焉。

　　班固偏偏在《地理志》中敘及壽春時大談「世傳《楚辭》」的原因，好像壽春和《楚辭》有什麼非常關聯。壽春固是楚之舊都，根據《史記·楚世家》，楚國是在楚頃襄王二十一年「東北保於陳城」（《漢書·地理志下》亦言：「頃襄王東徙於陳」）；又於考烈王二十二年（公元前223年），自陳「東徙都壽春，命曰郢」。考烈王徙都壽春時，世傳屈原其人早已去世。故壽春其地如果和《楚辭》有什麼關聯，與其因為它是「楚之舊都」，毋寧說因為「淮南王都壽春」。江陵（郢）若真是屈原眷眷懷念的舊都，而長沙有「屈原所自沉淵」，班固大談「世傳《楚辭》」這一段話理應置於《地理志》關於江陵（「江陵，故郢都，西通巫、巴，東有雲夢之饒，亦一都會也」）或長沙（《地理志》無特別文字附後）的說明之中，才算合情合理。現在班固把關於《楚辭》的說明，不置於同屈原有關的地名之下，卻置於劉安所都的壽春，照常理推論，應是過份強調了劉安對於《楚辭》的重要性；而從他下文接著提出的對《楚辭》重大懷疑看來，他顯然是有意誘導讀者考慮劉安和《楚辭》的關聯，甚至屈原和劉安的關聯。其中語言之欲藏欲露，是令人不能不犯疑的。如果說，班固置關於《楚辭》的說明於壽春之後，僅僅因為壽春乃楚國最後所都，那麼他何必不得要領地講一大堆關於「世傳楚辭」的原因而特別強調劉安和別的漢代作家群呢？須知，漢代近承戰國之後，許多藩王如趙王、燕王、齊王等，仍然因襲戰國舊名，《漢書·楚孝王劉囂傳》（卷八十）載劉囂的兒子竟然也稱楚懷王，枚乘的《七發》（《文選》卷三四）便以「楚太子有疾」開頭。我們當然不是說楚孝王的兒子就是屈原所事，但是從漢人當時「去古未遠」的習慣推論，封於楚國舊地的諸侯王國，尤其劉安所封淮南王國在西楚，不也可認為是一種楚國，因而將錯就錯麼？甚至整個漢朝也可以比喻成楚國啊！果真如此——我們仍是假設——《楚辭》的「楚」字照字面看，至少班固所昭示的「世傳楚辭」的五個原因中後三個（高祖王兄、淮南王、嚴助朱買臣），是不能排除也含有漢代成份的。這是明白的。如果說暗藏的，「屈原」、宋玉應都是漢人。見下。

　　班固這段話為我們懷疑乃至解釋屈原傳記和《楚辭》本身，又開了一扇門。這就是班固的特殊態度了。重複地說，他雖持有異議，卻經常從正面鄭重其事地論《楚辭》或者屈原。他的《奏記東平王蒼》（見《漢書》本傳）也說過「昔卞和獻寶以離斷趾，靈均納忠終於沉身。和氏之璧，千載垂光；屈子之篇，萬世歸善」等話，可見他也會在一般場合下，隨俗高唱，尤對《楚辭》之文持評價頗高（仍被認為太低）。通覽班固的《楚辭》評說，包括《離騷序》、《離騷贊序》等，儼然漢代一大《楚辭》學者，而隨大流對《楚辭》、屈原評贊、褒貶，似乎不見懷疑的痕跡。但是《漢書·地理志》的記載也暗渡陳倉，如乃父一樣留下了對《楚辭》整體令人驚異的否定意見。看來，班固和班彪一樣，對《楚辭》的態度是，明處與時俯仰，暗處固持己見；明表肯定，暗護否定；明說眾人都說的假話，暗說自己不得不說的真話。而他這樣做的原因，也像班彪一樣，不是為了否定《楚辭》的文學價值，而是要避開當時政治壓力，向後世暗示消息，因使後世終能探求《楚辭》、特別是其作者的真正歷史面目，可見，班固透露給我們的懷疑訊息，主要是指向《楚辭》作者。班氏父子論《楚辭》的這種兩重性原則，難道不值得深思嗎？

　　班彪對《楚辭》公開說真話的希望看來終生並沒有實現，唯其如此，他提出這個希望的《覽海賦》，作為極其罕見的漢人原始材料，才具有越發寶貴的證據價值。王逸之注《遠遊》的注釋姿態其實和班彪之用隱喻暗示真實相通，也與班固明隨時尚而暗持己見的論《楚辭》態度相通。我們說王逸的注解中有「破綻」，是說在他不得不以官方口吻說《楚辭》，並且終得到官方認可的同時，仍留有通向另一種結論的暗示。大概受班氏父子影響，或出於他自己的歷史責任感，王逸《楚辭章句》之《楚辭》本文及《章句》本文中，也有「一般」和「特殊」的兩重性，前文引證他《楚辭章句》中注釋的例子，或佯作不知，或謬作贊語，風格之奇，不下二班，已可見一斑。

（四）《遠遊》疑點和「屈原小傳」

　　現在，我們的研究從《遠遊》有韓眾之名進行到有韓眾之名的《覽海賦》，我們的懷疑也從《遠遊》單篇覆蓋整部《楚辭》了。我們當然要以二班父子所提供的證據繼續研究。首先我們應詳查一下王逸畢竟說真話沒有，以及他是怎樣說真話的。

　　以下仍以前文已舉的《遠遊》及王逸《章句》（以下為方便，就稱注解）為例開始研究。先說《遠遊·敘》：「遠遊者，屈原之所作也。屈原履方直之

行，不容於世。上為讒佞所譖毀，下為俗人所困極，章皇山澤，無所告訴。乃深惟元一，修執恬漠。思欲濟世，則意中憤然，文采鋪發，遂敍妙思，託配仙人，與俱遊戲，周歷天地，無所不到。然猶懷念楚國，思慕舊故。忠信之篤，仁義之厚也。是以君子珍重其志，而瑋其辭焉。」

這一段文字，猶如文章之解題，綜述上引段落全部內容：謂屈原以方直不容於世，而抒發仙思，「周歷天地」，而猶念楚思舊；其忠信仁義之篤厚，是君子所以重其志而美其文也。王頌「屈原」，乃把他當成至少是想脫離俗世的「仙者」，應是抓住了「屈原」人物之重要特徵，即他的「神格」，這一點似乎已不為王逸當時所忌。但其中「上為讒佞所譖毀，下為俗人所困極」之言，卻是就屈原脫離不了的俗世經歷說的。他被來自上面的、朝廷中的奸佞所中傷，迷惑了君王的視聽，這有案可稽，見《史記》本傳，是毫無疑問的。說他也受位在其下的「俗人所困極」，好像他之下頗有人在，就有點令人迷惑，於史無徵。一般的大臣，能多一些僕妾扈從，是不具備能夠構成政治力量的「在下」的人馬的。此處提到的這種來自兩方面的戕害造成的上下交困，其受者更像是漢代藩王的身份。其二，屈原「深惟元一」、「託配仙人」云云，都帶有神仙家風度，即「仙者」也。這種文字在《遠遊》全篇，乃至全部《楚辭》，俯拾皆是，我們還要繼續研究。尤應注意的是，王逸的注釋中，不僅認同屈原成仙，還經常顯露更具體的別樣消息。把王逸藏在《楚辭》篇章和章句中關於其作者的消息深挖一番，應有所獲得。

我們且把《遠遊》的考察進行下去，然後將在全部《楚辭》及王逸注中廣事深求。先舉一些段落，說明基本觀點。「悲時俗之迫阨兮，願輕舉而遠遊高翔避世，求道真也。質菲薄而無因兮，焉託乘而上浮將何引援而升雲也。……漠虛靜以恬愉兮滌除嗜欲，獲道實也。澹無為而自得恬然自守，內樂佚也。聞赤松之清塵兮想聽真人之徽美也。願承風乎遺則思奉長生之法式也。貴真人之休德兮，美往世之登仙。與化去而不見兮變易形容，遠藏匿也。名聲著而日延姓字彌章，流千億也。奇傅說之託辰星兮，美韓眾之得一。形穆穆以浸遠兮卓絕鄉黨，無等倫也。離人群而遁逸遁去風俗，獨隱存也。因氣變而遂曾舉兮乘風蹈霧，升皇庭也。忽神奔而鬼怪往來奄忽，出杳冥也。時髣髴以遙見兮託貌雲飛，象其形也。精皎皎以往來神靈照曜，皎如星也。絕氛埃而淑尤兮，終不反其故都去背舊都，遂登仙也。免眾患而不懼兮得離群小，脫艱難也。世莫知其所如奮翼高舉，升天衢也。自此以上，皆美仙人超世離俗，免脫患難。屈原想慕其道，以自慰緩，愁思復至，志意悵然，自傷放逐，恐命不延，顧念年時，

因復吟歎也。」

從開篇起，抒情主人公因為世俗的逼迫和困厄，就表現很想羽化成仙，只是苦於不知如何飛升。但他精神上虛靜無為，恬然自守，似已為成仙做好了準備。他羨慕據說往世得道的赤松子、傅說、韓眾等人，能遁離濁世，獨留美名。接下來，用王逸注的原話來說明，就是「升皇庭也」、「遂登仙也」、「升天衢也」云云——雖然成仙畢竟是一種幻想，其作者卻頗認真地追求，而注解者則似更嚴肅地認為原作者「登仙」了，真是把屈原頌上天去了。看來，稱屈原為神仙家，不是過譽。這正是屈原神格的表現。王逸《九思·疾世》「吮玉液兮止渴，嚙芝華兮療疾玉液，瓊蕊之精氣；芝，神草也，渴啜玉精，飢食芝華，欲仙去也。」說屈原為避濁世，而飲玉漿、食芝華，欲仙去。也是他「神格」的表現。這種段落，在《楚辭》中處處可信手拈來。另外「與化去而不見兮，名聲著而日延」二句，表明的屈原神格，不單是成仙而已，而且預知自己將來身遁名傳的結局。王逸說他「變易形容，遠藏匿也。姓字彌章，流千億也。」確似相信他變化藏匿、成仙之後，名垂萬古了。

再往下看《遠遊》句子「微霜降而下淪兮淪者，論上用法之刻深也，悼芳草之先零不誅奸邪害仁賢也。」上句本來易懂，王逸以後歷來注家解「淪」，都認為是沉落的意思，殆無二致；王逸偏偏用這樣一句來注解。現在王逸深求其解，說是「論上用法之刻深」，雖然不是文內之義，看似無中生有，其實卻是微露天機。用法「刻深」之「上」，指誰呢？秦始皇也是用法刻深者，但與此文無關。從王逸口吻說出的「上」應是漢人說漢帝，歸到漢武帝頭上可謂名至實歸，他是首當其衝而無法推諉的。漢武帝朝多少文臣、武將、宗室、藩王，皆因武帝用法「刻深」而喪生。而《史記·屈原列傳》及《楚世家》也毫無跡象顯示楚懷王或頃襄王是用法「刻深」而殘害賢臣的主兒。王逸暗示「屈原」所事之君竟是「刻深」的「上」即漢武帝，屈原就頗似漢武帝下的受害者了。劉向《九歎·怨思》云「孽臣之號咷兮號咷，謹呼。本朝蕪而不治言佞臣妖孽，委曲其聲，相聚謹譁，君以迷惑，國將傾危，朝用蕪薉而不治也。」——也啟示我們：戰國時代的屈原，恐不會說「本朝」這樣的字眼。此處說的應是漢朝，因為暴君的需要和鼓勵，酷吏和佞臣橫行無忌而歡喜得勢，使漢廷用法刻深、賢人自危、昏亂荒蕪，讒言猖獗；但用「微霜」比喻「用法刻深」，確是出人意外的疑點。這個比喻很特別而意味深長。王逸如此做注解，都是事先計劃好了的。對王逸的這種顯然帶有「兩重」態度的敘述或注釋，我們必須追索到底。

　　前文我們已從「韓眾」導出《遠遊》至少應為秦始皇之後文人所作。《章句》卷十六劉向《九歎‧愍命》「韓信蒙於介胄兮，行夫將而攻城」，這也是以屈原第一人稱口氣寫的，據此我們可以推証，屈原應是韓信（？～前196）以後的人、即漢初以後的人。現在再根據「微霜」所指，《遠遊》作者該是漢武帝時代的諸侯王了。

　　又王逸《九思‧守志》終篇云「乘六蛟兮蜿蟬蜿蟬，群蛟之形也。遂馳騁兮升雲。揚彗光兮為旗，秉電策兮為鞭復欲升天求仙人也。……謁玄黃兮納贄玄黃，中央之帝也。崇忠貞兮彌堅雖遙蕩天際之閒，不失其忠誠也。歷九宮兮遍觀，睹祕藏兮寶珍。……相輔政兮成化，建烈業兮垂勳當與眾仙共輔天帝，成化而建功也。目瞥瞥兮西沒，悵欷闇兮自憐言升仙之事，迫而不通，故使志不展而自傷也。」這也是從屈原的神格發言，他在又一次（應是最後一次）仙遊中到了上天，在那裡看到了祕藏寶珍；又與眾仙人忠心輔佐天帝，建功立業。這是以天堂比喻的屈原理想環境，也是他畢生未能實現的仙夢。他在天上看到的祕藏寶珍應是人間祕錄的代稱，王逸也許看到了或至少知道吧。

　　文末云「亂曰：天庭明兮雲霓藏，三光朗兮鏡萬方。斥蜥蜴兮進龜龍，策謀從兮翼機衡蜴，喻小人。龜龍，喻君子。璿璣玉衡，以喻君能任賢，斥去小人，以自輔翼也。配稷契兮恢唐功恢，大唐堯也。稷、契，堯佐也。言遇明君，則當與稷、契恢夫堯、舜之善也。一曰恢虞功。嗟英俊兮未為雙。」這是王逸寫的《九思》的結尾，或曰整部《楚辭》大結局；假屈原之口高唱君聖臣賢的天下大治，並特別申明要「配稷契兮恢唐功」，即「與稷、契，恢夫堯、舜之善也」。王逸在此並非一般地學《楚辭》之屢引聖君；他所謂「恢唐功」，是光大唐堯之功烈，而唐堯是劉家漢朝認宗的古代聖君。《漢書‧敘傳上》「蓋在高祖，其興也有五：一曰帝堯之苗裔」；《敘傳下》「皇矣漢祖，纂堯之緒。」王逸最後大贊唐堯，意在向讀者昭示「屈原」效忠所指，果然是他「與之同姓」的漢王朝。這就把把關於《楚辭》真正作者的身世消息大體都透露出來了。《哀時命章句第十四》「願尊節而式高兮，志猶卑夫禹湯」之言的說法是有來頭的。有意思的是「恢唐功」在注解中還說「一曰恢虞功，」就是光大虞舜之功的意思；一般而言，是唐堯還是虞舜，無關乎大旨，反正都是聖君，王逸也把堯舜一概而論，曰「恢夫堯、舜之善也」。但這個「一曰恢虞功」的加注，有點令人發笑，無論此注是王逸或其子所作，都起了提示的作用，是要讀者深思而確定正解，故意「欲蓋」（假裝是「虞功」）而達到「彌彰」（更明確是「唐功」）之目的

也。史有明文曰屈原與楚王同姓,「同姓」一語,倒是真的,不過,是與漢皇同姓也。

王褒《九懷》「亂曰」亦云:「皇門開兮王門啟闢,路四通也。照下土鏡覽幽冥,見萬方也。株穢除兮邪惡已消,遠逃亡也。株,一作珠。蘭芷睹俊乂英雄,在朝堂也。四佞放兮驩、共、苗、鯀,竄四荒也。後得禹乃獲文命,治江河也。聖舜攝兮重華秉政,執紀綱也。昭堯緒著明唐業,致時雍也。孰能若兮誰能知人,如唐虞也。願為輔思竭忠信,備股肱也。」作為全篇的總結,這段話表達了「屈原」對皇家萬年德政、忠臣輔佐、奸邪竄逐、聖君奕世的祝願。這裡談及聖君堯、舜放逐「四佞」,而得禹為繼的歷史(儒家的帝統),而特別表彰舜之能「昭堯緒」,即昭明光大堯的帝業,所以重點還在堯,兜了好大圈子,說屈原特別忠事的鴻業帝緒,還是指同姓的劉姓皇家。所以,「屈原」應姓劉。諸侯王而姓劉,與劉安又有同樣神格乃至人格。兩個人影幾乎重疊。綜其神格、學問和冤案,我們得「屈原小傳」如下:「屈原」者,漢武帝時同姓王也,博學好神仙,忠而遭讒陷。這確似指劉安了。

從王逸《章句》中,容易找出線索達到做出如上小傳,而且方法遠不止一。這是因為,「漢」的特徵、「漢武帝」的暗示、「與王同姓」的強調,「諸侯王」的身份、所謂「神格」的表現、「忠而遭讒陷」的線索,在整部《楚辭》中多為常見。其中「諸侯王」一條,是不是難証一些?例如王逸以第一人稱注解的《惜誓》「建日月以為蓋兮,載玉女於後車言己乃立日月之光以為車蓋,在玉女於後車以侍棲宿也。」從中當然可以窺見,口氣之大,即使是在仙遊,仍然透露非常的人間身份。但我們遠不能滿意,希找出更顯著的決定性細節來確證其人之歷史身份。我們知道二班有關文字往往透露消息;但他們對《楚辭》尚是實在的批評;對屈原和劉安的真正關係,卻一直沒有道破天機。所以因為還有一層偽裝沒有戳破,我們沒法下最後斷語。二班是史家,可能太受注意,難以直錄。我們已經疑王逸也是對《楚辭》持「兩重態度」者。他的《章句》文字頗多,應有足夠空間舞其長袖。我們期望王逸能在其中找到最關鍵的隱秘而揭穿歷史最敏感的一頁。

三、由《招隱士》引劉安之疑

我們仍先研究一些暗示或質疑劉安與屈原關係的文字,希望由此接近結論。王逸《楚辭章句》卷十二淮南小山《招隱士·敘》曰:「《招隱士》者,淮

南小山之所作也。昔淮南王安，博雅好古，招懷天下俊偉之士《漢書》：淮南王安好書，招致賓客數千人，作為內外書甚眾。自八公之徒，咸慕其德，而歸其仁《神仙傳》曰：八公詣門，王執弟子之禮。後八公與安俱仙去。各竭才智，著作篇章，分造辭賦，以類相從，故或稱小山，或稱大山。其義猶《詩》有《小雅》、《大雅》也《漢·藝文志》有淮南王羣臣賦四十四篇。小山之徒，閔傷屈原，又怪其文升天乘雲，役使百神，似若仙者，雖身沉沒，名德顯聞，與隱處山澤無異，故作《招隱士》之賦，以章其志也。」

（一）楚辭、王孫、小山，三推論

　　此可當作一段奇文讀之，主旨何在，值得探究。作者所言，可以導出意想不到的結果。而歷來無人能完全解通其文意。且不必說許多舊籍、學者都認為《招隱士》是淮南小山為劉安招魂之作、甚或是劉安之作。王逸之敘開頭指出《招隱士》的作者是淮南小山之後，乃用大半的篇幅解釋何之謂淮南小山，強調了淮南王劉安因博雅好古，有自淮南八公至小山這些慕德歸仁而竭忠盡智的門客，也有大山。王逸之敘，實際上把文章的重心置於劉安，等於在引導讀者思考劉安與《楚辭》的關聯，乃至和屈原的關係。看來劉安的門客眾人不但分工寫《淮南子》，而且有專門寫辭賦的。據王逸說，辭賦（或者辭賦作者？）分類，而稱為小山、大山，居然恰如《詩經》中有《小雅》、《大雅》一樣。這已經甚為奇絕。至今鮮見能解大山小山之義的論者，我們尚未探明其義，也只好隨著王逸這麼叫下去。然而細析文義，利用大山小山比小雅大雅，王逸已悄悄把劉安及其門徒之作推向與五經之一《詩經》比高的地位，這種類比被後世完全認同，而幾乎成為詩騷並稱的最早認定；與《史記·屈原傳》所載劉安《離騷傳》文字「《國風》好色而不淫，《小雅》怨誹而不亂，若《離騷》者，可謂兼之矣」相掩映，而互為表裏。劉安之名以此種方式逼近屈原，這是推論一。

　　下文接著說屈原「雖身沉沒，名德顯聞，與隱處山澤無異」，亦在文理上不盡通而令人惶惑。「身沉沒」三個字可以有兩種解釋。一是社會地位下降而湮沒無聞；二是投水淹死；此處似乎兼而用之。前者有時甚至可以被有意誤讀為後者，而贊同屈原投水說。屈原之所謂的因憂國至於沉江而死，乃名德顯聞，這「與隱處山澤」果然「無異」嗎？漢時的隱士，或以隱求仕，自高身價；或有優游卒歲，不問國事，因而名德不彰者；當時如晉代陶淵明那樣的、與當道者不合作而甘心陷於貧困的隱者，有沒有呢？難求矣。但屈原也完全

不似陶淵明。「雖身沉沒，名德顯聞，與隱處山澤無異」這話說的很辛苦，也很勉強。王逸以屈原比隱士，無論是真隱還是假隱、大隱還是中隱，都十分彆扭。屈原「身沉沒」而「名德顯聞」了，與那些「隱處山澤」而顯名的隱者大異其趣，哪能說「與隱處山澤無異」？稱屈原如此，和王逸本人明謂屈原「進不隱其謀，退不顧其命」之言完全矛盾，而不合理。但從懷疑的角度推想，若細品味「身沉沒」、「名德顯聞」與「隱處山澤」的各種可能含義，這几句話其實可另有一解：《楚辭》作者本人已死，他作為《楚辭》作者的事實和姓名不為人知、湮沒無聞，是為「身沉沒」；依靠「屈原」之名號（非作者本名），而傳美譽令德於天下，是為「名德顯聞」；如此《楚辭》作者就有點好像理想的隱士一樣沉其真身，不過顯其虛名，是為有似於「與隱處山澤無異」。這個解釋至少可以說得通，而勝於把不通的文字置之不理。這樣的人，指誰呢？其實從題目而言，全文也與習稱的隱逸之士無關。從「隱」的最基本含義出發，可以認為，王逸以此題目隱然涉及的「隱士」並非一般意義的隱士，乃是一個其姓其名被從楚辭作者中「隱」去而完全被遮蓋之「士」；這個呼之欲出的隱士，從此篇之序的可疑語氣推論，如果我們懷疑的話，便只能懷疑《離騷》的作者名非屈原，和劉安密切相關，或有別的什麼名。王逸若非有言外之意，是不至於如此落筆的。通讀《招隱士》全文，我們實在看不出它是如何彰顯那個傳統認可的屈原之志的；說它隱晦地道出了劉安處境的倒是頗有人在。《招隱士》之題目，分明在招引和呼喚一個本有其名而失其聲之人；引誘讀者在文學和歷史的迷宮中，尋求一位為中國文化的光輝作出了巨大貢獻，卻又為中國文化的陰影所遮蔽的人物，所謂「王孫」也。王逸呼喚「王孫兮歸來旋反舊邑入故宇也。山中兮不可以久留誠多患害難隱處也。」是要讀者尋找和發現其本來面目，給以澄清，予以適切評價，使他回到正常的、不是仙也不是鬼的人的地位。這是推論二。

我們還有一個問題，《招隱士·敘》中提到「八公之徒，……分造辭賦，以類相從，故或稱小山，或稱大山」云云。其中大山、小山作何解釋？這本來是個不是問題的問題。偶爾讀到《淮南子·齊俗訓》「咸池、承雲、九韶、六英，人之所樂也；鳥獸聞之而驚。深溪峭岸，峻木尋枝，猿狖之所樂也；人上之而慄」，覺得其中「人上之而慄」正好移來作《招隱士》「憭兮慄，虎豹穴嵺嵺穿岰也。補曰：《淮南子》云：虎豹襲穴而不敢咆。」之下句「叢薄深林兮攢刺棘也。人上慄」的注解。《淮南子》原文是要說明物各有所喜樂逍遙，各有所驚

慌恐怖。作者大呼「虎豹鬪兮，熊羆呴；禽獸駭兮，亡其曹」，要身在恐怖山中的「王孫兮歸來」。《招隱》中「人上慄」就是《淮南子》中的「人上之而慄」，可見作者對《淮南》著作甚熟諳。連這樣的、也不是什麼典故的片語，都順手用上了，來強調淮南王及群臣生前死後的慘境，作者真不愧屬於淮南小山。淮南小山急急呼之，而望其歸來之人，既是《楚辭》的作者，則似應為淮南大山，此人似為淮南子神仙家的首領。其人自然應是死了，走了，名副其實仙去了。仙字照古寫法為「仚」，是人在山上；人在山上戰慄，就是死了成了仙，還在遭受被屠殺而死的恐怖。小山望「王孫歸來」，歸來陽世是不可能的了；所望者，使他不被斷絕姓名，並且回到正常人死後的狀態，這就是幸運的歸來了。從另一面思考「山」字，乃是「仙」字去掉了人，只剩下沒有人、充滿磨牙吮血野獸的空山。淮南王和群臣，大小仙者，血流成河，被殺的太多了，只剩空山了。故幸存的生者以小山互稱而以大山稱其故主也。至文末呼喚「王孫兮歸來，山中兮不可以久留」。意思是，王孫啊，你快回到和平安全的環境中來吧。不在那死亡的山上，做什麼仙人，快到你人的本位上來。所以淮南大、小山之名，其實是大屠殺之後的餘怖中，淮南餘黨敬慰死者並互相諧謔之暗語。綜上所言，讀者其實被迫去解一個更難解的問題，劉安（王孫）之名為何似被屈原取代？換言之，要我們搞懂《楚辭》最深藏意蘊。這是推論三。

（二）仙者、文過、不容，三「又怪」

　　王逸隱然推崇的淮南小山們和屈原《楚辭》有何特殊關係？而閔傷之情如此深曲？他們「又怪」屈原之文「升天乘雲，役使百神，似若仙者」；作者似乎發現某個錯誤之外，發現屈原之文不應竟然這樣。這是不是說只有劉安及八公之徒才能「似若仙者」呢？考慮《史記·屈原列傳》的內容基本上不涉神仙，此處的「又怪」似乎在告訴不明真相的讀者：《史記》本傳所記那位頗似儒家忠臣的屈原本是個「似若仙者」的人啊！王逸是不是在曲折地暗示「小山之徒」閔傷的「屈原」就是劉安或劉安的某種代言人呢？分析王逸晦澀的文義，我們是可以這樣猜測的。「八公之徒」對劉安慕德歸仁，與「小山之徒」「閔傷屈原」兩個句子，其主語「八公」和「小山」都是淮南客，其謂語都涉及劉安。前者說劉安生前，後句則涉及其死後。所以這段話中所謂「屈原」者，似是劉安的一種代稱，他本就是小山之徒領袖人物，大概就是大山吧。劉安乃漢初以來最大的神仙家，他同時又是極有才能的辭賦家、思想家，以

彼之才，應更能寫出「金相玉質，百世無匹」的文章來，而「升天乘雲，似若仙者」。當然，在有關歷史被篡改得面目全非的情況下，我們對這個問題很難期望一般意義上的嚴格「史料」證明，但我們總應找到說法，準確的「詩料」證明還是有的。如王逸此處之文一樣的例子，積腋成裘，不是也能透露問題的性質而引導我們懷疑並進一步鑒定《離騷》作者為屈原的說法之含義嗎？我們由此還可推斷，在《楚辭》初始編輯階段，似乎原打算把屈原打扮成一個很嚴肅的儒家忠臣的，後來鑒於神仙家材料之多，而更有利於用以神化屈原、因而神化聖君，屈原之本屬道家的神格才成了公認的不必忌諱的事實。此謂「又怪」之一。

　　班固《漢書·揚雄傳》（卷八七）以下語也非常值得推敲：「先是時，蜀有司馬相如，作賦甚弘麗溫雅。雄心壯之，每作賦，常擬之以為式。又怪屈原文過相如，至不能容；作《離騷》，自投江而死。悲其文，讀之未嘗不流涕也。以為君子得時則大行，不得時則龍蛇，遇不遇命也，何必湛身哉。」這裡最有意思的是揚雄（班固錄揚雄《法言·自序》）「又怪屈原文過相如，至不能容」這句話。觀其「又怪」的口吻，與上文「小山之徒」所言，如出一轍。其意簡單地歸結，就是不但「文過相如，至不能容」是不可能的，「自投江而死」也是不可能的。看樣子，揚雄又覺得奇怪（或不對）的是，屈原文章勝過司馬相如，竟至於不能被容於君王。反過來說，揚雄所怪者，司馬相如文章不如屈原，居然還能取容於君王。讀來讀去，總覺得「屈原」和司馬相如應同時，而所事的君王也應是同一個人。因為如果所事君王非一人，則不同的君王「能容」的雅量不同，那麼文才也不同的二人的「能容度」就不可比較，也沒有什麼理由「又怪」了。其實，中國歷代史家乃至一般人，好像不約而同習慣於先把某人與他的古人或同時代人比較，而後對此人作出相關的判斷；其相反的例子在此是僅見。我們不妨依照上面的句式編造几個句子來說明：「李白文過相如，而不能容於朝」——這個句子比李白於前代文人司馬相如而後作斷語，意思通順。再如：「李白才過吳均，至不能學道」——因為吳均是李白同時代人，此話中的比較也合乎習慣。但是如我們說，「相如文過李白，至不能容」，以前朝人與後代人作比較，再對前代人做判斷；即使是唐以後史家縱論古人，恐無人會如此著筆。一言以蔽之，班固此話隱含的意思，是將他所謂的屈原當作和司馬相如同時代的人。那麼漢人當中有沒有「文過相如」的人呢？我們解《楚辭》到下文，就能說出這個人名來。揚雄還覺得不可理解的是屈原

可悲的投江而死。得時不得時、遇不遇都是命，哪裏用得著投水自殺，儘管直到今天還有不少智者強作解人說他們理解和佩服屈原高尚的投水自殺，認為是極端理性的行為，揚雄卻覺得這是不可理喻的，恐也知道這是不存在的。此謂「又怪」之二。

又《史記‧屈原賈生列傳》（卷八四）末的「太史公曰」：「余讀《離騷》、《天問》、《招魂》、《哀郢》，悲其志。適長沙，過屈原所自沉淵，未嘗不垂涕，想見其為人。及見賈生弔之，又怪屈原以彼其材游諸侯，何國不容，而自令若是！讀《鵩鳥賦》，同死生，輕去就，又爽然自失矣。」這段文章涉及甚多大題目。從根本上講，《史記‧屈原傳》幾乎完全是憑空捏造，而且硬放在太史公名下污其清名，真是欺人太甚。我們將一步一步涉及《屈原傳》的有關細節，最後全部否定之。以下先僅就其「又怪」之句與上引二句相似的口吻，加以說明。作者（絕非司馬遷）認為，在屈原的時代，憑屈原的才能，任一諸侯國都會接納他，來保國打天下，而屈原堅決偏偏獨獨要為楚國之昏君效忠到底，還預先幾十年就計劃好了、效忠不成就自殺，這真是違反當時人情常理的咄咄怪事。作者意思明白：這是不可能的。此謂「又怪」之三。以上三「又怪」口吻一致，而且在漢人記載中唯有此三個記載，在有關文獻中頗為惹眼，故同論之。

三個「又怪」和三個推論之外，我們還有一個文例要說明。王逸《楚辭章句‧離騷‧後敘》云：「今若屈原，膺忠貞之質，體清潔之性。直若砥矢，言若丹青，進不隱其謀，退不顧其命，此誠絕世之行，俊彥之英也。」這裡王逸的盛贊屈原，仍然話中有話。說屈原忠貞高潔、不顧個人安危，正大光明、倖直奉公，這都是古老的話頭、「一般態度」也。關鍵一語，「言若丹青」的「丹青」怎麼講？王逸之語，源自揚雄，故錄揚雄之語如下。《法言‧吾子》「或問屈原智乎？曰：如玉如瑩，爰變丹青，如其智，如其智！」翻成現代漢語大致是：「有人問揚雄，屈原明智嗎？（揚雄的）回答是：屈原有如玉一樣瑩潔的至性，乃至於能夠改變丹青。這便如他的明智！這便如他的明智！」其中重複的「如其智」應如何解釋，引起自漢以來很多學者爭論，而至今不休。可見連斷定屈原是否明智都事關重大，不用說斷定屈原這個個體的人是否存在過了。我們就從「丹青」一詞入手試解之。這個多義詞，一指丹砂、青雘兩種製顏料的礦石，因指繪畫（紅、青）顏料；二是紅色青色，可看成丹冊和青史的簡稱，猶言青史或者汗青；三汪榮寶《法言義疏》解作「玉

之符彩」。其他各解或代圖像、畫家；或用作動詞指作畫或者美飾；有時可為
丹墀青瑣的合稱，都與我們的議題無關。其中第一解見於《法言·君子》：「或
問聖人之言，炳若丹青。有諸？曰：吁！是何言與！丹青初則炳，久則渝，
渝乎哉？」不同意「聖人之言，炳若丹青」（如丹青一樣彪炳），是把「丹青」
當成可褪色的顏料了。第二解用於王逸話都可解釋通；而用於揚雄的話則第
二解遠優於第三解。在這裡特定的上下文中將「爰變丹青」解釋成「乃至於
改變了歷史」是比「乃至於改變（表現）了玉的符彩」要合理得多。其實，揚
雄說屈原這個人物如玉一樣瑩潔的至性，竟然改變了歷史，這真是他的明智
啊！真是明智之極啊！模楞兩可的表達之中，我們特別看最後的「如其智」
的重覆，是包含著微言的。大概可解為：竟改變了丹青，真有智慧啊——這
明明是諷「屈原」的「杜撰」者真明智，但他們乃至屈原本尊是不用負責任
的，他們打扮人、屈原任人打扮而已。對比揚雄其他的屈原評論。尤其前引
「又怪屈原文過相如」之語，令我們越發相信揚雄對於屈原的評論，更明顯
地帶有「兩重性」。與班彪班固王逸不同，揚雄的兩重性竟然常常表現在言
簡意約而生歧義的同一個句子裏，不是「一般態度」顯而「特殊態度」隱、表
現在不同的場合。如此，我們乃解釋「言若丹青」為「（屈原這個人物說的）
「話」就像丹冊青史一樣（彪炳傳揚）；」而「爰變丹青」就可解釋為：屈原
人物之出現本身，乃改變了歷史記載，也就是《楚辭》及有關《楚辭》作者傳
記中屈原說或關於屈原說的話，把歷史改變了，而成為歷史。這影射的乃是
屈原被嵌入先秦楚史的本事。這樣的話，在漢代，即使知情人也不敢直接說
出；能夠如揚雄這樣模棱含糊地說出已極為難得。無論如何，即使古賢者敢
說一點真話，今智者也把它抹掉了。多虧解「丹青」為歷史，畢竟也是該詞一
不可忽視的選項。

　　從根本上講，屈原之名或者竟爾是一種社會正義呼聲的縮寫，集在屈原
名下的作品自然多是孤臣孽子、忠魂冤鬼之作。屈原這個名字（密切涉及劉
安而並不完全等於劉安）就成了這群無名作者的總的代名詞，成了功榮所叢，
盡管《楚辭》主要作品並不多屬劉安。

四、屈原真身之驚鴻一現

　　現在，我們希望在以上所知條件下，先研究王逸的《章句》。希望僥幸能
獲取更多「情報」。王逸《楚辭章句》十七卷，以卷一至卷七為屈原所作《屈

原賦》二十五篇，大致包括《離騷》、《九歌》（十一篇）、《天問》、《九章》（九篇）、《遠遊》、《卜居》、《漁父》。然後是卷八《九辯》，稱為屈原弟子宋玉「閔惜其師」之作。卷九《招魂》也斷為宋玉為屈原招魂所作。至《章句》第十《大招》則言「疑不能明」為「屈原之所作」抑「或曰景差」。第十一至第十七的作者則分別列為賈誼（？）、淮南小山、東方朔、嚴忌、王褒、劉向和他自己等漢代文人。為《楚辭》文字做注，王逸常用「言己」如何如何，來解釋屈原的文字、感情、行為或遭遇；有些負荷重大消息的文字，也便藏在其中。《章句》之各篇解題、注解之中，常有一些或明或暗、或曲或直、或荒謬不通或勉強回護，然而畢竟透露消息之處。不僅在《章句》中，甚至在他為之作章句注釋的《楚辭》原文中，都保有他對《楚辭》及其作者身世身份的關鍵性意見。確需專門探求討論。

（一）「微霜」引喻的滅門之禍

我們先研究一例。東方朔《七諫・初放》說屈原「言語訥澀兮出口為言，相答曰語。訥者，鈍也。澀者，難也。又無強輔言己質性忠信，不能巧利辭令，言語訥鈍，復無強友黨輔，以保達己志也。淺智褊能兮褊，狹也。聞見又寡寡，少也。屈原多才有智，博聞遠見，而言淺狹者，是其謙也。」從《史記》本傳，可知屈原「博聞強志，明於治亂，嫻於辭令」，此處為何說他「言語訥鈍」、「聞見又寡」，而且「淺智褊能」？他作為臣子而若非藩王，需要什麼「強輔」？王逸說他「言淺狹者，是其謙也」很奇怪，為屈原執言可理解，但說屈原這樣表達自謙，何謂也？在此提出問題，希下文得到答案。這個問題的答案是我們識別「複合式屈原」中心作者的令人驚嘆和不得不信服的證據。

以下先專研究一些帶「微霜」的相關句子，由「微霜」比喻嚴刑苛法，或導致嚴刑苛法的讒言，道出關鍵線索。王逸如此做注解，都是事先計劃好了的。他真是有心人哪。《七諫・沉江》「青草榮其將實兮，微霜下而夜降微霜殺物，以喻讒諛。言秋時百草將實，微霜夜下而殺之，使不得成熟也。以言讒人晨夜毀己，亦將害己身，使其忠名不得成也。商風肅而害生兮，百草育而不長言秋氣起，則西風急疾而害生物，使百華不得盛長，以言君令急促，釵傷百姓，使不得保其性命也。」王的解釋是「微霜」殺百草，就如讒人毀謗屈原自己，造成君令急促，顛倒忠奸，使自己死於非命。又《自悲》篇「何青雲之流瀾兮，微霜降之濛濛。言遭佞人群聚，造作虛辭，君政用急，天早下霜，則害草木，傷其貞節也。」也說到專事造謠誣蔑的奸佞，使得「君政用急」而傷及自己。王褒《九懷・蓄英》「秋風兮蕭蕭陰氣用事，天

政急也。舒芳兮振條動搖百草，使芳熟也。微霜兮盼眇霜凝微薄，寒深酷也。」也用秋風和微霜，暗喻深酷的「天政」。

《九章·惜往日》說得更清楚「何芳草之早夭兮賢臣被讒命不久也。微霜降而下戒嚴刑死有時也。」又「寧溘死而流亡兮意欲淹沒隨水去也。恐禍殃之有再罪及父母與親屬也。不畢辭而赴淵兮陳詞未終遂自投也。惜壅君之不識哀上愚蔽心不照也。」以上三例，尤其王逸的注釋，把「微霜」當成「嚴刑死有時」的表現，導致「賢臣被讒命不久也」。「寧溘死而流亡」，字面上可解為寧可馬上死掉、放逐而死，王逸解為想投水淹沒，像是在維護「一般態度」，原文很明白，是怕「罪及父母與親屬也」，就是怕遭滅九族之災。怕連累父母，這話似不是劉安說的，因他父親早亡。這個「屈原」是誰？見下文（是蓼太子）。「不畢辭」句，只是照前文我們提過的一般態度，謂屈原未把話說完就投江了，等於虛晃一槍。但王逸在此對「微霜」和「禍殃之有再」貌似出格的解釋，提供了《屈原傳》不載的消息，點明所謂屈原遭受的滅門之禍。我們讀《史記·屈原傳》，從中只知道屈原是很有才能、又非常忠誠的楚王同姓大臣，即使受到讒陷，九死不悔，仍然不改其忠，還常望君王重新啟用他；從來想不到楚王還會把他滅族。令人難以置信。再檢查一下，發現王逸竟如此堅持己見，連在較輕鬆而似哲理詩的《卜居》中，也不忘提醒讀者「屈原」和「被刑戮」的關聯。「將游大人事貴戚也以成名乎榮譽立也。寧正言不諱諫君惡也。以危身乎被刑戮也。」

（二）劉安父子之臨刑細節

宋玉的《九辯》王逸稱是「閔惜其師」而作；在替自己的老師說話時，悲痛之極，几乎是己飢己溺、將心比心，深切哀慟老師的痛苦，不覺而用了屈原自述的第一人稱口氣。以下幾段宋玉《九辯》王逸注與「微霜」有關的描述和解釋，就不但證實上文推論，而且簡直令人驚悚了。

1《九辯》「皇天平分四時兮何直春生，而秋殺也。竊獨悲此廩秋微霜悽愴，寒栗洌也。白露既下百草兮萬物群生，將被害也。奄離披此梧楸痛傷茂木，又芟刈也。……秋既先戒以白露兮君不弘德，而嚴令也。冬又申之以嚴霜刑罰刻峻，而重深也。收恢台之孟夏兮上無仁恩以養民也。……用法殘虐，則貞良被害，草木枯落。故宋玉援引天時，託譬草木。以茂美之樹，興於仁賢，早遇霜露，懷德君子，忠而被害也。然欲儵而沉藏民無駐足竄巖穴也。」這段文字起於悲秋而言其肅殺，援引天時，從秋日的草木皆凋，導出嚴冬之刑罰刻峻。由此興出自訴式的「懷德君子」之「早遇

霜露」和「忠而被害也」。再看下去：

2「惟其紛糅而將落兮蓬茸顛僕，根蠹朽也。恨其失時而無當不值聖王，而年老也。攬騑轡而下節兮安步徐行，而勿驅也。聊逍遙以相佯且徐徘徊，以遊戲也。歲忽忽而遒盡兮年歲逝往，若流水也。恐余壽之弗將懼我性命之不長也。」這兒屈原自言不逢聖王，已年老，又說年矢如飛，恐命不長了。以下緊接上文說：

3「悼余生之不時兮傷己幼少，後三王也。逢此世之俇攘卒遇讒譖，而遽惶也。澹容與而獨倚兮焭焭獨立，無朋黨也。蟋蟀鳴此西堂自傷閔己，與蟲並也。心怵惕而震盪兮思慮惕動，沸若湯也。何所憂之多方內念君父及兄弟也。卬明月而太息兮告上昊旻，愬神靈也。步列星而極明周覽九天，仰觀星宿，不能臥寐，乃至明也。」在這一段中「屈原」表達的是生不逢時、年紀尚少，「卒遇讒譖」、面臨災難而五內俱焚、無所告訴的生命焦慮。他徒然仰望蒼天而自傷，也為君父、兄弟悲傷。這裡有幾個問題。

其一，王逸注解的「傷己幼少，後三王也」畢竟何意何指？上文方自言年老命促，今何故又自傷幼少？這年老與年幼都是指屈原而言，畢竟說明什麼問題？恐只能解釋為「屈原」者，有多於一人的身份。此處一老一少兩個「屈原」，是不是老者代表劉安，少者則為劉安的兒子呢？「後三王也」的「三王」當然不指前代三王夏禹、商湯和周之文武；那也太遙遠了，而與劉安父子命運都無關。王逸故意用了一個似乎模糊而有歧解的字眼「三王」，既可迷惑不求甚解者，又嚴肅地說出了他的本意。他是以「後三王」來說這個年紀小些的「屈原」因出生後於「三王」而生不逢辰。這「三王」只能暗指「淮南三王」，即淮南王劉安、其弟衡山王劉勃、盧江王劉賜。《漢書・鄒陽傳》「彊趙責於河間，六齊望於惠后，城陽顧於盧博，三淮南之心思墳墓。」顏師古注：「張晏曰『淮南屬王三子為三王，念其父見遷殺，思墓，欲報怨也。』三子為王，謂淮南、衡山、濟北也。」漢枚乘《重諫吳王書》（見《文選》卷三九）「夫三淮南之計，不負其約。」此處我們且不管枚乘照漢家正統說法稱淮南三子欲報父仇。這裡所謂「屈原」就應是淮南三王的子侄了。而「內念君父及兄弟」，尤其「君父」而與《楚辭》相關者，只能是劉安；則「念君父」者當為「太子遷」，就是上文恐怕「罪及父母與親屬」者。《漢書・伍被傳》（卷四五）有以下記載：（淮南）王曰「夫蓼太子知略不世出，非常人也，以為漢廷公卿列侯皆如沐猴而冠耳顏師古注「服虔曰『淮南太子也。」據《史記・淮南衡山列傳》（卷一一八）「淮南王王后荼，王愛幸之。王后生太子遷」。按，「荼」

就是淮南王后蓼荼，太子遷就是蓼太子。而班固依《史記》述劉安和門客伍
被商討「反計」時，故意加上「蓼太子知略不世出，非常人也」這濃重的一
筆。沒有這句話則《楚辭》主要作者便無從考證了。此處使劉安不稱其子為
太子遷，看似遵舊俗從其母姓稱之為蓼太子，故意不提起本名。班固如此設
辭是有深味的。「遷」者，改也（《說文》謂「僊，長生遷去也」）──已非太
子原名；班固既不能也不便用原名（因原名已被禁止直用）而假劉安口稱之
為蓼太子。尤其用「不世出」之語，強調這位太子的非凡才能、非每一代人都
能出現的奇才；這種才能，大概指年幼時就智力超越的「神童」級別的人。所
以他根本沒把漢朝公卿看在眼裏，說他們都是沐猴而冠。王逸說他「傷己幼
少，後三王也」，意蘊是，如他早幾十年出生，生在父輩之前，以其出類拔萃
之才，就不可限量了（大能當上皇帝）。這當然完全是虛擬語氣。但《史記》
和《漢書》的劉安本傳之大部分文字，都把這位太子塗抹得面目全非；班固
深心特意寫下的「不世出」三字對太子才能的高度肯定使我們不得不重視。
竊以為，這位太子必已表現了很不一般的才能方使其父如此讚揚他。他是淮
南王為首的文人集團的二號人物。從淮南王最後慘遭滅門之禍來看，他似沒
有表現出什麼超常的政治智慧。所以說，作為一種應是合乎事實的猜測，其
非常之才更表現在文章辭賦上。後文將補證他在創作《離騷》之不可磨滅的
功績。無論如何，劉安和蓼太子是《楚辭》主要作者，我們將繼續發現，蓼太
子比乃父更重要。

其二，「屈原」可以老可以幼（這是王逸注解的實例告訴我們的），啟發
我們認識第一人稱的妙用。王逸可用「第一人稱」式注解加給一般的「屈原」
並不屬於一人的作品，包括言語、行為、感情、遭遇或品質，也難免加上與某
一個特殊的「屈原」無關的事情，而《史記》本傳尤其《楚辭》因此有了很充
足的材料可以選擇。這就增加了屈原「經歷」乃至人格的豐富性和複雜性。
不過我們不能兼收併蓄，全部相信，而應從中找出主要的人物。無論如何，
《離騷》作者不是一人，是兩人、三人，乃至一群人；換句話說，「屈原」之
名，只是《楚辭》編輯者迫於形勢而生造的、代表一群人的假名、筆名或代
名。就上文所引1、2兩段而言，前段是蓼太子寫的；後段則是劉安寫的。應
補充一點，無論多少個作者對《楚辭》原文有貢獻，除很少的幾個例外，大多
數作者名字都被消滅了，被放在「屈原」之下，而有待分辨和鑒定。而劉安父
子，尤蓼太子，乃是《楚辭》的主要篇章的作者，或核心作者。見下。

其三，王逸把最重要的消息不放在《屈原賦》二十五篇中，也不放在他經常用「言己」字樣表達屈原所遇所感的漢人《楚辭》篇章中，卻放在宋玉抒「悲秋」之感的《九辯》中。他是假宋玉為之代言代想的屈原言行感思，把劉安父子這二人的冤屈細節，尤其被刑前的悲慘無奈甚至淡定真實地原原本本道來。他真是煞費苦心啊。

為使行文不太枝蔓，我們仍先繼續玩味《九辯》接下去的有關選段，試圖深入察其貌知其心。「霜露慘悽而交下兮君政嚴急，刑罰峻也。心尚幸其弗濟冀過不成，得免脫也。霰雪雰糅其增加兮威怒益盛，刑酷烈也。乃知遭命之將至卒遇誅戮，身顛沛也。」這幾句和盤託出了宋玉之師「屈原」所遭受的慘烈苦難，不但是個人被誅戮，且是滿門抄斬的滅門之禍。這是從劉安角度立言的。尤從後文「事綿綿而多私兮政由細微以亂國也。竊悼後之危敗子孫絕嗣，失社稷也」看，所謂「失社稷」，指一個諸侯被滅門，被取消王位而失國。禍起的原因，竟然是細微的小事。罪名是無中生有，蒙罪者卻難以自辯。承上文，可見，這一段與其說是宋玉讓劉安發言，不如說是劉安直接發言的。

再往下看：「願徼幸而有待兮冀蒙貰赦，宥罪法也。泊莽莽與野草同死將與百卉俱徂落也。願自往而徑遊兮不待左右之紹介也。路壅絕而不通讒臣嫉妒，無由達也。欲循道而平驅兮遵放眾人，所履為也。又未知其所從不識趣舍，何所宜也。」這裡又換了敘述人。此處透露臨刑之前，這個蒙罪的「屈原」希面君自訴，得到寬宥，卻遭到讒臣阻撓。他當時所作所為，是遵從和仿照（遵放）眾人意見按常理把訟案理清；卻不知畢竟何所適從。「然中路而迷惑兮舉足猶豫，心回疑也。自壓桉而學誦強情定志，吟詩禮也。性愚陋以褊淺兮姿質鄙鈍，寡所知也。信未達乎從容君不照察其真偽也。一本云：然中路而迷惑兮，悲蹭蹬而無歸。性愚陋以褊淺兮，自壓桉而學詩。蘭蓀雜於蕭艾兮，信未達其從容。」他猶豫之下，竟索性強壓愁情而讀書。自謂如我之愚鈍短淺，確不能從容道出全部事實原委（說也無用），而使君王照察真偽。這個人和眼前面臨的屠殺直接相關，而非劉安，當然是那個「年少」者蓼太子。

「然中路而迷惑兮」以下的四句，王逸時已另有一個版本，即上文「一本云」六句，與此四句有異同。這六句意思更清楚些。對此六句，我們可以方便地引用王逸原注，解與上文相同的句子；而模仿王逸「八字注」，解其不同的句子。大致如：「舉足猶豫，心回疑也」；蹭蹬竭蹶，悲無路也。「姿質鄙鈍，寡所知也」；「弴情定志，吟詩禮也」；良莠不齊，所見異也；「君不照察，其真

偽也」。意謂猶豫之下，未能定奪；悲傷絕路，難以逢生；生性愚陋，所知甚少；自我壓抑，讀書定性。蘭蓀蕭艾，忠奸混雜；末路陳情，未能釐清（君王就不分青紅皂白大開殺戒）。我們由此看出，在臨刑之前，「蓼太子」還在「遵仿眾人」，大概是為門客們利益考慮，又因門客們有忠有奸，互相齟齬，眾說難平，而沒有做出清楚判斷（這時他說什麼也不對），遭致暴君最後的集體屠戮。其中「性愚陋以褊淺」句，令人想起東方朔說屈原「言語訥澀」、「淺智褊能」、「聞見又寡」等語（見下），王逸說是他自謙。我們因此判斷蓼太子詞辯上大概並非長才（是長才亦無濟於事），他的不世之才，應是文才。在慘禍面前，他面臨門客齟齬，能否分清忠奸且不論，他居然不能決斷而聽由操生殺之權的獄吏決定生死了，在生死攸關的時刻，還能有心讀書定性。真是天才加讀書聖人，不可思議的「神仙」風格。在此，連蓼太子及眾門客怎樣全體被殺的過程周折，都寫出來了。《史記》《漢書》之《劉安傳》只說劉安父子自殺在元朔六年（前123年），班固《漢書武帝紀》則稱劉安受誅在元狩元年（前122年），不知其中是否還有隱秘或有何種隱秘。

以下為省篇幅，只再引幾個不相連續之句。3「今脩飾而窺鏡兮言與行副，面不慚也。後尚可以竄藏身雖隱匿，名顯彰也。願沉滯而不見兮思欲潛匿，自屏棄也。尚欲布名乎天下敷名四海，垂號謚也。賴皇天之厚德兮靈神覆祐，無疾病也。還及君之無恙願楚無憂，君康寧也。言己雖升雲遠遊，隨從百神，志猶念君，而不能忘也。」這個「屈原」是誰，王逸竟在「後尚可以竄藏」，這個明顯指罪犯流竄和藏匿的句後用「身雖隱匿，名顯彰也」來讚揚他？他又如何「身雖隱匿，名顯彰也」的？「思欲潛匿，自屏棄也」，假屈原之口表達潛身而自棄，寧可隱身逃名，「敷名四海，垂號謚也」，則是屈原揚名四海、垂譽萬年的歌頌。在此也可理解為宋玉設身處地為「屈原」立言，對屈原將來做出評價，當成屈原發言更好。而作注者王逸能把宋玉原文不曾說甚至未必願意說清楚的事件如此嚴肅、確鑿，毫不含糊地寫出來，王應是原來歷史事件的知情人。從「身雖隱匿，名顯彰也」而言，這幾句的說話人乃劉安也。蓼太子則是幾乎被剝奪名字的犧牲者。

王逸把如此重要的「屈原對話」不放在屈原賦二十五篇的注解中，卻放在《九辯》的注解中，當然是極費安排而大有深意的，加上《離騷》和《七諫》與之呼應，構成楚歌浩唱中的主旋律。「微霜」是它的預奏，「朕皇考曰伯庸」是它的基音和弦，「淺智褊能」則是它臨終的變奏，然後在旋律進行的

高潮揭示了「平原」之悠悠無盡的尾音。為了讓細心的讀者完全心領神會，使它不至被種種喧囂的雜音淹沒，王逸在整部《楚辭》中讓它出現了三次。見下。

（三）與主旋律和鳴的多音部

再看《九章·惜往日》4「秘密事之載心兮天災地變，乃存念也。雖過失猶弗治臣有過差，赦貰寬也。心純厖而不泄兮素性敦厚，慎語言也。遭讒人而嫉之遭遇靳尚及上官也。君含怒而待臣兮上懷忿恚，欲刑殘也。不清澈其然否內弗省察，其侵冤也。蔽晦君之聰明兮專擅威恩，握主權也。虛惑誤又以欺欺罔戲弄，若轉丸也。一云：惑虛言又以欺。弗參驗以考實兮不審窮覈其端原也。遠遷臣而弗思放逐徙我，不肯還也。信讒諛之溷濁兮聽用邪偽，自亂惑也。盛氣志而過之呵罵遷怒，妄誅戮也。」這一段中「遭遇靳尚及上官也」屬於障眼法（或一般態度）的運用，是用假話掩護真話，我們且不論。全段敘述一個文士，他心知而不能說出的「秘密事」，即天災地變一樣的巨大事件，應是淮南王文人集團全部受牽連而被集體屠殺的事件。其後，他「素性敦厚，慎語言也」，應是不肯對被加罪者落井下石。暴君就信讒言，對他「欲刑殘也」。繼而先是放逐了他，又對他妄加誅戮。這位賢臣是誰？我們很難確定。其犯事之因顯然與《九辯》中所言被滅族者劉安及其太子不同。此人應是因淮南事受連累而被殺的朝臣。這一段意思應很完整了，尤其從注解看是完成了一件事的敘述。上例至少可對比《漢書·張湯傳》（卷五九）的例子；狄山曰：「臣固愚忠，若御史大夫湯，乃詐忠。若湯之治淮南之獄，別疏骨肉，藩臣不自安」。漢武就派狄山以博士身份去邊疆守一個哨所，假匈奴之手把他的頭砍掉了。漢武似乎要殺盡任何敢為淮南仗義執言者。值得注意的是，這一段應是編輯者寫的，N 個「屈原」之一的經歷。

又《九章·抽思》云「昔君與我誠言兮始君與己謀政務也。曰黃昏以為期且待日沒閒靜時也。羌中道而回畔兮信用讒人，更狐疑也。反既有此他志謂己不忠，遂外疏也。憍吾以其美好兮握持寶玩，以侮余也。覽余以其脩姱陳列好色，以示我也。與余言而不信兮外若親己，內懷詐也。蓋為余而造怒責其非職，語橫暴也。願承閒而自察兮思待清宴，自解說也。心震悼而不敢志恐動悸，心中怛也。悲夷猶而冀進兮意懷猶豫，幸擢拔也。心怛傷之憺憺肝膽剖破，血凝滯也。茲歷情以陳辭兮發此憤思，列謀謨也。蓀詳聾而不聞君耳不聽，若風過也。固切人之不媚兮琢瑳群佞，見憎惡也。眾果以我為患讒諛比己於劍戟也。初吾所陳之耿著兮論說政治道明白也。豈至今其庸亡

文辭尚在，可求索也。一云：豈不至今其庸止。何毒藥之蹇蹇兮忠信不美，如毒藥也。一云：何獨樂斯之謇謇兮。願蓀美之可完想君德化，可興復也。」這一段是一邊抒情一邊敘述，大意如下。當年君王和我有言在先，將一直任用我至晚年。但他半途就改變了主意，信用讒邪，說我不忠。撫弄寶玩來侮辱我，還讓我看到他的美人們來侮辱我。對我不講信用，假裝親近，然後橫暴怪我不盡職。本想找個機會向他自我解釋一下，又心中恐懼而不敢。我心中悲傷猶豫，還希望繼續侍奉他而得到提拔，真是摧傷得肝膽俱裂，心如刀割。想把這種苦情向他傾訴，君王卻充耳不聞，裝聾不聽。我不會向君獻媚，那些專以獻媚為能事的讒人們就把我當成眼中釘。當初我和君王論道，耿直明白，文辭尚在，難道今天全都置之腦後了嗎？為什麼忠言真的成了毒藥？但願君王有朝一日，恢復聖聽聖智，而重歸德化。所以這一段所描寫的、這位忠臣的經歷，怎麼看也既不像《史記》所記的「屈原」，更與劉安扯不上關係。尤其「憍吾以其美好兮，覽余以其脩姱」二句之特殊細節，即「君」向其展示寶玩和女色來侮辱他，令人懷疑其中的「吾「或「余」應是受刑而成宦官的人；受宮刑者失去男人立身之基本，對他炫耀金錢和女色就是嘲笑他不是男人、甚至不是人了。這個人之忠誠更有文字為證，越是如此君王和佞臣越是不能容他。雖缺乏更確鑿顯明的證據，我們也懷疑這是編輯者為司馬遷發聲了。在這種語境下，要求「確鑿顯明」，恐是戴盆望天。但由以上的分析，在代表「屈原」的人群中，我們已看到不但明明有劉安、蓼太子，還有一個作者，是為他人發聲或讓某人發聲的，他就是史臣，或叫做《楚辭》編輯者。作者群中，除宋玉外，淮南客、沉江者（見下）都是死難者；能精確分辨出多少作者和被代言者，待深考。

　　《七諫‧自悲》（用屈原為第一人稱）也有類似的「老少二人」的例子。「隱三年而無決兮，歲忽忽其若頹言己放在山野，滿三年矣。歲月迫促，去若頹下，年且老也。憐余身不足以卒意兮，冀一見而復歸言己自憐身老，不足以終志意，幸復一見君、陳忠言、還鄉邑也。……冰炭不可以相並兮，吾固知乎命之不長言固知我命之不得長久，將消滅也。哀獨苦死之無樂兮，惜予年之未央自哀惜死年尚少也。悲不反余之所居兮，恨離予之故鄉不得歸邪見故居也。……苦眾人之皆然兮，乘回風而遠遊言己患苦眾人皆行苟且，故乘風而遠去也。凌恆山其若陋兮，聊愉娛以忘憂言己乘騰高山，以為痺小，陟險猶易，聊且愉樂，以忘悲憂也。……聞南藩樂而欲往兮，至會稽而且止。」以上《自悲》中，屈原先說到自己，年且老也，命不長也，將消

滅也。但接下去（一句也不隔），馬上「自哀惜死年尚少也。」當中竟毫無過度。而且都是假設屈原在「言己」或「自哀」。這種對前述《九辯》注釋案例之故意的模仿重複，究竟能使「屈原」多代表幾個人？這少年去過恆山，又去過會稽。從其在中國南北東西遍行的蹤跡，我們只能大概猜測他的身份。去恆山者可能是漢庭從長安逐出的朝臣，去會稽者大概曾是吳王之臣，枚乘、鄒陽之流亞吧？這種「異而又異」所顯示的是，《楚辭》作者群雖以淮南王父子為主，還有不同的老少對、或曰父子罪人的。至少，它可以暗示：劉安父子為《楚辭》主要作者之確鑿無疑。

最後《謬諫》曰「悲太山之為陵兮，孰江河之可涸言太山將頹為池，以喻君且失其位，用心迷惑，過惡已成，若江河之決，不可涸塞也。願承閒而效志兮，恐犯忌而干諱言己願承君閒暇之時，竭效忠言，恐犯上忌，觸眾人，而見刑誅也。卒撫情以寂寞兮，然怊悵而自悲言己終撫我情，寂寞不言，然怊悵自恨，心悲毒也。……年滔滔而自遠兮，壽冉冉而愈衰自傷不遇，年衰老也。心惀悷而煩冤兮，蹇超搖而無冀言己自念年老，心中惀悷，超搖不安，終無所冀望也。」其中的屈原又變老了，他悲傷泰山變成池水，王逸解為君之過惡已成，不能救了（這是《章句》全文中，對君王最大膽嚴厲的揭露和譴責）。自己想進言，又怕犯忌諱而遭刑誅，而完全絕望。王逸雖處處以「言己」解之，所解之「己」往往不同，這個「己」不但異於那個《史記》之「屈原」，而且也異於這個「屈原」所代之劉安。

我們在後文會看到「屈原」被貶多年多地乃至自沉的多種描寫，形成「忠而被屈」的種種，與劉安父子相映成趣，但不能合併。是出於不同的編輯角度。

《楚辭》很多篇章，行文真所謂天馬行空，雲霧開闔動蕩之際，往往如神龍現尾，而不見其首，或者到了高潮，又回波蕩漾。與此同時，有些段落又似重複，而且是故意的重複。往往使人在艷羨驚嘆之餘，產生審美疲勞，而又恰恰錯過了重要信息。《楚辭》既包含多位作者的筆墨，這些筆墨當然是由編輯者相當精妙地拼湊連綴在一起的。誰是編輯？大概劉向、王逸都是，甚至可能要有「皇家檢察官」身份的人審定。其事前後歷時幾乎兩百年。編輯們用了什麼方法，能既大體保留每一個原作者的面目，而若斷若連的行文中，又基本上不失整體性呢？可以看到《楚辭》中每個相關段落，常有「發言人」在，透露有關情節，往往可供讀者仔細辨認其作者身份。回思王逸微露訊息的方式，有時甚至似乎是在匪夷所思的注解中，尤其依靠第一人稱的普遍而

靈活的運用中，點明個中微妙的。這種人稱之活用，有時自然順勢，有時突變回第三人稱。在涉及到屈原的年齡、貶謫的地點、時間、原因、後果時也變化多端，髣髴綽約，似曾相識，又不全然相同，許多段落意義差同，都含有玄機。這些地方很可能是分出不同作者的關節點。到底有多少篇章是這樣合成的，很難斷言。更深的玄機大概和王逸把《楚辭》解釋為「神篇靈章」有關。所謂「河圖洛書讖緯言也」是不是說《楚辭》的編輯者把有關段落按照「河圖」和「洛書」的啟示做出一種排列呢？在這裡，我們也體會到王逸所謂「其失巧而寡信」之妙語，一時也未能琢磨透徹，只好止步了。我們可以再從另一種角度舉出例子。

錢鍾書《管錐編‧楚詞洪興祖補注‧二《離騷》‧(六)「前後失照」》有以下論述：「『眾女嫉余之蛾眉兮』引《補注》『眾女竟為謠言以譖愬我，彼淫人也，而謂我善淫。』『思美人之遲暮』句，《補注》謂『美人』或『喻君』，或『喻善人』，或『自喻』。謠詠謂余以善淫《注》『眾女』謂眾臣；女、陰也，專擅之義，……故以喻臣。『蛾眉』、『美好之人』；……『眾女嫉余之蛾眉兮』，又即下文之『好蔽美而嫉妒』也。上文『思美人之遲暮』，王逸注：『美人謂懷王也』；下文『思九洲之博大兮，豈唯是其有女？』，『和調度以自娛兮，聊浮游以求女』；不論其指臣皇皇欲得君，或臣汲汲欲求賢，而詞氣則君子之求淑女，乃男也。不然，則人疴矣。後之稱『自』與前之稱『余』，蓋一人耳；扑朔迷离，自違失照。」簡單歸結之，《離騷》之文中，或以女子自喻，或以求女者男子自喻（其實還有不可解者）；所以謂之「前後失照」。錢先生又舉例說「《楚辭》中岨峿不安，時復類斯。如本篇云：『為余駕飛龍兮，雜瑤象以為車。……鳳凰翼其承旂兮，高翱翔之翼翼。忽吾行此流沙兮，遵赤水而容與，麾蛟龍使梁津兮，詔西皇使涉予。』飛龍為駕，鳳凰承旂，有若《九歌‧大司命》所謂『乘龍兮轔轔，高駝兮沖天』，乃竟能飛度流沙赤水而有待於津梁耶？有翼能飛之龍詎不如無翼之蛟龍耶？」也是前後文義有矛盾的地方。

竊以為，錢先生所舉的類似例子，各篇尚多，恐都是編輯者把本屬於不同作者的段落或同一作者不同時的段落集於一文造成的。這是一個細部研究的問題。本文只好說到為止。

又《九辯》「恐溘死不得見乎陽春憫命奄忽，不踰年也。一本自『霜露慘悽而交下』至此為一章。」「一本自」三字以下應屬於王逸之言。而後文隔十八句又有「寒淹留而躊躇久處無成，卒放棄也。(洪興祖)《補》曰：舊本自『霜露慘淒而交下兮』至此為

一章。」可見分章分段是原文相當講究的問題，可惜《章句》版本流傳兩千年，多次印刷，原來分段被弄得模糊不清了，非常需要仔細恢復。

在王逸《章句》發表之前有劉向、馬融、班彪、班固、梁竦、揚雄等或對屈原及《楚辭》發表過意見、或參加過編輯，甚至有專著；但他們多數文字被淘汰了，恐主要是官方禁令造成的淘汰。個別能流傳的有關批評，只剩二班的一些評論；揚雄等話中有話的文章，三就是王逸的《章句》了。應該說王逸終能對《楚辭》真相貢獻最大。還應說明的是，漢人作品如東方朔《七諫》、王褒《九懷》、劉向《九歎》、王逸《九思》似是《楚辭章句》中以「屈原」第一人稱寫的一種特殊「講校」參考資料。鑒於這種性質，上提各篇之作者也有點可疑了。但我們沒有理由懷疑王逸對整部《楚辭》的章句解釋乃至《九思》的著作權，但《九思》本身肯定也曾經受王朝政審之監視和過濾。我們也只能根據並相信這些材料，來研究《楚辭》、屈原和劉安了。

五、《離騷》起首八句之講校

我們在王逸《九辯章句》中發現了蓼太子（和劉安）為主的「屈原」，已深可驚異。十七卷《楚辭》本文及其《章句》也含某些對其本文及《屈原列傳》的「講校」提示，就更有趣了。《離騷》首八句說自己為之自豪的家世、生日和皇考賜與的好名字，這些與生俱來的優美和善兆，都是第九句「紛吾既有此內美兮」所謂「內美」，所以第十句說「更重之以修能」。

（一）前四句之講校

首先要指出，《離騷》首八句及王逸注，就有些地方必須改正。我們先從首句講起：「帝高陽之苗裔兮德合天地稱帝。高陽，顓頊有天下之號也。《帝繫》曰顓頊……生老僮，是為楚先。其後熊繹事周文王封為楚子，……其孫武王，……僭號稱王，始都於郢。是時生子瑕，受屈為客卿，因以為氏。屈原自道，本與君共祖，俱出顓頊胤末之子孫，是恩深而義厚也。」我們盡量循序漸進地提出以下看法：

第一，首句就其語序看，應有兩個讀法，一讀為「帝是顓頊高陽氏之苗裔」；二讀為「（吾屈氏）是顓頊高陽帝的苗裔」。可以看出，王逸稱屈原「與君共祖」顓頊帝，故「恩深而義厚」，所以他採取的是第二種讀法。如此，全篇首句便省略了主語，而只是單列的名詞性謂語當做全篇開頭，還得煩讀者自己把主語「（吾屈氏）」補進去。這種句法在《離騷》中是孤例，太散文化，做全詩的開頭就不那麼直捷順口。其實首句本來可視為一個完整主謂句。這

樣,「帝是顓頊的苗裔」乃與「朕的皇考叫伯庸」相對,開門見山,曉暢響亮。兩句一下子明白提出了四個人。但誰是帝?誰是皇考?誰是朕?他們與「高陽」畢竟有什麼關係?而看王的注解,其中「屈原自道」的「俱出顓頊」云云實是憑空攀附,毫無意義。

根據《離騷》緊接的後文,屈原在自敘世系之後,復提及自己高貴的生日和尊貴的命名,這些都構成他為之自豪的「內美」。「帝高陽之苗裔兮」卻根本不足為構成「屈原」的「內美」的因素。根據現代有些學者近似的計算,顓頊生活的年代,遙遠而難以準確論定,其估計較遠者在公元前二十九世紀前後;較近者也在公元前二十三、四世紀,在那據傳生活於楚懷王時代的所謂屈原之前至少兩千年、至多兩千五六百年。相距如此之遠,且不說能不能有準確的歷史記錄,即使加上傳說,勉強稱有之,屈原大概能算是顓頊第八十或九十代孫,早就遠得沒有記錄和無法計算了,早就絲毫沒有優越可言,不是什麼內美了。我們勉強算算看。如王逸引《帝繫》就算顓頊所生老童是楚先,《史記·楚世家》(卷四十)從顓頊往下數到第八代穴熊(估計在公元前2000年以上),「其後不能紀其世」了。再其後千餘年才有熊繹事周成王(前1055~1021年在位),被始封為楚子之「記載」;這離穴熊將近四十代了。因楚國王族和顓頊之間有穴熊和熊繹之間失去任何記載的一千年,楚王族向上追顓頊為祖先本身就不可靠,不過是找個傳說的帝王來神聖化他們的王權而已。再過約300年到楚武王(前740~690年在位)生子瑕,受屈為客卿,屈氏才開始了和楚國王姓的關係。而楚武王和楚懷王(前374~前296)之間,若不把弟殺兄篡位者算作一代承傳,也有十五代!就算屈原和楚懷王同輩,拉這個關係的顓頊線一千年早斷了,拉這個關係的與楚武王同姓的線,也過了四百年,即使不斷也遠非「恩深而義厚」。只要看看劉邦重孫劉徹把劉邦孫子劉安滅族的事實,就會發現這是絕妙的諷刺。

劉向《九歎·逢紛》「云余肇祖於高陽兮,惟楚懷之蟬連屈原與懷王俱顓頊之孫,有蟬連之族親,恩深而義篤也」。王逸注表面上還遵從「一般態度」,但其中第一字「云」,有傳言、作說、不實的意味;等於說屈原與顓頊、楚懷王關係未必足信。這個從顓頊算起的「與王同姓」的關係還是可以計算,可以衡量的關係嗎?顓頊生在那樣久遠渺茫的蠻荒時代,我們將怎樣為屈原估價或者計算這個關係呢?正如《遠遊》所言「高陽邈以遠兮,余將焉所程?」竊以為這個問題,固然易地則有不同回答,卻專是為「帝高陽之苗裔」設計的。《遠

遊》中還有一個有關「高陽」的句子「高陽無故而委塵兮言帝顓頊聖明克讓，然無故被塵翳。言與帝共工爭天下也。《淮南子》曰：顓頊與共工爭為帝。」這句說顓頊高陽氏無故蒙受塵翳，王逸注謂指顓頊曾被共工爭天下；按顓頊戰敗共工，依傳統，正是他所以得天下的帝業光輝所在，不足稱「委塵」也。「委塵」者，是說他無緣無故地背上了「為楚先」的壞名聲；歷史上的楚國諸王們實在給顓頊丟臉。屈原和楚懷王又如何蟬連？

第二，這個開頭句顯然被《楚辭》最初的編輯者改了不少。班固《幽通賦》開頭陳說先祖功烈，也說「系高頊之玄冑兮」，意不在誇耀自己內美，而向我們明示，為顓頊之後無足多誇耀；並且暗示，「高」後面的字當有可改者，改成什麼呢？

第三，解開第二句，第一句就容易了。「朕皇考曰伯庸，朕，我也。皇，美也。父死稱考。《詩》曰：既右烈考。伯庸，字也。屈原言我父伯庸，體有美德，以忠輔楚，世有令名，以及於己。洪興祖《補》曰蔡邕云：朕，我也。古者上下共之，咎繇與帝舜言稱朕，屈原曰『朕皇考』。至秦獨以為尊稱，漢遂因之。」

第四，如果把第一句所提的前八、九十代的祖先顓頊，和第二句的「皇考」相提並論而自高身世，聽起來就更荒唐了。有的學者罔顧以上王逸「屈原言我父伯庸」的句子，把「皇考」意義擴大到任何代以前的男性祖先；根據《史記·楚世家》「熊渠（生在公元十世紀，卒在前878年）伐揚粵，至於鄂，立長子康為句亶王」，並引《索隱》「系本（即《世本》）：康作庸」，乃自以找到了屈原家族的歷史記載，斷定這個熊毋康就是熊伯庸，就是屈原的「皇考」，還被認是重大發現，實離題萬里。參照《楚世家》，熊伯庸是楚武王七代祖，是楚懷王的二十二代祖，是所謂屈原的多少代祖先（與懷王差別可以大到五六代）且不論。這個藏在古史中的皇考實在太遠，哪像《離騷》作者十分誇耀、常有懷念、就在眼前的那尊貴顯要、為儀為表的父親啊！請看：

第五，劉向《九歎·愍命》曰「昔皇考之嘉志兮，喜登能而亮賢言昔我美父伯庸體有嘉善之德，喜升進賢能，信愛仁智，以為行也。」《遠逝》曰「躬純粹而周恕兮，承皇考之妙儀言己行度純粹而無過失，上以承美先父高妙之法，不敢解也。」連《離騷》，共三次提了「皇考」。第一次「朕皇考曰伯庸」王逸注屈原言昔我父伯庸；第二次王逸注代屈原稱之為「我美先父伯庸」；第三次稱自己「純粹而周恕」是「承皇考之妙儀」王逸注也提到其「美先父」，這難道不是明說屈原的

「皇考」就是自己的榜樣表率、父親「伯庸」嗎？劉向《九歎·逢紛》曰「伊伯庸之末冑兮，諒皇直之屈原言屈原承伯庸之後，信有忠直美德，甚於眾人也。」劉說法略異，王逸也解作「屈原承伯庸之後。」承者，接也。隔二十多代，是算不上「承」的。屈原之皇考近在眼前；為什麼有的論者偏要捨近求遠，費那麼大功夫去從古代無中生有呢？在確定《離騷》中屈原皇考伯庸的思路上，我們當然寧可聽劉向和王逸的。而不能到古代去捕風捉影而追求發現。

第六，「朕」字用法，王逸只解為「我」。洪興祖《補注》言古時君臣上下共用人稱代詞「朕」、至秦後方為帝王專用。檢蔡邕《獨斷》卷上，果有此說：「朕，我也。古代尊卑共之，貴賤不嫌，則可同號之義也。」但此處上下文，把最尊貴的「帝」、「皇」都用了，從表達出身高貴的「內美」而言，獨把「朕」解作先秦人「上下共之」而自稱的不高貴，就不必要。解作秦以後人的自標高貴，自覺或不自覺如皇帝一樣高貴，更自然順暢。班固《白虎通》（卷一）曰「德合天地者稱帝」並引《禮記·謚法》曰「皇者何謂也？亦號也。天之總，美大稱也。皇，君也，美也，大也。」王逸解「帝」之貴，而不解「皇」之貴，解「皇」說「美」而不說「君」或「大」，是在故意規避問題的實質。連「朕」、「皇考」、「帝」的關係都搞不清，則無以理解全句意蘊。

第七，「皇考」何謂？《禮記·曲禮》「死曰考。老也」。《爾雅·釋親》「父為考」。東漢劉熙《釋名》「父死曰考」。按照字面解釋，「皇考」即光榮偉大的父親；仍從此處有「皇」有「帝」的上下文講，即「皇父」也，直接用「父為考」之解，不必涉已死。「皇考」更不是汎汎而指父親以上的任一代祖先，如此專名，應不可能如此汎用。它的簡化形式就是《離騷》第五句「皇覽揆余初度兮」中的「皇」，就是那位觀察作者初生氣度而為之取名的父親。反過來說，如果在如此近的上下文中，「皇考」指二十代左右以前的祖先，而「皇」卻單指父親，無論什麼「文過相如」的作者，也不至於如此荒唐怪誕。

第八，「朕皇考曰伯庸」，直接從字面解釋，「朕」的「皇父」叫伯庸。從中可見以下幾個要點：「朕」自視甚高，應是自以為近乎帝王級別人物；他不會直呼其父之名，故伯庸者，其父之字也。還有一個確定的內容，從「伯」字觀之，其父於兄弟排行當為長兄。既然字以表名，那麼，與「庸」這個「字」相配的原來的名，似乎可有多個，畢竟應是什麼呢？「庸」者，平常也，平凡也，凡俗也，事功也，所用也，平安也；據此可以配上常、凡、功、用、安等

為單名。真是無巧不成書,《荀子·宥坐》:「女庸安知吾不得之桑落之下乎哉?」王引之《經傳釋詞》(卷三)「庸,猶何也,安也,詎也」。庸、安二字,除同為疑問代詞而可用於「庸安」一詞、二字同用並可互訓之外,換一種方式表達,以庸求安,正是帶道家意味的低調自保的一種名、字搭配。此人的皇考名安,字伯庸,當即淮南王劉安也。這真是令人愕然的發現!真是踏破鐵鞋無尋處,得來全不費功夫。但這不是偶然的湊巧,而是邏輯的必然。前文我們已經從「後三王也」推出,此人為所謂「太子遷」,即蓼太子也;他以第一人稱「朕」,開始《楚辭》代表作《離騷》的詩的征程,當然也是《楚辭》主要作者。

第九,那麼「帝」作何解?這個「帝」乃是「東帝」,應指劉長。《漢書·淮南衡山列傳》(卷五八)「淮南厲王長,高帝少子也,及孝文初即位,自以為最親」。當時劉邦的八個兒子經呂后之亂後,只剩兩個了,即漢文帝劉恆和其弟劉長。劉長據說「力能扛鼎」,有點驕縱自大,稱劉恆為大兄,還先斬後奏、伺機殺了當年救其母不力的辟陽侯審食其;被有司「請處蜀嚴道邛郵」,「乃不食而死」。當時有民謠曰「一尺布,尚可封;一斗米,尚可舂。兄弟二人不能相容。」漢文帝劉恆据說很後悔,後來就封了劉長三子,為淮南王、衡山王和九江王。但如下記載都說劉長「謀為東帝」。賈誼《新書·治安策》「今或親弟謀為東帝。」《漢書·五行志下之上》(卷二七)「淮南王長,歸聚奸人謀逆亂,自稱東帝」。《淮南鴻烈高誘序》「為黃屋左纛,稱東帝」。這些記載無論可信度如何,都成了漢文帝認定劉長有「反狀」的確證。劉安則似接受了其父教訓,至於後來畢竟為什麼緣故被加上「謀反」罪名而慘遭滅門之禍,後文將試圖給出詳細解釋。劉安大部分時間應是安常處順、守雌守辱的。「蓼太子」因才高八斗,恐怕就不能做到完全馴從柔順,雖然他畢竟忠於劉漢王朝。所以他在《離騷》開首便說自己光榮偉大的身家,是開國皇帝的直系後裔,原文應如下表達:「帝高祖之苗裔兮,朕皇考曰伯庸。」

這樣,兩句話直截了當地說清楚了自己為之自豪的、高貴無比的父祖譜系:我祖父東帝乃是我朝開國聖君漢高祖的正胄苗裔(幼子),朕的皇考就是讀書好學、德高望重、著作等身、名滿天下的淮南王伯庸。這樣說,當然太張揚,但他說的是事實。劉安是漢高祖劉邦的親孫,漢武帝劉徹則與蓼太子一樣,是劉邦的親重孫;論親等,劉安對劉邦是二親等,劉徹對劉邦是三親等。這就是《離騷》原句,也是其主要執筆者蓼太子十分誇耀的第一「內美」,也

是他大概覺得自己的皇族骨血、幾乎和當朝皇帝可以平起平坐的心結。這是他得意文章的開頭，也是劉安父子最終被暴君滅族的朕兆。當時去秦未遠，秦始皇獨占「朕」專用，似尚未成為漢家皇室內必須沿用的制度，況且兩句話都是明顯尊崇漢高祖劉邦。劉安在漢武即位不久曾應詔寫《離騷傳》，可見此前漢武已讀過《離騷》；他即位前看了這樣的自我標榜，未必有好印象；後來初登大位便詔問之，總不是好事

　　以下說第三四句「攝提貞於孟陬兮太歲在寅曰攝提格。……正月為陬。惟庚寅吾以降庚寅，日也。言己以太歲在寅，正月始春，庚寅之日，下母之體而生，得陰陽之正中也。」這句話說，他生於太歲在寅之年的正月（寅月）庚寅日。當時是在太初改曆（前 104 年）之前。我們根據《資治通鑑》採用的「太歲紀年法」來估算，定他應生於公元前 163 年，是年為戊寅年。應無大錯。當時他的父親劉安十七歲。至於這一天多麼吉祥、多麼得陰陽之正中、乃預兆他將來行大事，云云，恐既不能證明被合成的「屈原」之偉大，也不能證明蓼太子的癡迷；更不能聽編輯者故意附加的神奇超絕。史臣對其生日而發的過度恭維，應非劉安和蓼太子本意。也許按當時習俗，生於寅年寅月寅日是有所不平常，尤其在藩王之位者更可用來自豪乃至自聖。

（二）第五至第八句之解釋

　　下文接云「皇覽揆余初度兮，肇錫余以嘉名言父伯庸觀我始生年時，度其日月，皆合天地之正中，故賜我以美善之名也。名余曰正則兮，字余曰靈均言正平可法則者，莫過於天；養物均調者，莫神於地。高平曰原，故父伯庸名我為平（正則）以法天，字我為原（靈均）以法地。言己上能安君，下能養民也。」前二句說皇考根據我的生年月日和初生的氣象氣度，給我取了很好的名字。以下接言給我取的名字叫正則，給我取的表字是靈均。所謂正則，我們可以理解成自然固有的、亦即神的法則；所謂靈均，也是上天（或自然）給予每個人的、無論多寡皆是靈性的公平。屈原之「皇考」為之取名字所本，應是道家崇尚自然之信仰派生的一種倫理觀念。當然充滿對兒子的美意和期望。而父親給兒子取名時，即使含義豐富得可用來無限上綱，寄託再多希望也不足為罪，也無關乎野心。可嘆的是，這生日甚至使許多現代人也因此服膺屈原之非凡。這名字，絕不像在儒家編輯手中被吹捧成的、法天法地、安君養民的天生聖人。這種用心，是何等深苦、隱晦而勉強啊。但我們且不必急於批判。我們關心的是這一對名、字和《史記·屈原列傳》所言「屈原者名平」有何關係？依王逸故為張揚而明

說者，「父伯庸名我為平（正則）以法天，字我為原（靈均）以法地」。平就是正則，原就是靈均。洪興祖更明白，對此句直接補注曰「正則以釋名平之義，靈均以釋字原之義。」這樣能解釋通嗎？假設名平字原是其本名本字，屈大夫如此忠君敬父之人有什麼理由把皇考觀其初度而鄭重所取名、字全都在此換掉？如名正則字靈均是其本名本字，則「平原」之名、字，又從何來？即使在秦漢之前，能把「平原」二字解釋到天上去，也是令人納罕的本事。單是把「平原」解釋成「正則」和「靈均」，在先儒手中，也是費了手腳的。所以，既無反證，我們寧可相信「屈原」（蓼太子）的自敘，皇考賜予他的「嘉名」乃是名正則、字靈均。而所謂（姓屈）名原字平者，恐怕是人為的一種編輯安排、或者委曲設定。

關於「平、原」名字的含義，實有妙解。卷十三東方朔名下的《七諫》第一篇《初放》開篇便表達了對「平原」的看法而大發議論，也許可助我們悟出「名平字原」的真正含義：「平生於國兮平，屈原名也。長於原野高平曰原，坰外曰野。言屈原少生於楚國，與君同朝長大，遠見棄於山野，傷有始而無終也。言語訥澀兮，又無強輔言己質性忠信，不能巧利辭令，言語訥鈍，復無強友黨輔以保達己志也。淺智褊能兮，聞見又寡屈原多才有志，博聞遠見，而言淺狹者，是其謙也。數言便事兮，見怨門下門下喻親近之人也。言己數進忠言，陳便宜之事以助治而見怨恨於左右，欲害己也。王不察其長利兮，卒見棄乎原野言懷王（！）不察己忠謀可以安國利民，反信讒言，終棄我於原野而不還也。」原文和王逸注都頗令人鬱悶。上文已解「言語訥澀兮」等令人詫異的句子，現在試解「（名）平（字）原」問題。

王逸先注「平生於國」，謂「平，屈原名也。」而對「長於原（屈原之字）野」的注，卻終不肯說出「原，屈原字也」。屈原既然名平字原，此開篇第一句，上下又直接提平、原二字，當無上句直解其名而下句不同樣直接解其字之理。上句及王逸之注上句，看似皆通順而沒有問題。按邏輯，下句文字就奇怪了，王逸的注釋更令人如墮五里霧中。王逸無法在「長於原野」下注「屈原字也」；除非把原句改成「原長於野」。——果然如此，便可注為「原，屈原字也」，就與「平，屈原名也」對應了；而且，這時如果把平、原當成副詞理解，上下二句就都有了相當有趣的解釋：「平白地出現和生活在國朝官方文字記錄中，原來長在空無所有的曠野、或者道聽途說的稗說野史、郢書燕說中。原文恐曾如此，因其巧用「平」和「原」文字的多義性，曲折而簡練地說明了平、原名字的本質，也顯示具有平、原之名、字的人之憑空出現，無中

生有。但在原文的校注過程中，到王逸時已經固定成我們看到的「長於原野」的版本了。這樣的版本自應有更多妙處，才為王逸採用；很有可能這是王逸的特殊貢獻所在，也是特殊機巧所在。

王逸說了「高平曰原」（他在《離騷》中解釋「原」字用的原話）之後，把下句的解寫成「與君同朝長大，遠見棄於山野，傷有始而無終也。」這種解釋避開了「長於原野」與「原」之為屈原字的直接字面聯繫，造成在有名有字的上下文中解名、解字不均衡的缺點。但這幾句話意思卻清楚：與君（漢武帝）年紀相仿，同朝長大；因數進忠言，見怨君王左右，彼欲害己，使君王信讒言而終至把我「棄原野」了（是丟棄在原野上不用他了，還是別的意思？見下）。這和上引文最後「卒見棄乎原野」及其注解「終棄我於原野」意都同，顯然重複了；這種重複是故意造成而引導讀者對作注者的這種喋喋不休追根究底，那就正中下懷（也許是厭煩不管了，那也好）。王逸避開「長於原野」而直接加上與後文解釋相同的解釋，貌似不通，其實是加倍強調。不管怎樣說，上引《初放》數句，尤其開頭兩句，無論從東方朔原句看，還是從王逸注釋看，不提供「原」對應於「平」的解釋，顯然是蔑視「屈原者名平」的說法本身，使它不成立了。但他把「棄原野」裝點成典故似的一個包裹，為尋索其含義，讀者被逼去思考其解，而查其典源。「棄原野」到底是什麼意思？這就引導我們去讀含有此短語的《九歌‧國殤》了。為了看清問題的實質所在，我們多引幾行其原文：「凌余陣兮躐余行言敵家來，侵凌我屯陣，踐躐我行伍也。左驂殪兮右刃傷言己所乘左驂馬死，右騑馬被刃創也。霾兩輪兮縶四馬言己馬雖死傷，更霾車兩輪，絆四馬，終不反顧，示必死也。援玉枹兮擊鳴鼓言己愈自屬怒。勢氣益盛。天時墜兮威靈怒言己戰鬥，適遭天時，命當墮落。雖身死亡，而威神怒健，不畏憚也。嚴殺盡兮棄原野言壯士盡其死命，則骸骨棄於原野，而不土葬也。出不入兮往不反言壯士出鬥不復顧入，一往必死，不復還反也。平原忽兮路超遠言身棄平原山野之中，去家道甚遠也。帶長劍兮挾秦弓言身雖死，猶帶劍持弓，示不舍武也。首身離兮心不懲言己雖死，頭足分離，而心終不懲忿。」

以上共引十句。王逸之注解中以「言己」開始者五，以「言身」開始者二，以「言壯士」開始者二。其中「言身」者，兼「言己」與「言壯士」也。讀者很難相信屈原（劉安或蓼太子、乃至那個傳說的楚國屈原）參加過如此慘烈的、多名壯士投入的以少敵多、喋血捐軀的鏖戰。但王逸偏要這樣說。自有其用心。他堅持多用屈原第一人稱，還堅持用「長於原野」、「棄於山野」、

「見棄乎原野」、「棄我於原野而不還」等短句把讀者的注意力從東方朔《七諫》引到《國殤》的「嚴殺盡兮棄原野」來，再讀「平原忽兮路超遠」。最後這句把屈的名和字「平原」二字都用上了，雖不肯直說，其意在於提示：空曠荒涼的平原上殺氣彌漫，血肉狼藉，亡魂歸來的路是何等遙遠啊。在此出現的「平原」二字形象的意蘊，一是「嚴殺盡兮」空寂無人，當然沒有「姓屈名原」的《楚辭》作者在；二是殺氣重重，很多冤魂血染平原。所以，我們完全否認歷史上用假話記載的姓屈名原的那個楚國忠臣的個人存在。我們認可的只剩「名正則，字靈均」的蓼太子之血淋淋而棄屍荒野的意象了。看來「長於原野」之似乎不夠通順的版本比「原長於野」意思更隱晦、更深刻、更驚心動魄。至此，讀者不得不佩服王逸的注解藝術，是有意把「平原」的最關鍵的深意、最隱蔽地藏起來，而且使用形象來表達，不落言荃，而不可磨滅。讀者千萬不能因為他沒用文字明寫出來而輕視其事關重大的含義。這是與屈原的名字、《楚辭》的主旨密切相關的含義；《列子·說符》所謂「至言去言」是也。再細思之，這難道不是劉安父子被屠殺的血淋淋的證據嗎？難道不是《離騷》作者「朕」之為蓼太子的又一證據嗎？難道不是前文劉安父子面對死亡、互相憐惜的證據嗎？這難道不是「淮屠」死難者靈魂的悲哀翕動嗎？難道不是證明了以「姓屈名平字原」在《楚辭》中處處存在、在《史記》中竟進入楚國者，居然是漢武帝時代的一群死無葬身之地、叫天不應叫地不靈的文曲星官之忠魂冤鬼、游魂野鬼嗎？蒙受奇恥大辱被漢武所屠殺的是一個到當時為止歷史上最大的文學集團，有多少文人騷客啊！我們能期望或相信他們、以及其生物和文化的繼承者，竟然就默默無聲、低首下心地如犬羊一樣安於如此被宰殺，好像毫無影響、無人在乎似的！那樣的話，歷史就更不公平了。千古流傳的《楚辭》只是這些枉死者的一座小小的、歪歪的紀念碑啊。王逸的《章句》如此大張旗鼓地寫了個深思高舉、忠而被冤的屈原，同時極隱蔽地告訴讀者，這個屈原就是拋屍荒野、血染平原的蓼太子和劉安們啊；尤其是蓼太子，他當之無愧是《楚辭》的主要作者。

以下劉向《九歎·離世》不但可以再證明此屈原名、字，且有更多披露。「就靈懷之皇祖兮，訴靈懷之鬼神。靈懷曾不吾與兮，即聽夫人之諑辭言懷王之心，曾不與我合，又聽用讒諑之言，以過怒己也。余辭上參於天地兮，旁引之於四時己所言上參之於天，下合之於地，旁引四時之神，以為符驗也。指日月使延照兮，撫招搖以質正言己上指語日月，使長視己之志，撫北斗之杓柄，使質正我之志，動告神明

以自徵驗也。立師曠俾端詞兮，命咎繇使並聽言己之言信而有徵，誠可據行，願立師曠使正其詞，令咎繇並而聽之，二聖聰明，長於人情，知真偽之心也。兆出名曰正則兮，卦發字曰靈均言己生有形兆，伯庸名我為正則以法天。筮而卜之，卦得坤，字我曰靈均以法地也。余幼既有此鴻節兮，長愈固而彌純言己幼少有大節度以應天地，長大修行而彌純固也。」

上引「余辭」以下四句，說要找懷王先祖告狀，越告越遠了。懷王先祖更不知屈原何人了。這位所謂「靈懷」專信讒言，就是對「屈原」不靈。屈原無奈，乃訴之於天地四時、日語星辰之神，並且請善於聽音的師曠、善於斷案的咎繇一起來判斷真偽。他在人間無所告訴，也只好「動告神明以自徵驗也」。他又說當年皇考伯庸為我取名是算了卦的，又說自己幼有大兆，長大更顯著了。這就再一次證明「正則」、和「靈均」確是這位「屈原」的真名真字。我們本不很相信《九歎》作者劉向，因他的《說苑·反質》故意把韓眾和徐福略掉；而其《新序·節士篇》是漢代唯一與《史記·屈原列傳》同聲相應而不足信的作品，但這只能說明他是早期的編輯者，他的一些作品也應是被編輯過的。《九歎·逢紛》（接上引「伊伯庸之末胄兮」四句）還說：「原生受命於貞節兮，鴻永路有嘉名。齊名字於天地兮謂名平、字原也。並光明於列星。」又在宣傳名平字原的一套假名、字。《章句》解釋劉向的話，也好像對屈原的兩套名、字都認可，這又是他（或編輯者）取「一般態度」而保護自己的「特殊態度」的表現。

我們從《九辯》中父子二人面臨死亡的深沉鳴嘯，發現此父子乃是遭受滅門之禍的劉安和蓼太子，他們竟都是「屈原」。又從《離騷》的「朕皇考曰伯庸」，知道《楚辭》代表作《離騷》之用第一人稱抒其感天動地忠冤之情者，乃是蓼太子，他就是《離騷》所言被其皇考命名授字的劉正則字靈均。然後在東方朔的《七諫》中，再次發現此處以「名平字原」名義存在的蓼太子被漢武屠殺的因由，並確證他名副其實的血染屠場、橫尸平原的名、字意義，也就是「屈、平、原」所含的精髓意義。但被「屈原」之名代表的一群人中，有的不是作者而僅被編輯者為之鳴冤，有的雖是作者或代表某一群人，卻失其名。獨有劉安父子，尤其是幾不被人知的蓼太子，被王逸（們）三申其義，悄然而不動聲色置於《楚辭》最主要作者血跡斑斑的荊棘之位上。嗚呼！王叔師之善藏，亦千古之怪傑也。又劉向《九歎·憂苦》有句「嘆離騷以揚意兮，猶未殫於九章」，是不是暗示讀者，《楚辭》編輯者的深意，除在《離騷》和

《九章》之外，還要向別處尋找呢？例如《九辯》，甚至《七嘆》都有重大嚴肅的暗示啊。

「平原」，竟引出如此驚人的形象解釋，實出意外。「屈」這個姓與「平原」之名字畢竟怎麼成為《楚辭》作者，答案很簡單，也很容易。見下。在劉安父子和淮南眾門客被集體屠殺之後，漢庭對淮南眾作要做一些處理。對其中詞賦部分不能用原作者姓名，在嫁名於其他名作家之外，唯一的好辦法就是嫁名於一個虛擬的古人。「屈原」這個名字，就是經過一段編輯過程而嵌入歷史的。

六、屈原沉江文字之研覈

（一）幾個關鍵字眼之別解

其實，有關屈原的《楚辭》、楚國、自沉等字眼，往往都另有一種含義。這些概念所涉及的文化歷史環境必須逐步廓清，先看以下例子。

其一，何為楚詞？《九辯章句‧敘》「宋玉者，屈原弟子也。閔惜其師，忠而放逐，故作《九辯》以述其志。至於漢興，劉向王褒之徒，咸悲其文依而作詞，故號為《楚詞》。」《楚詞》即《楚辭》，此處對《楚詞》的界說，是給《楚辭》做了別樣解釋。「故號為楚詞」的原因，是劉向等「咸悲其文依而作詞」，是強調「楚」字顯著的「悲」意。豈只如此，悲痛艱辛酸苦淒慘哀愁創傷憂戚冤煩，都可遇「楚」而成詞，表達幾乎所有被殘忍折磨的冤枉委屈、憤怒懊惱、五內俱焚和肝腸寸斷，都是靈和肉之極端負面的刺激、劇烈虐待；臣之「懷忠貞之性」，偏偏「被讒邪」，唯一能寄希望的「君」又如此「闇蔽」；在極端絕望之下，靈魂發出的呻吟，以及已被暴君的高壓變了形狀變了腔調的同情，此之謂《楚辭》。王逸給《楚辭》所下的這個定義（另一個定義出自班固），應該也得到注意。

其二，何謂楚國？《九思‧遭厄》云「悼屈子兮遭厄，沉玉躬兮湘汨賢者質美，故以比玉。何楚國兮難化言楚國君臣之亂，不可曉喻也。迄於今兮不易。」這幾句話，作者由屈原的第一人稱忽換對於屈原是第三人稱的王逸自己，並說：悼念遭難的屈子啊，他在汨羅江沉沒了寶貴的玉體。楚國何故難以達成君聖臣賢的教化，真是頑固不化啊，直到今天也一點不變易。可以看出，所謂於今者，王逸之時也；不易者，楚國之不化也；楚國者，漢朝之喻指或代稱也。則遭厄之悼念，為漢本朝「屈子」而發也。順便說，所謂屈子之稱號，本自

《淮南子·道應訓》及《史記·三王世家》所記楚在魏之宗室大夫屈宜臼（臼一作咎），其人以賢而有遠見著名，而被稱屈子，可算作楚國屈姓頗有名氣者，而給予假造歷史者以啟發也。而此處「湘汨」者，作為「一般態度」的表象，也失去了其原來的意思，大概可以讀成「暴君所設的災難」吧。

其三，何謂楚懷王？《九歎·離世》曰「靈懷其不吾知兮，靈懷其不吾聞言懷王闇惑，不知我之忠誠，不聞我之清白，反用讒言而放逐己也。就靈懷之皇祖兮，訴靈懷之鬼神言己所言忠正而不見信，願就懷王先祖告語其冤，使照己心也。鬼神明察，故欲愬之以自證明也。」「靈懷」二句，表面上說楚懷王不瞭解自己的智慧和忠誠，也不聽自己的勸諫和清白名聲。但這兩句雙關另一層意思：楚懷王根本不知道還有個我，他甚至根本沒有聽說過我！這一解才是歷史的真實！戰國後期的楚懷王怎麼會知道漢朝的屈原呢？可見屈原這個名字，屬於漢人偽造，而偽造者試圖把他嵌入楚國的歷史；嵌入的破綻早被許多《楚辭》學者看出，卻又被另外一些學者不相信而勉強彌合。這種託名楚懷王的詭異策略，倒把真的把事主漢武帝變成楚懷王擴大而朦朧的影子。所謂靈懷，本來帶一點淮南子神學痕跡，是描寫聖尊者懷抱的，用來指楚懷王或者漢武帝雖不同，都是一種含諷的恭維。

其四，子蘭、子椒何謂也？《離騷》曰：「余以蘭為可恃兮，羌無實而容長言我以司馬子蘭懷王之弟（《史記》謂懷王少子），應薦賢達能，可恃而進，不意內無誠信之實，但有長大之貌。浮華而已。椒專佞以慢慆兮椒，楚大夫子椒也。《古今人表》有令尹子椒。樧又欲充夫佩幃樧，茱萸也，似椒而非，以喻子椒似賢而非賢也。言子椒為楚大夫，處蘭芷之位，而行淫慢佞諛之志，又欲援引面從不賢之類，使居親近，無有憂國之心，責之也。」我們已指出，楚懷王根本不知道漢朝的屈原是誰。以上《離騷》中關於蘭、椒的句子以及王逸的注解各有其意。《離騷》原文，蓋形容在暴君和讒言的作用下，許多本來尚可同道的朝臣紛紛變節自保。蘭、椒具體指武帝朝何人尚待細求，但絕不指楚懷王時人。王逸注解的方式則頗為有趣，他以為「蘭」是比喻子蘭的，而「椒」和「樧」兩樣花卉是比喻子椒的。以花喻人是可以的，但以一花喻一人，同時以二花喻另一人，這真是從來未見的荒唐比喻。這種比喻產生的藝術效果，只能讓子蘭和子椒都歸於子虛烏有。他們是《史記·屈原傳》很有創造性的情節臨時產生的群眾演員，本來就是影子人物。

錢鍾書《管錐編·楚辭·洪興祖補注》（九）「蘭椒」條謂「屈子此數語果

指子蘭、子椒兩楚大夫不？同朝果有彼二憾不？均爭訟之端。然椒、蘭屢見上文，王、洪注都解為芳草，此處獨釋成影射雙關；破例之故安在，似未有究焉者。」汪琬《堯峰文抄》卷二三《草庭記》云：「余惟屈原作《離騷》，嘗以香草喻君子，如江蘺、薛芷、蕙芎、揭車、蕙茝，如蘭如菊之類，皆是也；以惡草喻小人，則如茅蒩、菉葹、蕭艾、宿莽是也。而或謂蘭蓋指令尹子蘭而言，則江蘺、薛芷，又將何所指乎？無論引物連類，立言本自有體，不當直斥用事者之名。且令尹素疾原而讒諸王，此小人之尤者也。原顧欲『滋』之、『紉』之、『佩』之，若與之最相親匿，亦豈《離騷》本旨哉！余竊疑子蘭名乃後人緣《騷》詞附會者。」錢引汪琬語深為可信，竊疑《離騷》中蘭、椒之名被用來比喻《史記》本傳中人物，是要造成《離騷》之文意與假的屈原傳之同步。

（二）彭咸式沉江的四種表述

接上文，其五，屈原自沉是怎麼一回事？這是構成屈原傳記和人格的關鍵性情節，我們不得不重視，所以試引《楚辭》全部有關文字而加以討論。

以下是前引《惜往日》的繼續：「何貞臣之無罪兮忠正之行，少愆忒也。被離謗而見尤虛蒙誹訕，獲過愆也。慚光景之誠信兮質性謹厚，貌純愨也。身幽隱而備之雖處草野，行彌篤也。臨沅湘之玄淵兮觀視流水，心悲惻也。遂自忍而沉流遂赴深水，自害賊也。卒沒身而絕名兮姓字斷絕，形體沒也。惜壅君之不昭懷王壅蔽，不覺悟也。君無度而弗察兮上無撿押，以知下也。使芳草為藪幽賢人放竄，棄草野也。焉舒情而抽信兮安所展思，拔愁苦也。恬死亡而不聊忍不貪生，而顧老也。獨鄣壅而蔽隱兮遠放隔塞，在裔土也。使貞臣為無由欲竭忠節，靡其道也。」

這一段前接的「秘密事以載心兮」一段，記敘一個因不肯趨炎附勢、也不肯對「淮屠」犧牲者說壞話，因而也被殺害者。這段所記則是一個無罪而被謗、被貶，乃至臨湘水投身自沉者。他即使「卒沒身而絕名」，君王也不覺悟。其君不識賢愚，使忠臣被遠貶到邊緣閉塞之地，而沒有活路，也無所解其愁苦，想盡忠都不可能，所以不能顧老惜命，只能自殺。這一段懇切陳情，使人動容，而不得不信。是因《楚辭》作者群中，確有投身自殺者。可惜，他已真「卒沒身而絕名」了。

我們再看《九歎·離世》以下文字：「身衡陷而下沉兮衡，橫也。不可獲而復登言己遠去千里，身必橫陷沉沒，長不可復得登引而用之也。不顧身之卑賤兮，惜皇輿之不興言己遠行千里，不敢顧念身之貧賤，欲慕高位也。惜君國失賢，道德不盛也。出國

—51—

門而端指兮，冀壹寤而錫還言己放出國門，正心直指，執履誠信，幸君覺寤，賜己以還命也。哀僕夫之坎毒兮，屢離憂而逢患言己不自念惜身之放逐，誠哀僕御之夫，坎然恚恨，以數逢憂患，無已時也。九年之中不吾反兮，思彭咸之水游言己放出九年，君不肯反我，中心愁思，欲自沉於水，與彭咸俱遊戲也。惜師延之浮渚兮師延，殷紂之臣也，為紂作新聲北裡之樂。紂失天下，師延抱其樂器，自投濮水而死也。赴汨羅之長流言己復貪慕師延自投於水，身浮渚涯，冀免於刑誅，故遂赴汨水長流而去也。」

此處可看到託名劉向寫的一段「屈原」敘事抒情。王逸雖仍用「屈原」「言己」之句來解釋，讀者會發現不對了。這個「屈原」已被遠貶，還想被召還「欲謀高位也。」連他的「僕夫」都因跟隨他到處流放而非常不高興。他被放逐九年了（「九」表不能再多之複數），很想去找彭咸一起遊戲（是否投水，難定）。又惋惜（貪慕？）紂臣師延自投於水，且「冀免於刑誅，故遂赴汨水長流而去也。」投水是希冀因此「免於刑誅」？這就連《史記》說的屈原也不像了。我們再強調一遍：《楚辭》是由一群被冤枉被流放被誅殺的漢臣寫的。這些人，被誅殺或早或晚、被流放或近或遠，其中可能不乏在流放中投水而死者。這個情節被奉旨編輯《楚辭》、並且創造一個人物而嵌入歷史（見下）的「史臣」們相當有創造性地利用了。王逸也舉不出關於「彭咸」的先秦文獻出處，而姑妄注之。正說明，經過秦火之後，漢代儒者著書立說，很有杜撰空間，「殷賢大夫、自投水而死」的彭咸，就是這個空間中一個來歷不明的神秘人物。

以上寫莊重的投水者，整部《楚辭》都充斥其他類型的彭咸投水宣言，還有以下三種例子：

1《離騷》「雖不周於今之人兮，願依彭咸之遺則彭咸，殷賢大夫，諫其君不聽，自投水而死。言己所行忠信，雖不合於今之世，願依古之賢者彭咸餘法，以自率屬也。補注曰按屈原死於頃襄之世，當懷王時作《離騷》，已云『願依彭咸之遺則。』又曰『吾將從彭咸之所居。』蓋其志先定，非一時忿懟而自沉也。《反離騷》曰『棄由、聃之所珍兮，摭彭咸之所遺』——豈知屈子之心哉！」2「吾將從彭咸之所居言時世之君無道，不足與共行美德、施善政者，故我將自沉汨淵，從彭咸而居處也。」3《抽思》「望三五以為像兮，指彭咸以為儀先賢清白，我式之也。」4《悲回風》「凌大波而流風兮意欲隨水而自退也。託彭咸之所居從古賢俊，自沉沒也。」5《悲回風》「孰能死而不隱兮誰有悲傷而不憂也。照彭咸之所聞睹見先賢之法則也。」6《九思‧怨上》「復顧兮彭務彭咸務光，皆古介士，恥受汙辱，自投於水而死也。擬斯兮二蹤願效法此二賢之跡，亦當自

沉。」7《九歎·遠遊》「見南郢之流風兮，殞余躬於沉湘言還見楚國風俗，妒害賢良，故自沉於沅、湘而不悔也。」8《九歎·逢紛》「惜往事之不合兮，橫汨羅而下濿言己貪惜以忠事君，而志不合，故欲橫渡汨水，以自沉沒也。」9《七諫·沉江》「懷沙礫以自沉兮，不忍見君之蔽塞言己所以懷沙負石自沉於水者，不忍久見懷王壅蔽於讒佞也。」

　　以上例子中，1 依彭咸之遺則、2 從彭咸之所居、3 指彭咸以為儀、4 託彭咸之所居、5 照彭咸之所聞——對彭咸之投水，全說要則之、式之、儀之、伴之、以自勵，以建功留名，以諫時君。其中 6 以第三人稱提到屈子懷沙負石，6 自言效法彭咸和務光，又拉上一個投水事較為確實的榜樣。7 說楚國妒害忠良風氣不好，故必須沉湘江。8 說自己與君不合，要橫渡汨羅來自沉。9 說自沉，是因不忍心看君王被讒佞蒙蔽。以上 9 個例子都是一般地宣言，有很多是後人替屈原宣言，將要把這不明來歷的彭咸當成效法榜樣，尚未付諸行動。尤其洪興祖，說屈原之自沉是經過深思熟慮的，所以從懷王時初失意就考慮好了而決定將來自殺，過了若干年（幾十年）而付諸行動，好像只有他一個人理解屈原，大概是要表現自己也會如屈原這樣忠君吧。如此解釋前人來向時君表忠心的話，恐怕連他的宋朝君王也感到虛偽。

　　10《七諫·哀命》有很生動的投水前後之描寫，其中妙語如珠；所以不忍刪掉一句，而全引之，略加說明：「測汨羅之湘水兮，知時固而不反言己沉身汨水，終不還楚國也。傷離散之交亂兮，遂側身而既遠遂去而流遷也。」屈原自言跳進汨羅江水中，是因時運不好，所以決不返回「楚國」、他自傷於被放逐、又與君王離別的雙重困擾，就順水而下，在江中載沉載浮了。看他在水中：「處玄舍之幽門兮，穴巖石而窟伏言己修德不用，欲伏巖穴之中，以自隱藏也。從水蛟而為徒兮，與神龍乎休息自喻德如蛟龍而潛匿也。何山石之嶄巖兮，靈魂屈而偃蹇言山石高巖，非己所居，靈魂偃蹇難止，欲去之也。含素水而蒙深兮，日眇眇而既遠言雖遠行，不失清白之節也。」他住在水底暗屋黑洞，也就是藏身岩石洞窟中，和蛟龍一起遊玩休息（王逸還煞有介事地說「自喻德如蛟龍而潛匿也」）。水底的山石很險峻，自己的靈魂也進退兩難，無法安居。在深水之中浸泡，還不知要在此耽延多久呢。再看下去「哀形體之離解兮，神罔兩而無捨自哀身體陸離，遠行解倦，精神罔兩，無所據依而捨止也。惟椒蘭之不反兮，魂迷惑而不知路言子椒、子蘭不肯反己，魂魄迷惑，不知道路當如何也。願無過之設行兮，雖滅沒之自樂言願設陳己行，終無過惡，雖身沒名滅，猶自樂不改易也。痛楚國之流亡兮，哀靈修之過到言懷

王之過，已至於惡，楚國將危亡，失賢之故也。」他形體離解，精神越裂，靈魂迷失，身沒名滅，卻還是自樂不改，還在追恨根本不認識他的昏君楚懷王、責怨影子人物椒蘭呢。下文接云「固時俗之溷濁兮，志瞀迷而不知路言己遭遇亂世，心中煩惑，不知所行也。念私門之正匠兮，遙涉江而遠去言己念眾臣皆營其私，相教以利，乃以其邪心欲正國家之事，故己遠去也。念女嬃之嬋媛兮，涕泣流乎於悁。我決死而不生兮，雖重追吾何及言亦無所復還也。戲疾瀨之素水兮，望高山之寒產言己履清白，其志如水，雖遇棄放，猶志仰高遠而不懈也。哀高丘之赤岸兮，遂沒身而不反言己哀楚有高丘之山，其岸峻嶮，赤而有光明，傷無賢君，將以阽危，故沉身於湘流而不還也。」他說時代風氣不好，自己也很煩惱迷惑，眾臣如此自私不為國，所以我只好過江投水算了。雖念及女嬃為我流淚嘘唏是為了我好，但我死志已決，無可追悔了。我即使死了，仍志潔於水、心高於山。我哀嘆高丘赤岸，就從這裡投下去吧，再也不回返人間了。最後「哀高丘」這兩句話，是他投水後對自己行為的解釋。依王逸，他是選了如此一個「赤而有光明」的風水寶地往下跳，有點幽默吧？你看他，都投水了，還說如此多閒話，是不是滑稽之雄東方朔在搞鬼？東方朔說的話和他讓屈原的鬼說的話，都是名副其實的鬼話。豈可輕信？又豈可不信鬼話後面的真義？王逸當然不信這鬼話，但他好像使勁板住面孔，忍住而不笑，不肯把「屈原投水已是鬼」說出來。換一個角度看，說屈原投水自沉，簡直是對他正身本尊本人的侮辱。東方朔揶揄的對象不是屈原，而是屈原神話和鬼話的製造者，恐怕也包括相信者。這一段對《楚辭》編輯者設計的屈原投水之深刻生動的諷刺，真應該表而出之。

再看以下例子，這裡的彭咸的形象和作用（包括王逸注解）就頗為曖昧了。

11《七諫‧謬諫》「棄彭咸之娛樂兮言棄彭咸清潔之行，娛樂風俗，則為貪佞也。滅巧倕之繩墨言工滅巧倕之繩墨，則枉直失其制也。言君悄書先王之法，則自亂惑也。」12《悲回風》「望大河之洲渚兮，悲申徒之抗跡申徒狄也。遇闇君遁世離俗，自擁石赴河，故言抗跡也。驟諫君而不聽兮驟，數也。重任石之何益言己數諫君，而不見聽。雖欲自任以重石，終無益於萬分也。……此章言小人之盛，君子所憂，故託遊天地之間，以泄憤懣，終沉汨羅，從子胥、申徒，以畢其志也。」13《悲回風》「夫何彭咸之造思兮，暨志介而不忘！言己見讒人倡君為惡，則思念古世彭咸，欲與齊志節而不能忘也。」14《思美人》「命則處幽，吾將罷兮受祿當窮，身勞苦也。願及白日之未暮思得進用，先年老也。獨㷀㷀而南行兮，思彭咸之故也」此處王逸無注。

11 把原句「棄彭咸之娛樂」解成「棄彭咸清潔之行」而「娛樂風俗」，顯然不合語言本身的邏輯，再加上「則為貪佞也」，更不成道理（把「之」解釋成「而」仍勉強）。照上下文看，當道者應不棄彭咸之娛樂，不滅巧倕之繩墨（繩墨喻先王之法則）。那麼彭咸之娛樂就應具有一種快樂的正面品質。王逸這樣注解，畢竟深意何在，尚需探求。我們至少可以看出此處「彭咸」的身份可疑，不像是專門「投水」而「娛樂」的。12 前文已見《悲回風》中「照彭咸之所聞」、「託彭咸之所居」的說法。此處「望大河」四句，又請出申屠狄這位有記載的投水而死者來抒發真情。「望大河」就不大對，屈原怎麼跑到黃河去了？這當然是以楚代漢造成的漏洞。他悲傷申徒「自擁石赴河」。還說多次進諫，君王都不聽，就算背上更重的石頭投水，哪有任何一點用處呢（此句近《悲回風》之末尾）。王逸也言「終無益於萬分也」——毫無用處之後，隔了一句到全文末尾做總結時，還照樣在說「託游天地」後、屈原投水自沉跟子胥、申徒一樣嚴肅而有意義。對比之下，前後矛盾，令人感到滑稽。13「何彭咸之造思」，與「何樂之有」一樣的倒裝句型，意應是「造思彭咸者，何也？」謂構想出彭咸這個人物來，是為什麼（怎麼回事）呢？是不忘屈原其人和他的志節啊。這個例子，和前文所論《遠遊》「高陽邈以遠兮，吾將焉所程」句之針對「帝高陽之苗裔兮」設問有異曲同工之妙。是巧妙地利用《楚辭》本文，暗示另一部分文本的問題。王逸原注是在讒佞戕害忠良的上下文中，說屈原不忘彭咸的志節而自勵，就成了這種編輯目的之掩飾。14《思美人》數句，王逸注說，屈原之所以孤獨地向南方行走，是他想念彭咸之故。這裡的「屈原」已年老了，卻還「思得進用」，想念彭咸，孤獨南行。這越看越不像了。好像彭咸的典型在鼓勵他努力前行。這就把投水的彭咸和屈原的投水全都否定了。

綜上所言，可以這樣認為，在《楚辭》編輯過程中，由於被貶而死的「屈原」們中真有投水自殺例，甚至淮南小山也以「沉沒」（沉水而死）形容劉安尤蓼太子之死。編輯者們因此為「屈原」這個合成人物設計了效法彭咸「自沉沒」的情節來表其特別之忠誠；似專寫投水事的《懷沙》就是如此，見下文。但他們似沒忘記用各種方式暗示讀者：雖「沉江而死」成了「屈原」典型行為，「屈原」名字所代表的最重要人物，卻與此全然無關，以至與他似相關的投水描寫都成了虛筆或者贅疣。所以《楚辭》本文中，雖多拿彭咸擺樣，但同時也有很多曖昧、質疑甚至諷刺。至於「彭咸」，雖有時似是投水的楷模，

卻是漢人「杜撰空間」之物，不見於漢以前的史料。

以上僅是發現「蓼太子」其前加其後的讀書之心得。以下試引金開誠《楚辭講話》（北大出版社）第三章，發現其引述的汪瑗《楚辭集解》考證之結論與以上筆者直接的讀書心得不謀而合。其詞提到「願依彭咸之遺則」、「從彭咸之所居」「指彭咸以為儀」、「思彭咸之故也」、「何彭咸之造思」、「照彭咸之所聞」、「託彭咸之所居」等，然後斷曰「詳玩此數語，亦未見彭咸為投水之人」。又曰「『思彭咸之水游，』不知劉向何所考據而云然也。蓋嘗聞太史公《世家》有曰彭祖者，……稽其姓而辨其名，則曰彭咸。……意者後世因其西逝流沙之語，故誤以為投水，見編內亞稱其人，遂附會其說焉」。汪瑗說屈原為了離楚隱遁，固然不對；但他看出《楚辭章句》中之本文乃至解釋，頗有模棱猶疑的例子，而否定「屈原真身」之水死說，應是有見。又嚴忌《哀時命》「子胥死而成義兮。屈原沉於汨羅」。在全篇都是屈原第一人稱的上下文中，忽然冒出第三人稱的讚揚屈原，令人懷疑這個句子是不是生硬插入的。班固在《漢書・賈誼傳》（卷四八）中說，「誼為長沙王太傅，既以謫去，意不自得；及渡湘水，為賦以弔屈原。屈原，楚賢臣也。被讒放逐，作《離騷》賦。其終篇曰『已矣哉國！無人兮，莫我知也。』遂自投汨羅而死。誼追傷之，因自喻」云云，這裡所引《離騷》結尾便沒有「吾將從彭咸之所居」之語。當然有人會說，班固可能只是引用其結尾表示一下，不必全引；但也有另一種可能，班固所引《離騷》本來就沒有彭咸語。

七、「淮屠」事件發生之前後

我們既然發現劉安父子為《楚辭》主要作者，班彪班固王逸們評說《楚辭》時的隱晦曖昧態度就有了解釋。王逸一邊大贊正面複合的屈原，一邊非常隱秘地道出了構成「屈原」的核心人物。以下試考察劉安父子和漢武的關係史，尤其漢武對《楚辭》代表作《離騷》的反應，看數萬淮南門客和他們的代表人物劉安父子是如何遭受千古奇冤、終至於被殺害的過程。

（一）《離騷》史料的關鍵信息

以下我們先據前文所得，試從以下七種史料的比較和引申出一些基本消息。概況說來，關於劉安畢竟作的是《離騷》什麼（《離騷傳》，《離騷賦》，《離騷經》、或《離騷經章句》）以及何時作，說法之所以如此混亂，一個重要的原因，是他們甚至不知蓼太子是《離騷》主要作者。

　　一、《史記・劉安傳》：「淮南王安為人好讀書鼓琴，不喜弋獵狗馬馳騁，亦欲以陰德拊循百姓，流譽天下。」（沒有劉安關於《離騷》寫過什麼的內容）。

　　二、《漢書・劉安傳》：「淮南王安為人好書，鼓琴，不喜弋獵狗馬馳騁，亦欲以行陰德拊循百姓，流名譽。招致賓客方術之士數千人，作為《內書》二十一篇，《外書》甚眾。又有《中篇》八卷，……初，安入朝，獻所作《內篇》。新出，上愛秘之。使為《離騷傳》，旦受詔，日食時上。」班固增加了劉安作《離騷傳》事，與其本人《離騷敘》一致。雖然「初，安入朝」時間可以推朔到文帝時（前189～前157年），但文帝時劉安尚年輕，淮南眾作應未寫成，蓼太子還太小；景帝（前157～前141年）前期蓼太子也尚幼，應未寫出《離騷》的初稿來。所以這裡的「上」，應指武帝。而其中武帝所「愛秘」者，不但是《內篇》和《離騷傳》，應也包括《離騷賦》（見以下第四條）。獻《離騷傳》應在建元初年，獻《離騷賦》則在應在景帝後期。但為什麼武帝對其所獻禮「愛秘之」呢？如果所獻是《內篇》，這正是漢代自劉向校書以後，「先賢通儒述作之士，莫不援采以驗經傳」的頗有影響的學問淵藪；漢武「愛之」應該是合理的，但「愛之」到了秘不外傳的地步，就不合常理了；因為談天說地，詳論治理天下大道的淮南《內篇》，正是漢武帝和大臣們可以常備諮詢之書，採用與否，一般應無「秘」可言。即使後來漢武「獨尊儒術」而不愛之，又何必「秘之」？如果漢武「愛秘」的是《離騷傳（賦）》（尤其後者），則依王逸說，既然漢武「恢廓道訓，使淮南王安作《離騷經章句》（這個篇幅太大），則大義燦然，」「愛之」也可解：「漢武愛騷」，連讀司馬相如《大人賦》都據說「飄飄有凌雲之氣，似游天地之間意」；「秘之」則仍不可解。若說「尤敬鬼神之祀」的漢武帝對「言神仙黃白之事」的《中篇》「愛而秘之」，為獨求長生，倒是合情合理。然而無論班固還是高誘，在這裡偏偏不提《中篇》。古今中外，從來沒有任何皇帝對自己喜愛的優秀文學作品「秘之」的，除非其內容涉及政治忌諱、私心隱秘。其實，作為臣子，把《離騷》乃至有關文章獻給漢帝，供君王欣賞之後，皇帝有權把臣子所獻當作私產不示別人，也不讓獻賦者示別人，所以稱之為「愛秘之」，值得考究；應因奇文有所犯忌，被君王扣留不對公眾發表吧。

　　三、《太平御覽・皇親部一六・諸王上》引《漢書》上文，與今本《漢書》小有不同，謂「使為《離騷賦》，旦受詔，食時上」。與第二條的「旦受

詔，日食時上」一樣，也說劉安應詔極快地完成了任務。從「旦受詔」到「食時」是多長時間？根據《左傳・昭公五年》杜預注，一日分為夜半、雞鳴、平旦、日出、食時、隅中、日中、日昳、晡時、日入、黃昏、人定十二辰。其中「平旦」（「旦」）即寅時，「食時」即辰時，分別相當於現在的早上三至五點和七到九點。從寅時到辰時，我們算作兩個時辰，即四小時。用來完成《離騷賦》是不可能的。只能是《離騷傳》，而且是簡短的《離騷傳》，甚至是早有備稿的。

四、高誘《淮南子・敘目》：「初，安為辯達，善屬文。皇帝為從父，數上書，召見。孝文皇帝甚重之，詔使為《離騷賦》，自旦受詔，日早食已。上愛而秘之。天下方術之士多往歸焉」。較之《漢書》，區別之一是，也記劉安所獻為《離騷賦》，區別之二謂其時乃文帝時而非武帝時；「皇帝為從父」一語可以理解成漢文帝乃劉安諸父，也可解作劉安乃武帝諸父也（如上文所辨「孝文皇帝」當作「孝武皇帝」）。至於「自旦受詔，日早食已」完成《離騷賦》是不可能的。我們只能認為《離騷賦》早已獻上，武帝對劉安故做詢問，恐有試探意。而劉安很熟悉兒子的佳作，所以才很快地寫好《離騷傳》交了差。至於獻《離騷》大文章，應在建元之前。在此我們應再強調一遍，漢武對蓼太子恨之入骨，故蓼太子當時被處死，不單是滅其肉體生命，而且滅其名。即在任何場合不准直提其名。所以在《史記》和《漢書》中，他被稱為「太子遷」或者蓼太子。他的著作也不見著錄（當包含在「淮南王賦八十二篇」之中）。或有人說他的名字被劉安覆蓋了；觀其在《楚辭》著作中的地位，他的被覆蓋是人為的、官定的。幾乎沒有人知道他的真名字是正則和靈均。

五、荀悅《漢紀》（四庫全書本，卷十三）亦稱「上使安作《離騷賦》」。劉安（蓼太子）畢竟作了《離騷傳》還是《離騷賦》，抑或是《離騷經》乃至《離騷經章句》？或者任何別的關於《離騷》之作？「使為《離騷傳》」，《漢書》顏師古注曰：「『傳』謂解說之，若《毛詩傳》。」對此，王念孫不同意，並且在其《讀書雜志・《漢書第九》》中說：念孫按「傳」當作「賦」；「傅」與「賦」古字通；（注曰《皋陶謨》「敷納以言」；《文紀》「敷」作「傅」。僖二十七年《左傳》作「賦」。《論語・公冶長》篇「可使治其賦也」，梁武云：《魯論》作「傅」）。使為《離騷傳》者，使約其大旨而為之賦也。安辯博善為文辭，故使作《離騷賦》。下文云「安又獻《頌德》及《長安都國頌》」、《藝文志》有「淮南王賦八十二篇」，與此並相類也。若謂使解釋《離騷》，若《毛詩傳》。

則安才雖敏，豈能旦受詔而食時成書乎？（荀悅）《漢紀‧孝武紀》云「上使安作《離騷賦》，旦受詔，食時畢。」高誘《淮南鴻烈‧解敘》云「詔使為《離騷賦》，自旦受詔，日早食已」。此皆本於《漢書》。《太平御覽‧皇親部十六》，引此作「《離騷賦》」，是所見本與師古不同。

　　在這裡王念孫把《離騷傳》的「傳」字，解作「傅」字之誤；而「傅」與「賦」「古字通」，於是《離騷傳》應解作《離騷賦》，意為「約其大旨而賦之。」但是，他似乎忘了，在賦體盛行的漢代，「離騷賦」三字中之「賦」字真的會有他曲盡其幽挖掘出來的生僻意思嗎？漢人言賦，就是漢賦，包括所謂屈原賦。依王所言，高誘《淮南子‧敘目》、荀悅《漢紀‧武帝紀》乃至《太平御覽》所引班固《漢書》都作《離騷賦》，都是「約其大旨而賦之」的意思，「賦」字這個罕見的含義竟然如此密集於有關歷史記載中。連「淮南王賦八十二篇」也是「事與此並相類也。」那麼，《漢書‧藝文志》所記「屈原賦二十五篇」也是這個意思嗎？所以這種「約其大旨而賦之」的說法我們也不能接受。有的論者，認為應倒過來推理，因為上引諸文中的「賦」字，與「敷」通，再與「傅」通，因而由「傳」字誤成。這恐怕也同樣太曲折了一點。無論是「傳」誤為「賦」，還是「賦」誤為「傳」，這種純粹的文字之爭，其實誰也說服不了誰。劉安畢竟作了《離騷傳》還是《離騷賦》的問題，並不是單純的文字舛誤問題，而是漢人記述歷史事實已經有了歧異。班固的《漢書》本來作《離騷傳》還是《離騷賦》，我們已經無從得知，至少《太平御覽》所據本是作《離騷賦》的。至於葛洪《神仙傳》乃言「詔使為《離騷經（傳）》」，就更不能解釋了？又《淮南子‧敘目》「孝文皇帝甚重之，詔使為《離騷賦》」句下劉文典注引莊逵吉云：「本傳作「使為《離騷傳》。」又引孫詒讓云：「此自作賦，與本傳不同。《文心雕龍‧神思》篇云：『淮南崇朝而賦騷』即本高敘。」這裡孫詒讓云「淮南崇朝而賦騷」之語，所本固是高誘敘，也不能排除劉勰所見之《漢書》。劉勰似乎認為劉安寫類似於賦體的東西；因為寫《離騷傳》之類解說性文字，恐怕不算是「賦騷」的。但是劉勰在《文心雕龍‧辨騷》中又明明有「漢武愛騷，淮南作傳」之語。因而我們可以帶著疑惑推想，劉勰當時看到了兩種記載，對於劉安究竟作了傳，還是作了賦，也不甚了然，姑兩存之而已；劉勰畢竟無意對此作考證，所以這樣說也不足為怪。質言之，劉安究竟寫了關於《離騷》的「什麼」作品呢？靠文字通假改變意思，解決不了任何問題，只能徒增紛擾。這些混亂記載，只能說明劉安確實與《離騷》有人莫知之

的某種關係（《離騷》是他兒子寫，誰想得到呢。《楚辭章句》洋洋數十萬言，三現其人而已，稍馬虎就忽略了）。

六、王逸《楚辭章句》中的《離騷·後敘》稱「至於孝武帝，恢廓道訓，使淮南王安作《離騷經章句》」。王逸故意這樣說。試讀他對「平、原」形象解釋，便知如此假話是為了維護那個楚臣屈原對《楚辭》的著作權的，當然是一般態度的表現。

七、葛洪《神仙傳》卷四則稱漢武帝「嘗詔使（劉安）為《離騷經》，旦受詔，食時便成，奏之」（《太平廣記》引作《離騷經傳》）。「詔使劉安作《離騷經》」自然是假的，「為《離騷經傳》」則是真的。至於劉安成仙的過程（其實是被誅殺的過程），傳稱「漢史秘之」，卻非常重要。「時諸王子貴侈，莫不以聲色遊獵犬馬為事，唯安獨折節下士，篤好儒學，兼占候方術，養士數千人，皆天下俊士。作《內書》二十二篇，又中篇八章，言神仙黃白之事，名為《鴻寶》，《萬畢》三章，論變化之道，凡十萬言。武帝以安辯博有才，屬為諸父，甚重尊之。特詔及報書，常使司馬相如等共定草，乃遣使，召安入朝。」以上的敘述也應是不錯的，比《漢書》更詳盡明白。

綜言之，建元初，武帝曾詔命劉安為《離騷傳》，據此，蓼太子《離騷賦》應是此前所獻。這是基本事實。《離騷》中有一點捨我其誰不可一世的姿態，很可能是災難的最初酵母。前文引《九辯》「事綿綿而多私兮政由細微以亂國也」，我們已從中看出劉安之敗，起於細末之事。武帝如果要殺他們，隨便找個藉口便可。不幸的是，蓼太子真為他製造了一個藉口。

（二）狂妄妒忌而生殺機

劉安在劉長（前198～前174年）死後的文帝前元八年（前172年）封阜陵侯，前元十六年（前164年）封淮南王。蓼太子（前163～122）應是在劉安封淮南王后所生。比漢武帝劉徹大幾歲，所謂「與君同朝長大」者是也。從那以後，歷漢文帝、景帝二朝，似未發生什麼大事，我們也找不到多少有關記載。劉安平素「為人好讀書鼓琴，不喜弋獵狗馬馳騁，亦欲以行陰德拊循百姓，留名譽。」前引劉向《九歎·憫命》「昔皇考（指蓼太子之父劉安）之嘉志兮，喜登能而亮賢」應是事實。劉安當然對其子得意之作十分熟悉贊賞，而且早已把他進獻給了漢武。漢武恐是既嘆賞，又忌諱，所以「愛秘之」。即位後，建元二年（前139年）劉安應詔獻「上愛秘之」的《離騷傳》，在漢武而言恐只是要看看劉安的態度，劉安的高度評價恐也引起漢武心底的敵意。

但從「談說得失及方技賦頌」看，其話題涉及治國方略、神仙方術和詩賦文章；叔侄談的很投機，往往談到很晚，「昏暮然後罷」。當時劉安表現很忠誠，漢武又是初登大位，還要藉重他的支持。「建元六年，劉安曾上書諫阻武帝，勿伐東越，武帝也親自下諭「嘉王之意」。劉安謝恩表曰「臣安妄以愚意狂言，陛下不忍加誅，使使者臨詔臣安以所不聞，臣不勝厚幸！」這時，漢武還是不得不信任劉安的。從當時的君臣對話看，劉安是戰戰兢兢、克盡臣職的。從當上阜陵侯到最後被刑，事漢庭近五十年，最後一段事漢武帝差不多二十年。直到「元朔二年（前 127），賜几杖，不朝」時，漢武雖心中有芥蒂，仍對他似乎沒有露出惡意，表面上仍恩禮有加。

劉安一生，應是接受了劉長的教訓，所以大部分時間，做人相當低調。問題的癥結所在，是他學問大，道德文名皆高。漢武初即位時尚可不斷向他學習，待到他羽翼漸豐，心中嫌隙也發酵，以後又有「削藩」的冠冕堂皇藉口，心中的殺機乃付諸行動。細究之，以劉安一代文人、哲人加上皇叔又封藩王的實際地位，門下又人才濟濟，不乏遠慮之士，又深諳古今治亂之理。他何至於愚不可及到不知審時度勢，在位近四十多年之後，垂垂老矣，竟又蠢蠢欲動，背叛同姓的劉氏王朝，又起野心要做皇帝？追其本末，「安為人好讀書鼓琴，不喜弋獵狗馬馳騁，亦欲以陰德拊循百姓，流譽天下」是極其重要的原因。《淮南子》所載「塞翁失馬」的寓言故事，正可說明興廢無常的道理。禍福相依，化不可極。劉長以性情剛烈、不知自我約束而獲罪，劉安則因愛好學問道德，名滿天下，而對橫行無忌的漢武帝構成心理上更大的威脅，同樣不能免禍。在漢代文景以來漸行漸盛的削藩政策之下，在無為而治被乾綱獨斷取代的總形勢下，漢武帝羽翼豐滿後要把他的權力欲發揮到極致，除掉劉安乃成了政治需要；劉安越是有道德文名，越要除掉他，寧可冤枉他；冤死他後還要掩蓋自己為惡的痕跡。

蓼太子與漢武帝的關係更特別值得研究。漢武從開始就對他印象不好。前引東方朔《七諫》「平生於國兮，長於原野言屈原少生於楚國，與君同朝長大，遠見棄於山野，傷有始而無終也。數言便事兮，見怨門下門下喻親近之人也。言己數進忠言，陳便宜之事以助治，而見怨恨於左右，欲害己也。王不察其長利兮，卒見棄乎原野言懷王不察己忠謀可以安國利民，反信讒言，終棄我於原野而不還也。」這段話和注釋是我們能看到的極簡短而重要的正史史料級別的資料，至少王逸是如此記其事的。簡言之，蓼太子和漢武同朝長大，漢武對他有始無終；因為屢進忠言，參

議朝政，幫漢武治理天下，結果被漢武左右臣僚怨恨，而欲加害於他；漢武不信忠言而信讒言，終於殘酷地剝奪了他的性命，把他處死滅族、棄屍原野了。蓼太子死時已近四十歲。据以上說法，這個大才子已相當深度地參與了朝政。可惜《史記》、《漢書》都不能直接提供更多關於他的消息。但《楚辭》中應有不少。

《九章・惜往日》「惜往日之曾信兮先時見任，身親近也。受命詔以昭詩君告屈原，明典文也。奉先功以照下兮承宣祖業，以示民也。明法度之嫌疑草創憲度，定眾難也。國富強而法立兮楚以熾盛，無盜姦也。屬貞臣而日娭委政忠良，而遊息也。」這段話應是反映了蓼太子與漢武早期的關係和他的政治參與。又劉向《九歎・怨思》「芳懿懿而終敗兮懿懿，芳貌。名靡散而不彰靡散，猶消滅也。言己有芬芳懿美之德，而放棄不用，身將終敗，名字消滅，不得彰明於後世也。光明齊於日月兮，文采燿於玉石言己耳目聰明，如日月之光，無所不照。發文序詞，爛然成章，如玉石有文采也。傷壓次而不發兮壓，鎮壓也。次，失次。思沉抑而不揚言己懷文、武之質，自傷壓鎮失次，不得發揚其美德，思慮沉抑而不得揚見也。念社稷之幾危兮幾，一作機。反為讎而見怨言己念君信用讒佞，社稷幾危，以故正言極諫，反為眾臣所讎，而見怨惡也。思國家之離沮兮，躬獲怨而結難言己思念國家綱紀將以離壞，而竭忠言，身以得過，結為患難也。若青蠅之偽質兮偽，猶變也。青蠅變白使黑，變黑成白，以喻讒佞。《詩》云：營營青蠅。晉驪姬之反情言讒人若青蠅變轉其語，以善為惡，若晉驪姬以申生之孝，反為悖逆也。恐登階之逢殆兮，故退伏於末庭末，遠也。言己思欲登君階陛，正言直諫，恐逢危殆，故復退身於遠庭而竄伏也。孼臣之號咷兮號咷，讙呼。臣，一作子。本朝蕪而不治言佞臣妖孼，委曲其聲，相聚讙譁，君以迷惑，國將傾危，朝用蕪薉而不治也。犯顏色而觸諫兮，反蒙辜而被疑言己以犯君之顏色，觸禁而諫，反蒙罪辜而被猜疑，不見信也。」

這一段與上引東方朔「數言便事」以下的內容和注解不謀而合。王逸注中「身將終敗，名字消滅」云云，就是告訴我們，蓼太子不但慘遭殺害，漢武還要滅他的名。這尤其值得重視。再看同篇下面的情事（前文引過一部分）：

「願陳情以白行兮列己忠心，所趨務也。得罪過之不意譴怒橫異，無宿戒也。情冤見之日明兮行度清白，皎如素也。如列宿之錯置皇天羅宿，有度數也。乘騏驥而馳騁兮如駕駑馬而長驅也。無彎銜而自載不能制御，乘車將僕。乘氾泭以下流兮乘舟氾船而涉渡也。編竹木曰泭。楚人曰柎，秦人曰撥也。泭，一作柎。無舟楫而自備身將沉沒而危殆也。背法度而心治兮背棄聖制，用愚意也。辟與此其無異若乘船車無轡櫂也。寧溘

死而流亡兮意欲淹沒，隨水去也。恐禍殃之有再罪及父母與親屬也。不畢辭而赴淵兮陳言未終，遂自投也惜壅君之不識哀上愚蔽，心不照也。」他在忠心事武帝時，意想不到地惹怒了皇帝。君王恰如騎馬而失銜轡，涉江而無舟楫，隨心所欲，以己意為法。自己寧可馬上就死或者流放而死，也不願為此累及父母；所以我恨不得話還沒說完就跳水死了算了，可惜我那樣做昏君也不明白（注意前文已解，「不畢辭而赴淵兮」，是虛晃一槍的「一般態度」，他並未跳水）。這些句子都實化了以上王逸注解所言基本細節。蓼太子的行實、感情還更多地表現在《離騷》、《九章》等篇中，茲不具引。

劉安道德文名皆高，漢武已經非常不高興。又加上如此一個才氣縱橫、光彩照人的族兄，實在把劉徹比得很猥瑣不堪，有點不惶寧居了。所以蓼說什麼他也不願聽，錯的不聽，對的更不聽。再加上蓼太子大概堅持己見自以為是忠臣，收斂不夠，有點瞧不起漢武的臣僚，覺得他們簡直是沐猴而冠，這就增加了對立面。那些被他輕視的大臣就乘機進讒言，助長了漢武的忌恨和殺機。他經常好像是忍耐，也許曾有顧忌。在當時削藩的總形勢下，劉安父子不幸漸漸不小心而授人以柄，結果使漢武導演了一場治罪之獄，終於痛下殺手了。

（三）「淮屠」慘絕竟被漠視

細讀《史》《漢》劉安本傳，可以看出當時治淮南獄為了拼湊罪名費了不少事、用了不少時間，是由專業獄吏湊成的一個非常全面甚至細心的誣陷來定性的。說他欲報父仇（其父被害死，便是兒子的罪名）、發兵應吳楚七國之亂（此罪名只要找一個假證人便成立）、與田蚡計議等武帝死後當皇帝（荒誕！豈有等比己小二十多歲的侄子死後自己繼位的道理——都發生在建元六年忠心諫阻漢武勿伐東越時），使女兒劉陵在長安做間諜（這是很方便的誣陷）、說蓼太子不愛皇太后外孫之女（比漢武帝或蓼太子低兩輩）而遣回、說蓼太子和荼后欺壓良民（欲加之罪）、說劉安與左吳看地圖定反漢策略（編得很巧）、都是任憑治獄者捏造、矛盾百出、連捕風捉影的級別都夠不上、卻使被誣者無從自辯的讕言。但每一條都足以構成死罪。至於雷被（「八公」之一）誤傷太子而逃到長安、造成太子「擁閼奮擊匈奴者」，「廢格明詔，當棄市」的罪名（他誤傷了太子而跑掉，太子只要找尋他，便是死罪；——這一條罪狀像是真的，大概就是前文所謂細末的藉口）；與伍被商議反計（這一條罪狀竟然用一種《楚辭》式的抒情為劉安加罪，真實性極端可疑）、劉建為其父劉不害爭

權而告狀（禍起蕭墻，也屬於人工合成之罪；如前引《九辯》「何所憂之多方」之注釋「內念君父及兄弟也」；可見蓼太子並未歧視他的兄弟；所以其侄劉建為其父、蓼的唯一兄弟劉不害爭權之事不成立，劉安父子無不遵「推恩令」之罪）、還有舊仇人、審食其之孫審卿誣告，「陰求淮南事而構之於（公孫）弘。弘乃疑淮南有畔逆計，深探其獄」（劉安能為淮南王，為漢文帝之加恩；劉安失寵，則為其父的仇人乘機誣陷，落井下石者濫用誣詞、其假可知）這些合在一起，所有作死的災禍全都一起從天而降。因《離騷》而遭忌（其事或可化解），被酷吏以雷被事為借口加大罪名，便是因小失大了。

尤其引來了公孫弘、張湯、呂步舒這班董仲舒「春秋決獄」的同道、酷吏之後，劉安就算是神仙也沒有救了。《史記·儒林列傳》「仲舒弟子遂者：……步舒至長史，持節使決淮南獄，於諸侯擅專斷，不報，以《春秋》之義正之，天子皆以為是。」《漢書·五行志上》「上思仲舒前言，使仲舒弟子呂步舒持斧鉞治淮南獄，以《春秋》誼顓斷於外，不請。既還奏事，上皆是之」。尤其呂步舒，是極善引經決獄而基本不講人性的奇才。《漢書·董仲舒傳》「（董）廢為中大夫，居舍，著《災異之記》。是時遼東高廟災，主父偃疾之，取其書奏之天子。天子召諸生示其書，有刺譏。董仲舒弟子呂步舒不知是其師書，以為下愚。於是下董仲舒吏，當死，詔赦之。於是董仲舒竟不敢復言災異。」漢武帝畢竟是讓呂步舒「持節」還是「持斧鉞治淮南獄」？班固增補的細節，是非常重要的，當然是後者。持斧鉞，就是皇帝把殺人的權力直接交給了他，以「春秋決獄」的方式，隨便殺人，認可他愛殺多少就殺多少。呂步舒心領神會，大開殺戒。所以本傳所記的、說漢武開始時還假裝有寬宥心（對劉安採取「削二縣」懲罰）全是假的。他放手縱容酷吏動手，大概慶幸有了合法、合理的口實和時機。

當時「趙王彭祖、列侯臣讓等四十三人議，皆曰『淮南王安甚大逆無道，謀反明白，當伏誅。』膠西王臣端議曰：淮南王安廢法行邪，懷詐偽心，以亂天下，熒惑百姓，倍畔宗廟，妄作妖言。春秋曰『臣無將，將而誅』。安罪重於將，謀反形已定。臣端所見其書節印圖及他逆無道事驗明白，甚大逆無道，當伏其法。」王公們為自保趕快表態支持用極刑。什麼叫「將」？「《公羊傳·莊公三十二年》「君親無將，將而誅焉。」《史記·劉敬叔孫通列傳》「人臣無將，將即反，罪死無赦。」裴駰集解引臣瓚曰「將，謂逆亂也。」追「將」之原意，上引諸解中「將即反」說得最剴切，謂將要造反就是造反，不要行動證

據，甚至不要言語證據，只要他認為你將要造反，就可任意加罪。

　　無論如何，據《史記》、《漢書》劉安本傳，當時淮南獄成，膠西王劉端等議「廢法行邪，懷詐偽心，熒惑百姓，倍叛宗廟，妄作妖言。」而「臣端所見其書節印圖及他逆道，事驗明白。」劉安自殺後，王后、太子「諸所與謀反者皆族」（《史記》）、「吏因捕太子、王后，圍王宮，盡捕王賓客在國中者，索得反具以聞。上下公卿治。所連引與淮南王謀反列侯二千石、豪傑數千人，皆以罪輕重受誅」（《漢書‧劉安傳》）；「（元狩元年）十一月，淮南王安、衡山王賜謀反，誅。黨與死者數萬人」（《漢書‧武帝紀》）。連平日和劉安稍有過從的人都難免斧鉞之禍。考慮漢代當時能參預或者被捲入上層政治的人口實際，這是一個多麼大的冤案！雖然被殺者還有劉安的一個兄弟全家及受牽連者，其中涉及的文人之多，也是空前的，固然不是絕後。退一萬步說，假設淮南父子都有死罪，何至於牽連殺數萬人呢？漢武確是太輕視臣下的性命了，真是視草芥而不如。我們稱這個冤案為「淮屠」。以這個冤案為代表，連同漢武帝時代其他不得其死的眾多無名忠臣義士（尤多詞翰之士），也涉及吳王濞門客枚乘、鄒陽、嚴父子等，以及很可能是得罪了酷吏、終被暴君處死的朱買臣等人，湊成一股怨氣、正氣、戾氣、靈氣；設想它真的完全消聲匿跡，或者被壓在歷史的陰山底下，永世不得翻身了，倒是令人不解和不平的。憑著忠藎之心、經緯之才，報國不成，卻橫遭讒邪中傷，而被本朝壅君冤枉，被放逐乃至屠戮；這種不平、牢騷、抗議、幻滅和絕望，其實是《楚辭》的基調。

　　秦始皇「使御史悉案問諸生，諸生傳相告引，乃自除犯禁者四百六十餘人，皆阬之咸陽，使天下知之，以懲後。」嬴政殺諸生四百六十餘人，便落得千古罵名。漢武所殺文人，至少十倍二十倍於秦始皇，而竟至今很少人提及批判他，甚至反而大唱讚歌，豈非咄咄怪事。那些被他屠戮的數千淮南門客，還有「黨與死者數萬人」其中有多少是《淮南子》的作者，「淮南王群臣賦四十四篇」的作者？還有其他諸侯王的門客？班固在《淮南衡山傳》末「贊曰：詩云『戎狄是膺，荊舒是懲』，信哉是言也！淮南、衡山親為骨肉，疆土千里，列在諸侯，不務遵蕃臣職，以丞輔天子，而剗懷邪辟之計，謀為畔逆，仍父子再亡國，各不終其身。此非獨王也，亦其俗薄，臣下漸靡使然。夫荊楚剽輕，好作亂，乃自古記之矣。」把所謂劉安兄弟的造反案，諉過於荊楚之俗自古好作亂，實是為他們的「畔逆」找了個無可奈何的藉口。

　　班氏父子對劉安是持「兩重性」態度的。《後漢書·班彪列傳》載班彪責備史遷「又進項羽、陳涉而絀淮南、衡山」，即除把項羽、陳涉分別提高到《本紀》、《世家》外，把原來應該列入《世家》的淮南王劉安、衡山王劉勃降低到《列傳》中，其實等於指出，這種黜淮南、衡山於列傳的作法就很可能不是出於史遷之手。從其記事粗暴改削的痕跡來看，這正是褚少孫之流（無法確定是何人而籠統言之）奉詔改史者的手筆。《史記·劉安傳》除擺了許多荒唐罪狀外，在字裡行間表達了對劉安的同情和對他所謂謀反的保留態度。《漢書》一是在《敘傳》中冠冕堂皇地說「淮南僭狂，二子受殃。安辯而邪，賜頑以荒。敢行稱亂，窨世薦亡」，好像是很正統地譴責劉長謀反、給二子帶來禍殃；二是在本傳中除大體沿襲《史記》的記述（已經是真偽雜揉）外，增加了按照官方口吻責罪劉安的敘述，也增加了關於劉安在極短時間內（令人驚異而不信）作《離騷傳》的記載；三是同時還在《嚴助傳》中（是受劉安案牽連而死者），特別表彰了劉安在建元六年上書諫武帝勿發兵征閩越之事，而充分說明劉安盡心為漢王朝出謀劃策，與本傳中劉安在建元六年「謀反滋甚」的記載完全相反。如此種種，顯示班固極其謹慎地處理劉安的傳記，而用春秋筆法暗寫他對劉安的同情和讚揚。這和前文論及的他對屈原態度的兩重性恰恰構成有趣的對應：對比於他對屈原之「一般性」的肯定和「特殊性」的否定，他對劉安的態度乃是「一般性」的否定和「特殊性」的肯定。也就是說，他在正統地、公開地否定和歸罪劉安的同時，用明貶暗褒、正貶側褒的皮裏春秋手法，曲折地、隱蔽地褒揚劉安，並且有意地強調劉安與《離騷》的關係（這較之《史記》本傳可謂極其重要的補充）。班固之記載，是否也被改削過，我們不得而知，經漢代後來史家的輾轉抄錄，卻至少因此留下了劉安畢竟是作了《離騷傳》還是《離騷賦》（或《離騷》本身）的疑案。現在，如上，對這些疑案本文可以算提供了一種解決。毫無疑問，班氏父子精警深刻的「證言」乃至不言之處，都能幫助我們找到直通「屈原」真相的消息。二班對劉安「特殊性」肯定的聲音雖太弱，太容易被忽視，但他們實在不能多說，點到為止，只好惜墨如金啊。至於後世儒家先賢後賢，則對此事視若無睹，自無人看出它與《楚辭》的任何實質聯繫。

（四）《楚辭》的形成和出書

　　我們重複引用前文王逸的幾段文字，加上評論，藉以描述《楚辭》成書歷史吧。

　　《漢書·地理志》（以下編號者皆屬此）1「始楚賢臣屈原被讒放流，作《離騷》諸賦以自傷悼。」王逸《離騷·敘》「屈原履忠被譖，憂悲愁思，獨依詩人之義，而作《離騷》，上以諷諫，下以自慰。遭時暗亂，不見省納，不勝憤懣，遂作九歌以下凡二十五篇。楚人高其行義，瑋其文采，以相教傳。」王逸獻《楚辭章句》給漢安帝獻《章句》，當然要和班固一樣，遵從一般態度，自然要先說所謂楚臣屈原的《離騷》等作品。2「後有宋玉、唐勒之屬慕而述之，皆以顯名。」宋玉當然也和「屈原」（蓼太子）一樣，是漢代人。所謂屈原弟子宋玉，恐即《漢書·嚴助傳》「又諭淮南曰：皇帝問淮南王，使中大夫玉上書言事，聞之」云云所言「中大夫玉」；其人似是淮南王國官員，不知何故網漏吞舟之魚，沒有被殺掉。《漢書》僅有此四字提到他、而別的相關正史記載似乎已全湮沒了。王逸《九辯章句·敘》則說「宋玉者，屈原弟子也。閔惜其師，忠而放逐，故作《九辯》以述其志。」其中提到宋玉是「屈原弟子」雖未必可信，然必是對「屈原」極為瞭解、關切，極為傾佩的人。但其下文「至於漢興，劉向王褒之徒，咸悲其文依而作詞，故號為《楚詞》」——則直接說漢代之人、事，而且等於把《楚辭》定義為「淒楚」之詞了，不含「楚國」意味。所以王逸《敘》「楚人高其行義，瑋其文采，以相教傳」說的「楚人」都是漢代人，或漢代之楚人（楚地人或者傷心人）。考慮班固所舉1屈、2宋、3吳王濞門客、4淮南王及賓客、5嚴助、朱買臣等的《楚辭》五來源，其中1、2、4，可以合而為一類。而3吳王濞門客，和吳楚七國反有關；5嚴助（？～前22年）因曾與劉安有過從而致死。

　　嚴助與《哀時命》應有關。《哀時命》作者被王逸署為嚴忌，忌子嚴助，《漢書》有傳（卷六四），他只因與淮南王劉安關係尚好，遭殺戮。如果此事不誤，《哀》篇除少數幾個句子為編輯所插入外，全篇很像嚴忌或嚴助在「淮屠」前詠嘆淮南之作。尤其末尾之句「恐不終乎永年」，顯示所描寫對象還沒有死，似乎是編輯者對讀者的一種提示。

　　朱買臣（？～公元前115年）也應順便稍加說明，他是得罪張湯和漢武帝而被處死。他與《楚辭》似有一點關係。《漢書》本傳（卷六四上）「會邑子嚴助貴幸，薦買臣，召見，說《春秋》，言《楚詞》，帝甚說之，拜買臣為中大夫，與嚴助俱侍中」；又「買臣深怨（張湯），常欲死之。後遂告湯陰事，湯自殺，上亦誅買臣。」依班固說，朱買臣似是漢人中對《楚辭》有研究的，可能有專門著作而未傳世；其著作應是抒發自己忠君而居貧、懷才不遇的小牢騷，

謂之楚辭，可能引發武帝偶然的興趣，才封了他官。他可能對《楚辭》成體有所貢獻，而在《楚辭》中留有痕跡。他又是班固論楚辭發生發展時提到的人中唯一的出身貧賤者。猜測「不顧身之卑賤兮」（《九歎·離世》）、「忽忘身之賤貧」（《九章·惜頌》）、「坎壈兮貧士失職而志氣不平」（《九辯》）等語涉及的相關段落，或與買臣有關。從歷史看，這種稱為「楚辭（詞）」的文學形式在漢武當時並不是新鮮東西，劉邦、項羽、漢武都有類似短歌。把它當成一種特別的文體專門抒發冤屈淒楚困頓牢騷之情並使之長短自如而大行，才是新鮮的東西。

以上我們討論《楚辭》的形成，從中我們又發現，這個楚辭作者群除宋玉外，都是罹極刑者，以「淮屠」受害者為主的罹極刑者。這，和前文東方朔「平生於國」以下的研究又不謀而合。

還要強調的是《楚辭》文本是被「編輯」過的不平之鳴。其中編輯者名單中應不但有開始的劉向和最後的王逸，也許有馬融、班固或其他未提者，他們都起過作用。《楚辭》主體在漢武帝時代產生，漢武滅劉安後，久被束之高閣，根據能找到的記錄，直到劉向（前 77〜6 年）時才加以整理校對。王逸《楚辭章句序》云「逮至劉向，典校經書，分為十六卷」，根據《漢書·劉向傳》，與此同時，也開始了淮南眾作的整理。劉向校書，稱此書為《淮南子》。宣帝（前 73〜前 49 在位）「招選名儒俊材置左右。……上復興神仙方術之士，而淮南有《枕中鴻寶苑祕書》。……劉向父劉德武帝時治淮南獄得其書。更生（劉向）幼而讀頌，以為奇，獻之」；可知劉向開始校書天祿閣，其時應是《漢書·成帝紀》（卷十）「河平三年（前 26 年）八月（光祿大夫劉向校中祕書）」。《漢書·藝文志》（卷三十）也說「至成帝（前 51 年〜前 7 年在位）時，以書頗散亡，使謁者陳農求遺書於天下。詔光祿大夫劉向校經傳諸子詩賦，步兵校尉任宏校兵書，太史令尹咸校數術，侍醫李柱國校方技。每一書已，向輒條其篇目，撮其指意，錄而奏之。會向卒，哀帝（前 25〜前 1 年）復使向子侍中奉車都尉歆卒父業」。揚雄（前 53〜公元 18 年）《法言》卷十二「淮南說之用，不如太史公之用也。太史公，聖人將有取焉；淮南，鮮取焉爾。必也，儒乎！乍出乍入，淮南也」——已對《淮南子》已公開發表意見。劉向校書是我們今天能看到的、最早的對於淮南眾書和眾辭賦的官方處理，漢代的政治形勢已經逐漸開始了微妙的變化，淮南眾作都開始見天日。東漢許慎（公元 5〜84 年）和高誘都注解過《淮南子》，高誘《淮南鴻烈敘目》完成該書注

解，已到「（建安）十七年」，即公元 212 年了）。自從劉安被屈死之後，到此時經過差不多十代皇帝了。

在劉向之後大約五六十年，才有「孝章即位（75～88 年在位），深宏道藝，而班固、賈逵，復以所見，改易前疑，各作《離騷經章句》。」班、賈之作，未得流傳；王逸認為它們只注解了《離騷》，「其餘十五卷，闕而不說。又以壯為狀，義多乖異，事不要括。今臣復以所識所知，稽之舊章，合之經傳，作十六卷章句。雖未能究其微妙，然大旨之趣，略可見矣。」所以說，王逸的《楚辭章句》，是通過了官方檢查的漢代研究整修《楚辭》的集大成之作。這實際上是一個大致始於武帝死後、一度或中斷（無記錄），而終於王逸的大約兩百年的過程。在這過程中，原作者和很多參校者也成了無名英雄。東方朔（前 154～前 90）有《七諫》、王褒（前 73～前 49）有《九懷》、劉向有《九歎》，這幾個人名往往是為了服從編輯目的而被當作對《楚辭》有貢獻的作者名，實則掛在其名下的以上各篇應一直被編輯。直到最後，王逸《九思》也像被「編輯」過。《楚辭》在編輯過程中，要讓「屈者」發言，也為「屈者」發言，除從漢武「淮屠資料庫」中取辭賦原著外，應是也順便由編輯者運筆反映了漢武時另一主要冤案，即李陵所謂「叛」和司馬遷為之「辯」的事件（前 99 年）。司馬遷其實與「淮屠」有關；這是因為，他直錄的精神所寫淮南事，必犯漢武之怒，借李陵事發作而已。《漢書‧李廣蘇建傳》（卷五四）「天漢二年……召陵，欲使為貳師將輜重。陵召見武臺，叩頭自請曰：『臣所將屯邊者，皆荊楚勇士奇材劍客也，力扼虎，射命中，願得自當一隊。』」《國殤》所歌即以李陵為代表的荊楚勇士。其作者就是大難不死的「荊楚勇士奇材」。編輯者也把司馬遷單列為一被害形象而專為他發聲。經過反復的修改，直到在王逸手中基本定稿，合乎皇朝口吻的謊終於勉強說「圓」，得到官方承認了。

以上這種逐漸的變化以三個事實為標誌。一是漢朝皇家在東漢換了主人，雖還姓劉，已非漢武帝的直系後代了。二是淮南內篇先漸漸全面問世。三是劉安被傳成仙。第一個事實和淮南眾作的最終被允許出頭畢竟有關。從第二個事實講，《淮南內篇》主旨是道家，卻能「因陰陽之大順，採儒墨之善，撮名法之要」（見劉文典《淮南鴻烈‧序》引司馬談《論六家要旨》），與「獨尊儒術」之後的漢代諸帝治國方略並沒有根本上的矛盾，反而成了漢代官方蘭臺秘府寶貴的政治理論遺產。可以猜測，在當時皇祖陰魂未散，皇朝也需

要體面，而淮南辭賦畢竟不可廢的微妙形勢下，本來受池魚之殃遭禁錮的淮南辭賦也開始轉運——從被禁而相對地開放，被允許在改頭換面的形式下公開發表。劉向校書，校理淮南眾作而使之重見天日之功，因而也歸劉向。就第三個事實講，劉安成仙，王充（27〜97）《論衡・道虛》云「淮南王學道，召會天下有道之人，……並會淮南，奇方異術莫不爭出。王遂得道，畜產皆仙。犬吠於天上，雞鳴於雲中。」在《楚辭》中可見多種文字幾乎說「屈原」成仙。漢武以後的諸帝多相信神仙黃白之術。他們認可（也可能是有意造成）冤死的宗室劉安成了仙的傳說；因為這個說法不但能淡化人們對本朝前代黑暗政治之恐怖的記憶，甚至可以用神仙靈光榮耀皇室；如此化難堪為驕傲，何樂而不為？所以當時的神仙家無忌於公然傳言劉安成仙，使之幾乎成了朝野傳揚的故實。此即前文所言，屈原的「神格」已到不再犯本朝忌諱之時代了。但是「屈原」的真名字似乎只在《離騷》第三四句透露過一次。

（五）姓屈名平字原的討論

淮屠受害者作品的神光如劍氣夜衝牛斗。不但淮南之文不可能長期珠玉沉埋，淮南眾賦更不能寶劍生塵。以《離騷》乃至《楚辭》為代表的淮南眾賦作畢竟必須發表。當時特殊的歷史條件只能使之改名發表，於是屈原這個複合的人物之名產生了。當然這只是個假名、代名。

今傳《淮南子》是在劉安領導下集體創作的理論巨著，涉及其當代具體的政治事件者居然沒有，可謂「不著一字，盡得風流」。這足以說明它真的是被「校」過了。恐怕《淮南子》常主張黃老的「無為而治」，而希望保留以血統為紐帶的宗法制度，或謂會發展成歐洲式的城邦制，與大一統相矛盾。一個要把你吃掉，一個不想被吃，怎能不矛盾呢。但漢武「獨尊儒術」者，是因他重視把權力絕對集於一身的中央集權；一旦這個制度得以確立，漢武以及後代的皇帝們也無妨汲取道家以及陰陽家的可以利用的成份，成其「天人合一」之說。兩漢的思想史似已證明了這一點。況且《淮南子》是劉安及其門客們在漢武「獨尊儒術」以前，儒道兩家爭勝的局面下「紀綱道德，經緯人事，上考之天，下揆之地，中通諸理」，以道術為旨歸，同時又包羅儒家學說的理論系統。它可以無害於漢武帝及其後諸帝的政治，而成為漢代「獨尊儒術」架構下不可或缺的理論補充。劉向劉歆父子校訂圖書的全過程表明，當時不但再不忌談淮南之大道，而且把它放在很高的地位。我們認定劉向校書不可能不作一些文字上的改動，如本文前面所論述的韓眾，很可能就是一個小小

的改動，以保護《遠遊》中之韓眾的「神仙」的超時代性。韓眾和盧敖一樣本是秦方士，很有可能本來和盧敖一樣在《淮南子》中認證了「列仙」資格。但是這和攙入所謂楚國作者屈原之《遠遊》所提之」韓眾相矛盾，所以就被從《淮南子》中刪掉了。以此律彼，恐怕由於種種原因被從原來的《楚辭》中刪掉的內容也是有的，使《楚辭》和《淮南子》變得更加難讀。要之，凡是易於導致暴露漢武帝的隱秘罪惡，暴露劉安之輩的真實作者身份的文章、段落或句子，在《楚辭》中必然多從刪汰。

　　《楚辭》原文中忌諱應更多。有些地方必須改，所改者雖然不可能標出，但也不是毫無跡象。細讀《淮南子》而比較於《楚辭》，可知這兩部著作具有相同的深層思想傾向，二者文化同源，同源於《淮南子》儒道糅合的一種哲學。隨著研究的深入和人們思想的解放，此事可以論清。漢代注解《楚辭》者，為了把官樣文章作好，改道頭換儒面、移花接木、借尸還魂等等手段全都用盡。前文提到王逸《楚辭章句》中「屈原賦二十五篇」之外多數篇章，都要經過「史官錄第」，方可「遂列於篇」；這也充分說明：《楚辭》的編輯與歷史的重編修補是同步的。令人深思者，一是漢代諸儒假而藏真之作始終只是假的一面被承認被高捧；二是中國研究《楚辭》者多在同質結構不斷重覆的政治制度及思想模式長期毒化之下，研究屈原身世的眼界和見識仍然被漢儒的成說和明說限制著，而迄今無突破。例如《九辯》中劉安父子臨刑前的幾段白紙黑字的表述，其實有跡可求，卻幾乎被置之不理，竟然幾乎完全沒有人注意過。今本《淮南子》不提屈原也發人深思：在屈原名下的賦作中有許多典故、用語，偏偏多《淮南子》語，或者要用《淮南子》才能得到貼切滿意的解釋；因為《淮南子》與《楚辭》都出於同一作家群。《淮南子》在弘博恣肆的議論中，許多段落簡直有《楚辭》的韻致。以劉安這樣公認最早的《楚辭》研究專家和《楚辭》專業作家，在洋洋幾十萬言的《淮南鴻烈》）中，就是不提屈原一句；這不也從側面證明所謂「屈原」正在他自家而且提了也被刪嗎？《淮南子》不但是與《楚辭》淵源最深、最為楚辭化的作品，它馳騁於倫理、哲學、天文地理的廣闊空間，出入大道，包羅古今之變；它大量運用《楚辭》也用的語彙，涉及相同的典章、故實、名物、神話乃至聖主、暴君、賢臣、奸人、神仙、怪物等等（有些是僅見於此二種著作的）；其中尤其有關楚國的事例，如伍子胥、申包胥、吳起、張儀、楚懷王等，使人感到《楚辭》的作者群呼之欲出，「屈原」的神魂呼之欲出。《淮南子》甚至提到所謂的「屈

子」屈宜臼（這是「屈子」一詞最早的出處了，見《道應訓》）。這部從邏輯上講最有資格、最有必要、最有理由大談《楚辭》和屈原的書，為什麼單單不提《楚辭》、屈原一字呢？縱然人們可以強詞奪理地說，他不提就是沒有提，我們可以從另一面理解這個事實：作者是《楚辭》專家而繁徵博引、縱論歷史興亡和天人之際的《淮南子》不提屈原，正是「屈原」就是《淮南子》的作者一個旁証。《淮南子》和《楚辭》可稱為姊妹篇。

統上言之，漢武早有所忌，終於把他的忌釀成驚天大戮。把劉安滅族之後，一度也深忌淮南書而「秘之」。時移代遷，當漢武死後影響相對變小，東漢皇帝換了譜系（非西漢帝統），淮南書以其巨大思想活力、政治影響和文學價值逐漸突破王朝官方的文化封鎖而在部份士大夫中流傳。但《楚辭》卻只有靠「忠君」（絕對忠於暴君）的政治偽裝行於世。換句話說，本來或帶點自治、道家傾向的《離騷》雄文，只好靠假扮儒家、擁護專制之變形獲得了傳世機會。

《漢書・藝文志》共著錄賦七十八家一千零四十四篇，其中「淮南王賦八十二篇」（其中應也包含蓼太子賦作）與「淮南王群臣賦四十四篇」就佔了八分之一。這個數字足以表明以劉安為首的淮南文學集團在漢賦當時的發展和繁榮中舉足輕重的巨大影響。這是一個不能忽視的存在。但是淮南及其群臣的賦作，今存者只有劉安（？）《屏風賦》（《藝文類聚》卷六十九）和淮南小山《楚辭・招隱士》兩篇。淮南眾賦之漢代著錄者與今存者數量差別之大，令人不得不考察造成這種現象的原因。相比之下，有趣而與此相反的是，劉安及其門客所著「《內書》二十一篇」（即《淮南子》），至今倒得以相當完整地流傳。根據高誘《淮南子・敘目》云「學者不論淮南，則不知大道之深也。是以先賢通儒述作之士，莫不援採以驗經傳」，可知此書在漢代「自光祿大夫劉向校定撰具，名之淮南」以來就享有高度的重視。反過來說，淮南眾賦是不是由於在流傳中的偶然歷史原因而不必解釋地、極其不平衡地、無法追究地流失了呢？事情推論起來似乎不是這樣毫無蹤影可尋。從文學史的宏觀和一般規律而言，越是優秀作家的高質量作品流傳後世的比率越大。而淮南眾賦的質量如何呢？從歷史上早就公開的例子看，我們至少可從在明處的淮南小山的《招隱士》以及被歸於劉安本人的《離騷傳》窺豹一斑。這個高才而多產的賦家之作，都流到哪裡去了呢？他的才情胸次，當不在他的門客之下！我們認為劉安、蓼太子及其門客的賦作主要存在於《楚辭》之中，被編輯者巧

妙喬裝改扮過而已。畢竟它們本來就是所謂「《楚辭》編輯資料庫」中的主要金玉珠璣。完全恢復其本來面貌，將是學者們的難題。尤因編輯者之文筆也夾雜其中。

「淮屠」之後，蓼太子之作，淮南眾作以及不少其他罪臣之作一時皆被束之高閣，難見天日。要想面世，無論《淮南子》所論，還是《離騷》所詠，都必須做一番政治整容。把《淮南子》和《楚辭》整理和出書的過程中，有很多忌諱。尤其值得研究的例子，就是《離騷》之文，不能用真名發表。淮南太子劉正則被滅名，猜測這應是漢武帝旨意，即不但消滅其肉體，而且抹殺他的名字，是出自極端仇恨的極端懲罰（對劉安懲罰相對輕一點）。這種滅名，劉向《九歎・怨思》「芳懿懿而終敗兮懿懿，芳貌。名靡散而不彰靡散，猶消滅也。言己有芬芳懿美之德，而放棄不用，身將終敗，名字消滅，不得彰明於後世也」可證。如前文所言，班固在對伍被提到其「不世出」的兒子時，竟然稱他「蓼太子」，是從舊俗用其母之姓對熟悉他的伍被這樣稱之（不必要），而故意避開《史記》《漢書》本傳裏用的「太子遷」。劉安有什麼必要忽然這樣對自己的門客如此提自己的兒子？或班固為什麼變換手法來提這位太子？筆者在讀到「蓼太子」時還是根據劉安只有一個太子，才認定他就是太子遷的。這位太子「屈原」肯定善寫文章辭賦，他的辭賦被埋在「淮南王賦八十二篇」中，也是為了不提他的名。但我們通過《九辯》有關文字，可以清楚辨認，《離騷》中的這個屈原就是名叫劉正則字靈均的屈原，是漢代文獻唯一一次提到蓼太子的真名。那麼這個「太子遷」該如何解釋呢，「遷」就是遷改之意，是史臣記其事遵命而為之臨時取的名，當然非真名。無論如何，要發表他的大作，不能用蓼太子，也不能用太子遷，更不能用劉正則，而必須想出辦法。這個辦法就是換個別的適切名字。加上淮南眾賦一起發表，用名屈原是非常恰當而有深意的。

淮南眾賦，漢武必讀過一些，且曾經很感興趣而有所忌，也要面世。淮南辭賦雖然氣勢磅礴、感情深摯，卻多是懷忠抱屈鳴冤訴憤之作，這應是要其主要作者姓屈的直接提示。這些著作都詳盡地傾訴、解釋自己如何有才學，如何忠誠，如何被冤枉委屈，都在「原其屈」；當然更企望冤枉申雪，可謂冀得其「平」（反）。編輯淮南辭賦的「史臣」們，面臨很多煌煌大作，既要把這些文學珠璣發表，又得隱去原作者之名。除乾脆廢棄，或把其中有些著作嫁名於某些知名作家外，最好的辦法是把這些著作集結在一個人名下，而

變相發表。懸揣其過程，很可能是讀了很多傾訴冤屈的辭賦，先想好了「屈」姓，要徹底鳴冤訴屈，所以要「原」之而以「原」為字，後來配上名的。此即「屈原者名平」（不說屈平者字原）這樣的文字出現的原因也；平也有平反冤案的意思。當然，筆者只是從淮南辭賦必須改名發表的歷史形勢猜測為什麼有屈原的假名，況且我們已經證明了屈原這個假名字的含義和性質。但楚恰有屈姓與王同姓的歷史記錄，實在太巧合了。在遭受冤屈的總條件下（屈），追朔訴說冤屈之根本（原），而希求平反沉冤之案（平）。這個名字設計得也太妙了。它甚至直接表達了整部《楚辭》的主題。這個名字設計之妙，令人嘆絕。雖是猜測，自己覺得能說過去。

根據網上所見王輝斌《中國究竟有沒有屈原》（《貴州大學學報》1999 年第 3 期）一文所載衛聚賢《離騷的作者——屈原與劉安》（載於「吳越史地研究會」所編《楚辭研究》，1938 年 6 月 15 日版）的話，衛頗為斷章取義地摘引了賈誼《新書·道術》「其為原無屈，其應變無極」一語，大概覺得其中含有屈原的名字，而「認為賈誼將冤屈改為『原屈』不對，理由是楚有屈姓而無原姓，故應顛倒過來改為屈原」。觀《道術》上下文，衛所謂「賈誼將冤屈改為原屈」頗有點捕風捉影，但原作這句話也奇怪。衛好像在從中尋找「屈原」的字面真義。他說「楚有屈姓而無原姓」，還是猜到了一點真實；在定名「屈原」的過程中，大概考慮過姓「原」不如姓「屈」好。

又，也許由於有些名作，在社會已有所流傳，於是想出個「分段」放在不同組合中的絕妙辦法。使人即使似曾相識也難以辨認。雖然是「遵命」之作。與此同時，「楚國」和「楚辭」也設計好了，而《離騷》中關於引《帝繫》所云「顓頊為楚先、楚武王生子瑕受屈為客卿、屈原自道與君共祖、俱出顓頊胤末之子孫，是恩深而義厚」等注釋細節都想好了。「楚懷」這個字眼，仿照王逸給「楚辭」的另一個定義，大概本意是淒楚或慘酷的胸懷，正好和楚懷王之名號相符，於是這個冤枉司令，也設計停當。如此，乃把這個子虛烏有、李代桃僵的屈原，生硬地塞進歷史。當然與此同時，也在漢人「可以杜撰」的所謂空間裏，費了不少掩飾之功；例如做出賈誼的表態、形成司馬相如做秀、為司馬遷發言等。到東漢王逸在漢安帝元初年間（114～120）獻《楚辭章句》，歷時二百年。其間有的史家和辭賦家發表了明白的意見，例如班氏父子。還有劉向、王逸等不動聲色的注釋者也在發表意見。尤其王逸，真是了不起的文字高手；他居然在成功地遵照官方口吻通過官方認可的同時，隱

秘而深刻地在「屈原」的名下，用白紙黑字寫出了「淮屠」事件中被屠殺的主角劉安父子的人生慘劇，特別點出蓼太子作為《楚辭》主要作者的身份。對於披露所謂「屈原」真相，王逸居功至偉；而即使經過王逸的披露，恢復有關作品原貌仍然很困難。也許有人要責備他，為什麼不直說，而騙了中國讀者兩千多年呢。如果他直說，他的著作連二十年也流傳不了！歷史，有時是有點喜歡謊言的；至少，它很有耐心地先讓謊言凝固成事實而等待被揭破而還原。如有人說，我連王逸的話也不信，那就完全是另一個問題了，非本文所能辨。

　　但是「屈原」這個名字雖巧，即使再多麼適合當作一群冤魂的代名而當作古人嵌入歷史，也還是不行，漏洞百出，令人懷疑。我們在一般情況下看到的很多歷史都是活的，都是有機體的一部分，而與周圍的人物、文化環境、各種歷史事件有千絲萬縷的聯繫。獨有這個屈原，應是從漢初五十年後形成的文化中心淮南子文人集團之雲譎波詭的文字氛圍中脫穎而出，移植到約二百年前的楚國去。試讀《楚世家》、《史記·張儀傳》等，「屈原」除說了幾句不痛不癢的話，和楚國興亡可謂毫無關係，也沒有參與任何有歷史記載的軍事或其他治國策略的謀劃。楚國日削，數十年就亡了國，也與屈原之死毫無干係。可見顛覆歷史，哪怕改一點，也不是那麼容易。我們說過，在秦火之後，漢儒在官方壓力下，校注古書乃至修改史稿往往有杜撰的空間。《史記屈原傳》更多無中生有，簡直是白手起家，便是這個空間的專利產品一例。屈原之被闌入歷史，所依靠的就是漢人獨有的杜撰空間，有的空間是他們自己費盡心機造出來的。《漢書劉安傳》雖在著作時的政治形勢有所變，但於本朝皇祖的定案，也不敢輕易改動，所以班固照抄《史記》本傳之外，只能做出一幅很嚴肅的官方面孔，作了一點類似「春秋筆法」的修補（《史記》所無的、他與《離騷》的關係）。相對地說，倒是葛洪《神仙傳》卷四的《劉安傳》可以沒有忌諱地說一些真話：在談到劉安「成仙」時，認為劉安並不曾謀反，其本事則「漢史秘之」。司馬遷的《史記》何時發表，畢竟有多少真多少假，和「漢史秘之」有多少關係，這已是而且還將是一個煩擾百代學者的問題。《屈原列傳》的憑空嵌入就是一個很有啟發性的挑戰。對歷史本身而言，「憑空嵌入」不是閹割，因為閹割是用暴力割除器官；這卻是粗暴的器官移植手術，好多所謂的否定論學者都能看出破綻來、為之不信、不平乃至不忿；但一時還沒拿出真正解決辦法來，就被「屈原肯定論」者殺得片甲不留。

　　隨著王朝的走向瓦解，人們開始委婉地說一點真話。但是未待完全說真話的時間到來，漢王朝就壽終正寢了。漢末天下大亂，沒有出現繼續深入研究《楚辭》之作，是可以解釋的。亂後恍若隔世，少數知道真相的作者的聲音像「廣陵散」一樣從此幾乎絕響，晉代葛洪《神仙傳》的「漢史秘之」之言沒被認真考証過。從此謊言長期蒙蔽著真實，並且在真實的社會文化土壤上開花；開出神仙之花、開出愛國英雄之花，繁花照眼，光輝照人，方迷方覺，變幻萬端。今天，是揭開歷史的塵封看《楚辭》的本來面目的時候了。《楚辭》終能橫亙萬古，「姓字彌章流千億也」；王逸，包括更早的編輯者，還有淮南小山，早已料到。這是「淮屠」大震蕩後形成的獨特文化現象，也是確立自漢武帝的中國大一統傳承付出的歷史代價。

　　不管怎麼說，「漢史」不但對劉安被定罪的真實具體始末「秘之」而不宣，對劉安死（前122年）後至劉向（前77～前6年）校書以前的一個多世紀中淮南眾書的流傳情況也不置一詞。追其原因，仍是「漢武秘之」或「漢秘之」。我們在「漢史秘之」的亞空間裏，尋求劉安們的秘辛變得很難。史家「秘之」，就要保守皇朝政治秘密而不能或不敢將有關史實公諸世人；堅持「直錄」的史家和他們的「直錄」都是很難存活的，除非他們用極端特殊的寫作手段瞞過暴君及其鷹犬。漢武要「秘之」，則可對名著刪文削篇乃至添枝加葉。原因是：若照原樣發表冤死的皇叔之著作，就等於認錯，而漢武帝這樣的「雄主」是不會錯的，他需要眾多的死亡和謊言來支撐他狂妄的自尊和偉大。況淮南眾書中不可能沒有揭露時弊、議論時政、乃至反映漢武帝本人罪惡的真實之作；這些著作，都是漢武帝所深忌的，他當然不能允許淮南王之作原樣公開發表，向他臉上公然抹黑。與司馬遷的《今上本紀》等完全被刪掉，俟後人補作一樣，淮南諸作（其他的罪臣之作恐亦照此辦理）要經過「整容手術」再發表。背後的政治原因其實一樣，都是皇朝的「秘」和「忌」。「屈原」就在這個「秘」和「忌」的文化條件下產生，它綿延迷覺之間，兩千歲了，還在常葆青春。

　　以上僅就班彪班固王逸有關《楚辭》的評說，而從局部、微觀發現蛛絲馬跡，引出劉安父子之為《楚辭》真正作者，乃至「屈原」本身的歷史「嵌入」。從文史資料的全面而宏觀的角度看，有些本來研究者可以達到的一般觀察結論，現在已經證實了，或可能加以證實了。我們有以下幾個論點需要說明或展開。

八、拆卸嵌入歷史之屈原

（一）《史記屈原傳》非司馬遷作

上文已證「平原」的含義。不但無人取之為名、字，而且是全部殺光棄尸平原的所謂「棄原野」之意，是漢代史臣或《楚辭》編輯者應詔而生造的《楚辭》作者群的代稱，這個作者群是以蓼太子、劉安為主的「淮屠」受害者。既查無此人，何有其傳？其傳除可能含一點劉安父子傳記線索外，其他全部是無中生有。本文已從幾乎全部細節上，分辨出《史記‧屈原賈生列傳》是偽作。但即使偽作，「屈原賈生」之合傳的作者，在當時特殊歷史條件下，寫了表面上的假話，也保留了對真實的暗示。

從題目來看，蓋「屈原者名平」而「賈生名誼」，則前者名平字原，後者似是名誼字生才是。但是「生」字當然不是賈誼的字（賈誼似乎無字），而是對他所任官職的稱謂。秦始皇的博士們如盧生侯生可以稱為「生」，漢代儒家諸生也稱為「生」，賈誼為文帝備咨詢的博士，故稱之為「賈生」。這裏對屈稱字（原）而對賈稱其官名（生），令人感到不對等。作者不就二人官名而稱二人為屈大夫賈傳，也不就二人私名稱之為屈原賈誼，偏偏稱賈為生，稱屈為原；有意利用「賈」與「假」的諧音雙關，而以「賈」代「假」，暗寓「屈原假生」之意。如此，屈原這個子虛烏有的人物，就被人格化、歷史化、真實化了，而賦有了生命，假託於賈誼而得其生機，生氣和生趣，而傳於歷史。屈原借賈而生，其實乃是「假生」；這種推測和屈原之被當作一種歷史的嵌入置於先秦，是完全一致的。這就是當時政治壓力下的扭曲變形的真實。如果我們考慮至漢武帝時積累的歷朝冤案，尤其是劉安的冤案，多少被壓抑的聲音，當然包括表達這些聲音的精妙文章，總要找一個渠道發洩或者發表出來；史臣於此，既不能公然觸王朝大忌，又不忍見金玉珠璣沉埋，故爾託幽微以發湮沉，令屈原「假生」於與「賈生」之合傳。這應是《屈原傳》的本質，屈原的漢代存在竟如此奇特地改變楚國歷史。屈賈合傳，也這樣側面表現《楚辭》「巧而寡信」之「巧」。

《史記‧屈原賈生列傳》的屈原部分，大致是由劉安名下的《離騷傳》一些評論（湯炳正先生考定有兩大段）、劉向《新序‧節士篇》類似材料、張儀相秦前後的《楚世家》歷史片段以及幾篇《楚辭》作品拼合起來。其記事過於簡齎，而幾乎處處可疑，而議論過於冗費，喧賓奪主。對比於劉向《新序‧節士篇》可謂有謀而合，而這二者越是一致，越不足信。不過是官方編輯目

的下兩個相似文本而已。最早的編輯者居然把劉安的《離騷傳》幾段也闖入其中，其實是一種陰謀，讓《楚辭》作者的最大嫌疑人之一來為《離騷》作傳，而一旦被承認作了傳，就幾乎永遠不會被懷疑是作者了。真是手段極高，可以說是起了最大限度地讓研究者不懷疑劉安的作用。其實，若把《離騷傳》《楚世家》及《懷沙》和《卜居》刪掉，《屈原傳》就只剩「小傳」了。再把前文論及的楚、楚懷王、《楚辭》、沉江等有關事例除掉，屈原小傳也消解了，恐怕只剩下那「平原」名字的啟示，或「棄屍原野」的闃寂和恐怖了。這就很自然令人想到那些「淮屠」犧牲者及其煌煌大作了。澄清基本史實後，再來研究有關人物的有關著作，可以省不少考證文字。

（二）傳末《懷沙》等三賦辨

傳末所附所謂「屈原」之《懷沙》，倒是有點特別：1 全文都是明白的、作者發牢騷的話，不要什麼神格了；好像臨死懶得乘龍駕雲、周遊八極了；2 王逸《懷沙・後敘》也很老實地遵守「一般態度」的。「此章言己雖放逐，不以窮困易其行。小人蔽賢，群起而攻之。舉世之人，無知我者。思古人而不得見，仗節死義而已。太史公曰：乃作《懷沙》之賦，遂自投汨羅以死。原所以死，見於此賦，故太史公獨載之。」正說明此篇之解釋是官方早定的調子，也是早期編輯者辛苦的成果，是不容輕易改動的。通篇枯燥單調，反復訴說被流被誣和孤獨，只有以死來立則後世了。3 篇中文字，在作為《楚辭》之源的罪臣遺作、即「《楚辭》資料庫」中，應不難找到，最多稍加編輯，增加其預定赴死的邏輯性，就足以搪塞了。故本篇作者也應是沉降而死的「屈原」實例；可惜不可能有真名傳世。4 對末句「明告君子，吾將以為類兮」王逸的注釋是：「言己將執忠死節，故以此明白告諸君子，宜以我為法度。」如果這是「屈原」的原意，他臨自殺前還念念不忘要告訴君子們，請記住我的忠心和死節，應以我為榜樣。王逸是板住臉以很嚴肅的態度說這話的。5 至於說這篇《懷沙》是太史公特別強調的、屈原「自投汨羅以死」的絕命篇，則對太史公是一種無聊的利用和誣衊。連司馬遷《報任安書》都有被改過的痕跡「蓋文王拘而演《周易》；仲尼厄而作《春秋》；屈原放逐，乃賦《離騷》；左丘失明，厥有《國語》；孫子臏腳，《兵法》修列；不韋遷蜀，世傳《呂覽》；韓非囚秦，《說難》《孤憤》。《詩》三百篇，大底聖賢發憤之所為作也。」孔子著春秋，左丘明作傳，是舊籍常常併提的事。此處二者當中橫插進「屈原放逐，乃賦《離騷》」一句，甚為唐突；使原文中的文王、仲尼、左丘、孫子、不韋、韓

非六例變成單數七個，就不合常規的雙數舉例；尤其置於仲尼、左丘之間，更為不倫；即使真要把屈原加進去，也該放在孫臏（前382～316）之後吧。連司馬遷寫給朋友的私人信件原話都被改了。他的史傳著作，尤其漢武所深忌者，能不被改嗎？

有了本文的論證，我們知道了「屈原」本是一群冤魂的代稱，即以劉安父子為主的一群漢武帝時代無辜遭難者的筆名。「屈原」作為一個歷史個人的存在，已完全土崩瓦解。但屈、賈誼合傳中的賈誼（前201～168）部分，恐就有真有假了。班固已在《漢書》單獨為賈誼立傳，與「屈原」分開來。獨為賈誼寫的傳記部分，假不假，本文不論。所要論者，就是在他名下的兩篇賦。

一，《弔屈原賦》，只從時間看，就可看出它屬於偽託賈誼之作。賈誼死於漢文帝前元十二年（前168），其時不但「淮屠」事件（前122年）尚未發生，連吳楚七國之亂（前155）也沒有發生，當然還沒有《楚辭》主體乃至「屈原」名字生成的歷史和文學條件。賈誼對《楚辭》和屈原，根本不可能有任何表態。班固之《漢書‧賈誼傳》所謂賈誼「為賦以弔屈原」云云，全是他「一般態度」的表現。他在別處已經說了分量很重的真話，大可不必在在此等《史記》的敏感處糾纏改寫而徒然招災惹禍。將屈原嵌入歷史造成的很多麻煩，通過嫁名賈誼和利用賈誼的名聲，可以解決一些；如此解決，恐是《楚辭》編輯過程中，有相當權位的內行人作的決定。王逸在《惜誓章句第十一‧序》曰：「《惜誓》者，不知誰所作也。或曰賈誼，疑不能明也。《漢書》：賈誼，洛陽人。文帝召為博士，議以誼任公卿。絳灌之屬毀誼，天子亦疏之，以誼為長沙王太傅。意不自得，及度湘水，為賦以弔屈原。」賦云：「所貴聖之神德兮，遠濁世而自藏。使麒麟可繫而羈兮，豈云異夫犬羊。又曰：鳳皇翔於千仞兮，覽德輝而下之。見細德之險微兮，遙增擊而去之。彼尋常之汙瀆兮，豈容吞舟之魚。橫江潭之鱣鯨兮，固將制於螻蟻。與此語意頗同。」王逸指出《弔屈原賦》的「所貴聖之神德兮」以下四句與《惜誓》完全相同，而且也指出「鳳凰翔於千仞兮」以下八句與《惜誓》語意頗同：「黃鵠後時而寄處兮，鴟梟群而制之。神龍失水而陸居兮，為螻蟻之所裁。……獨不見夫鸞鳳之高翔兮，乃集大皇之野。循四極而回周兮，見盛德而後下。」

如此多的相同，可以令人猜測，《弔屈原賦》之闌入《賈誼傳》和《惜誓》之入《楚辭》，是同時進行的。二者語言配合甚為默契，正可兼證《惜誓》與

《弔屈原賦》二者都絕對不可能是賈誼所作。這四句對屈原的否定，從立場說，是很瞧不起屈原對所謂楚懷王的戀戀不捨之忠誠的，也是歷代屈原肯定論者不能接受的，但是未見研究《惜誓》或《弔屈原賦》者批評此說。為什麼既「弔屈原」又要說他的壞話？既說「或曰賈誼」又說「疑不能明」？言「或曰賈誼」應是暗指賈誼作《弔屈原賦》的偽說，「疑不能明」其實是提示讀者賈誼既不是《弔屈原賦》的作者，也不是《惜誓》作者。且從《惜誓》看，「念我長生而久僊兮，不如返余之故鄉言屈原設去世離俗、遭遇真人，雖得長生久仙，意不甘樂，猶思楚國、念故鄉，忠信之至，恩義之厚也。」不顧與上引「鳳凰」四句意義上的矛盾，特別強調他更思楚國故鄉，寧回故鄉楚國去冤死，也不向往長生久僊；這種言過其實的聲明，表現的仍是「麒麟可繫而羈」，而並未「異夫犬羊」，等於說，不要成仙，也要回鄉。這種矛盾令人望作者而驚詫。這種評論，對那忠不可及、久懷沉江死國之計、下大決心要在投水的「屈原」，倒不失為一種毫不留餘地的批評乃至深度的懷疑。此處所暴露的不只是對《楚辭》官方認可的屈原形象之不動聲色的質疑，而且似是對劉安父子的惋惜感嘆。兩篇作者都無考。

二，《鵩鳥賦》。也非賈誼之作，而是被改隸於屈原名下的蓼太子之作。這首賦借題生議，因議抒情，議論橫生，情思婉轉。在設計巧妙的人、鵩對話中道出萬物回薄、禍福難測的糾錯世情。並深刻指出，人作為被造者之暫時占有生命的無奈和超脫，而要「釋智遺形」、「與道翱翔」、才能「知命不憂」。這種對生命本體灑脫而精湛的認識，甚至超越了宗教。從藝術上看，可謂形象生動，聲韻鏗鏘，流利頓挫而入於深微，兼擅抒情議論，尤其從容換韻而情詞婉轉，直開六朝乃至唐代樂府歌行之縱橫捭闔，堪為百代之師，置於《楚辭》之中亦為上品，有其深刻、無其悲惋故也。

《漢書敘傳》「書曰：班固作《幽通賦》以致命遂志。賦云『靚幽人之髣髴』。然幽通，謂與神遇也。」《幽通賦》中有句云「黃神邈而靡質兮，儀遺讖以臆對。」「黃神」見《淮南子‧覽冥訓》「西老折勝，黃神嘯吟高誘注：黃帝之神，傷道之衰，故嘯吟而長嘆也。」下句，顏師古注引應劭曰「准其讖書，以意求其象也。」其意是遵從黃帝的讖書，用心中之意求它的象，這話似是而非，言未切意。蓋《鵩鳥賦》有云「異物來萃，私怪其故，發書占之，讖言其度。曰野鳥入室，主人將去。問於子鵩，余去何之？吉乎告我，凶言其災。淹速之度，語余其期。鵩乃太息，舉首奮翼，口不能言，請對以臆。」原謂作者因見

鵬鳥之「止於坐隅」，怪而發書占之，……以至鵬鳥「請對以臆」云云。班固「儀遺讖以臆對」者，黃帝雖傳有占卜之術，但時代久遠，無所質對，所以效法《鵬鳥賦》作者（蓼太子）所遺讖言而以「臆對」之方表達己見也。「臆對」，現代人可理解成以臆想回答；但作者當初發明此詞時，意思是請鵬鳥「用胸」，而不是「用嘴」來回答，是《鵬鳥賦》作者為「口不能言」的鵬鳥想的辦法，頗為詼諧。班固必知《鵬鳥賦》作者為蓼太子而非賈誼，故在《幽通賦》中，對《鵬鳥賦》作者表達了對神人一樣的敬畏。由「儀遺讖以臆對」可推斷者，不僅是班固師法蓼太子「臆對」之語，而且是《鵬鳥賦》乃蓼太子作也；而且蓼太子正班固所遇之神也。

　　賈誼（前201～前168）以二十歲年齡，得為博士，雖有才，而傳稱橫議國家大事，得皇帝寵信，頗有睥睨朝臣而專權之姿，難怪宿老不平。如此年輕而掌大權，有點令人難以置信。文帝令為長沙王太傅，以其年資論，不能算做貶。不久召回，尋又為文帝幼子梁懷王太傅。他一生除最得意的在長安一段，其可圈點者，著《新書》頗能為漢家「痛哭」、「流涕」、「長太息」也；他不但發現很多問題，並向文帝提出詳細的解決辦法。尤其得漢皇意者，是他有先見之明，很早就提出了「削藩」問題，認為即使同姓骨肉，也不可令姑息坐大。傳稱他死後，果然十多年後在景帝三年（前155）吳楚七國反；再過三十多年，「至武帝時，淮南厲王子為王者亦反誅（前122）」。觀其書，作者是個一心為王除弊的儒臣；觀其才識，是個被褒獎而似有遠見，又頗為想不開的青年儒家政論家。但說他在將近五十年前就能預見劉安必反，令人不信。尤其令人啞然失笑的是，那些史家，竟託名賈誼讓他弔唁他還不知道的「屈原」！意不在以此提高賈誼歷史地位，而在鞏固屈原的嵌入也。

　　對賈誼，還有一疑問。其《新書·道術》云：「今淮南子，少壯聞父辱狀，是立咫泣洽衿，臥咫泣交項（「咫」字不解，疑有誤），腸至腰肘，如繆維耳（「繆維」亦不能解，而皆無原書參校），豈能須史忘哉？是而不如是，非人也。陛下制天下之命，而淮南王至如此極，其子舍陛下而更安所歸其怨爾。特日勢未便，事未發，含亂而不敢言，若誠其心，豈能忘陛下哉！」賈誼（公元前201～前168）寫《新書》總在他死前幾年。但他死時劉安（前179～前122）才十歲，他的三個弟弟則八九歲、六七歲、四五歲不等。賈誼「寫書」時或早一、二年，時劉氏兄弟更幼小，賈有何憑據，以此怨毒責彼幼子，而攛掇其君？這簡直是後代淮南獄成後的官方口氣。故賈誼其書《新書》亦可疑，

不唯其人也。以賈誼生命之短、主要精力所用（應是著書和仕進）和為人方向而言，不能相信他既是儒家政論家，又是道家哲學家。「史家」讓他在「屈原」的證實上，起這麼大的作用，是對賈誼的一種肯定，還是栽贓，也值得考慮。賈誼被用來支持屈原「嵌入」式的歷史存在，並且「先見」式判斷劉安必反（此記載可疑），可以說極大滿足了漢代官家的政治需要。這樣一個人，他也寫不出《鵩鳥賦》來。

又《史記・屈原賈生列傳》雖是偽託司馬遷之作，其末的「太史公曰」也包含事實的暗示。「余讀《離騷》《天問》《招魂》《哀郢》，悲其志。適長沙，過屈原所自沉淵，未嘗不垂涕，想見其為人（這些話乃是以所謂一般態度寫的）。及見賈生弔之（此乃不可能實現的假話），又怪屈原以彼其材，遊諸侯，何國不容，而自令若是（此句前文已論）。讀《鵩鳥賦》，同死生，輕去就，又爽然自失矣。」末句「爽然自失」之「爽」，就是錯或犯錯；「爽然」，就是犯錯誤的樣子或心理狀態。「自失」，就是失去了自己（的判斷或信念）。「讀《鵩鳥賦》」何故而「同死生，輕去就，又爽然自失矣」呢？因《鵩鳥賦》確有深刻的「同死生，輕去就」意識，是道家「齊物我」生存理念的表現。但賈誼年輕高仕，為了一點小不如意就想不開，難道不是太不超脫，太不齊物了嗎？所以「太史公曰」的作者才說了「爽然自失」的話，其實是暗示《鵩鳥賦》若為賈誼作就不對了，很似認為《鵩鳥賦》乃屈原作。我們只是更具體地進一步，是乃蓼太子之所作也。前文論《鵩鳥賦》作者時已論及。蓼太子作《鵩鳥賦》時也當三十歲左右，那時離「淮屠」尚有十幾年時間。然而已有一些微細徵兆使敏感的他看到人世間充滿凶險。以他曠達的胸懷和深邃的學識，用「何足以疑」之反問，把這件事投在心上的陰影好像以一笑抹去了。全文以甚至輕快的幽默面對人生之苦難陰影，這在充滿悲苦憂傷的《楚辭》中是非常罕見而益發珍貴的。

三，關於《大人賦》的一些思考。我們還有一個司馬相如名下的《大人賦》作者問題待研究。司馬相如幾乎是漢代最大的文豪，他尤以所著漢大賦著稱，如《子虛》、《上林》等，被稱為「一代之文學」漢大賦之代表作。然而揚雄有言「又怪屈原文過相如，而不能容」。如前所疑所証，所謂「屈原」者，即以劉安父子為代表的一群漢代忠魂冤鬼的代稱，尤指蓼太子。揚雄當然認為「屈原」文勝過司馬相如。即使現代人，也得承認《楚辭》之代表作有高於《漢賦》的藝術價值。《楚辭》和《漢賦》都是屬於漢代的，是兩種文學體裁；

其主要作者「屈原」與司馬相如還是有一點交集的。根據《漢書‧劉安傳》「時武帝方好藝文，以安屬為諸父，辯博善為文辭，甚尊重之。每為報書及賜，常召司馬相如等視草乃遣。」此處的意思是說（收到劉安獻書、獻文之後），漢武帝回信並有所賞賜時，他常讓司馬相如看他的草稿（而且可能做一點改動），然後才發出去。班固補入的這句話，是司馬相如和「屈原」關係之少見的文字記錄（《神仙傳》更詳實），這個關係也許牽扯二人的某種文字上的關係。又根據《史記‧司馬相如列傳》「是時梁孝王來朝，從游說之士齊人鄒陽、淮陰枚乘、吳莊忌（即嚴忌）夫子之徒，相如見而說之。」其中鄒、枚、莊皆與《楚辭》有關。王逸《楚辭章句》卷十三《七諫》作者東方朔、卷十四有嚴忌《哀時命》、卷十五《九懷》作者王褒、卷十六《九歎》作者劉向諸人中，東方朔、王褒、劉向都無與「屈原」的個人關係而各有著作頌「屈原」，卷十四《哀時命》作者嚴忌和相如有交遊。獨司馬相如有與劉安的明白個人關係而經班固特別記下，卻偏偏沒有任何直接寫屈原的作品，也算有點怪，疑與此文有關。

　　相如應是熟悉劉安乃至蓼太子作品的，但他作為一代大家，畢竟取另一種創作路子，而追求一種鋪張揚厲、堆砌狂放的風格，基本上不涉及神仙之遊。這篇《大人賦》是唯一的例外。按本傳所言，「天子既美子虛之事，相如見上好仙道，因曰：『上林之事未足美也，尚有靡者。臣嘗為《大人賦》，未就，請具而奏之。相如以為列仙之儒居山澤間，形容甚臞，此非帝王之仙意也。乃遂就大人賦。』」此等《漢書》本傳記載「相如既奏大人之頌，天子大說，飄飄有凌雲遊天地之間意」。漢武當初看了誰的賦飄飄凌雲，難言矣。這篇《大人賦》恐怕產生不了此等效果。《漢書‧司馬相如傳贊》：「揚雄以為靡麗之賦，勸百而風一，猶騁鄭衛之聲，曲終而奏雅，不已戲乎？」說這篇賦「勸百風一，曲終奏雅」也很不恰切。《大人賦》有以下幾點值得注意。

　　第一，全文的構思框架的首尾，完全和「屈原」《遠遊》相同，文中的「四方之遊」也同。《遠遊》開頭：「悲時俗之迫阨兮，願輕舉而遠遊。質菲薄而無因兮，焉託乘而上浮？」《大人賦》開頭：「世有大人兮，在於中州。宅彌萬里兮，曾不足以少留。悲世俗之迫隘兮，揭輕舉而遠遊。乘絳幡之素蜺兮，載雲氣而上浮。」若將「世有大人兮」以下四句置於《遠遊》首句之前，顯然更妥貼。而《大人賦》第五、六句和《遠遊》一、二句相同；至第七、八句方變化，猶保留最後三字相同。《遠遊》結尾是「下崢嶸而無地兮，上寥廓而無天。視

倏忽而無見兮，聽惝恍而無聞。超無為以至清兮，與泰初而為鄰。」這和《大人賦》結尾也完全一樣。「下崢嶸而無地兮，上寥廓而無天。視眩眠而無見兮，聽惝恍而無聞。乘虛無而上遐兮，超無有而獨存」兩個結尾也幾乎完全一樣。這不但意味整體結構的模仿，而且似有故意規劃以假亂真的態勢。

第二，《大人賦》在用詞上也有很多與《楚辭》雷同，如句始、靈圉、象輿、瑤光、句芒、玄闕、玄冥、南嬉、寒門、豐隆、芝英，陵陽、少陽等等。除開頭結尾外，有很多句子，與《遠遊》乃至《楚辭》其他篇章相似。例如「屯余車其（之）萬乘兮」(《離騷》)，「載玉女於後車」(《惜誓》)，「左玄冥而右含雷兮」(《離騷》) 等。在除了其中約三十句含有九、十、十一字的句字，其他句子用詞、造句上與《楚辭》其他篇章類似的程度，和《楚辭》中的一般篇章比，完全是同出一源。它簡直也是一篇《楚辭》。以上是就相同的一面斷言，簡直可以說《大人賦》能與《楚辭》相混。

第三，就《遊仙》詩的「仙化」程度看，《楚辭》是中國文學史上第一次大規模以有關神仙事入詩的。能如《離騷》那樣周遊八極，役使百神、顯出一種脫略塵網、不受羈束的自由精神，尚可肯定。而《大人賦》「使五帝先導兮，反太一而從陵陽。」連五帝（黃帝、顓頊、帝嚳、堯、舜）都得聽命於「大人」為之先行，連最高尊神太一也被下令遣回，而陵陽子明則被呼喊跟從。「排閶闔而入帝宮兮」，是毫不客氣地推開門闔進了天帝宮殿。「召屏翳誅風伯而刑雨師」，則是完全以「生殺予奪都在我手」的絕對主宰口吻召見雷神、誅殺風伯、刑虐雨師。口氣之大，令人愕然。「廝徵伯僑而役羨門」，把「屈原」所崇拜的王子僑和羨門高，當僕役使喚，就自然不在話下了。「祝融驚而蹕御」則形容火神祝融也對此大人俯首下心、甘為臣僕的姿態。看來《本傳》說的「形容甚臞」的「列仙之儒」，大概正指《離騷》、《遠遊》等所詠之仙，是正統記載中一些相對嚴肅認真、循規蹈矩的仙人，是常人所思之仙、凡人欲攀之仙，謂之儒仙。《大人賦》所描寫「仙人」則是「帝王」的仙人，不但不猥瑣或萎縮，而且豪奢矜誇，以迎合或放大帝王的征服慾。作者把漢武帝捧成宇宙的最高統治者，面對眾神祇竟也如此霸氣衝天。漢武是否因此真的飄飄然了，令人懷疑。

第四，《大人賦》中還有一種特色句子，和全文其他部分風格嚴重不統一，更露剪裁之痕。句子長度為九字、十字甚至十一字，「駕應龍象輿之蠖略逶麗兮」，「之」後的短語「蠖略逶麗」也是一個主謂句子！簡直強迫中文的語法

接受一種前無古人後無來者的扭曲。連語言可以任意擺佈，果然是帝王！又如「沛艾赳螑仡以佁儗兮，放散畔岸驤以孱顏。」讀起來不能不說是十分詰屈聱牙。茲僅舉二例，以免排版時太多字找不到。這種句子在《大人賦》中竟近三十句，所要表現的就是自標不同凡響、鄙視這個人間世界的一切規矩，真是狂妄帝王之心也。

以相如之文心錦綉，當不至於降格完全抄襲《遠遊》的首尾；以他在政治上的小心，也不至於拍馬屁如此之重。如此抄襲《楚辭》語言而極似《楚辭》，有針對性地故意亂真的文章，如此在立意上極端恭維，而生明顯諷刺寓意的文章，簡直令人懷疑不是相如之作。此文是不是也如《楚辭》的很多篇章一樣，也被「編輯」過，沒有證據。使漢武帝飄然欲仙的原作恐不是這樣子，斷言也無用。用如此的《大人賦》來代替原作，好像和某種政治操作有關。這真是篇蓋世奇文，筆者年輕時曾斷言其中藏著彌天大謊，也許是史臣做了手腳。意者這或是史臣冒相如之名改屈原之作，徒然欲讓早已作古的漢武帝飄飄然的文章。但無證則不成立。覺得它和《遠遊》有關，到現在也沒能全讀懂它。只能疑念叢生，對於這篇文章的來處、作者、主題和用心，標上「可疑」而付之闕如。

九、補論引論及後續研究

發現《楚辭》主要作者身份之後，我們不得不思考以下問題。

（一）「屈原」「複合」人格論

從歷史看，《史記》之《屈原傳》是出於虛構，是記載昏君當國、忠良被讒佞所害而有相當典型真實意義的虛構。這種虛構和《楚辭》的敘事內容有密切的關係，和所謂《楚辭》資料庫有密切的關係。一方面，它顯示了無比的愚忠以及對暴政的妥協和屈服；另一方面，編輯者又試圖使忠臣跪著抗議。一方面，它是統治者贊成甚至給與資助的忠僕紀念碑，另一方面，它對暴君也有一種幽怨的棄婦式的批評。它勉強試圖讓楚懷王扮演漢武帝，並以他為中心，營造一個典型環境（難免有破綻）；在這種環境下，從《淮屠》後辭賦堆積的「楚辭資料庫」提供的資料，合成這樣一個似真的人物「屈原」來充《楚辭》的作者。因辭賦作者多是忠臣冤鬼，都從過政，都因受讒佞和暴君的迫害而死，他們的作品，即「屈原賦二十五篇」，都是「忠而被冤」之臣所作，屈原這個名字就成了他們的集體筆名或代名。而屈原的個性、乃至經歷

都因此變得豐富複雜而且模糊矛盾起來。加上注解者交替運用「一般態度」和「特殊態度」有時簡直像玩魔術，迷惑了很多後代學者。吸引他們或考證屈原到底被放逐多少年，或考辨屈原的沉江是否為理智的行為，乃至屈原被放的時間、投江的時間。不首先弄清楚屈原的真相，以上問題是永遠爭辯不清楚的，也是毫無意義的、屬於「一個針尖上能站幾個天使」之類的問題。而一涉讚揚屈原，就完全陷入大體上是為暴君服務的編輯者之預設的圈套。人們最多有時會有限度地批評一下楚懷王，誰會想到責罪漢武帝！讚揚屈原成為統治者及其幫閒不約而同的思維模式，它也同化了很多中國歷代中下層文人。兩千年中國文人的藝術欣賞和歷史考證真令人驚嘆，連劉安父子作為《楚辭》主要作者（那怕是作者之一）都未真正被發現，歷史真是開了一個很大的玩笑，大概是嘲笑中國人的忠君情結或者屈原情結吧。

「複合式」「屈原」以變態過火的忠誠服侍楚懷王，居然連他的所謂沉湘，都成了不可企及的道德模式。到了兩千多年後的現代中國，猶在遵循和發揚一個杜撰的、戰國時與王同姓而死不變心的、屈大夫忠君精神，真是荒唐之至。「屈原」忠君愛君國，竟也被奉為到今天為止的愛國精神之楷模。由忠君而愛國，近現代有的研究者又把他捧成人民詩人、偉大的浪漫主義詩人、變法者、改革家、政治家，外交家、思想家、哲學家、教育家、學者。當然也有負面的批評，有人認為他是楚懷王的弄臣、是性變態，或楚懷王的同性戀伴侶；還有善想像者，說他與楚懷王妃鄭袖有染，說他組織過樂平里游擊隊，早不是學術了。還有人認為他是集氣功、辟穀、導引、食玉、輕身、煉丹、練氣等道術於一身的專家，真像一些漢人一樣，把他當成了神仙，還趕不上王逸最後的結論「言升仙之事，迫而不通，故使志不展而自傷也」（《九思》最後一句注解）。以上所舉這些看法，一部分還有點道理，多數可以說是太不嚴肅，離事實太遠。我們認為，「屈原」之名的頭號承擔者「蓼太子」是個相當聰明博學、很有詩賦文章才能的貴族公子；二號承擔者劉安也是學富五車、見解深刻的諸侯學者。他們也有貴族的缺點或特點。錢鍾書《管錐編·楚辭洪興祖補注·札記第十七則之一》有例說明屈原「所謂『善淫』之『謠諑』，不為無因矣！」很投入地追求神仙，也是一種貴族式的無聊。《楚辭》其他與「屈原」有關的作者，包括淮南客、吳王客、宋玉、嚴助嚴忌、朱買臣等等，編輯者或讓他直接發言，或為他發言，都或多或少幫助構成了一個豐富多彩而曖昧的屈原綜合體。這既是《楚辭》之巧（對結構而言），也是《楚辭》之失（對

事實而言）。真是古今英雄，盡入其巧縠中也。我們不得不承認班固「其失巧而寡信」的話說得何等簡練而深刻。這個「巧」我們至今尚未完全解開。本文看懂了的王逸注解之最精彩的生花妙筆是，他在公開大肆宣揚一個楚賢臣懷持忠心而被冤枉流放、好像最後沉江而死的同時，很隱蔽地寫了「淮屠」慘死者代表劉安父子之被滅族的大悲劇，同時暗示尤其蓼太子才是《楚辭》的主要作者。

（二）《史記》「宮刑」說及漢武殺史遷說

　　考慮《史記》之書多難，一如太史公本人之多蹇，不但其人受了宮刑，其書也是受了「宮刑」的。換言之，《史記》一書本來的精華、稜角，礙眼處早就能砍就砍，能改就改了。我們今天看到的、流傳兩千年的《史記》是被閹割過了的「刑餘之身」而已。尤其《史記》關於漢武帝王朝的紀事，直接關於漢武帝本人秘幕及醜聞者，必多從刪削。有些不能全部刪除者，則只好改頭換面。《後漢書・蔡邕傳》載，王允不顧士林讜議而欲殺蔡邕，曰：「昔日武帝不殺司馬遷，使作謗書，流於後世。」這是站在漢家正統立場上誹謗司馬遷及其《史記》。《三國志・王肅傳》（卷十三）載魏明帝與王肅對話：「『帝又問司馬遷以受刑之故，內懷隱切，著《史記》，非貶孝武，令人切齒。』對曰：『司馬遷記事不虛美，不隱惡，劉向、揚雄云其善敘事，有良史之才，謂之實錄。漢武帝聞其述《史記》，取孝景及己本紀觀之，於是大怒，削而投之。於今此二紀有錄無書。』後遭李陵事，遂下遷蠶室。此為隱切在孝武而不在史遷也。」可見司馬遷的《史記》作為官方最終認可的「實錄」，其「謗書」的稜角要打折扣，作為通過皇朝監察的「謗書」，其「實錄」的程度也要受到限制的。連王肅都認為造成這種事實的責任在漢武帝，恐因他作為魏臣可以不必像漢臣那麼忌諱前朝故事了。可惜後代到了非帝王時代，還是有人比漢臣更忌諱。漢武既然對《史記》「削而投之」，《史記》中鋒利的「謗」言必定已被削掉。綜觀《史記》的內容，必須指出，漢武帝之所忌在近不在遠，在己不在人，他可以容忍司馬遷寫劉邦之類於無賴的一些行徑，也能置李賢等所言的包括他自己的微末「不善之事」於不顧。像漢武帝本朝的許多政治內幕，如劉安的冤獄、司馬遷之死，只要史家奮筆直書，就是決不能容忍的大事。在研究漢武帝為一己之私殘害忠臣而篡改歷史等問題時，有「淮屠」為例，怎樣批評貶詆他都不為過。我們甚至不能期望循規蹈矩、按部就班、通過嚴密考證，從正史中找出細密的實證。因為在漢武帝看來，以往歷史的大勢都

是為他創造的，其後一段時間的歷史細節便由他來創造、他也可以當作掌中之物玩弄。《後漢書·班彪列傳》載班彪言司馬遷作《史記》，「作《本紀》、《世家》、《列傳》、《書》、《表》百三十篇，而十篇缺焉」，李賢注：「十篇謂遷歿之後，亡《景紀》、《武紀》、《禮書》、《樂書》、《兵書》、《將相年表》、《日者傳》、《三王世家》、《龜策傳》、《傅靳列傳》」。班彪乃至李賢指出者，只是當時《史記》中「有錄無書」者，卻沒有也很難說明《史記》中許多魚目混珠、狗尾續貂的現象。《史記》在整個漢朝都几乎是禁書。除《景紀》、《武紀》外，《史記》中攙有不少續作、偽作；參與改寫者有十幾人之多。《後漢書·楊終傳》（卷四八）「受詔刪《太史公書》為十萬餘言。」其後得以被流傳者，也是續補的、改編的《史記》。《史記》整體編制混亂，歷史原因極端複雜。其中第一位的、不能忽略者，仍是漢武帝之「削而投之。」故《史記》與其作者一樣也受過「宮刑」，應是不錯的，難聽一些而已。豈止是宮刑，還有一種強加給《史記》的刑罰，前文已論，和宮刑相反，是強行「嵌入」歷史一些東西，例如《屈原列傳》，這好像強行要把石頭嵌入皮肉，就叫它「嵌刑」吧。

王逸們所設定而構造的楚懷王，本是並不起眼的楚君，被稱為「美人」和「靈修」，成為「屈原」的忠冤所集，而空前地重要起來。但他的忠冤之臣既然多是漢臣，所以即使導演再好，他這個已經死了的楚君也不可能被改好而演得像，在《楚辭》中他就時時成為一種概念式人物。有些罪行歸之於他就格外不協調了。尤其是「淮屠」之類事件是戰國諸侯王做不出來的。漢武帝淫威所及，多少其他流別的儒臣文士、社會精英也慘遭殺戮。他從此確實立威天下，開創和奠定了暴君絕對專制的統治制度；連君聖臣賢的儒家傳統夢想也被他徹底粉碎，確立了自此以後的一直佔統治地位的主僕式君臣關係。在這種關係下，在君主面前，大臣沒有真的話語權，而淪為玩物或娼優畜之的幫閒。若不極力投合君主所好，可隨時被殺戮；即使一時能投其所好，由於君心多變易怒，也少有常事君側而得好下場者，所謂事君如事虎，常不免被虎吃掉。諸侯王連聚集文人、研究學問也不為暴君所容；如果昏庸無道、花天酒地，出了問題，也在誅殺之列。尤其甚者，專制統治者只承認奴僕臣妾，絕不容許任何人在治國道術或學問上接近他成為「第二」；為了這一點，無論他何等愚蠢，都要把自己吹捧成聖斷神縱、天生的超人、天下無條件崇拜的對象。這是有人類以來，用所謂文明的方式確立的最大的不文明不平等和荒謬的制度，董仲舒為此難辭其咎。漢武帝一朝，尤善利用酷吏濫殺直臣，

而其酷吏，後來也多被漢武所殺，便足為證明。到後來，受到奸吏江充的離間蠱惑，漢武居然懷疑並追殺自己的兒子戾太子劉據，他在無路自辯之逼迫下，不得不「反」而死於遁逃中。此事足証劉徹的正常人性因迷戀專制制度給予他的太多權力而被徹底異化，變成了非人的殺人惡魔。這也是對掌握了太多權力、任意胡為、草菅人命的的暴君之懲罰。

　　1 連王肅都知道「隱切在孝武而不在史遷也。」所謂隱切，應指一種藏而不露的刻毒。例如對劉安，他到最後還假裝寬宏對劉安「削二縣」，卻同時馬上派出他窮凶極惡的爪牙呂步舒「持斧鉞」大開殺戒。2 衛宏《漢書舊儀注》曰「司馬遷作景帝本紀，極言其短及武帝過，武帝怒而削去之。後坐舉李陵，陵降匈奴，故下遷蠶室。有怨言，下獄死」（《西京雜記》同）。3 唐代史學理論家劉知幾也認為馬遷受宮刑之後，終因文字「身陷大戮。」他在《史通‧直書》中說道：「至若齊史之書崔弒，馬遷之述漢非，韋昭仗正於吳朝，崔浩犯諱於魏國，或身膏斧鉞，取笑當時；或書填坑窖，無聞後代。」4 前文引《後漢書‧班彪傳》說史遷「大敝傷道，所以遇極刑之咎也。」以上四個證據，都可証司馬遷為漢武帝所殺。本文認為，漢武帝最終不肯放過司馬遷的原因，是痛恨司馬遷居然敢寫漢景帝和他本人的惡行，恐包括居然敢違背自己的意志說劉安一些真話。尤其應注意的是，《史記‧屈原傳》絕非司馬遷寫而被硬加在他頭上，是利用司馬遷的名聲欺騙後代也，可謂尤其惡毒。所以，司馬遷受宮刑以後，最後肯定還是沒有逃過死刑。以上四証足矣，不需也不可能得到更直接的記敘性宣言式證據。很可能是秘密處死。毋庸諱言，漢武殺死劉安父子時，株連殺萬人都毫不手軟，殺一司馬遷，他不會慈悲得還猶豫片刻；最多會如貓玩老鼠一樣搞個花樣，滿足自己的征服欲而已。如前所示，《楚辭》編輯者也把司馬遷當成「屈原」為他說話，也可確證他是被刑而死的冤者，或者二事互証。漢武為了保證自己的絕對權力，妄湊罪名、對有獨立見解的、不為不忠的忠臣和諸侯門客大肆屠殺，也為中國後來專制君主製造各種冤獄、草菅無數臣民性命，開了先河，其罪至大。他仍被稱為「雄才大略」，竊以為可改一字，「雄殘大略」可也。

　　《史記》本傳提到相如為《子虛》、《上林》二賦作了如下說明：「以子虛者，虛言也，為楚稱；烏有先生者，烏有此事也，為齊國難；無是公者，無是人也，明天子之意。」讀來讀去，真可順其勢說《楚辭》，至少《楚辭》的編輯者在構思上是受了司馬相如之影響的。我們可以模仿說，《楚辭》者，寓言

也，為漢武時之冤魂鳴；屈原者，烏有此人也，為淮屠辯；《離騷》者，「屈原」之作也；原其屈而望其平，有憾其君焉，作者劉正則，王逸之意鮮有人知焉。

（三）總結和展望

最後，我們總結歸納全文邏輯內容。1 我們首先考定韓眾，證明《遠遊》之作者應為漢人，而不是楚臣屈原。2 因韓眾而引出班彪班固對《楚辭》的精準判斷，提出漢儒講校《楚辭》之「兩重性」態度。3 指出《招隱士》主題是呼喚《楚辭》作者歸回應有的人間本位，而自然引出「劉安之名為何被屈原所取代」的思考。4 在《九辯》中發現王逸注解的兩個「屈原」，而確定為劉安及蓼太子；由此可推斷《楚辭》各章編輯之巧；經過約二百年過程，終於變成「屈原」的《楚辭》。5 「講校」《離騷》首八句而指出：「伯庸」為劉安的字。「正則」「靈均」是劉安為「朕」（蓼太子）所取名、字。至於編輯者杜撰的「平原」名、字，是以劉氏父子為代表的眾多血染平原的冤魂。6 考證了《楚辭》中幾乎全部有關「彭咸」句子的含義。發現在「屈原」的複合人格構成中，有跳水自殺者，但他不是《楚辭》的主要作者。7 自劉安獻《內篇》及《離騷》，漢武秘之。後來劉氏父子道德文名日高，漢武乃使其酷吏專業構陷，陷之入罪。編輯者為將罪臣辭賦改頭換面而發表，把為「淮屠」受害者所造姓屈名平字原之假名，嵌入選定的一段楚史而植入《史記》，與《楚辭》的編輯同步。8《史記·屈原傳》從題目到內容，可證是憑空結撰。9 提出所謂「屈原複合人格論」、《史記》「宮刑」說、並申論史遷最後為漢武殺害、先宮後刑，加上最後的引論和和展望。

又，還有一事應論及。「阜陽漢簡《楚辭》僅存有兩片。一片是屈原《離騷》第四句「惟庚寅吾以降」中「寅吾以降」四字，……另一片是屈原《九章·涉江》「船容與而不進兮，淹回水而凝滯」。兩句中「不進猗奄回水」六字（阜陽漢簡整理組《阜陽漢簡〈楚辭〉》，《中國韻文學刊》，1987 年 10 月第 1 期，頁 78～79、參見《阜陽漢簡簡介》，《文物》1983 年第 2 期，頁 23）。對這個考古發現，我持懷疑態度，理由是：一，兩片殘簡，從中所辨出各四字、六字（一說五字）而已，所辨結果可疑，需要更廣的權威鑑定。大概要有鑑定本文一樣嚴格的鑑定，而不可先傾向於希望它是大發現而朝那方向努力，雖然本文尚未被學術界鑑定而定可接受多少。二，即使以上幾個字所辨不誤，其字數太少，亦不足以引證它們必定屬於我們今日研究的《離騷》和《九章·

涉江》。而且，三，不排除《楚辭》之所以也可能包含這幾字，是因它可襲用前代有名或無名輩的片言片語。

至此，本文直接涉及的一些大題目已粗略說完。當然，我們還有大量的問題有待繼續深入探討。本文只是這浩大工程的一個蹩腳的開頭。許多山峰已略見輪廓，艱苦的攀登正在前方。由此進一步，我們乃可分析《離騷》、《遠遊》、《九章》、《九辯》等之文字結構，找出哪些文字屬於別的「屈原」、哪些屬於劉安、尤其蓼太子，以及哪些屬於編輯。可證明《九歌》是淮南王國娛神之樂，首先經過蓼太子，後或也有史臣們的改動；《國殤》歌李陵事，乃某一參戰過的荊楚壯士所作，五千貂錦，其死甚冤，故被《楚辭》編輯者也託名屈原特別加入《楚辭》。而《九章》除含劉安父子的文字，淮南客、吳王客，乃至朱買臣、嚴助之屬所作應雜其中。《天問》應是淮南王及門客在平日互相問難而未全解的歷史、神話片段記錄，應含前人文字，但也被部分「屈原」化；《哀時命》，其作者被王逸署為嚴忌（忌子嚴助？）。全篇很像嚴忌或嚴助在「淮屠」前詠嘆淮南之作。《招魂》（宋玉）、《大招》（景差？），亦同情所謂「屈原」者之作也，從招魂儀式看可能包含前代文字。至於《卜居》、《漁父》則是「屈原」成傳說後，有道家思想傾向的作品，同《招隱士》，當係淮南餘黨所作。另幾個漢儒的《楚辭》之作，如《七諫》、《九懷》《九歎》、《九思》也都是研究《楚辭》之第一手材料的富礦，亟待開發。也不能排除《楚辭》繁富的文學詞華中存有相當多的前代不知名作家的文字。而本文所謂「《楚辭》為多人之作」和「編輯者也介入」的發現，還需要更全面有深度地驗證。尤在不知原文的情況下，「校」殊非易事，而令人望文興嘆。

再者，我們要重覆強調《淮南子》與《楚辭》之同趣而異體，秦皇漢武之異時而同類（都是暴君之尤），《楚辭》《漢賦》之同時而異趣。漢初削藩利於封建大帝國之奠基，而其政治運作則充滿殘酷無義。《楚辭》成為一種詩體，有其特殊的歷史文化條件。這些條件，舉其犖犖大者，如中國的初告統一，儒道的相溶和相爭，乃至寫出《楚辭》而使之流傳的物質技術條件，都確然無疑必須是在漢代淮南式文人大規模聚集發生之後才能俱備。我們據此乃可以勾勒出《楚辭》在漢代發生、發展的來龍去脈。又，從《楚辭》學史的角度看，漢代《楚辭》發生和研究的歷史，體現了漢代政治對文人的壓迫和文人曲折的反抗。魏晉之間，在《楚辭》的評論中，時見漢代流風餘韻，但已不似漢人之投入。南北朝以下，文人對於屈原其人其事的淡漠，一直延續到唐代。

宋人對屈原態度的改變，無論是大力宣揚屈原所謂的忠君愛國（如朱熹洪興祖），還是認為屈原其人毫無政治利用的價值（如司馬光），從根本上講，二者都還是一種政治利用。從宋以還，江河日下的封建帝國之趨於衰微的大勢給《楚辭》研究帶來新的繁榮和誤區，中國文人心中發生的所謂屈原情結，其實是一種以屈原為幌子、抱殘守缺而無益的自我肯定；無論政治傾向如何，往往對立的兩方之文人都可自比屈子。二十世紀初，尤其「五四」以來開始出現了「屈原否定論」；1949 年以後大陸中國政權及台灣政權對峙之下，關於屈原身世的研究考證當然都沒有質的突破，偶見屈原否定論的微弱聲音則被御用文人粗暴扼殺。甚至沒有人發現過「蓼太子」也在《楚辭》中之基本文字。事實雖然怪於小說，卻是勝於雄辯的。今天，我們從中國文化的整體角度，來研究屈原在歷史中的迷失，研究現實中迷失的屈原，研究有關《楚辭》種種奇怪文化現象，可以引起雋永的民族性反省：屈賦的文化價值，猶如蚌中之珠與膽中之石，表現了我們中華文化特殊的正負層面。

最後，我們不得不就《楚辭》研究的現狀略說几句話。楚辭成為顯學多少世紀以來，很多學者費盡心機「保護」屈原對所謂「屈原賦二十五篇」的著作權，結果仍是問題迭出。這個事實本身也正說明了《楚辭》存在問題，是不但需要真「講」，而更需要深「校」的。可惜很多研究者不知二班的提示，對於《楚辭》的本來面目的講校，遠未完成，有的甚至尚未開始，有些方面甚至背道而馳，徒增紛擾。好像讚歌越響亮就越有成就一樣，極少見分析屈原之負面或《楚辭》之弱點的文章。其實《楚辭》本身有許多令人生疑之處至今學術界毫無解釋，而學界往往對之採取存而不問的態度。這固然是由於「屈原」史料之闕（不闕則更怪），《楚辭》文義之多歧，解決問題難度之大，但與中國許多歷代和當代學人的文化偏見也有關。很多學者有根深柢固的「保護屈子」的情結，從根本上就不肯從所謂否定方面入手思考一下。好像在任何意義上有否定屈原的思考，就大逆不道了。這些現象，實在說來，可以看成是中國傳統文化籠罩下的「集體無意識」的表現。結果導致在《楚辭》研究領域內「存疑」的治學態度涵蓋範圍太大，以至於連獻疑都成了忌諱，乃有所謂對所謂「屈原否定論」的批判。自二十世紀初以來陸續出現的有些懷疑屈原的文章被批判為「屈原否定論」，也和持論者文章缺乏深度、沒有提供充足的論據有關。其實，假設所謂否定論的權論全部成立了，亦不過將《楚辭》確定的寫作年代推遲一二百年而已，無損中國文化之光輝。有關楚文化作品的時代

性如此難以確定，當然和中國文人的屈原情結有關。但是在讚揚屈原的大合唱中，有很多文章全無理致，唯其在合唱之中，而儼然學術。欲從否定方面入手，寫一篇文章，必須在史料的運用上，在行文的邏輯上，乃至措辭的委婉上，做到無可挑剔；即使如此，仍然不免被非難。歷史的微茫和持久的謊言使一些很有成就的《楚辭》學者涉及可能導致否定屈原（應說否定屈原的傳統形象而還其本來歷史面目）的論題時，則點到為止，即使有過對屈原懷疑的思考也不肯輕易發表，有些發表了的文章也被存而不問。

　　本人非好辯也，亦非欲標新立異也，自多年前曾奉命寫批判屈原否定論的文章，初涉關於《楚辭》的考證領域，搔首踟躕，而交不出卷子來，就產生了本文的研究傾向。後來參加中國楚辭（屈原）學會，聞通人之論，頗為開闊思路，然而還是跳不出自制的繭殼，而且越陷越深，有些好朋友為我嘆氣。但是我這種「不經」的思路時在念中，經過了翻來覆去的不知多少次沉思冥想和推論求證，斷斷續續，仍不能放棄，實在是出於不得已，寧冒楚辭學界之不韙發表此文。希得到完全而有力的駁斥，發我於迷津之中，——即使如此，也可以從反面促進《楚辭》的深入研究。此我之所以敢斗膽而將此文發表，向國內楚辭界先輩老師、學兄學弟和後起之秀求教的原因。自以為不過是把王逸心底的觀點大致說出來了而已。我總覺必須讀懂《楚辭》、讀盡漢人有關評論才能下斷語。現在冒昧下了斷語，其實離「懂」和「盡」還很遠，故而心尚惴惴。全文九節之中，倘有一、二可取、能發前人未發，而能對研究有益，則我大喜過望矣。還是用我三十七年前參加中國屈原學會富陽會議的一篇文章老結尾來結束本文吧，算自己做《楚辭》功課而渴望批評的宣言：淺學妄說，恭俟明教；文德所被，願作附庸。

下篇　在蒙飛卿別傳

　　溫庭筠生平隱秘，歷來缺乏發現、理解和重視。兩《唐書》其本傳，充滿偏見和舛誤，不能藉以觀其全人。溫生平密佈有待揭開或探明的問題。溫生前含冤負謗、有口難辯，死後仍然未能完全澄清冤案，而被讀者誤解。溫的好友李商隱《有懷在蒙飛卿》詩把溫由庭筠改名歧的前後兩個表字「飛卿」和「在蒙」合在一起稱他，表現了深厚的友誼、同情和不平。以下通過溫的自敘，結合有關記載，試考敘他平生一些關鍵經歷，展開他真實的人生，來說明他是如何不甘「在蒙」的命運，在英勇的抗爭中，而努力實現其飛卿之志，卻終被黑暗幾乎吞沒的。他的文才史筆，洵為一時之秀；為了干時從政，效忠唐廷，努力一生，不屈不撓，亦復可嘆可悲。甚至他為真愛做的付出，也是驚世駭俗之例。飛卿一生，凄婉悲壯，堪稱「在蒙」之飛卿也。本文旨在考敘他一生經歷行實之重要者，謂之《傳略》，期望能提供給讀者一個對溫庭筠的全面瞭解。

一、衰世才俊，娶妓為妻

（一）南國清源、有道生年

　　《舊唐書》本傳（卷六一）以溫大雅「太原祁人」，《新傳》（卷九一）則謂「並州祁人」。則溫氏籍貫，似應為太原祁縣。但對溫庭筠而言，似又不然。溫《上蔣侍郎啟二首》之一（劉學鍇《溫庭筠全集校注》（中華書局出版發行，2007 年 7 月第一版，卷十一；後文全部溫的啟文，亦引之，以下簡做《全集》）有「遂揚南紀之清源」句，頗有意趣。「南紀」，語出《詩·小雅·四月》「滔滔江漢，南國之紀」，本指包羅和經緯南國的長江漢水，而代指南國。清源，

本意清泉淵源，此處當喻族人聚居地，應指一個地方。「揚南紀之清源」，謂離棄南國之「清源」，則北國當有地名清源而為溫第一故鄉或籍貫。查《元和郡縣志圖》（卷十六），「太原」下有「祁縣，即春秋時晉大夫祁奚之邑也，《左傳》曰「晉殺祁盈，遂滅祁氏，分為七縣，以賈辛為祁大夫。」又有「清源縣」，「隋開皇十六年，於梗陽故城置清源縣，屬并州。因縣西清源水為名。……武德元年重置。……梗陽故縣城，春秋晉大夫祁氏邑也。《左傳》曰「晉殺祁盈，遂滅祁氏，分為七縣，魏戊為梗陽大夫是也。」可見祁縣和清源縣，皆滅祁氏分七縣之一，兩《唐書·溫大雅傳》謂「太原祁人」，是沿襲地望；至唐溫氏族人繁衍，已不止在祁也。

句中「清源」之字面本意，雙關地名「清源」；而動詞「揚」，對字面本意而言是揚棄之揚，對地名而言，則是揚棄之棄。庭筠稍運文心，不但表達了對溫氏開國功勳和忠正門風的自豪，而且巧妙地順便表達了籍貫所在。「揚南紀之清源」等於說了兩句話：離開南國的第二故鄉和發揚祖先本有的清正家風。二者都不是需要隱藏的深意，而其表達方式卻很少被人全看破。其出人意表、類似雙關的修辭手段，頗令人瞠乎其後，姑名之曰「複筆」。

作者文筆如此狡黠，什麼藝術手段他不能用呢？至於「南紀之清源」，即南國佔籍所在，從溫《百韻》詩「行役議秦吳」句看，應在吳地，具體何處，疑似之間，雖然有些猜測，仍尚難論定。因「南紀之清源」之語，我們找到了溫的「北國」籍貫所在。而「南國」之「清源」本身反而相當難猜，大概是個字面和「清源」意思有點相似的地名。安史之亂後，關中士人多南遷。如《舊唐書·權德輿傳》（卷一四八）有「兩京蹂於胡騎，士君子多以家渡江東」。溫氏先祖很可能也是其時移居南國的。

在此重論溫之生年問題。當年筆者以《上裴相公啟》（《全集》卷十一）「至於有道之年，猶抱無辜之恨」中的「有道之年」為郭有道郭泰的亡年四十二歲，並且考證《上裴相公啟》啟主是裴度，投啟時間是開成四年首春，而定溫生於公元七九八年（見《溫庭筠生年新證》載《上海師範學院學報》，1984年第一期）。原文語境是：

> 某啟：聞效珍者先詣隋和，蹶養者必求倉扁。苟無懸解，難語奇功。
> 至於有道之年，猶抱無辜之恨。斯則沒為癘氣，來撓至平；散作冤
> 聲，將垂不極。此亦王公大人之所慷慨，義夫志士之所歔欷。

啟文開頭說明自己前來投啟的原委。獻寶者先去見隨侯、和氏這樣的識

珠玉的人，治病的一定求倉公和扁鵲這樣的名醫。若無裴公之懸解的大力，很難完成不尋常的事功。我已交四十二歲郭有道（郭泰）之卒年，還無罪而蒙受奇恥大辱，這種情況真使我死了也會化為瘴癘之氣，來煩擾公之清政。此案也是朝廷王公大人為我慷慨不平，社會上義夫志士為我感嘆唏噓的。

此處的「有道之年」，就有人認為不是用典，而只是習慣性誇飾當時時代正當「有道」的年月，並認為以別人的亡年稱自己年齡屬於不倫。從溫為詩為文的習慣而言，他有時能造語而令人悟不盡。以上的「清源」就是一個很好的包藏意外內涵的例子。他也能用典而令人看不出。現在面對溫直接在字面上用典的例子，要說他不是用典，是需要證明的，不能只憑印象，而漠視作者本意。作者的本意很明白，他正處在幾乎被害死、至死也不能吞嚥的屈辱和誣陷中，作惡者簡直令人神共憤。作者的苦境已經無以復加，乃至於向自己仰慕的尊長毫無保留地傾訴了自己的冤情和憤怒，他還誇個什麼時代，還顧忌什麼用古人卒年稱自己年齡吉利與否？即使「有道之年」是虛與委蛇地走過場歌唱一下時代，用這個詞語同時兼自報年齡，也合乎溫的修辭習慣；而用「郭有道」的典故，不但表達了他的道德自信，而且強調了賢人受屈的奇冤，極大地增強了求懇的力度。是再恰當不過再自然不過的用典！不識者不為過也。

其實，溫詩文中確有一些特殊用語如「長者」、「衡軛相逢」、「祀親和氏璧，香近博山爐」、「不霑澣汗之私」、「楚國命官」、「可異前朝」、「牽軫」（均見後文）等，有的字面簡單，令人反而不知應如何求解；有的藏深意，卻又求解不成。得解之後，就不會以「有道之年」之用典為奇了。

（二）宗室姻親、公侯裔孫

我們從有關記載和溫的自述推斷他是溫彥博七世孫；且是溫西華的親孫。《新唐書・文苑傳下》（卷一二八）載庭筠為「彥博裔孫」。《東觀奏記》卷下亦云，溫為「彥博之裔孫」。從《新唐書・溫大雅傳》（卷九一），知大雅、彥博、大有兄弟三人，皆有唐開國之重臣。在李淵「肇基景命」的過程中，都曾卓有功勳而封侯拜爵。「高祖從容謂（溫彥博）曰『我起兵晉陽，為卿一門耳』」便是對溫家功名事業的肯定。溫氏和唐皇室之興息息相關，而忠於王事，也是溫家傳統。說到自己的家世，《百韻》詩第五韻自言「采地荒遺野，爰田失故都」。句下原注：「余先祖國朝公相，晉陽佐命，食采於并、汾也」。接下來第六韻「亡羊猶博塞，放馬倦呼盧」。承上由祖業說到自己，謂雖祖上後來以

忠直失官，自己猶不改其道；現在只好退出科舉求仕的努力，表達方式不可不謂新奇。「亡羊」句，本《莊子》（外篇卷三）《駢拇篇》「臧與穀，二人相與牧羊而俱亡其羊。問臧奚事，則挾策讀書；問穀奚事，則博塞以遊。二人者，事業不同，其於亡羊均也。」溫變用穀因博塞而亡羊之典，其義承第五韻之「失」，謂即使亡羊（即使「爰田失故都」），猶博塞不止；實以「亡羊」喻失去祿位，而「博塞」則喻其失祿位之因，當指溫氏傳家忠直之道也。「放馬」，原作「牧馬」，疑由「放馬」（意同「歸馬」）訛誤而致，用法出《尚書正義·武成》（卷十一）：「乃偃武修文，歸馬於華山之陽，放牛於桃林之野」——本言偃武息兵，此喻放棄競爭，故接「倦呼盧」，謂倦於「博塞」、「呼盧」之賭勝，即厭倦於求仕之奔競也。

提到自家今昔變化，他曾說「梓柱雲楣，獨居蝸舍；綺襦紈袴，已臥牛衣」（《上宰相啟》二首之一），其中叫窮部分語帶誇張，誇富部分卻好像真是他幼年的記憶。「梓柱雲楣」，梓木做的柱子和有雲狀紋裝飾的橫梁，標志相當等級的官宦第宅。那麼，庭筠究竟是彥博第幾代孫？他父親狀況又如何？使他還能看到其家族如此繁華的景像呢？

據陸耀遹《金石續編》（2020 年 5 月上海古籍出版社出版）卷十一《唐八》之《溫佶神道碑》及《元和姓纂》卷四，自溫君攸以下，接其子溫大雅、溫彥博兄弟，以下每代各舉嫡傳長子或唯一被記錄下來的一人，得如下溫氏簡譜二：

譜一：1. 溫君攸；2. 溫大雅（黎國公）；3. 溫無隱（工部侍郎）；4. 溫晉沖（范陽令）；5. 溫仁禮（長史）；6. 溫景倩（南鄭令）；7. 溫佶（太常丞）；8. 溫造（官終禮部尚書）；9. 溫璋（咸通八年為京兆尹）。此據近年新出土《唐故太常丞贈諫議大夫溫府君神道碑》而定（《新唐書·溫造傳》「臣五世祖大雅，外五世祖李，臣犬馬之齒三十有二。帝奇之，將用為諫官」，是以溫景倩為一世祖而計算的，與一般將祖父計為二世祖不同）。

譜二：1. 溫君攸；2. 溫彥博（尚書右僕射）；3. 溫振（太子舍人，其弟挺尚高祖女千金公主）；4. 溫翁歸（庫部郎中）；5. 溫續（閬州刺史）；6. 溫曦（駙馬太僕卿，尚睿宗女涼國公主）；7. 溫西華（駙馬祕書監同正，尚玄宗女平昌公主）；8. 溫場（身世職務不詳）；9. 溫庭筠？

我們把溫庭筠（798～866？）放在溫場後面，是如下這樣推測的。把溫與溫造（765～835）溫璋（？～870）父子各方面做對比，可斷他與溫造父子

同宗，應比溫造低一輩，與溫璋同輩。劉禹錫（772～842）有贈溫造《美溫尚書鎮定興元以詩寄賀》（《全唐詩》卷三六五），對溫造剛毅果敢鎮定興元叛亂高度讚揚。劉與溫造應是同輩朋友；劉又與庭筠的業師李程（770～842）是同輩摯友，故李程、劉禹錫，乃至溫造都比庭筠長一輩。溫造則不但在社交意義上長一輩，而且在溫氏宗譜上也比庭筠長一輩，一般應成立。此證雖不嚴格，但結論應是準確的。溫有《上首座相公啟》，啟題有誤或有別解；但溫以宗侄投啟溫造，應可論定，此處為免支蔓不再詳解。

溫晚年作《寒食節日寄楚望》二首之二（《全集》卷九）末聯「獨有恩澤侯，歸來看楚舞」，竟戲自稱「恩澤侯」。據《漢書·外戚恩澤侯年表》（卷十八），所謂恩澤侯，主要指因受皇帝私恩而封侯的皇室親戚、包括駙馬都尉。而在以上二簡譜中，根據《新唐書·諸帝公主傳》（卷八三），唐高祖李淵女「安定公主，下嫁溫挺（彥博次子）」；睿宗女「涼國公主，先嫁薛稷之子薛伯陽，後降溫曦（彥博玄孫）」；玄宗女「宋國公主，始封平昌。下嫁溫西華（涼國公主與溫曦子），又嫁楊徽。薨元和時」。《涼國長公主神道碑》（《全唐文》卷八三）有「子西華扶杖而立，茹荼以泣」句。可見溫曦和溫西華，分別是睿宗和玄宗女婿。溫戲自稱恩澤侯，當因這層與唐宗室的關係。溫曦是庭筠的曾祖父，而溫西華則是其祖父。

這種關係，又見於《百韻》詩第94韻「何所託葭莩」句。葭莩，蘆葦中的薄膜，常喻帝王的遠親。《漢書·中山靖王劉勝傳》（卷五三）「今群臣非有葭莩之親，鴻毛之重。」《漢書·鮑宣傳》（卷七二）：「董賢本無葭莩之親，但以令色諛言自進」。故本句謂與唐皇室沾一點遠親也無可依託。

還有一證，即《上裴相公啟》「暗處囚拘之列，不沾渙汗之私」兩句。囚拘，涉帝王變服而被困之典，與溫開成五年《百韻》第84韻「魚服自囚拘」中之「囚拘」同義而且同指，典出張衡《東京賦》「白龍魚服，見困豫且」（《文選》卷三），詳見劉向《說苑·正諫》（卷九），伍子胥諫吳王勿從民飲酒曰：「白龍化為魚，漁者豫且射中其目；白龍上訴天帝，天帝曰：魚固人之所射也；今從布衣之士飲酒，臣恐其有豫且之患矣。」此處以「囚拒」代指「魚服」的皇帝，即「受制於家奴」的文宗。故「囚拘」句，不但指自己被列入黑名單而將被捉捕，還指暗中被宦官當成文宗密黨而欲加以囚禁。所以下一句「不沾渙汗之私」，非言霑不上文宗私恩（私恩還是霑了的），而是說霑不上「渙汗」的私恩。渙汗，語出《易·渙》「九五，渙汗其大號」；朱熹《周易本

義》「九五巽體，有號令之象，渙汗謂如汗之出而不反也。」私，指以私恩受封；如此，「霑渙汗之私」就是以姻親受封而恩寵始終不衰；「不霑渙汗之私」，就是帝王恩渥不能「一出不復收」而（不得不）中斷。這種說法本身實暴露了此啟上於溫從遊莊恪太子之後（當然在「等第罷舉」之前）。溫能從遊太子，除受重臣裴度、尤李程推薦，更靠恩澤侯這層關係被文宗看中，成為莊恪太子侍從，《百韻》詩所謂「霜臺帝命俞」是也；只是在太子被害死後，文宗本人更「受制於家奴」，不如赧、獻，形同囚拘，再也顧不上溫了，故因私恩而發之任命不能貫徹到底，所以溫有「不沾渙汗之私」之嘆。此處所謂「私」恩之「私」，正指溫與唐王室的姻親關係。

（三）太學從師、少年喪父

溫《上裴相公啟》云「自頃爰田錫寵，鏤鼎傳芳。1 占數遼西，2 橫經稷下。3 因得仰窮師法，竊弄篇題。思欲紐儒門之絕帷，恢常典之休烈。4 俄屬羈孤牽軫，葵藿難虞。處默無食，徒然夜嘆；修齡絕米，安事晨炊！」

這一段意思是：1. 自昔日先祖封田傳位、卓立功勛以來，到自己這一代已是「占數遼西」了。2. 其後是「橫經稷下」、即入太學的經歷。3. 仰窮師法，入太學也是開始從師的經歷：因而自己能師從仰慕的名儒（李程），尊敬而努力仔細研究他的學問，致力於吟詩作文之道；立志補綴儒家絕學，發揚其美好偉大的常典。4. 然後描述羈旅孤兒牽引著樞車、即父親亡故的事件，及其後生活陷於困頓。此四件事，以下依次解釋（但為了方便，把 3.「仰窮師法」移後為（八）。

1.《晉書‧趙至傳》（卷九二）「趙至⋯⋯年十四，詣洛陽，遊太學，遇嵇康。」後「年十六遊鄴，⋯⋯隨康還山陽，⋯⋯及康卒，至詣魏興見太守張嗣宗。甚被優遇。⋯⋯嗣宗卒，乃向遼西而占戶焉。」趙至先「遊太學」後「占數遼西」；溫則先「占數遼西」而後「遊太學。」這算是變用典故了。自比嵇康忘年友趙至，與他在詩文中屢自比嵇紹可以相參。考慮溫入太學前的年齡，所謂「占數遼西」是否指溫先祖早已遷至的江南某地，即前文所謂「南國之清源」？亦難論定。

2. 溫最終離開幽居的江南「清源」遊歷四方之前，曾至洛陽太學讀書而「橫經稷下」。稷下，借稷下學宮指當時的一官辦學校。《百韻》詩第 47 韻「泮水思芹味」句用《詩‧泮水》「思樂泮水，薄採其芹」，也以自己曾在所謂「泮水」讀書，指自己的太學經歷。鑒於溫平生入讀官學應只有一次，所謂「稷

下」與「泮水」應指同一官學。而由溫《投憲丞啟》「某洛水諸生，……曾遊太學」云云的直接敘述，知此「官學」即洛陽太學。少年能入太學其實也從一方面說明了溫的父祖輩官品之高。《新唐書・選舉志》（卷四四）「太學，生五百人，以五品以上子孫、職事官五品期親若三品曾孫及勳官三品以上有封之子為之；……凡生，限年十四以上，十九以下；……元和二年，東都國子館十人，太學十五人。」東都太學生名額甚少，地位頗為優越；根據太學生的年齡限制，可證溫在太學就讀時的年齡當在十四至十九歲之間。更重要的是，他能入太學這個事實本身就說明當時尚有前輩餘蔭可霑，這就再次證明溫祖輩之官品必須至少是五品或以上（順便指出：溫曦，太僕卿，從三品；溫西華，祕書監同正，正三品）。

　　3.「因得仰窮師法，竊弄篇題」是說自己在太學有了機會，拜師學藝，極盡努力研究其詩文之道。這裡所涉及的老師，是名副其實的授業老師，而且為溫終身敬仰的業師，對溫畢生之為人和為文有重大影響。此人乃李程也。這就是《上襄陽李尚書（李程）啟》「此皆寵自升堂，榮因著錄」和《上紇干相公啟（紇干臮）》「此皆揚芳甄藻，發跡門牆。……丘門用賦之年，相如入室」等語中所指推薦溫侍從莊恪太子的李程。李是當時名儒，又是宗室丞相，仕德、順、憲、穆、敬、文、武七朝，與柳宗元劉禹錫為同道摯友。《舊唐書・李程傳》（卷一六七）「程藝學優深，……而居師長之地」。溫的啟文中多次提到他。除上舉數例外，《上封尚書啟》「丘門託質」、《上蔣侍郎啟》其二「從師於洙泗之間」等都是例子。連溫早年由庭雲改名庭筠，後來開成四年應京兆府時改名溫歧，字在蒙，都是受老師的影響而取老師文章中的字眼。下文將專門討論李程在為人和為文上對溫庭筠的特別影響。

　　4.「俄屬羈孤牽軫」是說，在太學不久，自己便在羈旅中遭父亡之不幸，成為孤兒而牽引著柩車歸葬父親了。牽軫，就是（執紼）而牽引軫車。《禮記・深衣》「如孤子」注：「三十以下無父稱孤」。軫，軫車也，即柩車、喪車，本是一種無幬（喪車上用以裝飾的覆蓋物）之柳車（喪車）。宋聶崇義所纂輯漢鄭玄、晉阮諶、唐張鎰等人所傳之《三禮圖集註》卷十九「柳車名有四：殯謂之轊車，葬謂之柳車，以其迫地而行則曰蜃車，以其無幬則曰軫車。」「羈孤牽軫」一句話，包含著父親死難的重大消息，含蓄著多少悲哀淒涼！至此，溫所能直接享受的祖蔭基本上斷了。他想「纂修祖業」，已很難了。順便說，此處詳解之，是因沒有注者提過「牽軫」之正解。

在溫陳述他至開成五年為止平生經歷的《百韻》中與此處「羈孤牽軫」等句相應的是第 51 韻「事迫離幽墅，貧牽犯畏途」；言其後（很可能是三年守喪之後）為事所迫、為貧所累，不得不離開所隱幽居，走上兇險仕途。而第 52 韻「愛憎防杜摯，悲嘆似楊朱」，謂踏上仕途之始，自己就受到宦官的迫害，而仿徨歧路，不知所之。可見溫與宦官的仇恨起自上一代，與其父死因有關。父亡之後，溫失去經濟上的依仗，連粗茶淡飯也吃不上了（遑論求學）。自己像吳隱之（字處默）冬日無被，夜晚受凍；如王胡之（字修齡）無米下鍋，難為早餐（吳、王事均見《世說新語》及《晉書》本傳）。父親逝世，如此重大之事，溫卻如此含混帶過，當因父被害，啟主裴相公知之，不煩多言也。其事發生在「羈齒侯門」之前；即踏上仕途漫遊四方之前，估計在元和末。

（四）自比嵇紹、痛恨「程曉」

在以上的基礎上，我們研究溫自比嵇紹之隱曲，以及鹽鐵院事件的冤結（詳見《文史》第三十八輯拙文《溫庭筠江淮受辱本末考》），並從這些間接涉及溫父親的文字，推出溫與宦官有殺父之仇。

只要涉及其父，溫文每隱約暗示，尤引人注意者，他常自比嵇紹。連魚玄機《冬夜寄飛卿》（《全唐詩》卷八○四）也說「嵇君懶書札，底物慰秋情」，居然直接稱溫為「嵇君」了。《感舊陳情五十韻獻淮南李僕射》（《全集》卷六）首聯「嵇紹垂髫日，山濤笠仕年」，自比嵇紹，而將求託的對方李僕射（紳）比作嵇康託孤的山濤。《晉書‧山濤傳》（卷四三）「與嵇康、呂安善，後遇阮籍，……康後坐事，臨誅，謂子紹曰「巨源在，汝不孤矣。」又《上令狐相公啟》「嵇氏則男兒八歲，保在故人」，語本嵇康《與山巨源絕交書》（《文選》卷四三）「吾新失母兄之歡，意常悽切，女年十三，男年八歲，未及成人，況復多病，顧此恨恨，如何可言？」溫自比嵇紹，經常是一串連喻。他用此喻的頻度迫使我們考慮其用喻的深度：他的父親如嵇康一樣也是被害的，應是喻內之義。下引《上吏部韓郎中啟》各段不但重複強調地自比嵇紹，比對方為山濤，而且提到自己老大娶妻，求懇韓郎中，欲謀職揚子院為鹽鐵屬僚，而解決經濟上的拮据。其中頗用嵇康有關典實尤《絕交書》文意；由此不但可以肯定溫父是被害的，也可看出其被害與嵇康不同：是被宦官害的。

其一，「某識異旁通，才非上技。……郭翻無建業先疇（《晉書》卷九四），嵇紹有滎陽舊宅（《晉書》卷八九）」。旁通，博通融貫。嵇康《絕交書》「足下

旁通，多可而少怪。」這裡自稱如嵇康一樣，不是多方善變，其實是執著於自己的原則。上技，當作「上智」。《藝文類聚》卷三七沈約《七賢論》「嵇生（即嵇康）是上智之人，值無妄之日，神才高傑，故為世道所莫容」。這裡也是自謂「才戾於時」（見溫《上杜舍人啟》），不為俗世所容。他說自己如高士郭翻（即「野人舟」主人）在京都居貧無業，又如嵇紹在滎陽有舊宅。這四句中三句用嵇康有關典故，而強調性地自比嵇紹。

　　其二，「仲宣之為客不休，諸葛之娶妻怕早。倘蒙一話姓名，試令區處。分鐵官之瑣吏，廁鹽醬之常僚。則亦不犯脂膏，免藏縑素」。脂膏，《禮記·內則》「滫瀡以滑之，脂膏以膏之。」比喻富厚的地位。不犯脂膏，指用不著對方資財相助。免藏縑素，謂不埋沒我這粗陋之才。縑是微黃絹，素是白絹，其色皆織成時所帶二字合成一詞，應指人本來材質；《淮南子·齊俗訓》（卷十一）「縑之性黃」。又解，「縑素」或當作「簡素」，簡樸無華的材質。這裡提到自己多年漂泊如王粲，娶妻甚晚如諸葛。希望韓向上峰申報自己的姓名，加以識別和使用，讓自己成為鹽鐵院屬吏。使自己即可發揮才力，不敢煩對方破費。連諸葛、脂膏、縑素這樣的詞語，也容易被注解者弄錯。

　　其三，「然後幽獨有歸，永託山濤之分；赫曦無恥，免干程曉之門」。這裡也公然把韓郎中比成山濤，自言願如嵇紹長期依靠山濤的情分那樣，使湮沉無助的自己有了歸依，也就用不著為了生計公然厚顏去干求程曉（宦官）了。程曉，《三國志》（卷十四）本傳載，「嘉平中官黃門侍郎」；其職務雖非宦者所任，其中「黃門」字樣卻正好與嵇康《絕交書》中「豈可見黃門而稱貞哉」一句中的「黃門」相證，對《絕交書》也算是一種「暗引」。《文選》本文李周翰注「黃門，閹人也。」嵇康是被篡曹魏的司馬氏所害，非被宦官害；這一點與溫不同。溫父非李唐皇家所害，而是被宦官害的。在他多方面自比嵇紹的同時，用《絕交書》中的「黃門」語意，不但曲折表達自己對宦官的深刻仇恨，甚至可澄清人們對他自比嵇紹的可能誤會，當然，他是故意冤枉了程曉。

　　溫謀職揚子院，而不屑於干求盤踞在那裡的宦官勢力之代表人物。他不把「宦官」直接寫出，甚至不把可代指宦官的「黃門」直接寫出，卻拉了個與宦官無關的程曉來打掩護。只因程曉所任職稱有「黃門」字樣，乃以程曉的名字代指宦官，如此「冤枉」「程曉」，真是匪夷所思。但這正是我們解釋「程曉」這個「黃門（侍郎）」為宦官的文本證據。他干求韓郎中而求職，絕不肯

厚顏無恥地干求也在位操權的宦官。當時宦官甚為得勢，士人攀附宦官者並不少，而溫獨以攀附宦官為厚顏無恥；其原因當是宦官為其殺父仇人，忘父仇而干求之，是之謂無恥也。另一方面，他提及宦官的隱晦程度，正可反映當時宦官的勢焰薰天和橫蠻猖獗，也表明溫與宦官勢力的殺父之仇，正十分緊張，而要格外防備。這就是溫自比嵇紹的真正原因。換句話說，庭筠父確實是宦官害死的。僅憑這一點，便可知宦官對溫何等忌恨，專權而害死忠良者永總是防範和忌恨忠良之後，有先輩被害便是便是被忌恨的理由，何況溫並不是一個馴順的被害者，何況其時正在甘露之變剛發生之後。

或許有人會懷疑，宦官多是淺學無德之輩，溫哪裏用得著費如許周折、用程曉這個曾官黃門侍郎的人代指黃門，而代指宦官，來瞞過他們？他們能看懂嗎？事實上恐遠非看不懂。且不說宣詔宦官要懂駢儷文字，所謂「宦官」勢力，也並不一定都是受過宮刑、未受多少教育的皇帝家奴，當宦官橫行之時，朝中乃至州府地方的關鍵位置，往往有宦官的文人代表。應注意的是，揚子院這種商業關鍵機構，是作為當時工商雜類代表的宦官勢力之麇集處，這裡諂事宦官的文人不會少。溫謀職揚子院的行動本身（何況是為了娶妓妻），等於染指揚州鹽鐵之利，難免與仇人宦官勢力狹路相逢。應知「宦官勢力」是包含依附宦官之文人的。

（五）杜賣相傾，涉血有冤

讀《上韓啟》不問可知，結果是溫非但達不到目的，而且真的招致誣蔑迫害；啟文中提宦官再隱晦也沒有用。該啟提到的諸事，無論時間（開成元年）、地點（揚州揚子院）、事由（娶妻籌備資財而謀職鹽鐵院），已經構成了馬上就要發生的溫在江淮受辱於宦官勢力（所謂程曉）的鹽鐵院事件之諸要素。從上文我們看到溫的身世和個性，他是不羈之才，率性而任真，詩賦冠於一時。他是名相之後，皇室姻親，其父被宦官害死之後，一直「羈齒侯門」、「旁徵義故」，周游四方，沉淪下僚。甚至未曾問津科舉之途。年已四十，老大未婚。就在他為婚事做準備，謀職揚子院，求為鹽鐵屬吏部之際，所謂「江淮受辱」事件發生了，簡直是命定地發生了。這是溫平生到當時為止遇到的針對他個人的第一次重大打擊；也是幾乎覆蓋他一生的謠言所自。這場災禍發生在溫庭筠成婚之際，我們也可稱之為婚姻之禍。

從他出生，家庭的顯赫變成朦朧的記憶，他自己奔走四方謀生，憑著文才做個小吏，用他自己的話「常恐澗中孤石，終無得地之期；風末微姿，未卜

栖身之所」（《投憲丞啟》）。他雖自知已在強風之末，卻不甘因此沉淪，與命運的逆鋒不斷抗爭。

「婚姻之禍」中，畢竟發生了什麼？下文我們將看到這個事件的多種文本敘述。前引《上吏部韓郎中啟》是「江淮受辱」原始文件，序號為1。下引《上裴相公啟》一段話也是正面表述婚姻之禍的重要文字，序號為2。然後我們把相關文字記錄，包括作者各種場合的表述和後代記錄，排序至10，互相比較，而求其真。非常有意思的是，在各種說法中，溫庭筠對受辱事本身及後果的敘述是最可信的。這不但說明他敢愛敢恨，也說明他敢作敢當。而這種個性自然影響他的仕途。

2（前接「安事晨炊」）既而羈齒侯門，旅遊淮上；投書自達，懷刺求知。豈期杜摯相傾，臧倉見嫉。（守土者以忘情積惡，當權者以承意中傷。直視孤危，橫相陵阻；絕飛馳之路，塞飲啄之塗。涉血有冤，叫天無路。此乃通人見愍，多士具聞。徒共興嗟，莫能昭雪。）

這是《上裴相公啟》第二段。先說「羈齒侯門」。羈齒，語出《左傳昭元年》（《十三經注疏》，頁2026）「鍼（秦公子名）懼選，且臣與羈齒，無乃不可乎」？「羈齒侯門」，說自己在父親亡故後，從此多年與羈客同列，開始了遊宦的生涯，謀食侯門。此與溫《上令狐相公啟》（約大中二三年上）言「旁徵義故，最歷星霜」意思可以對比地看：後者謂多方尋求父祖故舊，歷經多年艱難曲折。旁徵，廣泛訪求；義故：以恩義相結的故舊，正反映溫之父祖輩門生故舊頗多而有影響；星霜：星位隨季而移，霜則秋寒而降，故「星霜」謂艱難流年也。值得注意的是，在這段時間，他一直沒有問津科舉之途；《上崔相公啟》所謂「矍圈彎弓，何能中鵠」也提到自己參加考試也不會考中；這又反映由於家世，他多年宦遊而不能參加考試。這裡的「羈齒侯門」時間很長，大致起於長慶初年（821），包括遊京洛、窺塞垣（約822或823）、入蜀（約827～832）、盤桓匡廬、遍行關內江南等等，直到「旅遊淮上」（開成元年）尚如此。溫的行蹤所及，在溫集中雖可找到一些有關線索，已很難考訂各段旅行的精確時間了。

「羈齒侯門」之末，「旅遊淮上」之時，溫「投書自達，懷刺求知」，指的就是《上韓郎中啟》本身。「豈期杜摯相傾，臧倉見嫉，」謂哪裏預料到自己就遭受了杜摯（賈）臧倉者流（宦官勢力）的傾害（見《溫庭筠江淮受辱本末考》及《溫庭筠百韻詩考注》前引）。其惡劣的結果是，地方官不管舊情而對

自己多積惡念，操政柄者更承其意對自己誣蔑毀謗；都公然蔑視我孤危之人，毫無忌憚加以迫害；不但堵死我中進士的途徑（絕飛馳之路），連謀一個瑣吏位置而養家餬口的路也橫加阻斷（塞飲啄之塗）。親人有冤屈的命案他也無法上訴皇極，有喋血的冤枉啊。滿朝上下、朝野內外都同情他，為他嘆氣，但不能為他雪冤啊（這種情況，非因宦官專權而何，而且是牽連到甘露之變的冤枉）。這就是發生在開成元年的鹽鐵院事件、或謂婚姻之禍。其晦氣所被，不僅開成元年當時蒙受侮辱，也是他此後二十年「厄於一第」的苦因。由於謠言滿天飛，當時乃至後代雜說，對其事發生的時間、原因、結果和性質，捕風捉影、各有異說，連正史也不能免俗。

以上「涉血」，《文苑英華》卷六五七原文作「射血」，是因字音而誤改。不通，應改回。涉血，義同喋血，形容殺人眾多，血流遍地。丘遲《與陳伯之書》（《文選》卷四三）「朱鮪涉血於友於」李善注「〔涉〕與喋同。」《漢書・文帝紀》（卷四）「今已誅諸呂，新喋血京師。」顏師古注「如淳曰：殺人流血滂沱為喋血。喋……本字當作蹀，蹀謂履涉之耳。」二句謂在所謂「杜摯」、「臧倉」造成的血腥災難中，自己也牽連冤枉，而無法辯白和上訴皇極。按此實指甘露之變後形勢，溫所以自稱「有冤」者，除其父早為宦官所害，又因其「親表」當朝元老宰相王涯被殺。

溫本人對其事有忠實的交代，可惜往往因為場合不同，而只是隱晦或不全面的交代，容易造成誤解，我們可分析溫在不同場合的自白，對比各種誣蔑和猜度，仔細分辨對比之後，不但豐富事件的細節，也可看出，歸根結底，溫是忠誠面對其所作所為的。

（六）買妓為妻，積毀銷骨

3 溫《百韻》詩第82、83兩韻「客來斟綠蟻，妻試踏青蚨。積毀方銷骨，微瑕懼掩瑜」就提到「江淮受辱」的因果。其中「客來斟綠蟻」者，說自己乘興而飲酒（很可能是在娶妻之宴上）；「妻試踏青蚨」者，其實是「試妻踏青蚨」的倒裝；「踏青蚨」就是不惜錢財；全句解作為了娶（妓為）妻而不惜錢財；其中的「試」有嘗試、犯難、冒險的意思。用五個字概括溫之不惜千金娶妓為妻之事，嫌刻琢而近晦，所以後代文人鮮見得其正解者。此二句其實是說下一韻自己遭致「積毀銷骨」的根本事因，即在江淮買妓為妻的事端。下一韻謂自己害怕這個「微瑕」導致的無窮毀謗簡直要把自己吞噬而否定其全人。買妓為妻就好比是「掩瑜」之「微瑕」。這兩句話是溫開成五年冬對事件

的反思和總結。在唐代，士人出入青樓，甚至駿馬換小妾，沒什麼錯失，反而是意興豪邁的表現；但是如果認起真來，要買妓為妻，還是觸犯一點律法的；所以溫承認自己有「微瑕」。如此「微瑕」，官方都很少過問，卻被最為道統所不容的宦官勢力拿來做文章，頗有點諷刺性。

4 溫會昌二年所寫《感舊陳情五十韻獻淮南李僕射》（《全集》卷六）也提到此事。「旅食逢春盡，羈遊為事牽。宦無毛義檄，婚乏阮修錢」。這裡前二句說自己當此春末之時，羈旅在外，是因有很多政治上脫不開的瓜葛和牽累；接下來，他描述自己做官不像毛義那樣能接到官方任命的檄文，結婚而沒有阮修那樣有名流為之斂錢為婚的排場，與 3 不謀而合，其言也不過是向李僕射（紳）訴說自己在江淮受辱的原委：因為結婚缺錢，求告揚子院故交才導致無數誣蔑、中傷。

5 溫《上鹽鐵侍郎（裴休）啟》「強將麋鹿之情，欲學鴛鴦之性。遂使幽蘭九畹，傷謠詠之情多；丹桂一枝，竟攀折之路斷」我硬是把狂放不羈、縱其所欲、尋花問柳的麋鹿野情，來效法琴瑟和鳴、夫妻恩愛、雙飛雙宿的鴛鴦馴性。這就使得九畹幽蘭，傷心於無窮謠詠的毀謗；而那一枝丹桂，竟然斷絕了我攀它的道路。這裡的意思是把狎妓之情變成婚姻之樂，說的似乎含蓄而非常真實，其事就是為妓女贖身、買妓為妻，而橫遭誣蔑的情事：這是溫庭筠坦率誠真的自我表白。他因此竟像屈原好修那樣遭到群小的攻擊，被誣為「善淫」，竟因此長期不能中第而落魄窮途。娶妓為妻，這唐人小說一樣的情節，真實地發生在溫庭筠身上。而對裴休的訴說方式也甚為別致，可謂誠心為知己者言，敢於說明自己的情和性，而且終身不為自己的選擇後悔。

6 溫《偶遊》（《全集》卷四）詩有句「與君便是鴛鴦侶，休向人間覓往還」；《懊惱曲》（《全集》卷二）說到「玉白蘭芳不相顧，青樓一笑值千金。」在這兩首愛情頌歌中，溫也表達了確實對此女有「鴛鴦之性」，並且為了這位青樓女子的「一笑」，傾其所有，不惜千金為之贖身，確實花掉了求懇韓郎中所得。這些證據能若合符契地證明溫買妓為妻事的各個細節，應非偶然。

（七）婚姻之禍，謠言不極

當時社會上的傳言和別人的看法，就完全是另一回事了。前文引述《上裴相公啟》「敷作冤聲，將垂不極」時，筆者故意將其現代漢語翻譯和說明留到現在。不極，本言無限度、沒有窮盡。語本《禮記・儒行》（《禮記正義》卷

五九）：「流言不極」，鄭玄注之曰：「不問所從出也。」《孔子家語‧儒行解》王肅則注之曰：「流言相毀不窮極也。」「垂不極」，意思是不但謠言無窮，而且在謠言上定格，傳之無盡後世，被長期誤會下去，飛卿不幸自言而中也，慘哉。我們也得把本來發生之事和後來的謠傳都加以說明，盡可能指出種種不實之說形成或惡意發酵的歷史過程。

7《玉泉子》曰：「初將從鄉里舉，客遊江淮間，揚子留後姚勖厚遺之。庭筠少年，其所得錢帛，多為狹邪所費。勖大怒，笞且逐之，以故庭筠卒不中第。其姊，趙顓之妻也，每以庭筠下第，輒切齒於勖。一日，廳有客，溫氏偶問客姓氏，左右以勖對。溫氏遂出廳事，前執勖袖大哭。勖殊驚異，且持袖牢固，不可脫，不知所為。移時，溫氏方曰：『我弟年少宴遊，人之常情，奈何笞之。迄今無有成遂，得不由汝致之。』復大哭，久之方得解。勖歸憤訝，竟因此得疾而卒。」姚勖其時官位遠非揚子留後，當是位在韓郎中之下的吏員。「厚遺」溫錢帛者，也不是姚，而是韓郎中。至於把溫「笞而逐之」，姚勖只是被傳說成這樣的角色。「多為狹邪所費」與《百韻》「妻試踏青蚨」，只是同一事件的不同表述。前者太簡嗇而近晦，後者含輕蔑而失真，把溫寫得像個花花公子。溫姊執姚勖袖不放、使姚因此「得疾而卒」之情節，令人很難置信；託之於其姊，是為增加其可信度；我們連溫是否有此姊也持懷疑態度；因為溫買妓為妻時已非年少（39歲），其姊安能不知，還說什麼「我弟年少宴遊，人之常情」的話？如此為溫辯護等於借此肯定溫狂游狹邪的謠言。溫為妓女贖身而向揚子院故交求助的行為在《玉泉子》成書時已被誤傳成此等模樣，難怪後代有人發揮想像解之為向妓女乞討、或溫把所得錢財全用來嫖娼，越傳離事實越遠了。另外，溫因與宦官的仇恨而在江淮受辱，受辱之後因不甘受辱而到處訴冤，而加深了宦官對他的仇恨，乃至對他加倍報復，使他幾十年厄於一第；歸根結底，溫長期不能中第，是因宦官對他持續的仇恨。

8《舊傳》「咸通中，失意歸江東，路由廣陵，心怨令狐綯在位時不為成名。既至，與新進少年狂遊狹邪，久不刺謁。又乞索於揚子院。醉而犯夜，為虞侯所擊，敗面折齒。方還揚州訴之。令狐綯捕虞候治之，極言庭筠狹邪醜跡，乃兩釋之。自是污行聞於京師。庭筠自至長安，致書公卿間雪冤」。這個記述竟誤把江淮受辱的時間定為咸通（860～874）中而無端錯怪令狐綯，又把《上吏部韓郎中啟》投啟韓郎中求助這樣的事誤解為「乞索於揚子院」，而

無端誣蔑溫（當時已經垂垂老矣）「與新進少年狂遊狹邪」，無中生有地硬編了他和令狐綯的故事，把他大中不得志歸罪令狐綯。這種時間的錯位，極大地誤導了後世學者對溫庭筠生平的考證。所謂「自是污行聞於京師」也很滑稽。溫咸通七年（866）去世，離「咸通中」（咸通共十四年）有幾年？難道臨死之前還有此等經歷？可見《舊傳》之荒唐和不負責任。這段話唯一的價值是表明庭筠有冤要雪。其中把虞候和溫「兩釋之」的說法，如果合乎事實，倒可能是開成元年（836）溫受辱時，當時的鹽鐵轉運使令狐楚所為，但此事已完全不可考。

9《新傳》「去歸江東。令狐綯方鎮淮南，廷筠怨居中時不為助力，過府不肯謁。丐錢揚子院，夜醉，為邏卒擊折其齒，訴於綯。綯為劾吏，吏具道其汙行，綯兩置之。事聞京師，廷筠遍見公卿，言為吏誣染」。對《舊傳》多沿襲，唯改成「為吏誣染」近是。所謂「吏」者，應是宦官勢力的代表人，即屈從宦官勢力的吏員。

10 孫光憲《北夢瑣言》卷四「吳興沈徽曰：溫舅曾於江淮為親表檟楚，由是改名焉」。這話也是溫「江淮受辱」事件的一種簡化和歪曲；雖然話很短，梳理清楚卻很費時。

為弄明白這幾句話的本來意思，我們需要介紹前文《上吏部韓郎中啟》所列舉的原文「其三」句子之前的一段話「升平相公，簡翰為榮；中箱永秘。頗垂敦獎，未至陵夷。」這段話有闕文。能看出的大概意思是感激「升平相公」為自己寫信，希望他對自己的誇獎和推薦仍然有效。筆者曾推證「升平相公」應是王涯，並且根據王涯封清源縣男，認為王是溫的「清源」同鄉長輩。只是上啟當時王已在此前的甘露之變中被害。溫開成四年《上裴相公啟》「涉血有冤，叫天無路」之言，說到自己在甘露變中有喋血的冤情（有親人冤死於甘露之變）而求救無門，指的就是王涯被害事。此事也在《百韻》詩「威容尊大樹，刑法避秋荼」提到：那本來要尊崇依賴的大樹已經倒下（指王涯之死），所以作者才不得不逃避繁如秋荼的刑法，而「遠目窮千里，歸心寄九衢」；（此即《舊傳》所謂「庭筠自至長安，致書公卿問雪冤」也）。又，溫在《經故翰林袁學士居》詩中，自比謝安的外甥羊曇，而實以謝安比王涯，可見王涯可謂溫的長輩「親表」。

由此我們可玩味「吳興沈徽曰」的話了。研究溫在鹽鐵院事件受辱的程度，畢竟是「笞且逐之」（《玉泉子》），還是「為虞候所擊，敗面折齒」（《舊

傳》），或「為邏卒擊折其齒」（《新傳》），或「*為親表檟楚*」（《北夢》）？這幾種說法有差別。兩《唐書》只說因「犯夜」而被傷害的程度。《玉泉子》以「笞且逐」溫的人就是「厚遺」他錢財的官方代表姚勗，就把溫說的很不堪了。而最惡毒的是《北夢瑣言》所記的「為親表檟楚」，就是被自己的長輩親表痛打。這是怎麼一回事呢？溫在江淮之所以受到宦官勢力的迫害，因為他是宦官的仇人、宦官久欲教訓他。當時正值甘露之變後，溫卻貿然拿著王涯的推薦信，前來謀職，自然會遭到宦官的打擊，也太不小心了。「為親表檟楚」，原應作「為親表遭檟楚」，即因為親表王涯的緣故遭到鞭打；但刪掉「遭」字後，「檟楚」者不再是姚勗，倒成了溫的「親表」。這已經夠滑稽。不知何人又在「溫」後加上「舅」字，於是傳謠者沈徽成了溫的外甥。《太平廣記》（卷一九九）所引《北夢瑣言》就沒有這個「舅」字。蓋「曾」字模糊，容易被誤認為「舅」，誤認成「舅」後，再參舊本，就成了「舅曾」皆有的版本。以上所說的刪「遭」、加「舅」而造成新情節的情況，是由於宦官勢力散佈的謠言占了上風，而使文人社會在相當長的歷史時期內對溫頗有偏見。

至於溫因江淮受辱而「由是改名焉」，說法近是而不確。溫與宦官早為仇敵，受辱前多年未能應進士；開成四年應京兆府試，經由有司同意，不得不改名就試。所以應改成「由是改名應京兆府試焉。」

在此應順便說明，溫對於婚姻的態度是很嚴肅的。以上開成五年《百韻》「妻試踏青蚨」、會昌二年《五十韻》「婚乏阮修錢」涉及的「妻」都是一人。這人也是溫大中六年《上鹽鐵侍郎啟》所言與共遂「鴛鴦之性」的「鴛鴦侶」、為之一揮千金的妻子。他在約大中二年（848）《上令狐相公啟》中說「*戴經稱女子十年，留於外族；嵇氏則男兒八歲，保在故人*」（見後）。這句話的一層意思是自己的女兒已十歲，兒子才八歲。皆與他在江淮買妓為妻而結婚的開成元年（836）相符合。這個兒子就是溫憲，女兒就是嫁給段成式之子段安節者（見《南楚新聞》）。這位女主人公，其後便是溫終生之妻，溫不顧社會偏見和律法，敢於娶地位遠低於自己的妓女為妻，這本是唐代傳奇一樣的情節。溫對淪為為妓女的這位女士的身心的兼愛，對於女性美的高度的審美鑒賞，確實高於許多薄倖多情的文人，其實是可圈可點的，而且值得深究。但他特別的文學表達、離奇的遭遇和根深蒂固的被誤會，都令人為之浩嘆。溫以名相之後、超群之才、不羈之性和宦官之仇的身份，娶青樓女子為妻，又謀職揚子院以為女贖身。結果招來他生前死後揮之不去的無窮誹謗和誣蔑。這算

是命運悲劇，也可看作性格悲劇。但他始終沒有屈服於命運，他到死都一直在積極抗爭。

（八）前修長者，文風所自

溫出生在如此一個家庭，自幼又有這樣的經歷。加上從師的經歷，使他很早就有一種文學的自覺，而刻意地描繪他近乎是命定的、帶有悲劇意味的人生。我們故意把他對自己詩文風格的總結，當成他的「夫子自道」，放在此處特別研究，以便於由此鳥瞰他的藝術人生。

李程對溫為人為文影響可謂至巨。這種影響，尤見以下《上蔣侍郎啟》（二首之一）的話「頗識前修之懿圖，蓋聞長者之餘論。顓愚自任，并介相忘。質文異變之方，驪翰殊風之旨。粗承師法，敢墜緹緗」。其中首二句含一般和特殊的雙重解釋而特別有趣。

初讀此「頗識」二句，如汎汎而言；但細味之，所謂前修懿圖、長者餘論云云，必有所專指。因作者所「頗識」與「蓋聞」者，引導溫達到了深化的人生認識和獨特的文學造詣，明顯含具體而與眾不同的內容，只用泛指解釋不夠。試詳解之：前修，泛指前代有修為者，出《楚辭・離騷》「謇吾*法夫前修*兮」；又因屈原取法前修，而專謂屈原為人們共仰之前修也。長者，泛指年高德劭者，特指溫之業師李程。前者如《漢書・陳平傳》（卷四十）「門外多有長者車轍。」後者則見《新唐書・李程傳》「程為人辯給多智，然簡傲無儀檢，雖在華密，而無重望。最為帝所遇，嘗曰：*高飛之翮，長（讀若常）者在前。卿朝廷羽翮也。*」原來溫師李程還有這樣一個外號。懿圖，美好的謀劃。餘論，高論、宏論，激揚之論。《史記・太史公自序》「作辭以*諷諫*，連類以爭義，《離騷》有之。」此即「前修之懿圖」，也是李程詩文創作之旨趣所在，飛卿詩文諷諫之旨所祖也。至於「長者之餘論」，指飛卿為人為學多有所聞於李而為李所襃揚也。一言以釋之，飛卿遠師屈原，近師李程也。此種藝術表達手法，如前文提到的「清源」，可稱之為「複筆」。是溫所特有的一種祖於民歌而有所創新的藝術手段。

正因「前修之懿圖」、「長者之餘論」在為人為文上的影響，溫才達到以下境界。一是為人之「顓愚自任，并介相忘」的作風，謂不管出處仕隱，總堅持自己的愚昧（實際上是原則）。顓愚，蒙昧愚蠢也，是謙稱自己偏執不知變通。并介，能獨善兼濟也，語出嵇康《與山巨源絕交書》「吾昔讀書，得并介之人。」劉良注「并，謂兼利天下；介，謂孤介自守」。并介相忘，指超越了

出處得失的精神狀態。

　　二是為文之道，或者說是溫「夫子自道」式地總結得自其師的詩文特點，即他的「質文異變之方，驪翰殊風之旨」。這裡首先是「質文」風格的互相變化，乃至相反相成，達到質文貫通。然後是「驪翰」習氣的與時推移，而兼善古今各種體式，達到古今貫通，包括對古今民歌和廟堂文學的得心應手。「質文」，此專指文風的質樸和華美、或質直和藻飾。《文心雕龍·時序》「時運交移，質文代變」；又《通變》「斟酌乎質文之間，而隱括乎雅俗之際，可與言通變矣」。驪翰（黑馬和白馬）殊風，代表不同時代的不同文風。《全唐文》（卷十三）李冶《敕建明堂詔》「雖運殊驪翰，時變質文」；《文選》王融《永明九年策秀才文》（《文選》卷三十六）「其驪翰改色，寅丑殊建，別白書之。……三王異道而共昌，五霸殊風而並列。」李善注引《禮記·檀弓》：「夏后氏尚黑，……戎事乘驪，牲用玄；殷人尚白，……戎事乘翰，牲用白」。鄭玄注「以建寅之月為正，物生色黑，黑馬曰驪。以建丑之月為正月，物生色白。翰，白色馬也。」「粗承師法，敢墜緹緗」八字承上，說自己在「質文異變」和「驪翰殊風」的理解和運用上大致得其業師李程之學，不敢荒棄師傳之秘。所謂「師法」，乃本師所傳、能成一家之言的學問淵源，此照應上文「長者」，還是指李程之教。緹緗，丹黃或淺黃書帙，因代指學問。

　　在「質文異變」與「驪翰殊風」理解的基礎上，在古今質文、雅俗融會貫通的基礎上，作者在《上蔣侍郎啟二首之二》中評價了自己的作品「味謝氏之膏腴，弄顏生之組繡。勞神焦慮，消日忘年。雖天分不多，尚慚於風雅；而人功斯極，劣近於謳歌。」這幾句自謂涵泳顏、謝之間，經過長期日夜苦思，形成自己豐腴華麗的風格。雖然自己天生的悟性不夠，所作詩還趕不上《詩經》風雅的自然真趣，但因費盡了個人功力，只能接近以《楚辭》為大宗的文人辭賦的風骨格調。膏腴，本指土地肥沃；喻繁富生動的詞彩。組繡，本謂華麗的絲繡服飾，喻繁富炫麗的文藻。鍾嶸《詩品上》謂謝靈運「興多才高，寓目輒書，內無乏思，外無遺物；其繁富，宜耳！」又評顏延之曰「體裁綺密，情喻淵深」，且引湯沐休曰：「謝詩如芙蓉出水，顏如錯彩鏤金。」又《南史顏延之傳》（卷三四）載「顏延之問鮑照己與謝靈運優劣。照曰『謝公詩如初發芙蓉，自然可愛，君詩如鋪錦列繡，亦雕繢滿眼。』」謳歌，語本《離騷》「甯戚之謳歌兮，齊桓聞以該輔」，當指楚辭。可見，在艷和素、濃和淡的風格選擇上，作者顯然偏好濃艷。

　　另外，溫在要求作史官的《上杜舍人（審權）啟》中自表其才具志尚也說「亦曾臨鉛信史，鼓篋遺文。頗知甄藻之規，粗達顯微之趣。」他說自己也曾寫信史，拜讀前朝遺文。所以很懂為文作詩選擇詞藻的方法，也大致知道使文旨顯現呈露或幽深隱蔽的旨趣。尤其後者，關於其記實文字的寫作原則，其實類似「春秋之筆」，值得特別注意。臨鉛，《佩文韻府》所引作「懷鉛」。《西京雜記》「楊子雲好事，常懷鉛提槧，從諸計吏訪殊方絕域四方之語。」「懷鉛」，懷藏鉛粉，「書寫」的意思（臨鉛，猶臨文）；懷鉛信史，就是寫信史。「鼓篋」與「懷鉛」一樣是動賓詞組，但作為古文一種特殊句法，仍可帶上賓語。鼓篋，本謂擊鼓開篋；《禮記·學記》（卷十八）「入學鼓篋，孫其業也」；鄭玄注「鼓篋，擊鼓警眾，乃發篋出所治經業也。」此處用如動詞，意謂開始拜讀、學習，而學習的對象是「遺文」，應是前代史家典範之文。甄藻，選擇辭藻；此處「甄藻之規」接上「鼓篋遺文」，正指為文作詩選擇詞藻遵循的方法。顯微之趣，《易繫辭下》：「夫《易》彰往而察來，而微顯闡幽」；這裡說到《易經》對於文學藝術的一種特別的影響：要彰顯過往的歷史和成敗得失，體察預見事務於未然；所以就能使玄微者被顯示，使幽深者被闡釋。從作品主旨的角度看，是顯露還是隱蔽、直言還是曲言之，當然都在作者有意識的控制之中。所以，文章主旨顯微、直曲也總在詩人的控制之中。

　　綜上言之，我們大體上可以這樣理解溫「夫子自道」的詩文風格。他有些詩文偏於艷麗，其實是有意如此的。無論是率意之作，刻意之作（如《百韻》詩），或得意之作（如《洞戶二十二韻》），古今、質文、雅俗、濃淡、艷素、顯微、直曲諸因素，總在藝術把握之中。他把詩文寫成什麼樣的風格，常常是自覺而為之。因為他能質能文，能古能今。能歌齊梁體，能唱盛唐音。能直能曲，能顯能隱，能賦忠臣志，能訴兒女心。能濃能淡，能淺能深。能囀黃鶯喉，能弄廣陵琴。能剛能柔，能屈能伸，能為別鶴操，能為臥龍吟。只是由於他平生遭際多為人曲解而處於險惡濁穢中，有時極力深藏其意，而使自表深心之文，反而被誤解。豈不憾哉。他的率意之作，一些一揮而就者，雖然酣暢淋漓，有時會落人詬病；刻意之作，則字斟句酌，往往用力過猛或藏意太深，常常會誤導讀者。而得意之作，則悠然得其中，洋洋乎美哉。但也是為知者言，非如白傅之令婦孺皆能會心者也。他色彩斑斕、變幻出奇的詩文，和他多難浮沉、一波三折的人生道路，也是一種自然的搭配。

二、侍從太子，紫霄漫窺

受辱之後，「庭筠自至長安，致書公卿間雪冤」(《舊傳》)。「庭筠徧見公卿，言為史誣染」(《新傳》)。他的種種社會關係和個人努力，使事情有了轉機，使他不但脫離污垢，而且居然有了侍從莊恪太子，直接為最高統治者服務的機會。

（一）升於桂苑、捧於芝泥

為行文簡單起見，僅舉《謝襄州李尚書（李程）啟》的關鍵證據加以證明。本啟見《文苑英華》卷六百五十三附「謝官」目下。啟文旨在感謝其業師李尚書之援引，使自己樗散之才，出乎意料而平步青雲。故戰戰兢兢，思盡厥職，以報師德，以答皇恩。

「豈知畫舸方遊，俄升於桂苑；蘭烏未染，已捧於芝泥」。這幾句說，自己想不到的是，正與李尚書遊處，接著就升到「桂苑」（當指太子左春坊司經局）；也沒有染跡御史臺，卻有了「捧芝泥」的高就（為太子司直）。句中對自己被提升所就職位的特徵描寫應該說是很到位的。

解釋：畫舸方遊，即正同舟而遊；《後漢書郭太傳》「林宗唯與李膺同舟而濟，士賓望之，以為神仙焉」。此暗用其事言與李尚書賓主相得。「升於桂苑」之「升」本身証明「桂苑」應代指一官署。「桂」作為宮名，見於《漢書‧成帝紀》（卷十）「帝為太子，……初居桂宮」，已與太子相關。「桂宮」與「桂苑」差一字。宮者，宮殿也；苑者，園林也；宮苑合謂宮廷加園林。桂宮關乎太子，桂苑亦然，不用「桂宮」而用「桂苑」者，諧平仄也。言桂苑者，表述任職之大體範圍也。與「桂苑」之名最相近的官署名是「桂芳館」或「桂坊」，即唐代「比御史臺」的太子左春坊司經局。它是什麼官署呢？

《舊唐書高宗記》（卷四）「龍朔三年，（太子詹事府左春坊）司經局改為桂芳館。」又《百官四上》「龍朔三年，改司經局曰桂坊，罷隸左春坊，領崇賢館，比御史臺；以詹事一人為令，比御史大夫；司直二人比侍御史，以洗馬為司經大夫。……改司經大夫曰桂坊大夫，糾正違失」。值得注意的是，《新唐書‧百官志》把以上「比」推演如下「景雲二年，……改門下坊曰左春坊，復置諭德，庶子以比侍中，中允以比門下侍郎，司議郎以比給事中，贊善大夫以比諫議大夫，諭德以比散騎常侍。右坊，則庶子以比中書令，中舍人以比中書侍郎。」此處左、右春坊比門下省、中書省，司經局比御史臺等之所謂「比」，即以東宮官制相比於整個帝國官制，而東宮官制是唐代輔助太子接班

的特殊職官系統。正是在如此類比之中，「桂苑」所指桂坊，即太子左春坊司經局，可相比於帝國官職系統中的御史臺；而司直之職，可比侍御史。當然，是比正式侍御史低一級的「準」侍御史而已，溫把這個職務當成真的侍御史來形容，可以理解。因為唐代「懷才不遇」的文人往往把自己有限的一段干政歷史誇大形容。例如杜甫平生唯一對朝政直接干預的機會，是以右拾遺為方琯上書唐肅宗，而幾乎得罪（《新唐書·杜甫傳》）。他一直到去世。作詩常提到其事。如「「不才同補袞，奉詔許牽裾「（《贈李八秘書別三十韻》（《全唐詩》卷二百三十）；「牽裾驚魏帝，投閣為劉歆」（《風疾舟中伏枕書懷三十六韻奉呈湖南親友》（《全唐詩》卷二三三）。這裡所用的「牽裾」，出《三國志·魏書·辛毗傳》（卷二五），辛毗冒顏直諫魏文帝，至於牽其裾，終使文帝勉強同意他的意見。辛在文帝時，「遷侍中，賜爵關內侯」，而杜甫只是右拾遺而已。他以「牽裾」自況，並沒有覺得過火。

蘭局，即蘭臺之門局，代指蘭臺。染，染跡，混跡於，行跡所至；《昭明文選》卷四十七晉夏侯湛《東方朔畫讚》「染跡朝隱，和而不同。」蘭局未染，謂身尚未至蘭臺。《漢書百官六卿表》「（御史中丞）在殿中蘭臺，掌圖籍秘書」。故《通典》（卷十九）云「後漢以來，謂之御史臺，亦謂之蘭臺寺。」又，《初學記·秘書監第九》（卷十二）「龍朔二年改秘書省曰蘭臺，……初，漢御史中丞在殿中，掌蘭臺秘書圖籍。唐以秘書省為蘭臺，即因斯義也。」可見在唐代「蘭臺」二字，雖一度可稱秘書省，其本義仍指御史臺，而在此處指「比御史臺」的太子左春坊司經局。「蘭局」二句，對比上句，應顯示詩人所任職務的具體執掌。就其原意推理，須「染跡」蘭臺之門局，方能如御史「捧於芝泥」；則今所「染跡」者，非蘭臺也。既非蘭臺，又能「捧於芝泥」，則今所在官署與蘭臺有可比，仍是左春坊司經局；而今雖非御史，卻是可比侍御史的司直。

芝泥，即印泥。捧芝泥，一般指掌大印的機密之職，如崔彥撝（868～944）《真澈禪師寶月乘空之塔碑銘》「下臣忽捧芝泥」（《唐文拾遺》卷六一）；尤指御史臺侍御史、御史中丞等職，如吳融《和睦州盧中丞題茅堂十韻》「芝泥看只捧」（《全唐詩》卷六八五）；上官儀《和贈高陽公》「薰爐御史出神仙，雲鞍羽蓋下芝田」（《全唐詩》卷四十）；薛濤《贈蘇十三中丞》「今日芝泥檢徵召，別需臺外振霜威」（《全唐詩》卷八百三）。這是因為，「芝」在唐代所見神仙傳說中已成侍御史的特徵詞。例如「句曲山上有神芝……第五名曰玉芝，

剖食拜三官正真御史」（《後漢書·馮衍傳下》「食五芝之茂英」句李賢注引《茅君內傳》）；「句曲山五芝，……第四芝名夜光洞鼻，食之為太清左御史。第五芝名料玉，食之為三官真御史」（溫好友段成式《酉陽雜俎》卷二）「玉格」）。「仙官食眾芝者為御史」（陶弘景《真誥》卷五）。最後，「芝泥印上，玉匣封來。坐觀風俗，不出蘭臺」（《庾子山集》卷十二引《漢武帝聚書讚》），說明御史「在殿中蘭臺」「捧芝泥」。司經局「司直二人（正七品上），比侍御史」，是「捧芝泥」角色。故溫染跡其中，應在司直之位。

還應指出，桂宮蘭殿，乃至本句中的桂苑蘭局，雖可泛稱宮殿臺省，更可專指太子東宮官署；《初學記·皇太子第三》（卷十）「桂宮蘭殿」條除引《漢書》成帝為元帝太子時居桂宮外，引「《漢武故事》曰：武帝生猗蘭殿，四歲立為膠東王，七歲立為皇太子。」推而廣之，連芝砌蘭局，也可指太子左春坊司經局。如溫庭筠大中時《上學士舍人啟二首》之一「亦有芝砌流芳，蘭扃襲馥」二句，說自己曾在「桂坊」任職類司直而頗有美聲。

溫不但以「捧芝泥」喻指自己在「比侍御史」的司直之位，而且直接以靈芝表現司直，例子如《洞戶二十二韻》「朱莖殊菌蠢，丹桂欲蕭森」。見下。考慮當時的歷史形勢，溫所擔任的司直，職責除「捧芝泥」、「掌彈劾宮僚，糾舉職事」（《舊唐書·職官志三》卷四八）外，應是生活陪伴、讀書引導的亦師亦友。溫的這個職務，以其經常陪侍太子而有其特殊的重要性。

（二）寵自吏尚，謝致襄陽

《謝李啟》繼續說「此皆寵自升堂，榮因著錄。勵鴻毛之眇質，託羊角之高風。日用無窮，常仰生成之德；時來有自，寧知進取之規。兢惕彷徨，莫知所喻。末由陳謝，攀戀空深」。

升堂、「著錄」二句，謂己被此寵榮，全因忝列對方門牆、為其升堂入室私淑弟子。接下去說要振奮微末的人才，不負此青雲直上的機會；故將永遠銘記老師的再造之恩。同時既思努力盡職，又誠惶誠恐，對離任的老師有無限攀戀之情。攀戀：本謂攀住車馬，戀戀不捨。《庾子山集註》卷十五《周車騎大將軍宇文顯和墓誌銘》「在州遘疾，解任還朝，吏人攀戀，刊石陘山。」此處是懸想自己告別李尚書時的眷戀，考句意頗似李尚書甫離長安原任而赴襄州不久。

前文「豈知」二句對所得職務之形容有範圍、有執掌，我們定之為太子左春坊司經局司直之位，尚有多例可對此驗證確證，尤《百韻》詩中。

　　參照溫的個人經歷，其從遊莊恪太子，當在開成元年「江淮受辱」之後與開成三年十月太子死之前。考慮溫開成元年在江淮受辱後「自至京師」「遍見公卿」奔走干求而成功需要時間，延至開成二年方有機會侍從太子。尤其《詩集》卷六《洞戶二十二韻》（該詩專寫溫從遊莊恪太子事）的敘事線索表明，溫以「仙郎」初見太子正當「霜清玉女砧」，即初秋所謂「玉女搗砧」之時；而經過「樹列千秋勝，樓懸七夕針」的風光時節，該詩後文又寫到秋風蕭瑟眾芳搖落，應是次年之秋；這時的「綠囊逢趙后，青瑣見王沈」，實際比喻狠毒的寵妃（楊賢妃）和猖獗宮掖的宦官（仇士良等）合謀害死了年幼的太子，所以說，飛卿開始侍從莊恪太子的時間應略早於開成二年秋（約在五六月間），而終於開成三年十月太子死前。

　　根據這個時段我們查索歷史，所謂襄州李尚書者，非李程莫屬。《舊傳》（卷一六七）李程「開成元年五月，復（按係自河中節度使）入為右僕射，兼判太常卿事。十一月，兼判吏部尚書銓事。……二年三月，檢校司徒，出為襄州刺史、山南東道節度使」《舊唐書·文宗紀下》所載更為精確「（開成元年）十一月甲申（十九日），以左（當為右，下同）僕射李程兼吏部尚書」及「（二年）三月甲戌（即三月十一日），以左僕射李程為山南東道節度使。」清吳廷燮《唐方鎮年表》卷四也引以上《文宗紀》材料，並以為李程任職襄州之時間為開成二年三月至開成四年八月。稱李為「襄州」復加「李尚書」是可以解釋的：溫本是自淮南至長安尋求老師幫助，而在長安之日，李程方掌吏部，溫當已經頻仍拜謁；上本啟之日，李程甫調襄州新職，故題中仍以李鎮襄陽以前之長安舊職稱之，補加襄州字樣而已；則此啟當作於開成二年三月李程調職赴襄陽之後不久。啟文最後一句「末由陳謝，攀戀空深」正說明李程已離開長安不久而在襄陽任上；溫自長安一別，「雖欲從之，末由也已」（《論語·子罕》），無由當面拜謝而空懷依依惜別之情。考慮李程自長安赴襄州就任的時間，從三月十一日得調令，遷延加上旅程，至少須月餘，至四月到任。則上此啟在四月之後。應強調者，溫以弟子身份竟不稱李曾任之高職（相公或僕射）而特別稱之為尚書者，除弟子稱師特有的變通外，正表明李是以吏部尚書之職權推薦溫從遊莊恪太子的。

（三）揚芳甄藻，發跡門牆

　　以下的《謝紇干相公啟》是溫從侍從太子的進一步證明。

　　某啟：某材謝楩柟，文非綺組。間關千里，僅為蠻國參軍；荏苒百

齡，甘作荊州從事。寧思羽翼，可勵風雲；豈知持彼庸疏，栖於宥
密。回顧而漸離緇垢，冥升而欲近烟霄。榮非始圖，事過初願。此
皆揚芳甄藻，發跡門牆。丘門用賦之年，相如入室；楚國命官之日，
宋玉登臺。一日光陰，百生輝映。末由陳謝，伏用兢惶。

大意：本啟（下簡作《謝絃》）先自言本廓落之才，久沉下僚。本想不到
能展翅風雲之上，以凡俗之才，居機密之位；在逆境中向上高升、直近九霄，
而回看前塵，自然遠離了蒙受毀謗的污濁環境。這種殊榮不是溫開始就能夢
想到的，當然遠遠超出了他的初願。但是經由「揚芳甄藻」而「發跡門牆」，
自己竟能「相如入室」、「宋玉登臺」。最後鄭重申明感謝之忱。

解釋：庸疏，謂平庸疏淺。宥密，語出《詩·周頌·昊天有成命》：「昊天
有成命、二后受之。成王不敢康、夙夜基命宥密」；本謂寬仁安靜之政，引申
謂深邃機密之地，而代指嗣君密勿攸關的詔令、文書等役。「緇垢：黑色污泥，
喻卑鄙的中傷誣蔑。冥升，語出《易·升》「上六，冥升」指在困境中上進飛
升。「揚芳甄藻，發跡門牆」以下數句，道出一重要事實：官方甄拔才德之士，
而溫以其俊茂，加上業師奧援，被甄發擢揚。自己猶如孔門以賦為教時的司
馬相如，會因賦才優異而入室，也似楚國授官時的宋玉，以文才卓越登臺拜
受職位。「丘門」還指自己的業師，「楚國」云云，顯然指一不便明言的官署，
其實和《謝李》中的官職屬同一官署，即左春坊司經局。

溫有不時直接把李程比為孔子。又如「從師於洙泗之上，擢跡於湘江之
表」（《上蔣侍郎啟》二首之二），《禮記·檀弓》：「吾與女事夫子於洙泗之間」；
後因以「洙泗」代指孔子或大儒活動之地，此自指從師李程（「擢跡」句，按
溫庭平生被「擢跡」的經歷，唯有為莊恪太子東宮屬僚一事；相對於上句以
「從師洙泗」之喻從師李程，此句乃以「擢跡湘江」自言「擢跡」楚國，還是
說自己侍從太子之事。如上，「楚國命官之日，宋玉登臺」。這兩句把自己從
師李程、侍從太子事以比喻言之，實因蔣侍郎熟知其事也。若不深知溫之以
李程為業師對他終生的重大影響，而求之於洙泗之考證，就南轅北轍了。同
樣，若不知溫常用關於楚國的字眼來表達侍從莊恪的經歷，考證也會被導入
歧途。用「楚國」比喻有關太子事，此後竟成了溫的常用修辭手段。《全集》
卷十一《上封尚書啟》「雖楚國求才，難陪足跡；而丘門託質，不負心期」即
為一例。此句意為，我雖因左春坊（楚國）物色人才而難陪先生足跡；但沒有
辜負老師（李程）的期望，換言之，在被老師推荐佐太子期間，他是努力盡

職、頗得好評的。「丘門用賦，尋恥雕蟲」（上崔相公啟），也是類似的例子。
溫以楚國比喻莊恪太子有關事宜，當因「楚太子有疾」（枚乘《七發》，《文選》
卷三四）而發之於聯想的創造吧。

（四）書判考官，紇干推轂

那麼，紇干相公是什麼人呢？本啟與《謝襄州李尚書啟》（下簡作《謝
李》），皆載列於《文苑英華》卷六百五十三《謝官》條目下。溫終生仕途偃
蹇，我們本來就懷疑他究竟有幾次機會，能使他像《謝李》那樣「託羊角之高
風」，或像《謝紇》這樣「冥升而欲近烟霄」──說得如此隆重，都是直捷擢
升至高位；以溫之措辭的準確，即使語帶誇張，若不是真接近了帝王家，斷
不至用此等文字。而溫平生得以接近帝王的際遇，只有一次而已，就是侍從
莊恪太子。故二啟所謝之官都應指從遊莊恪太子時所任太子左春坊司經局司
直。只是在《謝李》中，用「豈知畫舸方遊，俄升於桂苑；蘭烏未染，已捧於
芝泥」之語隱括說出，而在《謝紇》中，用「楚國命官」、「棲於宥密」婉曲道
明而已。更令人不得不信服的是，無論是《謝紇》所言「揚芳甄藻，發跡門
牆」，還是《謝李》所言「寵自升堂，榮因著錄」皆清楚表明，溫是經由其業
師的推舉薦引，才得此寵榮而有此「發跡」，才「顧循虛淺，實過津涯」而「榮
非始圖，事過初願」的。不能設想，經一個業師，溫有兩次如此扶搖直上的際
遇；同樣很難設想，溫有兩位業師都曾薦引他平步青雲。我們研究了紇干履
歷之後，定之為元和十年登第的紇干臮（徐松《登科記考》卷三），就更難同
意，溫庭筠會將比李程資歷相差二十多年的紇干也當作業師。一言以蔽之，
《謝紇》、《謝李》二啟，實為同一事件而寫，為所得同一官而謝。謝李乃謝其
大力推薦，謝紇則謝其順水推舟也。

晚唐時，紇干氏顯宦者，唯有紇干臮，從紇干之仕履研究他與溫可能的
關係是有線索的。紇干臮，兩《唐書》無傳，但王讜《唐語林》卷四引趙璘
《因話錄》卷三云「開成三年，余忝列第。書判考官刑部員外郎紇干公，崔相
國羣門生也。公及第日，於相國新昌宅小廳中，集見座主。及為考官之前，假
舍於相國故第，亦於此廳見門生焉。是年科目八人，六人繼升朝序。鄙人蹇
薄，晚方通籍。勒頭孫河南轂，先於雁門公為丞。公後自中書舍人觀察江西。
又歷工部侍郎節制南海，累封雁門公。」

據徐松《登科記考》，趙璘乃大和八年（834）進士，故「開成三年（838），
余忝列第」云云，所指的是，趙璘是年經吏部銓選而中「博學宏詞」之選。王

讖《唐語林》卷四引《因話錄》「考官」作「書判考官」透露了消息。紇干泉雖不是知貢舉，他又確可稱為座主，因他是以「書判考官」的身份接見門生的，而他的門生是包括「制科」舉人在內的參加吏部「三銓」（尤「東銓」與「西銓」）者。紇干開成三年任吏部書判考官，由此逆推，他在開成二年當已充職吏部，擔任本啟所謂負責「揚芳甄藻」之職，而受李程的委託，使溫「發跡門牆」。反過來看，我們知道，溫是在開成二年受其業師李程的推薦入侍莊恪太子的，至開成三年紇干猶以刑部員外郎任「書判考官」而掌吏部銓選，當是本啟所言「揚芳甄藻」的繼續，而上本啟當在開成二年，約與《謝襄州李尚書》大致同時。我們已證《謝襄州李尚書啟》是庭筠開成二年春夏間投獻李程而「謝官」的，那麼本啟則是為得到同一個職位投寄紇干而「謝官」的。是李程任職吏部尚書時支使其下屬紇干泉錄用溫庭筠，而使溫因師門之誼（升堂著錄門牆云云）而有得官之榮。李程年輩資望為紇干之師長，又為紇干之上峰，紇干自然樂意應其託而使溫中選。

但本啟題目《謝紇干相公啟》中「相公」之銜，使很多考證者為之卻步，因統唐之世，也找不出一個姓紇干的相公來。趙璘稱之為「（書判）考官刑部員外郎紇干公」，給我們啟發：溫不是也可以同樣稱之為「紇干公」嗎？畢竟「刑部員外郎書判考官」的頭銜太長，官銜後半又非正式誥授，故溫原文恐寫成《謝（座主）紇干公啟》之類模樣，只是至《文苑英華》成書時或此前，已被人妄加了「相」字。

所以可以確定：本啟是為紇干泉幫助得官而表達感謝的；而紇干是「書判考官」，即吏部詮選中負責「書」和「判」的考官。據《新唐書選舉志》（卷三五）：「凡選有文、武，文選吏部主之，武選兵部主之，皆為三銓，尚書、侍郎分主之。凡擇人之法有四：一曰身，體貌豐偉；二曰言，言辭辯正；三曰書，楷法遒美；四曰判，文理優長。四事皆可取，則先德行。……凡試判登科謂之入等，甚拙者謂之藍縷。選未滿而試文三篇，謂之宏辭；試判三條，謂之拔萃。中者即授官。」溫庭筠當時並無功名，並無職務，他如何能有資格參加吏部這樣的銓選呢？愚以為，除了皇帝俞可、李程等推薦，紇干順水推舟等行動，其實是通過所謂「用蔭」而實現的。

《新唐書·選舉志》（卷四四）「凡用蔭，一品子，正七品上；二品子，正七品下；三品子，從七品上；從三品子，從七品下；正四品子，正八品上；從四品子，正八品下；正五品子，從八品上；從五品及國公子，從八品下。」溫

當時所得職位為太子司直（尚未實授），正式官品為正七品上，而溫西華所任「祕書監同正」，從三品。考察「用蔭」而授職的以上規定，用從三品之蔭得正七品之官是大致合理的。作為溫西華的孫輩已可合格，溫父所任職雖不可考，亦不在西華之下。「馬周以布衣有詔令於監察御史裏行」（《通典·職官六》），溫庭筠以駙馬都尉之孫為待除太子司直（相當於低一級的侍御史），相比之下，應很合理。或許，溫以布衣任職、時間太短，未及正式任命，至太子死而其事遂寢，致使溫自述說，「不霑渙汗之私」。

文宗在甘露之變後較前更重視羅致賢人輔佐太子，溫本身才德兼備、以身許國，先祖為開國功臣，歷代與皇家聯姻，又有李程這樣的宗室宰相、裴度這樣的元老重臣為之推轂，都成了他能以蔭入選，成為太子侍從的先決條件。一般大臣安能推薦一個普通文人（更不用說所謂無行文人）「升於桂苑」乃至「棲於宥密」來服侍太子？以李程這樣有四十多年忠事本朝經歷的宗室宰相、加上他開成元年至二年三月所任關鍵職務吏部尚書，他應是推薦溫庭筠入侍莊恪太子的最佳人選了。溫庭筠以蔭入銓選，應是所謂「揚芳甄藻」的文官之選，甚至似乎是一種特別的銓選，專選侍奉太子的人才。而《百韻》所謂「霜臺帝命俞」者，應該是文宗皇帝同意讓他居司直之位（如侍御史之「里行」，非實授），而待日後真除。只是事與願違，終於難成渙汗之私也。

無論如何，溫侍從莊恪，是不可否認的。他曾「棲於宥密」（《上紇啟》）、「捧於芝泥」（《上李啟》）；也曾因「蓮府侯門貴」以致有「霜台帝命俞」的榮耀，能夠經歷「寓直」、「分曹」、「承密勿」、「奉訏謨」（《百韻》第58～74韻）的日常事務，有「舊詞翻白紵，新賦換黃金」（《洞戶二十二韻》）的往事。在當時特殊歷史形勢下，溫的這個「宥密」仕履在溫本人文章詩賦及唐宋筆記雜說中每有雲龍霧豹一樣的透露。例如，《北夢瑣言》卷四（沈詢）「翌日簾前謂庭雲曰「向來策名者皆是文賦託於學士，某今歲場中並無假託學士，勉旃」一語似乎透露了消息。其意思是，這以前中進士者很多人文章詩賦假託於溫學士你，我今年的考場中沒有可以假託的學士（或解作「沒有假託於學士你），你對此事好自為之吧。觀上下文，「學士」一詞，用法甚怪。尊稱一個鄉貢進士為「學士」或者諷刺他而稱為學士，都沒有前例。唯一的可能，溫庭筠在此二十年前，曾侍從莊恪太子而任過崇文館學士一類職務，被沈詢偶爾說及。又徐夤《依御史溫飛卿華清宮二十二韻》（《全唐詩》卷七一一），詩題稱溫為

（侍）御史，當亦與溫為司直的經歷有關。

（五）太子宮臣，秘史實錄

下面的《洞戶二十二韻》是溫專寫自己忠誠侍從莊恪太子全過程的一首詩，根據作者的提示，我們可稱之為臥龍吟。其中第二十韻，揭露莊恪太子被宦官和楊賢妃合謀害死的歷史真相。詳見筆者《溫庭筠從游莊恪太子考論》（《唐代文學研究》，1983 年 1 月）。只因頗得新解，拈出單解之反而斷章取義，故簡單再解全詩於此。

洞戶連珠網，方疏隱碧潯。燭盤烟墜爐，簾壓月通陰。首二韻寫珠網遮蓋洞戶、碧水隱映方窗，燭爐墜落，月入幽深，以冷峻的寫景映出太子少陽院，似也暗示太子短暫悲慘的命運。

粉白仙郎署，霜清玉女砧。醉鄉高窈窈，棋陣靜愔愔。這裡不但以「仙郎」和「玉女」暗示溫與太子的君臣關係，也交待了二人初識的時間（秋初玉女擣砧之時）和地點（太子左春坊司經局下郎官官署）。似是在一宴樂場合，人皆酒醉棋迷。《白孔六帖》卷五「玉女帛石」：五代秦再思《紀異》曰「嵩山之上有玉女擣帛石。瑩徹光潔，人莫能測。岳下之人云：立秋前一日中夜，常聞杵聲響焉。」

素手琉璃扇，玄鬢玳瑁簪。昔邪看寄跡，梔子詠同心。頭戴玳瑁簪、素手持琉璃扇的一鬢齡少年出現了。與他的相逢雖同房屋頂的瓦松一樣毫無基礎，二人卻情投意和，如梔子同心。這個少年，就是本詩的主人公：莊恪太子李永。

樹列千秋勝，樓懸七夕針。舊詞翻白紵，新賦換黃金。正逢八月初五千秋節（唐玄宗生日），樹上掛滿彩勝。又值七夕，宮中樓閣上懸針乞巧。這裡「樹列」一聯，愚本以為是倒裝語序；經過反復思考，發現事實與此相反，時間已經過了一年。自然先說第一年的千秋節，後說第二年的七夕。這一年來，溫以詞賦之臣的角色，翻唱樂府舊曲成宮廷舞曲，也如司馬相如一樣，為王德妃寫詩作賦，欲挽君王喜新厭舊之心。至此為止，以上八韻雖句中用喻，尚是賦筆。

唳鶴調蠻鼓，驚蟬應寶琴。舞疑繁易度，歌轉斷難尋。這裡詠琴鼓並作，歌舞齊發，實示敗象已顯，殺機已露。第九韻是說，羯鼓緊緊催逼，如聞風聲鶴唳；寶琴急急相應，如見螳向鳴蟬。第十韻則說，觀舞姿繽紛，疑其尚易過接；聽歌聲哀轉，苦調已斷難續。這說的是太子母王德妃被楊賢妃向唐文宗

日夜譖毀，不依不饒，終在開成三年八月被賜死。

　　露委花相妒，風敧柳不禁。橋彎雙表迴，池漲一篙深。太子如弱柳嬌花，不堪秋風寒露。楊妃專寵而加害他，黨爭激烈而難保護他。尤其所謂橋彎池漲的宮苑秋色，被作者輕輕點染，竟寫出太子處處被逼、岌岌可危的形勢。注意此處上下文都是比喻。景中所含之喻，句句無虛言，讀者切不可輕輕放過。

　　清蹕傳恢圃，黃旗幸上林。神鷹參翰苑，天馬破蹄涔。當時文宗開延英殿大會宰臣、議廢太子。御史大夫狄兼謨雪泣以諫，宰輔重臣也都說太子國本至重，不可輕動。終使文宗暫時回心轉意。這裡畋獵喻廷議，神鷹天馬喻當事重臣，可謂妙筆生花。以上六韻，竟完全是是以比為賦了。

　　武庫方題品，文園有好音。朱莖殊菌蠢，丹桂欲蕭森。這時有一位像杜預一樣的人物正在品評群才（按此人應係裴度。李程是本師，此時不宜公開祖護自己弟子）。這裡等於說明了侍從莊恪太子，其後卻又能得「等第」的因果關係。「朱莖」句自言在司經局司直位上表現優異，故「丹桂」句說這時他幾乎可能登第了。這是個大好消息，它預示溫開成四年得「等第」（可惜開成五年慘遭「罷舉」）。

　　朱莖即朱柯；張衡《西京賦》（《文選》卷二）「濯靈芝以朱柯。」薛綜注：「朱柯，芝草莖赤色也。」又《全唐文》卷四四六史延《漢武帝齋宮產靈芝賦》「紫蓋與祥雲允合，朱莖將火德相冥」，可見「朱莖」確實代指靈芝。至於菌蠢，張衡《南都賦》（《文選》卷四）「芝房菌蠢生其隈」李善注「菌蠢，是芝貌也」，我們不妨解為「靈芝盛貌」。故「朱莖殊菌蠢」一句可深一步解為：溫在「比侍御史」的司直任上表現良好，所以其後在東宮路斷之苦境下，能受有關方面賞拔，而「丹桂欲蕭森」，乃至折桂有望，被京兆府薦名為「等第」而幾乎及第。順便說明，「朱莖」一聯是在侍從太子及等第罷舉後反思其全過程而寫。

　　綺帳回瑤席，華燈對錦衾。畫圖驚走獸，書帖得來禽。太子回少陽院後，驚悚不安，面對華燈錦衾，夜難成眠。那牆上的畏獸圖，似乎不是辟邪的，而預示著可怕的結局，而書案上的王右軍「櫻桃來禽」書帖仿佛暗示太子之位的誘惑乃是殺身之禍的原因。

　　河曙秦樓映，山晴魏闕臨。綠囊逢趙后，青瑣見王沈。終於曙光映秦樓（太子居處），晴日臨魏闕（文宗王朝），山河晏清，太子也似平安。然而變起

突然，狠毒如趙后的楊賢妃和橫行宮掖如王沈的宦官（仇士良等）合謀，害死了年幼的皇子。

任達嫌孤憤，疏慵倦九箴。若為南遁客，猶作臥龍吟。「我」生性放任曠達而且粗疏懶惰，也不想去抒發什麼孤憤而進言了。但為什麼我這南遁之客，還在作嵇康式的臥龍之吟啊。愚原解臥龍為諸葛亮，則臥龍吟為梁甫吟，雖說得過去，但解為嵇康更為恰切。《晉書・嵇康傳》載，鍾會挾私怨，言於晉文帝曰「嵇康，臥龍也，不可起。公無憂天下，顧以以康為慮耳。」這和溫總自比嵇紹是一致的。如此，臥龍吟，則是反對宦官的文學表達，本詩即一例。溫《感舊陳情五十韻獻淮南李僕射》「抑揚中散曲」更把嵇康臨刑最後彈的「廣陵散」，當作自己政治生命的象徵宮商，以中散曲之抑揚，來表達自己為理想而奮鬥的仕途中之成敗利鈍。

前文已言，溫在侍從莊恪太子時表現甚好，所謂「芝砌流芳，蘭局襲馥」是也。他《上封尚書啟》「雖楚國求才，難陪足跡；而丘門託質，不負心期」，是同樣的意思。雖因自己任職東宮，不能陪尚書足跡；但自己不負老師推薦，侍從太子，沒有辜負老師的厚望。這也和本詩第16韻「朱堇殊菌蠢，丹桂欲蕭森」互証。細味此詩，讀者不能不為之心折骨驚：作者竟然以典雅艷麗的語言，寫出如此一個纏綿凄惻的故事和深刻慘痛的政治悲劇，令人嘆為觀止。

（六）髫齡太子，短暫榮華

大和四年「春，正月，戊子）立（李永）為魯王」；（《通鑑》卷二四四）。大和六年「十月庚子朔詔魯王永宜冊為皇太子」，當時「天下屬心焉」（《舊唐書・文宗二子傳》）。這以後，尤其「甘露之變」後，文宗都對太子加意呵護，多選名儒為之傅、保；對東宮官員有非常頻繁的任命，表明他在宦官專權下極力扶植太子的厚望和苦心。

以下只是一個文宗任命太子屬官的簡單統計。1 大和五年，「劇選戶部侍郎庾敬休兼王傅，太常卿鄭肅兼長史，戶部郎中李踐方兼司馬」（《新唐書・文宗二子傳》）。2「莊恪太子立，擇可輔導者，乃兼賓客」《新唐書・高元裕傳》（卷一九○）。3「（大和八年），兼充皇太子侍讀，詔五日一度入長生院侍太子講經」（《舊唐書・陳夷行傳》（卷一七三）。4「（大和八年八月），……以莊恪太子登儲，欲令儒者授經，乃兼太子侍讀，判太常卿」（《舊唐書・王起傳》卷一六四）。5「（大和）八年，以莊恪太子在東宮，上欲以耆德輔導，

復以少師徵之」（《舊唐書·蕭復傳》卷一七三）。6「開成二年七月以宗直為太子侍讀，三年七月，詔宗直及周敬復令每遇雙日入對皇太子。九月。又詔宗直敬復依前隔日入少陽院」（《舊·傳》卷一七五）。7「（馮定）二年，改太子詹事。三年，宰臣鄭覃拜太子太師」（《舊·傳》（卷一七三）。8「開成二年，帝以（鄭）肅嘗輔導東宮，詔兼賓客，為太子授經。既而太子母愛弛，為讒所乘，廢斥有端。肅因入見，言天下大本，不可輕動，意致深切，帝為動容。然內寵方熾，太子終以憂死。」9「（開成二年秋）給事中韋溫為太子侍讀。晨詣東宮，日中乃得見。溫諫曰：太子當雞鳴而起，問安視膳，不宜專事宴安。太子不能用其言，溫乃辭侍讀。」（《舊·傳》卷一八〇）。「俄兼太子侍讀，每晨至少陽院，午見莊恪太子。溫曰：『殿下盛年，宜早起，學周文王為太子，雞鳴時問安西宮。』太子幼，不能行其言。……莊恪得罪，召百僚諭之。溫曰『太子年幼，陛下訓之不早，到此非獨太子之過』」（《通鑒》（卷二四五）。

「（開成二年）八月，庚戌，以昭儀王氏為德妃，昭容楊氏為賢妃」（《資治通鑒》卷二四五），楊賢妃開始擅寵，危機已暗伏。這是一個轉折點，從此太子便無助地走向宿命的終點。文宗對其子有始無終，首鼠兩端。至開成三年「八月，太子永之母王德妃無寵，為楊賢妃所譖而死」；「九月，壬戌，上開延英，召宰相及兩省、御史、郎官，疏太子過惡，議廢之」（《通鑑》卷二四六）。可見楊賢妃是害太子的首犯。文宗在宦官環伺的險惡環境下，為楊妃蠱惑，給太子加了罪名，不只是無能，而且是無智，害死兒子，文宗難逃罪責，也給他本人致命的打擊。

歷史則把太子的「罪名」和楊賢妃的惡劣作用都籠統含糊記下了：《通鑑》（卷二四六）云：（開成三年八月）「太子永之母王德妃無寵，為楊賢妃所譖而死」；又曰「太子頗好遊宴，昵近小人，賢妃日夜毀之。九月，壬戌，上開延英，……疏太子過惡，議廢之；……冬，十月，太子永猶不悛，庚子，暴薨」。《舊唐書·文宗二子傳》也說「開成三年，上以皇太子宴游敗度，不可教導，將議廢黜」。又《新唐書》卷八二《十一宗諸子傳》云「太子稍事燕豫，不能壹循法，保傅戒告，愁（yin，去聲，願意而）不納。又母愛弛，楊賢妃方幸，數譖之。帝他日震怒，御延英。引見羣臣，詔曰『太子多過失，不可屬天下，其議廢之。』」當時「羣臣勸諫，尤其狄兼謨流涕固爭，羣臣連章論救」，文宗才作罷，「詔太子還少陽院，以中人護視，誅幸昵數十人，……然

太子終不能自白其讒，而行己亦不加修也。是年暴薨，帝悔之」。《資治通鑑考異》（卷二十一「開成三年十月」）論曰「太子永非良死，但宮省事秘，外人莫知其詳。故《實錄》但云『終不悛過，是日暴薨』」。《舊唐書·鄭肅傳》（卷一七六）則提到「太子竟以楊妃故得罪」。王起《莊恪太子哀冊文》亦云「知東朝之降咎」。《史記·魏其武安侯列傳》（卷一○七）：「魏其銳身為救灌夫，……竊出上書。立召入，具言灌夫醉飽事，不足誅。上然之，賜魏其食，曰：『東朝廷辯之。』」《漢書·灌夫傳》（卷五二）「東朝廷辯之。」顏師古注引如淳曰「東朝，太后朝也。」雖以「東朝」曲指，也進一步佐證了楊賢妃的罪責。

從以上混亂的記載和評說，容易看出：其一，開成三年（838）時李永十一周歲，遠未成人，根本談不上如何「敗度」；文宗諮詢老臣，議廢太子，表示嚴肅其事；但是本來「質性可教」的太子現在如何「宴遊敗度，不可教導」了呢？《舊·文宗二子傳》（卷一七九）言太子「不循法度，昵近小人，欲加廢黜」云云是連其作者也不相信的託詞，所以又補充說：「時傳云：太子，德妃之出也，晚年寵衰。賢妃楊氏，恩渥方深。懼太子他日不利於己，故日加誣譖，太子終不能自辨明也」。可見文宗之所以對太子變了態度，完全是因楊妃之譖言，太子「過錯」，只是楊妃害他的藉口。其二，我們從韋溫和鄭肅作為輔導東宮的侍讀、授經官員對太子的不同態度可以窺見一點當時牛李黨爭動向。韋溫所謂文宗不教太子、「陷之至是」的說法不成立，文宗雖然受楊賢妃蠱惑而一時糊塗，這以前對太子卻是一貫加意呵護，並無不教之過。又，在當時牛李黨爭的暗流中，傳言楊嗣復嘗勸楊賢妃「效則天臨朝」（《通鑑》二四八），雖難以落實，至少從中可見牛黨對太子是支持不力。韋溫之言，明顯是在莊恪面臨困境、矛盾凸顯之後代表牛黨的一種推卸責任的飾詞。鄭肅所言「天下大本，不可輕動，意致深切，帝為動容」（《新唐書》卷一九五），其論劓切，可惜終不能插手帝王家事而改變形勢。其三，《通鑑》「太子永猶不悛」只是沿襲舊說，實與「暴薨」毫無因果關係。從文宗在莊恪死後「悔之」，也可見他後悔的是輕開釁端，給宦官可乘之機，無關太子過錯。溫詩「雞斷問安時」和王起《哀冊文》（《舊·文宗二子傳》）「問寢門而益恭」都說明太子問安、禮節無虧。其四，《通鑑考異》所云「太子永非良死，但宮省事秘，外人莫知其詳」是對的。溫庭筠《洞戶二十二韻》「綠囊逢趙后，青瑣見王沈」卻實際揭示了楊賢妃和宦官合謀害死太子的事實，這就是「外人莫知」的「其

詳」之要點，也是溫對真實歷史的貢獻。其五，實際上，甘露之變後，宦官「追怨文宗」（之參與策劃除宦官），一直尋釁報仇，囚拘文宗之外，又伺機殺死太子。所以太子之死可以看作甘露之變的餘波。

　　但當時宦官與楊賢妃如何合謀害死太子而卸掉責任，其手段則不得而知。文宗開延英議廢太子時，「神策六軍軍使（係宦官控制）十六人復上表論之」，說明宦官表面文章做得不錯；後來文宗追悔，「即取坊工劉楚才等數人付京兆榜殺之」，還說「陷吾太子，皆爾曹也」（皆見《新唐書·文宗二子傳》，卷八二），也只能殺幾個坊工、或小宦官為替罪羊；透露了「貴為天子，不能全一子」和「受制於家奴」的悲哀。武宗則雖「盡誅陷永之黨」，卻並不能觸動宦官根本。

　　溫忠心事皇家、竭誠侍奉太子、同情王德妃、痛恨宦官、對楊妃則持諷刺態度，有多首詩、文為證。太子之死不單是文宗的悲劇，溫庭筠的悲劇，也是唐王朝的歷史悲劇。溫侍從太子前後只有一年時光，雖難找到他被實授的原始官方文件（恐本無），但溫進入司經局侍從太子，是經過李程推薦、文宗認可、吏部考核，頗多有關官員從中支持的，皆班班可考。

（七）華夷之箋，「太子外交」

　　溫庭筠有《唐莊恪太子挽歌詞》二首（《全集》卷四）。

　　其一

　　　疊鼓辭宮殿，悲笳降杳冥。影離雲外日，光滅火前星。

　　　鄴客瞻秦苑，商公下漢庭。依依陵樹色，空繞古原青。

　　本詩題目中太子諡號「莊恪」本身就是對太子「宴游敗度」、「不能壹循法」等誣蔑的否定。首聯寫在疊鼓聲中，太子靈儀走出宮殿，悲哀的胡笳如從天而降。頷聯明寫殯儀情景：陰雲密佈，日在雲外而與「影離」；香火閃爍，星飛火前而隨「光滅」；暗喻文宗蔽於讒言疏離太子，導致太子年幼生命的凋謝。「影」，靈儀也，即太子畫像，亦代指其魂靈；雲外日，為烏雲所蔽之日，喻文宗。「光」，香火之光，兼喻太子生命；火前星，謂燒紙時明滅的火星；雙關心宿大火之前星，而指太子。《漢書·五行志下》（卷二七）「心，大星，天王也。其前星，太子；後星，庶子也」。頸聯寫太子宮臣瞻望文宗擁戴太子、宰臣在廷議中為太子執言。鄴客，本指鄴下文人，此代太子之宮臣。「秦苑」，本當為「魏苑」；「秦」諧平仄，亦因長安本秦地，其意則同「漢庭」，皆指代唐庭。商公，指出佐太子、以回劉邦易儲之心的商山四皓，喻力阻唐文宗廢

太子的宰輔老臣。尾聯謂陵樹青青，空繞古原；實說宮臣朝臣徒然努力救不了太子。

其二

東府盧容衛，西園寄夢思。鳳懸吹曲夜，雞斷問安時。

塵陌都人恨，霜郊賜馬悲。唯餘埋璧地，煙草近丹墀。

首聯謂太子既死，東宮儀衛虛設，「鄴客」只能「寄夢思」於昔日西園之遊，由本句已可見溫確有侍從莊恪太子的經歷，可由此推及全詩近距離的感受。東府，即東宮，為諧平仄而改。西園，由《藝文類聚》卷六二載曹丕《登臺賦並序》「建安十七年春，遊西園，登銅雀臺，命兄弟並作」，知即魏鄴都銅雀園，喻太子昔遊地。領聯說太子既薨，無復接遇賓客、問安父皇。「鳳懸」句，本以「吹（笙）曲」代指太子生前活動；笙身如鳳，吹笙而鳳尾高舉，就是「鳳尾高懸」。「雞斷」句則關乎《禮記·文王世子》「雞初鳴」時「至於寢門外問安王季」之典；雞鳴而時鳴時止，謂之「雞（鳴）斷」。這裡特別標出「懸」、「斷」二字，突出表現了作者懸心斷腸的悲哀和絕望。頸聯寫京城之人、甚至送葬的賜馬都在秋風中悲恨不已，側面透露太子非良死。尾聯說只剩這一方瘞金埋玉地，雖近在帝畿，卻隔茫茫草色煙雲；暗指文宗惑於寵妃而害死愛子、乃至更「受制於家奴」的慘淡現實。

姚合《莊恪太子挽詞二首》（《全唐詩》卷五百二）可資對比。

曉漏啟嚴城，宮臣縞素行。靈儀先鹵簿，新諡在銘旌。

雲晦郊原色，風連霰雪聲。淒涼望苑路，春草即應生。

首聯從旁觀角度寫拂曉時，服縞素的太子宮臣隊列走出宮禁。領聯則寫儀仗最前列的太子遺像和銘旌上大書太子新諡「莊恪」。頸聯寫風雪交加、天陰雲暗的悲冷環境和氣氛。尾聯之望苑，即漢武帝為戾太子所立博望苑，虛景也，指太子生前活動地。末句用《楚辭·招隱士》「春草生兮萋萋。王孫遊兮不歸」，寄託對太子之哀思；蓋莊恪葬於臘月十二日，臘盡則立春，故謂「春草即應生」。

其二

寒日青宮閉，玄堂渭水濱。華夷箋乍絕，凶吉禮空新。

薤露歌連哭，泉扉夜作晨。吹笙今一去，千古在逡巡。

首聯謂太子當冬寒之日死，陵寢在驪山，近渭水。領聯言太子之死使中華和夷狄之間的信箋忽然斷絕，今徒有追加諡號的哀榮。頸聯謂薤歌連帶哭

聲，送死者至朝暮與人間相反的黃泉。尾聯謂太子的形象永遠定格在眼前的悲傷時刻。

通過比較我們可以看出：姚合之作，雖表達了一個臣下的悲傷和哀悼，卻是從旁觀者角度描寫；雖涉及太子生前的某些公開活動，但對於太子處境及其死因，則無所涉，而感情則遠不如溫庭筠之銘心刻骨。然其詩中「宮臣縞素行」儼然提示我們「宮臣」行列中當有溫在。尤其姚詩中的「華夷箋乍絕」說的是因太子之死而導致了中國太子和某外國（王子）之間的詩箋斷絕，更為我們提供了一個「太子外交」的事件供研究。

溫詩《送渤海王子歸本國》（《全集》卷九）當與此有關。

　　疆理雖重海，車書本一家。盛勳歸舊國，佳句在中華。

　　定界分秋漲，開帆到曙霞。九門風月好，回首是天涯。

溫能寫詩贈外國王子送行，最可能是在為本國太子侍從文人之時。頸聯二句除表明兩國以（鴨綠）江為界、渤海國在東之外，點出寫詩其時是秋季。開成元年秋溫尚未侍從太子；開成三年秋，文宗開延英殿，議廢太子，太子已經處境危殆，無復有榮有暇應酬外賓，所以此詩應作於開成二年秋。當時唐文宗大力栽培太子，如有機會，他必樂於安排莊恪與外國王子相見，來給他開闊眼界、增長見識。頷聯「盛勳歸舊國」二句表明這位渤海王子已居中國相當時日而受封歸國，而且能詩善賦、至有佳句留傳中國。

當時渤海國王子來訪問並留學事，有以下有關記載：《舊唐書·渤海靺鞨傳》（卷一九九下）「（大和）六年，大彝震遣王子大明俊等來朝」；《冊府元龜》卷九七二《外臣部·朝貢》「文宗大和六年三月渤海王子大明俊來朝」；《唐會要》卷三六「附學讀書條」「（大和七年）三月，渤海國隨賀正王子大明俊並入朝學生共一十六人，敕渤海所請生徒學習，宜令青州觀察使放六人到上都，餘十人勒回」。《冊府元龜》卷一一一《帝王部·宴享第三》「（開成）二年正月癸巳，帝御麟德殿對賀正……渤海王子大明俊等一十人賜宴有差」；以及卷九七六《外臣部·褒異第三》「開成二年正月癸巳，渤海王子大明俊等一十九人宴賜有差」等。可見，溫詩中所為送行的渤海王子應是在中國居住了四、五年（大和六年至開成二年）的大明俊。其人當是開成二年秋回國，臨行與大唐太子李永之間有過從乃至酬和；溫作為太子的詞賦之臣因而有為太子寫此詩的機會，並因此留下了盛讚泱泱中華與渤海古國友誼邦交的不朽詩篇。

竊以為，雖然王起《莊恪太子哀冊文》中有云「覃訏之初，岐嶷用彰」，謂太子幼慧聰穎，但一個十一周歲的幼童，即使能臨席成詩，哪能很得體地應對來朝大國、頗諳中文乃至有「佳句在中華」的鄰國王子。另一方面，溫作為太子的中下等侍從，恐不夠級別直接入座而置身兩國王子之間、贈詩外國王子；他也沒有別的可能私下和渤海王子過從。溫詩只能是為莊恪而作，並是以太子之名而發表。換言之，莊恪太子送別渤海王子的詩應是出於溫手，本篇即是也。其詩當時傳為太子作，後來被歸入溫詩集。當時因溫之詩擴大了「國際影響」，為大唐爭光。所以當時的局外人姚合就只聽到了太子能詩之譽。而溫作了詩能算在太子頭上，絕無埋沒之嫌，這是溫的光榮。這也應算作溫侍從太子時所建功勳之一。這也算是泱泱中華和渤海古國友誼邦交的歷史小流星。

莊恪太子李永之死實為甘露之變的餘波。太子慘死後，溫作為太子近侍，陷入平生最黑暗危險的境地，雖然得貴人之助而絕處逢生，而且幾乎又上青雲，但事實徹底粉碎了他的夢想。

（八）上訴隆私，夷直濟溺

以下我們研究《上裴舍人啟》（見《文苑英華》卷六六二及《全唐文》卷七八六）。

> 某自東道無依，南風不競，如擠井谷，若泛滄溟。莫知投足之方，
> 不識棲身之所。孫嵩百口，繫以存亡；王尊一身，困於賢佞。

大意：先言自從失去東道主的依靠後，自己處境危殆；就像人之落入深井，又像井魚之泛於滄海，不知道何處安身立命。不知道何所依投，何所棲身。幸虧自己就像遇上孫嵩這樣好人的趙岐一樣，得舍人以全家百口的性命安危保護我於大難之中。而我的處境卻像漢朝王尊一樣，在朝廷中的輿論有褒有貶，眾議喧騰。

解釋：東道，《左傳・僖三十年》「『若舍鄭以為東道主。』東道無依，自謂失去所依東道主。」南風不競，《左傳・襄十八年》「師曠曰『無害，吾驟歌北風，又歌南風，南風不競，多死聲，楚必無功』。」孔穎達疏曰：「師曠以律呂歌南風音曲，南風音微，不與律聲相應，故云不競」。此處自謂侍從太子而太子橫死之後，言行處處有險。「東道」二句應為互文，可讀為「東道不競，南風無依」，暗含東道主亡故、自己仕途艱危意。因「南風」句類似歇後，能直接啟示「多死聲，楚必無功」，即東道主（太子）死後自己失去依

託，陷入險惡處境。重複地說，「楚」字，即使暗含在溫詩中，也每暗涉莊恪相關事。又如《百韻》「祀親和氏璧」（「和氏璧」產於「楚」，即暗喻太子親近的賢人）、《上封尚書啟》「楚國求才」、《謝絨啟》「楚國命官之日」等。井谷，語出《易・井》：「井谷射鮒（蝦蟆）」。此謂低下、險惡之境。若泛滄溟，本謂如浮行大海，茫然無所棲止。《藝文類聚》卷七六引南朝梁張綰《龍樓寺碑》有「蓋聞井魚之不識巨海，夏蟲之不見冬冰，故知局於泥瀯者，未測滄溟之浩汗」句。「孫嵩」句，《後漢書・趙岐傳》（卷六四）：趙得罪宦官，家屬宗親皆為所殺；懼禍逃難四方，賣餅北海市中，過孫嵩，孫自稱：「我北海孫賓石，闔家百口，定能相濟」；趙因而藏於孫嵩家複壁中數年。此用其事，意在感謝裴舍人曾似孫嵩幫趙岐一樣救助自己、使免於被宦官捉獲。「王尊」句，《漢書》本傳（卷七十六），尊為官廉潔，不畏豪強，「一尊之身，三期之間，乍賢乍佞，豈不甚哉」！此以王尊「三期賢佞」自比，自言受到朝中很多褒貶。這裡，趙岐以自喻是肯定的。孫嵩比裴舍人也應無疑問；看此處是因行文的邏輯（先說對方後說自己），看全文則是情理的必然。證見下。

> 伏念濟絕氣者，命為神藥；起僵尸者，號曰良醫。自頃常奉緒言，
> 每行中慮。猥將瑣質，貯在宏襟。今則阮路興悲，商歌結恨。牛衣
> 夜哭，馬柱晨吟。一笈徘徊，九門深阻。敢持幽款，上訴隆私。

大意：在下想到救治斷氣之藥是神藥；能起死回生者叫良醫。從以前我就總遵奉舍人激發之言，說話合理，行事合情。因此我才把渺小的身家性命交給您闊大的胸襟期待保護。現在我如阮籍慟哭窮途，像甯戚扣牛角而悲歌；似王章身穿牛衣半夜啼哭，效司馬相如早晨在升仙橋柱上題詩，我懷著滿腹的經緯進退失據，被重重阻隔於皇家天聽之外。所以我斗膽把自己深深埋藏的心曲，向瞭解我的大恩人傾訴。

解釋：《史記扁鵲列傳》載扁鵲救治已死之趙簡子、虢太子，皆「濟絕氣」、「起殭尸」也。又《後漢書・趙壹傳》（卷八十下）載《窮鳥賦序》「昔原大夫贖桑下絕氣……秦越人還虢太子結脈」亦是其例。二句自喻身陷絕境，必期對方妙手才能得救。行中慮，《論語・微子》「柳下惠少連，降志辱身矣。言中倫，行中慮，其斯而已矣」。「孔（穎達）曰「但能言應倫理，行應思慮。」牛衣夜哭，用王章窮窘悲傷事，見《漢書》本傳（卷六一）。「馬柱」，用司馬相如題橋柱事自期終能出頭。此「馬」為「司馬」之略寫。《史記》司馬相如本傳「蜀人以為寵」句《索隱》引《華陽國志蜀志》云「蜀大城北十里

有升仙橋，有送客觀也。相如初入長安，題其門云『不乘高車駟馬，不過汝下』也。」岑參《升仙橋（全唐詩）卷一九八》「長橋題柱去，猶見未達時。及乘駟馬車，卻從橋上歸。名共東流水，滔滔無盡期。」

> 伏以舍人十六兄，法上聖之規，行古人之道。俯敦中外，不陋幽沉。
>
> 跡在層霄，足有排虛之計；身居大編，寧無濟溺之方？伏在庭除，
>
> 希聞謦欬。下情無任。

大意：在下因為舍人十六兄，取法古代最高聖人好學好德的先例，實行得位而兼濟天下、為國求賢的大道，俯臨而治理京城內外，從不輕視卑微沉淪（如我）者。您身居九霄，足有凌空直上的計策；人在大船，怎會缺乏救助落難人的方法？我拜伏在你家院內臺階下，希望聽到你的聲音。在下心情說不盡的祈求盼望。

解釋：十六，裴的行第，岑仲勉《唐人行第錄》未詳其人，今知為裴夷直也，即開成四五年間任中書舍人的裴夷直，「上聖之規」與「古人之道」應有特指內容而不能泛解，故試求其例。上聖，指德智超逸的古聖人。東漢王符《潛夫論·讚學第一》（《四庫全書》本）謂黃帝、顓頊、帝嚳、堯、舜、禹、湯、文、武、周公、孔子，各有其師，「夫此十一君者，皆上聖也，猶待學問，其智乃博，其德乃碩。」故「法上聖之規」指師法古聖人好學好德。古人之道，據韓愈《爭臣論》，真正「行古人之道」者，不是在其位五年而「視其德，如在野」的諫議大夫陽城，而是「得其道，不敢獨善其身，而必以兼濟天下也」者也，參下文「不陋幽沉」，尤指為國求隱淪賢人者。韓愈為溫業師李程的好友，溫大有可能刻意師法其文意。故二句謂裴能好學好德、兼濟天下。

從《上裴舍人啟》的具體內容看，作啟時間當在太子死後，《上裴相公啟》之前，即開成三年冬。原因如下：其一，啟首「東道無依，南風不競」暗涉其東道主即莊恪太子之死，已經昭示此啟必寫於開成三年十月後。其二，「孫嵩百口，繫以存亡」句所含受到朋友幫助而脫逃之意，和開成五年溫《百韻》詩「頑童逃廣柳」意蘊完全相合。溫平生這種險惡事件應只有一次，故「孫嵩」典和「頑童」所用典，應指同一事件，都是靠朋友救助脫離危難。王尊「三期賢佞」的典故反映的對當朝政事相當深度的參與，其實正是從遊莊恪太子為止的經歷。其三，啟末「濟溺之方」（脫險境）、「排虛之計」（上青雲）等語，蘊含求懇裴舍人對選士有司施加影響，使之不致遺賢，而把自己從絕境送上

青雲的期望，顯示溫既曾有所成就，又面臨兇險的異常處境，也說明是在侍從莊恪之後。而求懇之事正在進行而未成，則說明上啟之事尚在開成三年冬，開成四年首春《上裴相公啟》之前。

「孫嵩百口，繫以存亡」，自比趙岐，顯然是比裴舍人為孫嵩。因為，本啟是求懇這位裴舍人的，而從全文對裴的感激之辭可看出裴正是「孫嵩」所喻者。而且，溫居然稱裴「舍人十六兄」，裴在高位，猶能親昵如此，可見二人交往甚篤。溫也高度評價裴居高位而有德，期望他在其位而行其事，幫自己脫離厄難。再者，溫之於裴，「常奉緒言」，「每行中慮」，自託「瑣質」於其「宏襟」；乃將商歌末路之悲愴，夜哭晨吟之款曲，上訴「隆私」。尤「隆私」，深恩厚誼（之人）也，乃裴有恩於溫之明證，絕非溢美或阿諛之語，正好反證「孫嵩百口」語——從這句話中，我們雖然不能斷定溫真像趙岐藏在孫嵩複壁中一樣藏在裴舍人家，他受裴的掩護而免遭宦官（勢力）捉獲或迫害是完全可能的。

開成年裴姓中書舍人唯有裴夷直。「字禮卿，亦悻亮。（文宗末）累進中書舍人。武宗立，夷直視冊牒，不肯署，乃出為杭州刺史，斥驩州司戶參軍」（《新唐書》卷一四八《張孝忠傳》附裴傳）。近年新出土李景讓《唐故朝散大夫左散騎常侍贈工部尚書裴公（夷直）墓志》（《全唐文補遺‧千唐志齋新藏專輯》，三秦出版社，2006 年 6 月），更可確證裴「詔遷諫議大夫，旋兼知制誥、拜中書舍人」在開成三年至五年之間。文宗升退，李黨執政，乃於「開成五年自中書舍人出為杭州刺史」。

裴夷直為人剛直有氣節，《唐語林‧賞譽》也稱他為「士林之望」。又《通鑑》（卷二四六）引《新唐書‧文宗紀》所記，「文宗崩，……敕大行以十四日殯，成服。諫議大夫裴夷直上言期日太遠（按《禮記‧王制》「天子七日而殯」），不聽。時仇士良等追怨文宗，……誅貶相繼。夷直復上言『陛下自藩維繼統，是宜儼然在疚，以哀慕為心，速行喪禮，早議大政，以慰天下。而未及數日，屢誅戮先帝近臣，驚率土之視聽，傷先帝之神靈，人情何瞻！』」裴夷直諫武宗之事頗有意味。仇士良等宦官不僅追怨文宗，而且早按時間表籌劃加害文宗，以武宗取代之，同時利用被擁立登基的武宗的自衛心理，大開殺戒，激化黨爭矛盾，掩蓋他們自己的罪惡形跡。在這種皇權易手的宮廷政變血泊中，多少朝臣都噤若寒蟬，裴夷直獨能直言勸諫武宗，不可誅貶太過。裴的這種言行正是對宦官專權的一種抵制，與他救助受宦官迫害的溫庭筠同

出一心。至於裴夷直最後能幫溫到什麼程度，史無明文，但是限於其權力，還待力更大者出手相救也。

（九）煨燼見收，裴相大力

我們繼續看《上裴相公啟》下面這段文字「某進抱疑危，退無依據。暗處囚拘之列，不沾渙汗之私。與煨燼而俱捐，比昆蟲而絕望。則是康莊並軌，偏哭於窮途；日月懸空，獨障於薑蒜。」本啟已訴說江淮受辱之苦在先。自此以下，說溫面臨的是另一個事件造成的另一種結果，即侍從莊恪太子之後所面臨的苦境：我如在仕途上繼續貿然再求進取，則前途充滿疑慮和危險；但是此時言退，則生活、仕途都無著落。我的名字被暗暗寫上了宦官的逮捕名單，其實是被視作和「受制於家奴」的文宗同列，當然再也需不上皇帝「一出不復收」的私恩。我就像被燒的、可製良琴的桐木與燒餘的灰燼一起被拋棄一樣；和能需皇恩的小小昆蟲相比自己也更加沒有希望。大道如青天，偏我窮途慟哭，日月當空照，只有我被障蔽在無窮黑暗中。

「進抱疑危」，非溫侍從太子前所能言。溫在「旅遊淮上」受宦官迫害後、從遊莊恪太子前，雖對時局有所憂慮，卻曾「自至長安，致書公頃間雪冤」（《舊傳》）；幸蒙師德皇恩，而扶搖直上，輔佐太子，他是驚喜莫名而奮勇就任的，豈似目前這樣進退維谷。而溫成為文宗欽定的莊恪太子侍從後，宿仇之上添了新恨，更為宦官所側目；在太子被宦官與楊賢妃合謀害死之後，溫又不肯隱忍不言，成為宦官必欲除之而後快的對象。這些才是「疑危」的原因。

「暗處囚拘之列」二句，前文已解。太子猝然被害死後文宗自身難保，對溫的委任也因太子之死而不能貫徹下去。可見此啟上於溫從遊莊恪太子之後（在「等第罷舉」之前）。溫能從遊太子，除受重臣裴度，尤李程推薦，更靠皇親的關係被文宗看中，《百韻》詩所謂「霜臺帝命俞」也；只是在太子被害死後，文宗本人更「受制於家奴」，不如赧、獻，形同囚拘，故無法貫徹因私恩而發之任命而不能保守其諾言也。此言亦是《上裴》之啟主為裴度的堅實內證。

煨燼，溫效其所敬長輩詩人劉禹錫用此，自言如焦桐，若遇不到識者蔡邕，只能和燒焦的灰燼一起被拋棄。劉禹錫《上杜司空啟》（《全唐文》卷六百〇四）「六翮方殺，思重托於扶搖；孤桐半焦，冀見收於煨燼」。「比昆蟲」句自言比小小昆蟲之能需皇恩都更絕望：《毛詩·序》「《靈臺》，民始附也。文王

受命，而民樂其有靈德，以及鳥獸昆蟲焉」。曹操《對酒》「恩澤廣及草木昆蟲」。豐蔀，很多遮蓋木架的蓆子，足以造成濃蔭和不見天日的黑暗；《易‧豐》：「九四，豐其蔀，日中見斗」及「上六，豐其屋，蔀其家」王弼注「蔀，覆曖鄣光明之物也」及「既豐其屋，又蔀其家，屋厚家覆，暗之甚也」。

> 伏以相公致堯業裕，佐禹功高。百姓咸被其仁；一物不違於性。倘
> 或在途興嘆，解彼右驂；彈劍有聞，遷於代舍。瞻風自卜，與古為
> 徒。此道不誣，貞明未遠。謹以文、賦、詩各一卷率以抱獻。縑緗
> 儉陋，造寫繁蕪。干冒尊高，無任徨灼。

讚揚裴相公歷事數帝、功高業裕，極有威德。並期望裴能如晏嬰解驂救助越石父及孟嘗君遷馮諼於代舍（見《史記‧晏嬰傳》卷六二及《孟嘗君傳》卷其七五）那樣，提升自己。按所謂「代舍」，只是三等客舍；「傳舍、幸舍及代舍」、即第三等之客所舍之名耳」（司馬貞《索隱》），可見溫之要求並不高。自己望風懷想、揣測上啟結果，認為裴定能使古賢舊事重演。拔擢賢能之道倘非徒為飾詞，則去光明無私之治不遠。最後獻上文、賦、詩，顯露啟文之行卷性質，故其事必發生在應試前。這其實是溫參加京兆府考試前的最後努力。

如筆者以前所証，所謂裴相公者，是裴度。當時裴已在彌留之中，但裴度在遺囑上都「以未定儲貳為憂，言不及家事」；他也是極力推薦溫侍從莊恪太子的重臣之一，《洞戶二十二韻》所謂「武庫方題品，文園有好音」之「武庫」，《百韻》詩「蓮府侯門貴，霜臺帝命俞」之「蓮府侯門」都涉及他。溫《中書令裴公挽歌詞二首》之二「空嗟薦賢路，芳草滿燕臺」，也說明裴度始終能薦賢而裨補王事，在推薦溫侍從莊恪太子之事上也是如此。裴度不但支持由李程等推薦溫侍從太子，而且在太子被害、宦官猖獗之時幫助溫從絕境中走出，一舉而名登「等第」，形成溫命運中又一個短暫高潮。光榮之時間雖短暫，溫卻非常重視，把它當作畢生的光榮。

三、衝霄一瞬，折桂事迷

溫在侍從莊恪太子之後，經多方（裴度，崔琚等）援引，得到有司的許可，改名溫岐，字在蒙，參加京兆府試，而得「等第」。改名，是為避開宦官仇敵的阻撓。只是改名事終於泄露，溫集誣蔑與讚譽於一身而功敗垂成，雖經多方訴求，終於無人能助，而慘遭「罷舉」，不得不「南遁」而暫時離開長

安這個政治和是非的中心。溫雖只在應京兆府試時以溫岐為名，此名卻從此留在「等第罷舉」名單上。

（一）搏躍雲衢，等第罷舉

溫《百韻》詩詳細地陳說了自己改名參加京兆試，得「等第」的榮耀和其後遭「罷舉」的委曲（為宦官勢力所忌）。詳見筆者《百韻詩考注》（1～29韻）及《溫庭筠改名補考》。

「等第」是一種特殊的、由京兆府解送的鄉貢進士。唐朝和後世很多王朝一樣，經常優惠京兆府所貢士，京兆府解送不但名額甚多，而且一度幾乎等於及第。《唐摭言》（卷二）記其事：「神州解送，自開元、天寶之際，率以在上十人，謂之『等第』，必求名實相副，以滋教化之源。小宗伯（知貢舉）倚而選之，或至渾化，不然，十得其七八。苟異於是，則往往牒貢院請落由」。又「元和元年登科記京兆等第榜敘」曰：「天府之盛，神州之雄，選才以百數為名，等列以十人為首，起自開元、天寶之世，大曆、建中之年，得之者搏躍雲衢，階梯蘭省，即六月沖宵之漸也。今所傳者始於元和景戌歲，次敘名氏，目曰《神州等第錄》」。可見，得京兆府解送者，簡十分榮光，有時就全部中第了，至少十有七八成中第。如果有不中第者，京兆府還要「牒貢院請落由」，即向有司詢問不中第的理由。罕見的「等第」而「罷舉」者，《唐摭言》都有記錄，自元和七年至乾符三年（812～876）共三十三人。溫在其例。

「等第」既是一種特殊鄉貢進士。得「等第」者，要不要再次被（京兆府）薦名而參加進士試？換言之，「等第」而「罷舉」者再應考，是否必須再次取解？愚以為，是不必的，他願應考多少次都可。我們在研究溫的啟文時，始終未見「求解（送）」文字，而只見要求推薦中舉之意，可見他能參考是肯定的。直到大中十三年貶尉隨縣之時，官方還說他「夙著雄文，早隨計吏」；仍然把他當成「早隨計吏」的「等第」者。《唐摭言》卷二也說他「為等第久方及第」；說明他多年之後，仍是以當年「等第」身份終於中第；可見一旦得到京兆府薦名，就不需要再次薦名，或從別處取解；因京兆薦名而未中第已是特例，得薦名者有資格再考是理所當然的。

以上是對「等第」的介紹，以下是溫對自己得等第的描寫，其詳盡僅次於《百韻》。

《上崔相公啟》云：「蔑圃彎弓，何能中鵠；邱門用賦，尋恥雕蟲。……豈謂不遺孤拙，曲假生成。拔於泥滓之中，致在煙霄之上。遂使龍門奮發，不

作窮鱗；鶯谷翩翻，終陪逸翰。此則在三恩重，吹萬功深。空乘變律之機，未得捐軀之兆。豈可猶希鼓鑄，更露情誠。」

其中「矍圃」，古地名，即矍相之圃，在曲阜；後借指學宮中習射之所，此處喻考場。中鵠，射中靶的，比喻考中進士。《禮記・射義》「孔子射於矍相之圃，蓋觀者如堵牆。……射者各射己之鵠」。所以「矍圃」二句，是說自己舊日（鹽鐵院事件前）若參加科舉考試，哪能考中。而「邱門用賦」二句，前已論及，比喻通過師門使當道者用己所長，指自己因李程之薦而為莊恪太子東宮屬官的經歷；這時溫一心侍奉太子，自放下應試文章的雕蟲小技了。「豈謂不遺孤拙」以下，則敘及「等第罷舉」之事。他說想不到對方不肯遺漏自己這個不善應對的孤兒，想方設法栽培自己，把自己從泥涂中救拔出來，而直上九霄。乃使龍門之魚，不再受困；新鶯出谷，和高飛鳥兒作伴。這真是如父如師如君的恩典，吹潤萬物的春風。但是我徒有你登庸為相的機遇，卻沒有得到為朝廷效命的徵兆。我怎麼可以還希望你栽培提拔、在此又誠心哀求呢？此處應特別注意的是，溫極力感謝對方促成自己取得「等第」的恩德後，話鋒一轉，說到自己徒然當此對方入相的「變律」之時，卻沒有得到真正實惠的擢拔，這正說明溫空有「等第」之名，馬上就要被「罷舉」了，所以他還是抱著最後一絲希望「猶希鼓鑄，更露情誠」。可見本啟上於開成四年秋「等第」後、開成五年對方入相後、尚在開成五年溫最後被「罷舉」之前。《舊唐書》本傳（卷一七七），崔珙「（開成二年）六月遷京兆尹。與其兄崔琯『兄弟並列，以本官權判兵部西銓、吏部東銓事』」。崔珙判吏部東銓時，當對溫成莊恪太子東宮屬僚有所助力，而為京兆尹，也正是可以促成溫得「等第」（京兆薦名）之職。可見在崔「開成五年夏五月，以刑部尚書崔珙同平章事兼鹽鐵轉運使」（《通鑑》卷二四六）之前，溫已得到崔的賞拔推薦，則本啟溫之求崔在自己「等第」後再施援手，便是很自然的事了。崔應是執行裴度既定政策的人物，曾幫溫改名應試得等第。可惜這次崔已無能為助，他就是《百韻》詩中「市義虛焚卷」所指的人物。本啟當作於開成五年五月之後。

不研究溫「等第罷舉」事，則無法校訂其文。請看《上學士舍人啟》（二首之二）之例：

> 今乃受薦神州，爭雄墨客；空持硯席，莫識津涂（4）。既而臨汝運租，先逢謝尚；丹陽傳教，取覓張憑（1）。輝華居何准之前，名第在冉耕之列（3）。俄生藻繡，便出泥沙（2）。

　　按照這個原文順序，譯成現代漢語是：我如今受薦應京兆試，和文人墨客一決雌雄高下；但是手徒持硯臺和坐席，而毫不知如何走下去。過後就像臨汝令袁勗之子袁宏「以運租為業」、在江上吟詩而遇到謝尚一樣；又像丹陽尹劉惔「遣傳教覓」之而給以薦舉的張憑一樣。我的榮耀就居於有個驃騎哥哥何充的何准之前，我的名聲就達到以德行著稱的大儒弟子冉耕之列。剛剛有了被獎掖的榮光，就脫離了被埋沒於污垢泥沙之中的厄運。

　　以上的句子，無論原文，還是現代漢語的詳細翻譯，都念不大通。關鍵在於「今乃」引起的四句說的是現在的處境：受薦神州而彷徨歧路，這是已達到「等第」之殊榮，而面臨遭「罷舉」的窘境。下接「既而」云云，是在「今乃」之後，也就是現在之後！你看他「現在」以後，居然有所遇而有所榮，結果是名聲高揚，可比大儒弟子；繼之而來的就是脫離污垢了。我們要問：既受薦京兆薦名而面臨罷舉，正在難處，還說甚知遇、輝華、出泥沙等虛浮話？但是我們如果依照以下的順序讀，意思就全拂順了：「既而臨汝運租，先逢謝尚；丹陽傳教，取覓張憑（1）。俄生藻繡，便出泥沙（2）。輝華居何准之前，名第在冉耕之列（3）。今乃受薦神州，爭雄墨客。空持硯席，莫識津塗（4）。」這裡的「既而」是接前文的「潛虞末路，未有良期」等語而言，他說那以後，自己就像袁宏遇上謝尚、張憑遇上劉惔一樣被知遇，剛有了榮光，就脫離了污濁，我的寵榮超過了有個驃騎哥哥的何准，我的名聲也達到如大儒弟子冉耕。（所以）得京兆薦名，一時甚為榮耀，參加京兆試。可惜的是，我現在手中空持硯臺和坐席，而毫不知如何走下去。所以我們認為，原文的句子順序是在文章流傳過程中被顛倒了。這樣，根據對「等第」和「罷舉」的理解，我們校定了原文的顛倒。

　　投啟時間由「今乃受薦神州，爭雄墨客。空持硯席，莫識津塗」一語而定，即在開成四年已得「等第」和開成五年最終被「罷舉」之間。觀啟中語，啟主一度對溫相當賞識而力加推薦，在幫助溫得「等第」一事上曾予幫助。

　　如果不把「侍從太子」和「等第罷舉」研究透徹，溫有些話簡直是一種隱語。例如《上令狐相公啟》「自頃藩床撫鏡，校府招弓」，用了兩個相當生僻的典故說自己昔日侍從莊恪和等第罷舉兩個經歷，要費不少力氣才能大致解開。藩床，當指皇親藩王居所；藩床撫鏡，是皇子悲念母親的典故；此以莊恪太子悼傷其母王德妃（開成三年八月死）實事，指溫為太子東宮屬官時（開成二三年間）所見，而指代其時其事。從下引有關文字可窺見其典源。《文選》

卷五八謝朓《齊敬皇后哀策文》云「慕方纏於賜衣・悲日隆於撫鏡。」李善注前句引《東觀漢記》「上賜東平王蒼書曰『嚮衛南宮，皇太后因過按行，閱視舊時衣物。今以光烈皇后假結帛巾各一枚，衣一篋遺王，可瞻視，以慰凱風寒泉之思』。」則「賜衣」（及「視篋」）是皇子思念母后之典。李善注後句引《西京雜記》曰：「宣帝被收繫郡邸獄。臂上猶帶史良娣（漢宣帝祖母，戾太子之母）合採婉轉絲繩，繫身毒國寶鏡一枚大如八銖錢。舊傳此鏡見妖魅，得佩之者為天神所福。故宣帝從危獲濟。及即大位。每持此鏡感咽移辰。……緘以咸里織成錦。」則「撫鏡」（持鏡）亦皇子軫念已故皇妣典。唐丘說《郊廟歌辭・儀坤廟樂章・太和》詩「孝哉我后，沖乎乃聖。道映重華，德輝文命。*慕深視篋*，情殷撫鏡」（《全唐詩》卷十四及卷九四），當用相同的一組典故，亦代表皇族乃至臣僚懷念皇妣深情。儀坤廟本為皇后而設：《唐會要》（卷十九）「先天元年十月六日。祔昭成肅明二皇后於儀坤廟。廟在親仁里。」另外，《全唐文》卷九載唐太宗《造興聖寺詔》（又見《廣弘明集》卷二八）：「思園之禮既弘（衛子夫冤死，其孫漢宣帝追諡思皇后，其陵園為思后園，簡稱思園），撫鏡之情徒切。而永懷慈訓，欲報無從」——從中亦清楚可見「撫鏡之情」的思母含義。

「校府招弓」應解作「京兆府招攬人才」，指溫的下一段人生經歷，即開成四五年間先「等第」而後「罷舉」事。校府，當以負責比試騎射術的兵部有司代指皇家或京兆府。招弓，語出《左傳・昭公二十年》（卷四九）「十二月，齊侯田於沛，招虞人以弓，不進。公使執之，辭曰『昔我先君之田也，旌以招大夫，弓以招士，皮冠以招虞人』。臣不見皮冠，故不敢進」。《孟子・萬章下》（卷十）曰「敢問招虞人何以？」曰「以皮冠。庶人以旃，士以旗，大夫以（弓）旌。以大夫之招招虞人，虞人死不敢往；以士之招招庶人，庶人豈敢往哉？況乎以不賢人之招招賢人乎？欲見賢人而不以其道，猶欲其入而閉之門也」。後遂以「弓旌」指招聘賢者的信物，邯鄲淳《後漢鴻臚陳君碑》（《古文苑》卷十九）「四府併辭，弓旌交至。」章樵注：「弓旌，所以招聘賢者。」而由上「弓以招士」及「（招）大夫以（弓）旌」衍生「招弓」（亦作「弓招」）一詞，謂延攬招聘賢人德士。例如裴度《劉府君神道碑銘（並序）》（《全唐文》卷五三八）「初感招弓之遇，猶懷捧檄之惠」。

能夠侍從莊恪太子及在太子死後第二年得「等第」，溫主要是得到了李黨關鍵人物的支持。而在開成後期，牛黨執政，楊賢妃得寵，譖死太子母王德

妃後，又欲加害太子，這卻正好被宦官利用。仇士良等與楊賢妃合謀害死太子之後，唐文宗又立唐敬宗之子陳王成美為太子，得到牛黨宰相李鈺支持；楊賢妃陰請以（安）王為嗣，未被認可，而得到同族牛黨宰相楊嗣復的支持。其後溫等第而罷舉，多因李而成，而未必因牛而敗也，因宦官而敗也。及文宗死，仇士良欲重己功，乃立武宗，並向武宗建議殺掉李鈺、楊嗣復、楊賢妃、樞密使劉弘逸（支持安王溶）、薛季棱（支持陳王成美）。只是由於李德裕的進諫，才保住了李鈺、楊嗣復的生命（其他三人皆賜死）。會昌初李德裕執政，也借重了宦官楊欽義的力量。他為了迎合新君唐武宗的自衛心理，更為了掃平叛鎮的國家大局，不得不與專權的宦官仇士良等達成一種妥協，而全然不用文宗所選侍從莊恪的舊臣、又與宦官有宿仇如溫者。所以經過了開成年間的幾度大起大落，溫即使在侍從太子過程中頗有美聲，在會昌一朝，仍被完全摒棄不用，不得不賦閒林下或恢復「羈齒侯門」的生涯。實際上是成了常被南北司之爭所左右的牛李黨爭的犧牲品。這一點，溫是完全看清楚了的。他明白自己「依劉蔫彌，素乏梯航；慕呂攀嵇，全無等級」（《上崔相公啟》），令黨人不喜歡；一直到大中五六年間的《上鹽鐵侍郎啟》中他還說「觳觫齊牛，釁鐘未遠」。「觳觫」句，典出《孟子·梁惠王上》「王見之曰：牛何之？曰：將以釁鐘。王曰：舍之，吾不忍見其觳觫。」齊牛，供祭祀用的牛。齊，讀如齋；釁鐘，新鑄鐘，殺牲以其血塗其釁際，因以祭之也。此句意謂但願戰戰兢兢的自己不像齊牛那樣成為（政治鬥爭的）犧牲而能遠離「釁鐘」的命運。可見，直到大中時，他坎壈多難而一直未找到政治出路，像「齋牛」一樣。

（二）求官求第，徙倚何依

到了大中時，唐宣宗一反會昌之政，他才有了再試登龍門的機會。他在開成年間侍從太子和「等第」的經歷，使他在大中初之後，有了求官和求第兩個努力方向。有時似乎是二者並行。《舊傳》謂溫庭筠「大中初，應進士，……累年不第」；《新傳》也說「數舉進士不中第。」我們可在一定程度上證明這種說法。但從溫現存的寫於大中朝的啟文中，很難看出他畢竟真有多少次應舉而不得第，倒有更多的場合是在求官。其實，求官必須有進士身份，求第則為得到這種身份；對溫而言，他已得「等第」，離「等第」照常理而言應只差一點，溫卻為此費了近二十年時間。這就是《唐摭言》卷二所言「為等等後久方及第」。

　　先研究《上蔣侍郎啟》二首。其中第一首透露的時間線索很清楚，一是「遂揚南紀之清源」句，考其時，應是應是開成末「南遁」之後，從自己南方的「清源」故鄉又重回長安了，所以應在會昌末或大中初。二是「三歲而行，士人之常準」。其中「三歲而行」，原作「三月而行」，多方尋求，不能解其何以為「士人之常準」，但改為「三歲而行」則暢然得其解矣。《史記・孔子世家》：「孔子葬魯城北泗上，弟子皆服三年，三年心喪畢，相訣而去，則哭，各復盡哀，或復留。」《禮記・檀弓上》「事師無犯無隱，左右就養吾無方，服勤至死，心喪三年。」鄭玄注「心喪，戚容如父而無服也。」摯虞《師服議》：「自古弟子無師服之制，故仲尼之喪，門人疑於所服，子貢曰『昔夫子喪顏回，若喪子而無服，請喪夫子，若喪父而無服。』遂心喪三年。此則懷三年之哀，而無齊衰之制也。」是為「士人之常準」。按溫師李程（766～842）卒於會昌二年；此處說，其師已去世不止三年，心喪已畢，自己應仕進了。可見上啟時間也至少在會昌末或大中初。而從第二首看，「從師於洙泗之間，擢跡於湘江之表」，前句以「從師洙泗」比喻從師李程，後句乃以「擢跡湘江」比喻自己事莊恪太子。「既而文圍求知，神州就選。遂得生蒭表意，腐帛生姿」則指開成四年間溫得「等第」事。對溫這些重要經歷，蔣都很熟悉。其時當然在會昌初以後，是在大中初。

　　第一首末尾「輒以常所為文若干首上獻」，第二首末尾「謹以新詩若干首上獻」。兩首分別獻詩、獻文，應該同屬於一次投卷的行為。兩首啟文除分別解釋自己得自業師的為詩為文風格外，第一首「伏以侍郎宏繼濟之機謀，運搜羅之默識。思將菲質，來掛平衡」和第二首「伏惟侍郎稟生成之秀，窮先哲之姿。言成訓謨，信比暄燠」，似都說前來投奔依靠，未必是為應試。

　　再看《上鹽鐵侍郎（裴休）啟》。其中「既而哲匠司文，至公當柄。猶困龍門之浪，不逢鶯谷之春」，是說在啟主裴休知貢舉的大中四年，自己仍然落第，是年當然必曾應第。此啟上於裴休大中五年二月為鹽鐵轉運使之後，大中六年八月入相之前，啟中語「俯及陶甄，將裁品物」說明其時已近裴入相之時。啟中「倘一顧之榮，將迴於咳唾，則陸沈之質，庶望於騫翔」之句，則可見溫所求於裴者，並不專指中第而高升也。

　　還有《上封尚書啟》「伏遇尚書秉甄藻之權，盡搜羅之道。誰言凡拙，獲預恩知。華省崇嚴，廣庭稱獎。自此鄉閭改觀，瓦礫生姿。雖楚國求才，難陪足跡；而丘門託質，不負心期。一旦推轂貞師，渠門錫祉。顧惟孤拙，頓

有依投。」

大意：這一段說，當年封尚書「秉甄藻之權」、搜羅人才時，庭筠以「凡拙」之資，在其寵遇之列，而被「稱獎」於「廣庭」，從此提高了聲名和身價。按溫《上紇干相公啟》亦有「此皆揚芳甄藻」之語，實指紇干泉以刑部員外郎身份任吏部書判考官，受李程等之託，錄用溫庭筠為莊恪太子侍從文人。此處的「秉甄藻之權」應也指參與開成二年吏部銓選。兩《唐書》本傳都記封敖「元和十年登進士第」，趙璘《因話錄》卷三謂紇干「崔相國群門生也」；而「崔群，元和九年六月二十六日出院，拜禮部侍郎」（徐松《登科記考》卷十八引丁居晦《翰林學士壁記》）。所以封敖和紇干泉都是元和十年進士、崔群門生。他們都碰巧在開成二三年間任吏部東銓的考官，也很自然地都在錄用溫庭筠侍從莊恪太子之事上起過或多或少的積極作用。所以下文接著說，只因自己從遊莊恪太子，不能陪伴隨侍封敖左右；但是他畢竟未辜負本師（李程）希望，在侍從太子之事上有所建樹。而己一旦以其資質為正人獎譽，就被官家賜福，使他這孤苦愚拙之人，馬上有了投身之所。

解釋：鄉閒，應從《文苑英華》卷六六二作「鄉閭」；本指鄉閭弟子，此謂文人社會。《後漢書·樓望傳》（卷七九上）「操節清白，有稱鄉閭。」瓦礫生姿，自謂不才得提拔，有了身價。丘門託質，謂託靠本師奧援；不負心期，沒有辜負老師心中對自己期許的美意；換句話說，溫侍從莊恪太子、表現良好。推轂：本義推進車轂，引申為引薦助成之意。《史記·魏其武安列傳》（卷一百七）：「魏其、武安俱好儒術，推轂趙綰為御史大夫。」貞師，語出《易·師》「師，貞，丈人吉，無咎。」象曰：「師，眾也；貞，正也。能以眾正，可以王矣。」孔穎達《正義》曰：「丈人謂嚴莊尊重之人，言為師之正，唯得嚴莊丈人監臨主領，乃得吉無咎」。故「貞師」就字面講，本意為「正眾」，此處指公平擢拔眾賢人。渠門，《國語·周語》「渠門赤旗」。韋昭注：「渠門，旗名。兩旗所建，以為軍門。若今牙門也。」牙門本謂營門，後漸移用於官署，封演《封氏見聞記》：「軍前旗曰牙旗，近俗尚武，遂通呼公府曰牙門。」牙門即衙門、官府之意，此處猶言王府。朱起鳳《辭通》按曰：「衙牙同音通假」。錫社，賜土，即分茅裂土之意。或以此指封尚書之被封。揆諸此處上下文，於義不通。疑「社」字當作「祉」。「錫祉」即賜福。語本《詩經·大雅·江漢》：「用錫爾祉」，乃天子賜惠下臣之語（非一般官僚擢拔幕賓可用），在此處仍指經由皇帝（王府）詔命自己得以為莊恪太子侍從文人。頻，應從《文苑英

華》作「頓」。顧，轉折連詞，反而；惟，無義。孤拙，自指。依投，指依靠
和投奔的對象。

下文接言：今者正在窮途，將臨獻歲。曾無勺水，以化窮鱗。伏念歸荑，
猶憐棄席。假劉公之一紙，達彼春卿；成季布之千金，沾於下士。微迴咳唾，
即變升沉。羈旅多虞，窮愁少暇。不獲親承師席，恭拜行臺。輕冒尊嚴，伏增
惶懼。

大意：現在又值春試將臨之際，竟無脫厄之方。希望對方還有憐舊之心，
體恤自己始終一心報國之志。他含蓄尊敬地希封兌現其諾言，也就是寫一封
信給當年的禮部侍郎，稍稍美言幾句，自己的命運也就大變了。自己則羈旅
愁多無暇，所以「不獲親承師席，恭拜行臺」。也就是沒有機會到封尚書任官
的「行臺」拜見聆教。自己只能這樣輕率地冒犯對方之尊嚴高峻的地位，伏
在庭除，更是惶恐懼怕。

歸荑：歧解甚多；《邶風·靜女》「自牧歸荑」（牧，郊外。歸，通饋）鄭
玄箋「荑，茅之初生也，本之於荑，取其有始有終也。」似即溫取義處。以意
度之，上句從溫本人角度言，言其志有始有終；下句從對面著筆，懸想對方
憐恤舊交。故「俯」當作「伏」。《晉書劉弘傳》（卷三六）曰：「弘每有興廢，
手書守相，丁寧款密，所以人皆感悅，爭赴之，咸曰：『得劉公一紙書，賢於
十部從事。』」春卿，指春官，《周禮·春官·大宗伯》載大宗伯掌國之大禮，
（即後世禮部尚書）；小宗伯為其佐（禮部侍郎）；在唐尤指負責選士的「知
貢舉」。成季布之千金，《史記·季布傳》（《史記》卷一百）「楚人諺曰：得黃
金百，不如得季布一諾」。行臺，又稱「行尚書臺」。是魏晉時在地方代朝廷行
尚書省事的機構，至唐初已廢，此用以代指節度使官署。

以上「不獲恭拜行臺」之言，說明上啟當時封敖猶在節度使外任。封自
大中四年至大中八年（850～854）為山南西道節度使。吳廷燮《唐方鎮年表》
卷四引《通鑑》卷二四九「大中六年，春，二月，王贄弘討難山賊，平之。」
及《新唐書封敖傳》（卷一七七）「蓬、果賊依難山，寇三川，敖遣副使王贄捕
平之。加檢校吏部尚書」，推定封在大中六年二月之後稱封尚書。但封遠在外
任，應知溫在京日久，京城賢達尚且無奈。自己鞭長莫及；所以恐未及為溫
寫信求援也。

後來大中九年沈詢知貢舉，溫又應了考。而且還因做槍手因此出了名。
見後。加上大中四年裴休知貢舉時那次應考（？）。有文本為證的溫之應考次

數，似乎最多兩次。

（三）大中之末，終得一第

以為溫「終身未登第」，是受許多負面記載影響所致。事實上，經過多年種種努力，溫在大中九年「攪擾場屋」後，是登第了的。試看以下《東觀奏記》卷三（大中十二年）的記載：「勅鄉貢進士溫庭筠，早隨計吏，夙著雄名，徒負不羈之才，罕有適時之用。放騷人於湘浦，移賈誼於長沙，尚有前席之期，未爽抽毫之思，可隨州隨縣尉。舍人裴坦之詞也。庭筠字飛卿，彥博之裔孫也，詞賦詩篇冠絕一時，與李商隱齊名，時號溫李。連舉進士，竟不中第。至是，謫為九品吏。進士紀唐夫歎庭筠之冤，贈之詩曰『鳳凰詔下雖沾命，鸚鵡才高卻累身』。人多諷誦。上明主也，而庭筠反以才廢。制中自引騷人長沙之事，君子譏之。……豈以文學為極致，已斳於此，遂於祿位有所愛耶？不可得而問矣。」

《東觀奏記》所引制文，以及後面作者評論「竟不中第」及「至是，謫為九品吏」云云，多有問題，後文將逐一辯證。茲先證明溫實際上是中第了的。《投憲丞啟》就是最重要的證據。

溫中第的證據之一是《唐摭言》卷二有「為等後久方及第」的記載，該條下「溫岐濫竄於白衣」的文字正說明溫經過「濫竄於白衣」後，畢竟最終算作及第了，故其名被記在「為等第後久方及第」條下；只是其記事方式易被人忽視而已。溫之「等第」而「罷舉」已是特例，當然也有特殊原因。溫在大中十三年實授縣尉之職務，則是跨過一般的「及第」成為前進士階段，由鄉貢進士（雖然是機器特別的等第獲得者）直接釋褐而「沾祿賜」，也就是「鳳凰詔下雖沾命」之「沾命」。這等於承認他有了前進士的資格，所以他才能釋褐被授官。當然溫從開成四年（839）的一介「等第」而「罷舉」（不能參加和通過禮部試）的鄉貢進士「濫竄於白衣」多年，直到大中十三年（？）最後及第而授隨縣尉，用了二十年的時間，案例確實特殊。其特殊性首先在於，他長期的潦倒不是以前進士的資格等待通過吏部釋褐試，而竟是以特殊鄉貢進士的資格在「濫竄」中等待和爭取有前進士的資格，從而釋褐、授官，而他最終跳過前進士直接被授官是兩步併作一步走了的。無論如何特殊，這仍是及第而授官之例。溫中第的證據之二見《唐摭言》卷十，「韋莊奏請追贈不及第人近代者」條，該條先分別列舉十九位詩人的傳記材料，他們依次是孟郊、李賀、皇甫松、李群玉、陸龜蒙、趙光遠、李甘、溫庭皓、劉得仁、陸邅、傅

錫、平曾、賈島、劉稚珪、顧邵孫、沈佩、顧蒙、羅鄴、方干等，然後說：「前
件人俱無顯遇，皆有奇才，麗句清辭，遍在時人之口；銜冤抱恨，竟為冥路之
塵。……追贈進士及第，各贈補闕、拾遺，……皆沾聖澤；後來學者，更屬文
風」。韋莊同情中晚唐以降那些掙扎一生而被埋沒，連一第也未能得到的詩人
文士，要求末代皇帝追贈他們及第。值得注意的是，韋莊所列十九人中有溫
庭筠的胞弟溫庭皓，並且特別說明曰「溫庭皓，庭筠之弟，辭藻亞於兄，不第
而卒」，卻沒有溫庭筠。可見《唐摭言》的作者王定保（870～940）相信溫是
如他所記載的「為等第久方及第」了的，當然就不在韋莊的人名表中。至宋
代洪邁（1123～1202）《容齋隨筆·三筆》，記載至唐昭宗光化三年（900）十
二月，左補闕韋莊奏「詞人才子，時有遺賢。不沾一命於聖明，沒作千年之恨
骨，據臣所知，則有李賀，……溫庭筠……」云云，比以上《唐摭言》所記，
少了孟郊、顧邵孫、沈佩、顧蒙、李甘、溫庭皓六人，而多了溫庭筠一人。接
「俱無顯遇」以下，較《唐摭言》文字略有異同。《全唐文》卷八八九韋莊《乞
追賜李賀皇甫松等進士及第奏》大抵錄《容齋隨筆》。竊以王定保生當韋莊上
書之時，又專敘科舉，應比宋代洪邁廣博而未免失考之書更為可信。溫中進
士的證據之三是溫《上憲丞啟》自敘「遂竊科名，才沾祿賜」。他自己都說自
己「竊科名」而「沾祿賜」了，我們還不承認麼？更有甚者，還有人因這句話
竟然不承認《上憲丞啟》是溫庭筠之作了。

又《唐語林》卷二「大中、咸通之後，每歲試禮部者千餘人。其間有名
聲，如：何植、李玫、皇甫松、李孺犀、梁望、毛潯、具麻、來鵠、賈隨，
以文章稱；溫庭筠、鄭潩、何涓、周鈐、宋耘、沈駕、周系，以詞翰顯；賈
島、平曾、李淘、劉得仁、喻坦之、張喬、劇燕、許琳、陳覺，以律詩傳；張
維、皇甫川、郭鄴、劉庭輝，以古風著。雖然，皆不中科」。此表與韋莊奏請
追贈不及第人近代者大部分不同，溫庭筠亦在表中。未能辨其正誤，且存此
備參。

（四）為人假手，詩中有謎

溫庭筠高才而多年不第，大概形成一種心理上的反彈：他索性為人捉
刀，而且是「每歲（誇張！）舉場多為舉人假手」，以表達對考場不公的抗
議。這是一種帶點抗議性質的惡作劇，作者在其中似乎自得其樂，這種行為
至大中九年沈詢知貢舉時達到高潮。據說「特召溫飛卿於簾前試之」；「簾視
尤謹」云云，然溫私下已經救八人。不用說進士科，就算以宏詞科的題目為

人代筆，也能使被代者立中高第，簡直是文章聖手，也是作弊高手，尤其作弊之事，頗帶點傳奇性。然而就是這樣一個人，他本人偏多少年厄於區區進士一第。這真有點無奈啊。下面提一個有點奇怪的問題：溫考場作弊，或者「攪擾場屋」的行為會不會在他的作品中有所反映呢？這本不是多麼光彩的事，即使有所作，大概也是比較曖昧隱晦，令人不容易直達結論吧？我們研究以下頗有嫌疑的詩，看看能否下結論。

　　孔雀眠高樹，櫻桃拂短檐。畫明金舟舟，箏語玉纖纖。

　　細雨無妨燭，輕寒不隔簾。欲將紅錦段，因夢寄江淹。

　　本詩見《才調集》卷二、《文苑英華》卷二一六《人事三·宴集》題作《夜宴》、《溫飛卿集》卷七。本詩內容，與「夜宴」無關。主題甚為隱晦，是一種無題詩，題為《偶題》，顯然更恰當；是一種無題詩，則其表達的實質內容總是有點曖昧的。

　　為解此詩，我們先從尾聯的典故說起。江淹才盡之典見鍾嶸《詩品》「初，淹罷宣城郡，遂宿冶亭，夢一美丈夫，自稱郭璞，謂淹曰：『吾有筆在卿處多年矣，可以見還。』淹探懷中，得五色筆以授之。爾後之詩，不復成語，故世傳江郎才盡。」又《南史·江淹傳》（卷一一四）說江淹「為宣城太守時罷歸，始泊禪靈寺渚，夜夢一人自稱張景陽，謂曰：『前以一匹錦相寄，今可見還。』淹探懷中得數尺與之，此人大恚曰『那得割截都盡！』顧見丘遲謂曰『餘此數尺既無所用，以遺君。』自爾淹文章躓矣」（下接與《詩品》相同故事，結語略異：「爾後為詩絕無美句，時人謂之才盡」）。溫引用這個典故，其意當然不在辨別江郎才盡的歷史真偽，而在藉典故本身表達一個願望。為什麼要寄紅錦段給江淹呢？按照原典含義，江淹夢中失去了別人舊日送他的那匹錦段，從此就毫無文采和清詞麗句了；現在作者則是想要寄給「江淹」鮮紅的錦段，顯然是要增加他的文采，幫助缺乏文采的「江淹」們把文章寫好。這種願望是不是意味著（考場）作弊「救人」呢？果如此，按溫經常用的篇終奏雅手法，詩中別處似應另設玄機，與之呼應，表達考場救人的完全意思。

　　我們再往回看頸聯：窗外霏霏的細雨，妨礙不了室內的蠟燭之明；而薄薄的竹簾，隔不住簾外的輕寒。這好像是「簾內人」或者考生的感受。尤其有「燭」有「簾」，頗使人聯想到唐代的考場。《唐摭言》（卷十三）「溫庭筠灯燭下未嘗起草，但籠袖憑几，每賦一韻，一吟而已。故場中號為溫八吟。山北

沈侍郎主文年，特召溫飛卿於簾前試之」。其中「燭」字容易被溫用作諧音雙關，如「井底點燈深燭伊」（《新添聲楊柳枝詞二首之二》，《全集》卷九）、「娟娟照棋燭」（《湘宮人歌》，《全集》卷一），都是諧「囑咐」之「囑」。我們由這個啟示把頸聯前句寫成「細語無妨囑」，而後句則變為「輕函不隔簾」，意思就是不妨輕聲細語告訴所救舉子、所謂「江淹」們有關問題妙答，而徒然擺設的隔開考生的竹簾也擋不住小小紙片（輕函）的傳遞。這是不是溫庭筠作弊的一個證據呢？不用諧音解釋，這無題詩如何解釋呢？

溫相當擅長用諧音雙關。這裡我們面對的很可能是又一個例子。也許有人會問：就算你亂蒙得有點好像真的，那為什麼頸聯用了諧音雙關而頷聯不用呢？這種諧音雙關，屬於高難度的文字技巧，有一足矣，四聯中兩聯用諧音雙關太難了。不管怎樣講，我們至少得把全詩講通。

首聯以孔雀自比，它安眠高樹，對誘惑眾鳥的拂檐之櫻桃，表達了一種超然漠然的態度。前引溫《洞戶二十二韻》（《全集》卷六）有「書帖得來禽」句，曾注引唐李綽《尚書故實》王右軍書帖中有《與蜀郡太守書》「求（青李）、櫻桃、來禽、日給藤子。皆囊盛為佳」。注「言味好來眾禽也。俗作林檎」。櫻桃當然如來禽一樣以其「味好來眾禽」，它就在那「短檐」觸手可及處。又「短檐」之造語，溫頗喜愛；《百韻》詩有「短檐（喧語燕）」句，其中「短檐」比喻擁擠狹窄的官場；在此處，它比喻考場也是順手拈來、很自然的。

頷聯描寫，有聲有色。分別寫賞畫和聽彈箏，似皆考場環境中物。前句，使畫面明亮者，只是冉冉泥金，暗諷那畫面並非真正光鮮而徒然炫麗。後句，彈出婉轉「箏（諍）」語者，纖纖玉指而已；這也好像說朝中雖有美議，其聲音卻微不足道、不過裝裝樣子。所以這兩句其實可勉強解為批評當時科舉，雖標榜公平，卻徒有閃亮的外表，而代表公義的聲音是非常微弱的。這一聯之切題解釋最難。也許它只是故意「顧左右而言他」、令讀者就無法追究了。

我們的結論是，《偶題》詩可能是溫對自己考場作弊行為的一種隱秘記錄。也許流傳過程中有所漫漶，更難辨認了。今捕風捉影，如解詩謎，深望能就正於通者。

（五）攪擾場屋，溫獨無罪

《東觀奏記》卷下載載杜審權對溫庭筠「攪擾場屋」案相關人員的處理。「大中九年正月十九日，制曰：『朝議郎、守尚書刑部郎中、柱國、賜緋魚

袋唐技、將仕郎、守尚書職方員外郎裴（紳）（《東觀奏記》作者裴庭裕之父）
早以科名，薦由臺閣，聲猷素履，亦有可嘉。昨者，吏部以爾秉心精專，請
委考覆，而臨事或乖於公當，物議遂至於沸騰，豈可尚列彌綸？是宜並分等
符，善綏凋瘵，以補悔尤。技可虔州刺史，散官、勳封如故；裴可申州刺史，
散官如故。』舍人杜德公（按即杜審權，《舊傳》卒，贈太師，諡曰德）之詞
也。吏部侍郎，兼判尚書銓事裴諗左授國子祭酒，吏部郎中周敬復罰二月
俸，監察御史馮顥左授秘書省著作佐郎；不在施行之限。初，裴諗兼上銓，主
試宏、拔兩科。其年（大中八年），爭名者眾，應宏詞選前進士苗台符、楊
岩、薛欣、詢、古敬翊已下一十五人就試。諗寬豫仁厚，有賦題不密之說。前
進士柳翰，京兆尹柳憙之子也。故事，宏詞科只三人，翰在選中。不中選者
言翰於諗處先得賦題，託詞人溫庭筠為之。翰既中選，其聲聒不止，事徹宸
聽。杜德公時為中書舍人，言於執政曰……宏詞趙租，丞相令狐綯故人子也，
同列將以此事嫁患於令狐丞相，丞相遂逐之，盡覆去。初，日官奏『文星暗，
科場當有事。』（沈）詢為禮部侍郎，聞而憂焉。至是，三科盡覆，日官之言
方驗」。

　　這裡記載了溫庭筠「攪擾場屋」的故事，根據現有確實記載，其事集中
發生在大中八、九年。因為大中八年主試宏詞、拔萃二科的吏部侍郎、兼判
尚書銓事裴諗，由於不小心，把題目泄露了。前進士柳翰（京兆尹柳憙之子）
託溫庭筠為他作文，而高中宏詞科之選（只錄取三人），沒考中者就大鬧得連
皇帝都知道了，也牽涉到了令狐綯。事情的結果，一是有關考官都被貶黜，
唐技貶虔州刺史、裴紳貶申州刺史、裴諗左授國子祭酒、周敬復罰二月俸、
馮顥左授秘書省著作佐郎。二是「三科（進士、宏詞、拔萃）盡覆」，「考院所
送博學宏詞科趙租等十人，並宜覆落」，考取的都不算了。而且作者記錄，這
種結果都是天意，「日官之言」「方驗」而已。

　　而杜審權作為貶制的起草者，和整個事件的見證人和參與者，應該是處
理這個考場風波的官方代理人之一。「又以本官知制誥，正拜中書舍人。十年
（沈詢知貢舉的下一年），權知禮部貢舉」（《舊傳》卷卷一七七）。他掌握的
權力，他任中書舍人的時間、知貢舉的時間，他對事情的處理，都表明他正
是《上杜舍人啟》的啟主（見下）。從該啟看，他對溫的詩賦之才頗為賞識；
而溫則特別介紹和強調了自己有關史才史識的「甄藻之規」和「顯微之趣」，
希杜舍人推薦自己進史館，任修撰，正好乘著史館改變編制的時機。

四、求為史官，只得縣尉

實際上，庭筠自大中初，也就是開成後期和會昌之末牛李黨爭連續翻盤而政治形勢完全改變之後，便試圖從兩方面重入仕途。一是沿著當年等第罷舉的餘緒，他不時不得不再登考場，思以自己本色當行的文字詩賦之功有所建樹。二是繼續走當年東宮舊路。既然曾為莊恪太子東宮屬官，他努力干求臺閣重臣，想直接求官，尤其是求做史官。大中初年的《上令狐相公啟》和大中後期《上杜舍人啟》都是適例。但他的政治舊案因深涉宮廷乃至宦官內幕，像「沉疴痼疾」一樣難求良醫。《上令狐相公啟》（《全集》之外，參《文苑英華》卷六六二及《全唐文》七八七），是一篇頗為典雅而晦澀的駢儷文，其獨特的辭藻、詭譎的典故，乃至漫漶處的鑑別，若存疑或解之不到位，則無法考證。為使結果有說服力一點，先依原文順序註釋如下。

（一）多年所學，人才廢棄

> 某聞丘明作傳，必受宣尼；王隱著書，先依庾亮。或情憂國士，或義重門人。咸託光陰，方成志業。抑又聞棄茵微物，尚軫晉君；懷刷小姿，每干齊相。豈繫效珍之飾，蓋牽求舊之情。某邸第持囊，嬰車執轡。旁徵義故，最歷星霜。三千子之聲塵，預聞詩禮；十七年之鉛槧，尚委泥沙。敢言蠻國參軍，纔得荊州從事。

大意：有如舊詩的「起興部分」，借孔子重視左丘明作傳、庾亮支持王隱修史的史典振起，企望對方以優遇國士之情厚待自己，以器重門人之義助成自己，幫助自己實現修史之志。接下來，用典喻意：又聽說連被拋棄的舊席這樣細末的東西，都使晉文公悲傷；連「懷刷」這樣微小的物事都能用來干求齊相（靖國君），是因令狐念舊不棄微渺，自己才敢憑小才小用，常來干謁。而自己的干求，不僅是要有所獻納，也是因為舊情舊義。下文陳述自己多年靠父祖餘蔭，混跡豪門為侍從、屬吏。也曾為令狐楚門人而聞其教（嘗與李商隱同學）。只是多年積學，未得所用，為末座下僚而已。

解釋：丘明，《史記·十二諸侯年表》（卷十四）「魯君子左丘明懼弟子人人異端，各安其意，失其真，故因孔子史記具論其語，成左氏春秋。」《史記·裴駰集解序》引司馬貞《索隱》云「仲尼作《春秋經》，魯史左丘明作傳，合三十篇，故曰《左氏傳》。」宣尼，指孔子。《漢書·平帝紀》「元始元年，……追封孔子曰襃成宣尼公。」王隱，據《晉書》本傳，「太興初，……乃召隱及郭璞俱為著作郎，令撰晉史。……乃依征西將軍庾亮於武昌。亮供其紙筆，

書乃得成。」《新唐書·藝文志》「王隱《晉書》八十九卷。」「憂」，似當從《文苑英華》作「優」（厚待意），與「重」相對。所謂「門人」及「國士」，指王隱、左丘明，也兼自指。舊說或謂左丘明為孔子門人，溫《上蔣侍郎啟》二首之二也有「撰刺門人」語。所謂「門人」者，清惠棟《九經古義》卷十五「古人親受業者稱弟子，轉相授者稱門人。則穀梁於子夏，猶孟子之於子思。」溫師李程與令狐綯為僚友，溫又曾在令狐楚門下執弟子禮（見下）故可稱弟子，又可稱門人。棄茵，劉向《說苑·復恩》「晉文公入國，至於河，令棄茵席，顏色黎黑，手足胼胝者在後」，咎犯哭之，因使文公改其行。軫，此處解作「使悲傷」。懷刷小姿，《韓非子·內儲說下》「靖郭君相齊，與故人久語，則故人富，懷左右刷則左右重。夕語懷刷，小資也，猶以成富，況於吏勢乎？」以及「是以人主久語，而左右鬻懷刷。」「懷刷」，未詳指何物事或何行為，然稱「小資」，便是微小可取資之物事。繫，繫心。牽，牽念，與「繫」互用；求舊之情，由此語可斷溫與令狐有舊。

邴第，指邴吉宅第，《漢書》本傳（卷七四）：馭吏嗜酒，嘗醉嘔其車；邴曰「此不過污丞相車茵耳。」溫《中書令裴公挽歌詞二首》「從今虛醉飽，無復污車茵」即用其事。持囊，又作「持橐」；語本《漢書·趙充國傳》（卷六九）「持橐簪筆，事孝武皇帝數十年」；《太平御覽》所引作「持囊」。按舊時帝王、大臣從吏手持書袋，頭上插筆，以備顧問，即所謂「持橐簪筆」也。嬰，由「執轡」，謂為之駕車，似用《史記·管晏列傳》（卷六二）御者被晏嬰薦事。義故：以恩義相結的故舊；此父祖餘蔭也。「三千子」句，《史記·孔子世家》（卷四七）「孔子……弟子蓋三千焉。」預聞詩禮，兼用《論語·季氏》典：此句向令狐相公表示，在對方如孔鯉一樣接受父訓時，自己也執弟子禮；把令狐相公之父喻為孔子般廣收弟子的大儒，而啟主令狐相公，必為令狐楚之子令狐綯也。

十七年之鉛槧，兼用二事，一是《西京雜記》卷三「揚子雲好事，常懷鉛提槧，從諸計吏訪殊方絕域四方之語，以為裨補輶軒所載，亦洪意也。」二是《藝文類聚》卷八五載揚雄《答劉歆書》云「故天下上計孝廉，及內郡衛卒會者，雄常把三寸弱翰，賚油素四尺，以問其異語，歸即以鉛摘次之於槧，二十七歲於今矣。」據此，「十七」或當為「廿七」之誤。尚委泥沙，謂多年遊學所得，尚被委棄而無所聞用也。鉛，鉛粉筆；槧，木牘；皆古人紀錄文字的工具。溫《上宰相啟》二首之二（約寫於咸通初）「三千子之聲塵，曾參講席；

十七年之鉛槧，夙預元圖」也用了同樣的一組典故，表達了與啟主的「門人」關係和交往的連續性。其後句把「尚委泥沙」改成「夙預元圖」（即玄圖）則顯示自己多年遊宦遊學所得，由無所用到參與對方的一項（著作）計畫。可見《上宰相啟》二首，啟主也應是令狐綯（綯大中時為相十年，故以宰相稱之而免提其姓也），與本啟同，而本啟之求懇應是有一定結果的。「蠻國參軍」，出《世說新語‧排調》「郝隆為桓公南蠻參軍。……曰：千里投公，始得一蠻府參軍；那得不作蠻語也」！「荊州從事」云云，出《世說新語‧文學》「習鑿齒史才不常，宣武甚器之，未三十，便用為荊州治中。鑿齒謝箋亦云：不遇明公，荊州老從事耳！」按郝隆就是那位曬腹中書的文人，習鑿齒則是名副其實的史家，著有《漢晉春秋》、《襄陽耆舊記》等。「蠻國」、「荊州」云云亦見《上紇干相公啟》「間關千里，僅為蠻國參軍；荏苒百齡，甘作荊州從事。」亦自謂為屬吏下僚。這組典故出現於不同時期之作，其意重在表明自己多年一直處於下位，而非實指身在荊蠻（《上紇干》是開成二年所作，本文則作於大中初，前後差十年有餘，不會都在荊蠻）；同樣，在投遞紇干啟或本啟中用這組典故，雖因郝隆和習鑿齒的幕主都是桓溫而暗涉桓溫，卻毫無以啟主為桓溫的意味，蓋溫此前為下僚甚久，鮮與令狐有瓜葛也。

> 自頃藩床撫鏡，校府招弓。戴經稱女子十年，留於外族；嵇氏則男兒八歲，保在故人。藐是流離，自然飄蕩。叫非獨鶴，欲近商陵；嘯類斷猿，況鄰巴峽。光陰詎幾，天道如何？豈知蕞爾之姿，獨隔休明之運。

大意：這段文字敘述自己最近十年的悲苦經歷。自從侍從莊恪、等第罷舉以來，十個年頭已過。自己的女兒已經十歲，未出門而留在外婆家；兒子也好像嵇家的兒子，已八歲，全靠故人的保護了。考慮溫屢自比嵇紹，而將求懇對方喻為山濤，「戴經」句，同時比喻自己久蟄當起，希求故人憐恤自己，說自己已如《禮記》所言「十年不出」而「留於外族」的女子一樣（應該嫁人，亦喻出仕了）；而「嵇氏」句，也可解自己只能如幼年而孤的嵇紹，全靠故人提攜支持。二句的兩種解釋是作者有意設計的（這也是「複筆」的例子）。既抒家庭流離之苦，亦抒仕途沉淪之悲。所以後文補上一句對於生涯無根的哀嘆：自己已是如此不堪流離失所，飄蕩不已。然後說：我傷心的鳴喚雖非那千里獨鶴，卻幾乎接近了商陵；我的沉痛的呼嘯很像那斷腸的猿母，況鄰接了巴峽。我究竟還有多少時間等待那不可知的天道啊？誰料我這微渺

的人啊，偏偏和美好公平的命運無緣。

解釋：「自頃」以下，「藩床撫鏡」和「校府招弓」表示溫庭筠此前的兩個重要經歷，即侍從莊恪太子和「京兆府招攬人才」（等第），見前。戴經，此處指《小戴禮》，即今傳《禮記》。女子十年，語本《禮記‧內則》「女子十年不出，姆教婉娩聽從。」外族，外家之族，謂妻族。「嵇氏」句，語本嵇康《與山巨源絕交書》「女年十三，男年八歲」（見前引）。藐是流离，用庾信《哀江南賦序》成句「藐是流离，至於暮齒。」藐，弱小或不值稱，是，此，指上文的「十年」及「八歲「也；藐是流離，不足提如此顛沛流離；所以下句解為，自來本是這樣漂泊無依。

「叫非」句，《樂府詩集》（卷五八）《別鶴操》解題曰：崔豹《古今注》曰：「《別鶴操》，商陵牧子所作也。娶妻五年而無子，父兄將為之改娶。妻聞之，中夜起，倚戶而悲嘯。牧子聞之，愴然而悲，乃援琴而歌。後人因為樂章焉。」又《文選》卷十八嵇康《琴賦》「千里別鶴」句下李善注引《相鶴經》曰：鶴一舉千里。蔡邕《琴操》曰：「商陵牧子娶妻五年，無子，父兄欲為改娶，牧子援琴鼓之，嘆別鶴以舒其憤懣，故曰《別鶴操》。鶴一舉千里，故名千里別鶴也」（以下亦引崔豹《古今注》，文字稍異，其末為牧子「愴然歌曰：將乘比翼隔天端。山川悠遠路漫漫。攬衣不能食」云）。商陵，是漢之侯國；據《史記惠景閒侯者年表》（卷十九）《索隱》注「《漢表》：在臨淮；以楚太傅趙夷吾，王戊反，不聽。」又《漢書》卷十七《景武昭宣元成功臣年表第五》亦云「商陵侯趙周」。臨淮，因其地跨淮水而名，治所在今江蘇泗洪縣南。

「嘯類」句，「酈道元《水經注‧江水》「漁者歌曰『巴東三峽巫峽長，猿鳴三聲淚沾裳。』」又《世說新語‧黜免》「桓公入蜀，至三峽中，部伍中有得猿子者。其母緣岸哀號，行百餘里不去，遂跳上船，至便即絕。破其腹中，腸皆寸寸斷」。巴峽，此處其實概稱巴東三峽。以上二句自言其叫其嘯之褫魂奪魄的悲痛。其上句自謂鳴聲雖非千里別鶴，其憤懣悲愴卻幾乎逼近《別鶴操》中的傷心欲絕的商陵（牧子）。下句自稱嘯聲非常類似悽惻斷腸的哀猿，更何況簡直是鄰近了巴峽。二句中「近商陵」之「近」和「鄰巴峽」之「鄰」都是為了強化其叫其嘯痛徹心肺的程度，簡直可比商陵別鶴和巴峽斷猿，由此來形容自己的痛徹心扉的悲苦，而不含作者身臨巴峽或商陵的意義。或以「況臨巴峽」句推論溫當時所居地鄰近巴峽，誤；如照此推理，當時所居地應也

「近商陵」（如上，在臨淮）了，二者矛盾。依此推溫其時住近巴峽，乃及其仕履，則謬以千里也。

（二）「野氏」考證，文饒是指

下文第三段為「今者野氏辭任，宣武求才。倘令孫盛緹油，無慚素尚；蔡邕編錄，獲偶貞期。微迴謦欬之榮，便在陶鈞之列。不任覘冒彷徨之至。」

大意：現在前朝李太尉已經退位了，史館正在物色人才。如果你能讓孫盛一樣的我發揮他的文才史筆，不枉他平素喜歡著述的志向愛好；我就能像蔡邕被用編寫漢史一樣，終於得遇明時了。只要你稍為我說幾句好話來誇獎我，我就能受到你的大德栽培。我真是無限說不盡的慚愧冒昧不知所云啊。這是全文主旨所在。這裡問題較複雜，先給出基本說明，再來專論「野氏」和「宣武」。

解釋：孫盛，《晉書》（卷八二）有傳，博學善言名理。曾任桓溫參軍，與俱伐蜀。盛與溫箋，而辭旨放蕩。著《魏氏春秋》、《晉陽秋》等，詞直而理正，敢忤桓溫，稱良史。緹油，唐代慧琳《一切經音義》（卷十）「緹油：音緹，弟奚反。義，緹：鄭注《周禮》云，綠色也；又淺紅色也；《說文》：帛赤黃色也。下油者，絹油也；古人用以書記事」。則緹油者，猶言彩筆、文才也；此處用作動詞，謂發揮文采也（此義又見《一切經音義》CBETA 電子版版本記錄：完成日期：2001／04／29。發行單位：中華電子佛典協會（CBETA）cbeta@ccbs.ntu.edu.tw 資料底本：《大正新脩大正藏經》Vol. 54，No. 2128《新譯仁王經序》）。《舊唐書‧哀帝紀》（卷二四）《禪位梁王詔》「神功至德，絕後光前，緹油罕紀其鴻勛，謳誦顯歸於至化。」其中「緹油」即用「彩筆」義。又，緹油，車飾，古代車軾前屏泥的紅色油布、經常標識身份或恩遇，如《漢書循吏傳》（卷八九）載黃霸得此殊榮；此處不宜取此解。素尚，謂平素好著述的志向。蔡邕（132～192），東漢文史家。《後漢書‧蔡邕傳》（卷六十下）載，邕前在東觀與盧植、韓說等撰補《後漢紀》，後因事董卓，王允欲殺之，乞黥首刖足，繼成漢史；馬日磾稱蔡邕忠孝素著，曠世逸才，當成後史，為一代大典；然終死獄中；當時搢紳諸儒莫不流涕。北海鄭玄聞而嘆曰「漢世之事，誰與正之」。獲偶貞期：謂得遇明時也；獲，得也；偶，假借為遇、遇合也；貞期，政治清明的時代。謦欬，本指咳嗽，借指在高位者之美言。陶鈞：製做陶器所用的轉輪；引申為治國者起用人才。

「野氏辭任」，指某人卸職。不把「野氏」所指考清，本文寫作時間則無

以探明。「野氏」其人當指晚唐名相李德裕，字文饒。兩《唐書》有傳。原因如下。

第一，所謂野氏，察遍舊籍，唯「大野氏」與之粗合，而為「大野氏」之省稱。大野氏者，唐高祖李淵之祖李虎西魏時被賜封之胡姓也。據兩《唐書高祖本紀》（參《唐會要》卷一「帝號」、《冊府元龜》卷一《帝王部帝系門》）「李淵，七世祖暠。暠生歆，歆生重耳，重耳生熙（儀鳳中，追尊宣皇帝），戍於武川，因留家焉。熙生天賜。天賜生虎（武德初，追尊景皇帝）。西魏時，賜姓大野氏，……周閔帝封唐國公，諡曰襄。襄公生昞，襲封唐公，諡曰仁（武德初，追尊元皇帝）。仁公生高祖於長安，襲封唐公。隋文帝復高祖姓李氏。」稱卸職的某人為野氏，說明其人為李姓，與李唐王室同根而為李唐先祖李虎之後，此人當然不是皇帝，必一度握重權。

第二，陳寅恪先生《唐代政治制度史述論》上篇（三聯書店2009年北京第二版）確鑿證明李唐先祖為大野氏族，見於以下的論斷：「今河北省隆平縣（按即唐趙州昭慶縣）尚存唐《光業寺碑》（《大唐帝陵光業寺大佛堂之碑》），……茲取黃彭年等修《畿輔通志》壹柒肆《古蹟略》所載碑文相參校，而節錄其最有關之數語於下：（上略）皇祖瀛州刺史宣簡公謹追上尊號，諡宣皇帝（即上引李熙）……。案：《光業寺碑頌詞》復有『維王桑梓』之語，則李氏累代所葬之地即其家世居住之地，絕無疑義，而唐皇室自稱其祖留居武川之說可不攻自破矣。」檢《元和郡縣圖志》（卷一七）「河北道二趙州昭慶縣」：「皇十三代祖宣皇帝建初陵，……在縣南二十五里。」確與陳寅恪所引碑文相證，可據以論定李重耳以下各代李熙、李天賜、李虎（即大野氏）、李昞、李淵都是趙州昭慶人。

第三，《新唐書李栖筠傳》（卷一二七）「世為趙人，……族子華每稱有王佐才。」《新唐書李華傳》「字遐叔，趙州贊皇人。」李栖筠乃李德裕祖父，可見德裕乃趙州贊皇人。李德裕進封贊皇伯、父吉甫封贊皇侯。

第四，《隋唐五代墓志匯編・洛陽卷》（天津古籍出版社，2009年3月出版）第十四冊有《崔君夫人李氏墓志》「夫人趙郡贊皇人……祖贈太師贊皇文獻公諱栖筠」，末署「堂弟特進行太子少保分司東都衛國公德裕撰」。據《元和郡縣圖志》卷十七，「贊皇縣，東北至（趙）州七十里；」「昭慶縣，東北至州九十里。」則贊皇、昭慶二縣近鄰，幾乎可以看成一地。換言之，李德裕確應是大野氏、即李虎後代之一支。只是由於當時「以關中為本位」的成見或

者當時別的忌諱，李本人不便明言自己與皇家同根而已。但溫把實話講了出來，而且對方令狐綯自完全知之。這就為陳寅恪之說提供了旁證。竊以為，李唐皇室祖籍趙郡（而不是隴西），正是唐代趙郡多出宰相（尤贊皇、李氏顯宦甚多。宰相多達十七人，遠過隴西李氏）的根本原因。無論如何，以「大野氏」稱李虎後代的李姓自認為李唐之先，雖未得唐王室承認，在唐代也是半公開的事實。

第五，這位「野氏」李姓人物，能在給令狐綯的啟文中被提到，是因他與令狐綯之人生有明顯的交集，可見之於他「辭任」造成形勢的變化。他在前朝會昌時曾舉足輕重，在宣宗即位後無罪被貶；當時令狐綯卻快速得寵擢升。二人升黜形成強烈的對比。溫庭筠大中初向令狐綯投啟時所能涉及的這位「野氏」人物、不但與當時形勢相關而能對溫庭筠投啟事有所影響者，可稱唯一可能有關者，只能是李德裕。

（三）「宣武」舛誤，「史官」原字

以下再校對並解釋「宣武求才」。「宣武」看不同場合又是可指桓宣武，即桓溫，東晉權臣。《世說新語・言語第二》「桓公北征經金城」條下劉孝標注引《桓溫別傳》曰「溫字元子，……薨謚宣武侯。」《晉書桓玄傳》「朕皇考宣武王聖德高邈。」《資治通鑑》卷一百三云「寧康元年（373）南郡宣武公桓溫薨。」桓溫一生，位極人臣，雖有事功，而後來跡近叛逆。後世文史縱有比某人幕主為桓溫之例，而鮮有或未見直接比其幕主為宣武侯宣武公乃至宣武王者。「宣武」二字在此處的出現，表現了多方面的不通，都與原文格格不入，而必須予以校正。

第一，「宣武「之最明顯的不妥，是聲調不諧。「今者野氏辭任（仄仄平仄），宣武求才（平仄平平）」十字中「今者」二字，在全篇啟文駢四驪六的對偶句式中，屬於不受平仄對仗限制的「發句語」（全文中另有某、某聞、抑又聞、或、自頃等發句語，均以*斜體*字標出）；除這種「發句語」（和結句）外，其他各句或相應部分皆嚴格講究平仄（亦一三五平仄不論）和對仗。反復詠頌本文，發現「野氏辭任，宣武求才」中的「野氏」和「宣武」都是仄聲音節而不構成平仄對仗，成為此文中唯一音律不諧之處。為使平仄諧，可改「野氏」為平聲音節，也可改「宣武」為平聲音節。但是從意義上考慮，由兩個仄聲音節組成的「野氏辭任」，似無可挑剔和改動，則下句應是兩個平聲音節，故失誤在「宣武」也。這種基本音調的不諧，不可能是精通音律的溫不小心

造成。據全文意脈猜測，應以平聲音節（平平或仄平）取代「宣武」而與「野氏」構成對仗，竊以為構成這平聲音節的詞應是「史家」（或史官）。

第二，這個取代，除因此使平仄皆合外，「野氏」與「史家」之相對仗，工整而雅穩；符合溫的造語習慣（《論語‧雍也》「質勝文則野，文勝質則史」，是為「野」可與「史」偶對之源）。妙在「史官求才」，可理解成有司「求史官才」的倒文。

第三，就意義而言，「野氏」和「史家」對仗中，上句指前執政李德裕已去位；下句指今朝有求史官之才的需要，這是當時的總形勢。以「辭任」言李德裕的被貶，不失敦厚；以史家求才表達新朝招攬史官，應合乎當時新君（唐宣宗）初立的歷史條件。唐代新君即位後不久，往往著手前朝歷史的修撰。裴庭裕《東觀奏記》序中就提到「聖文睿德光武弘孝皇帝（唐昭宗）自壽邸即位，二年，監修國史、丞相、晉國公杜讓能以宣宗、懿宗、僖宗三朝實錄未修，歲月漸遠，慮聖績墜，乃奏上，選中朝鴻儒碩學之士十五人，分修三聖實錄」。在殘唐之時，猶且如此；說明新朝新君每議修史，是自然的；而當此之時，整頓史館、搜羅補充史官人才應是常事，換言之，「史官求才」成為自然的必要。

第四，晚唐文人自比桓溫門客，似不乏例證。因桓溫畢竟為一時之雄而曾延攬人才。不過，從全文前後各句的語境而言，前文固然用了郝隆（含抱怨）、習鑿齒（含揄揚）的典故，而似涉桓溫，但主要是說自己以前多年沉淪下僚的經歷，與啟主令狐無關。後文用了孫盛（含指摘）的典故，自比詞直而理正，敢忤桓溫，人稱良史，更無比令狐為桓溫而暗貶之的意味。在這樣的前後文中，當中冒出的、起連貫前後作用的一句「宣武求才」，如果真是以桓溫稱「宣武」而代指令狐綯的話，就等於把前文訴說昔日經歷的「蠻國」二句典故所暗涉的桓溫都當成了令狐綯，也簡直把後文對「桓溫」暗含的指摘和埋怨都放到令狐綯頭上去了。這讓令狐綯情何以堪？另外，李德裕方退位不久，則公開恭維初得恩寵而資歷尚淺、尚無建樹的令狐綯為勢壓朝廷，門下集結頗多文人的桓宣武，與上下文意相矛盾外，有恭維過火而產生貶義之嫌，遠非溫庭筠所能為。

第五，因為史官求才，所以求為史官。下文緊接就扣住主題，一言破的，自己願如孫盛那樣得以發揚文才史識而為良史；也讓蔡邕一樣的自己編錄國史，遇上好時機，不至賫志以沒。這又與本文的「引子」，即開頭就說的

投獻目的「丘明作傳，先受宣尼；王隱著書，先依庾亮」，即要求令狐推薦自己編史完全相合，也與「廿七年之鉛槧，尚委泥沙」（自己多年的學識積累未得其用）緊密相扣，更與前引習鑿齒典故暗相呼應，使全文一氣貫注，主旨鮮明。

第六，重讀「倘令孫盛緹油，無慚素尚；蔡邕編錄，獲偶貞期。微迴謦欬之榮，便在陶鈞之列」數語，可發現其中「微迴」句是再次懇求對方（向有司）為自己稍盡美言、幫助自己成為史官。「倘令」是「如果使」之意，其前省略的主語就是令狐相公本人（應稱為「君」或「公」），這個主語若就是前文的「宣武」，令狐哪裏用得著自己對自己「微迴謦欬」啊？實際上溫要令狐向有司稍盡美言，應是要中書省有關「監修國史」的上峰向所轄史館，為自己求任史館修撰、或直館之類的職務，這就是我們所說的「史官」。蓋令狐綯當時仕途正看好，雖非宰相，說話管用也。

第七，且不說令狐綯大中初根本未曾為節度使；即使他在大中十三年去相位時為河中節度使（《新表》），「咸通二年改宣武節度使，三年冬，徙淮南」（《舊傳》卷五八），乃至「為四鎮節度使」（《新傳》卷一六六），由於他大中十年為相的經歷，人們包括溫仍習慣稱之為相公（《上宰相啟》第二首可以為例），而不會在其任職河中時稱之為河中、任職宣武時稱之為宣武。其實，在本文的語境下，「宣武」不但不能指令狐綯，指任何一個另外的前任官員也不行了，因為這個詞造成了前後文心的破綻，而且直接以幾近叛逆的強臣諡號稱人，人所不能接受也。第八，退一萬步說，「宣武求才」是指令狐鎮宣武時招求人才，幕府隨員的任免，都是節度使說了算。溫在襄陽依附徐商，徐自己決定則可，不用向任何人求「微迴謦欬」。

所以，「宣武」二字從平仄上、對仗上，從前後文相接的文理上，都是不通的。這種不通很可能是前代不通文人把一度漫漶的「史官」位置上的原字補上「宣武」而造成。我們不得不把它改回「史官」。

（四）求舊令狐，難申其志

首先，即使在整個唐朝的範圍而論，所謂「令狐相公」者，當晚唐之時，無非令狐楚（765～836）、令狐綯（795～872）父子二人之一也。單憑本文「三千子之聲塵，預聞詩禮」這句話，在令狐相公當年如孔鯉聞詩聞禮那樣接受父訓時，溫既也曾「預聞詩禮」，只能是在令狐綯父令狐楚門下為客，可見啟主相公應是令狐綯。令狐楚才思俊麗，名重當時，年輩學問皆堪為溫師。《新

唐書‧令狐楚傳》（卷一六六）云楚「於箋奏制令尤善，每一篇成，人皆傳諷」；而《新唐書‧文藝傳》云：「商隱初為文瑰邁奇古，及在令狐楚府，楚本工章奏，因授其學。」《舊唐書‧李商隱傳》（卷一九〇下）言「商隱幼能為文，令狐楚鎮河陽，以所業之文干之。」溫李並稱，年輩亦復相仿，相友相知，嘗共師令狐楚，應是是合理推測。其次，我們解決了「野氏」指何人和「宣武」為什麼要校改為「史官」這兩個問題，也就揭示了本文之作時和目的。由「野氏辭任」語，知李德裕已退位，而未卒（卒在大中三年即大中三年十二月），上此啟之時應在大中三年十二月之前。也就是如《舊唐書‧令狐綯傳》（卷一七二）所記載的「大中二年，召拜考功郎中，尋知制誥。其年，召入充翰林學士。三年，拜中書舍人，……尋拜御史中丞」——這個時段內。

溫在大中初投啟令狐綯，要求任史職。這不是沿著開成四年「等第罷舉」之路求第，而是沿著開成二三年「侍從太子」的仕履求官。會昌中的形勢封斷了溫求第求官之路，大中初年唐宣宗一反會昌之政，使他看到微茫的希望，又與令狐有舊，所以來求官。由於複雜的政治原因，求第求官之路對他仍都充滿荊棘，雖然他終於在大中十三年「貶尉隨縣」後委屈地實現了自己的願望。以下對比一下李德裕和令狐綯彼時處境，正可發現溫為什麼前來求懇令狐綯。

一朝天子一朝臣，唐宣宗即位之初，就擯棄了李德裕，使牛李黨爭最後一次翻盤，很顯示了這位新君的權威和御人之術。兩《唐書》本傳（《舊》卷一七四，《新》卷一八〇）記載，宣宗惡李德裕，聽政次日即罷其相位。《通鑒》卷二四八「宣宗素惡李德裕之專，即位之日（會昌六年三月），德裕奉冊；既罷，謂左右曰『適近我者，非太尉邪？每顧我，使我毛髮洒淅。』（會昌六年）夏，四月，辛未朔，上始聽政。壬申，以門下侍郎、同平章事李德裕同平章事，充荊南節度使。德裕秉權日久，位重有功，眾不謂其遽罷，聞之莫不驚駭。」其後，根據《舊唐書‧宣宗紀》（卷二十下）：會昌六年六月為東都留守；大中元年正月為太子少保，分司東都；大中元年七月，貶潮州司馬員外，置同正員；大中二年九月，可崖州司戶參軍；大中三年十二月病死。與李德裕此時的遭際構成鮮明對比的是，令狐綯短時間內得宣宗之殊寵，只是因為宣宗對綯父令狐楚有好印象。《舊傳》（卷一七二）曰：「大中二年（848），召拜考功郎中，尋知制誥。其年，召入充翰林學士。三年，拜中書舍人，襲封彭陽男，食邑三百戶，尋拜御史中丞。四年，轉戶部侍郎，判本司事。其年，改

兵部侍郎、同中書門下平章事。《新傳》（卷一六六）曰：『召為考功郎中，知制誥。入翰林為學士。……進中書舍人，襲彭陽男。遷御史中丞，再遷兵部侍郎。還為翰林承旨。……俄同中書門下平章事。』」

令狐為宰相直至大中十三年十二月出為河中節度使，前後達十年。會昌中建立大功、為宣宗建好統治基礎的股肱之臣李德裕並無過錯而一落千丈、直到貶死之境；有點父蔭而尚毫無建樹的令狐綯則扶搖直上，炙手可熱。這就是「野氏辭任，宣武求才」所含蓄的當時形勢。考慮其意蘊，所謂「野氏」李德裕尚在（病逝於大中三年十二月，可換算為公元 850 年一月），故謹言「辭任」。如此，則令狐綯尚未入相。則此啟約作於大中二三年間。啟題中頭銜應是「學士」或「舍人」，因令狐綯久在相位，被後來傳人妄改耳。

投啟結果是沒達到目的，恐不是令狐不願、而是礙於政治原因不能推薦他。

劉學鍇先生《溫庭筠全集校注》卷十一認為溫是在為「荊州從事」之時（即在荊南節度使蕭鄴幕為從事的大約咸通二年冬？），向方由河中調任宣武軍節度使的令狐綯投遞此啟的。這個推理是由一系列的錯誤判斷構成或助成。略舉如下：

其一，雖知本啟「蠻國參軍」、「荊州從事」都是用典，但是卻謂「荊州從事」係「實指在荊州為從事」。據此結論再向後推理，則更謬矣。其二，「叫非獨鶴，欲近商陵；嘯類斷猿，況鄰巴峽」之句必須正確理解，才能從中有所取證。如前注釋，用「臨巴峽」為證錯誤地推論溫當時居地在江陵，導致了結論錯。其三，在註釋「今者野氏辭任，宣武求才」時，一方面謂「野氏，未詳」；卻又解釋「野氏」句「謂前任宣武節度使畢諴辭任」，至於為什麼竟把這個「不詳」的「野氏」加於畢諴，就未置一詞。又解「宣武求才」為「以桓溫求才喻令狐綯汴幕新開，廣招人才」，便是為不合理硬做解釋，也就難通了。其四，對於啟中語詞典故，尚有一些未注出。如懷刷、撫鏡、招弓、緹油、獲偶等。這就有害於對原文的理解。

（五）「暫陪諸吏」，不得其職

一直到大中九年「攪擾場屋」案發之後，大中十三年貶尉之前，溫還在求為史官。這顯示為史官確是他終生追求的目標。溫在《上蔣侍郎啟》之一中也提到自己「謬嗣盤盂」，自指還算能繼盤盂之才，即申誠帝王的良史之才。盤盂，本圓盤與方盂，古代盛物器皿，其上常刻銘記功或者銘誡；《漢書・田

蚡傳》（卷五二）「（蚡）學盤盂諸書」，顏師古注引應劭曰：「黃帝史孔甲所作也，凡二十九篇，書盤盂中，所以為法戒也。」《舊唐書‧溫大雅傳》「諸溫儒雅清顯，……皆抱廊廟之器，俱為社稷之臣。」《新唐書藝文志》著錄溫大雅《大唐創業起居錄》。《上杜舍人啟》是溫求為史官的又一例證。茲擇其主要相關語句說之。

> 某弱齡有志，中歲多虞。模孝綽之辭，方成賤奏；竊仲任之論，始
> 解言談。猶恨日用殊多，天機素少。揆牛涔於巨浸，持蟻垤於維嵩。
> 曾是自強，雅非知量。李郢秀奉揚仁旨，竊味昌言。豈知沈約扇中，
> 猶題拙句；孫賓車上，欲引凡姿。進不自期，榮非始望。

大意：我年輕時曾經立志，到了中年多災多難。模仿劉孝綽的言辭，方寫成賤奏；偷學了王充的論說，才懂得言談。很遺憾每天要用的東西太多，而我的天分本來就太少。真是用牛涔之水測度湖海，憑蟻垤之土衡量嵩山。我曾經因此奮發圖強，可素來還是不善自量。後來李郢秀才遵奉宣揚仁旨，我私下體味善言；想不到閣下扇上居然題寫我的句子，就如孫賓石在車上，要薦引平庸的（如如趙岐一樣的）我（典前見）。自己不料有如此進身的機會，公賜我榮耀超過我原來的希望。

解釋：此處的「中歲多虞」，是說自己現在已無復中歲；而肯定進入老年了（不入老年不會如此提到自己的中歲）。溫「多虞」的「中歲」是指開成年間，當時溫經歷了「江淮受辱」、「侍從太子」、「等第罷舉」等重大事件，雖也有毀有譽，但謠言中傷甚囂塵上，《唐摭言》（卷十一）所謂「開成中，溫庭筠才名藉甚」是也。溫為此甚至不得不離開長安，「南遁」一段時間。到了大中後期時，溫已經多次失敗，仍一事無成、一命未霑。再向下讀：

> 今者末塗怊悵，羈宦蕭條。陋容須託於媒楊，沉痼宜蠲於醫緩。

大意：我現在正窮途失意，宦路蕭條。醜容難為官，得求楊得意推介，政治痼疾未治愈，應由醫緩之手治好。這裡的「媒楊」和「醫緩」都指杜舍人。而「沉痼」則指自己多年不能解決的政治病，所以這也不是大中初講的話。

解釋：陋容，自謙喻難登朝堂的人品。劉禹錫《上門下武相公啟》（《文苑英華》卷六六五）「藻鑒之下，難逃陋容。」媒楊，原誤作「媒揚」，依上下文語境改，指居間向漢武推薦司馬相如的蜀人楊得意，見《史記‧司馬相如列傳》（卷一一七）。醫緩，春秋秦良醫。嘗醫晉侯病，二豎因藏於膏肓之間

（見《左傳・成公十年》）。

> 亦曾臨鉛信史，鼓篋遺文。頗知甄藻之規，粗達顯微之趣。倘使閣
> 中撰述，試傳名臣；樓上妍媸，暫陪諸吏。微迴木鐸，便是雲梯。

大意：我也曾寫過信史，學過前賢遺文。我很知道選擇詞藻的規矩；也大略通達修史者使文旨顯露或者隱蔽的旨趣。如果讓我任職史館、為名臣作傳；如鄭玄被馬融召見於樓上，能夠暫時陪同加官諸吏，貶惡而揚善。那麼你稍用一下你領袖群賢的權柄，對我就是通向青雲的階梯了。

解釋：臨鉛、鼓篋，前文已解。撰述，謂任史館修撰。《新唐書百官志二》（卷四七），「史館，修撰四人，掌修國史。……元和六年，宰相裴垍建議：登朝官領史職者為修撰，以官高一人判館事；未登朝官皆為直館。大中八年，廢史館直館二員，增修撰四人，分掌四季」。又，（《唐會要》卷六四）「八年七月，監修國史鄭朗奏：當館修撰直館共四員，准故事。」樓上，原指師門，此言對方之門牆。語出《後漢書鄭玄傳》（卷三五）「（馬）融素驕貴，玄在門下，三年不得見，乃使高業弟子傳授於玄。玄日夜尋誦，未嘗怠倦。會融集諸生考論圖緯，聞玄善算，乃召見於樓上，玄因從質諸疑義。」妍媸，猶言賢不肖，當指歷史的是非正邪。諸隸，隸，疑作吏。諸吏，原作「諸隸」，今根據上下文文理改。《漢書・百官公卿表上》「侍中、左右曹、諸吏、散騎、中常侍，皆加官，所加或列侯、將軍、卿大夫、將、都尉、尚書、太醫、太官令至郎中，亡員，多至數十人。侍中、中常侍得入禁中，諸曹受尚書奏事，諸吏得舉法。散騎並輿車。」《太平御覽・職官部》「士之權貴，不過尚書，其次諸吏。」這裡的「諸吏」，應即指「大中八年，增修撰四人」，當時史館改變編制。溫又處於大中九年「攪擾場屋」案發之後，當時朝廷尚未對溫的案子作出決定。因此溫抱志前來求懇求杜舍人。杜舍人，應是杜審權，根據《舊傳》（卷一七七），「大中初，遷司勳員外郎，轉郎中知雜。又以本官知制誥，正拜中書舍人。十年，權知禮部貢舉。十一年，選士三十人，後多至達官。正拜禮部侍郎。」溫上此啟的目的是要求杜舍人推薦自己做史館修撰。

（六）貶尉原因，喧騰物議

溫努力奔走多年，還是當不成史官，最後卻被制授隨縣尉。給溫庭筠下貶制的不是杜審權，而是裴坦。《貶溫庭筠隨縣尉制》（見《東觀奏記》卷下），是一篇頗有趣味的制文，其中褒多而貶少。這個貶制，就是對攪擾場屋的溫庭筠的處理。

「勅鄉貢進士溫庭筠：早隨計吏，夙著雄名，徒負不羈之才，罕有
適時之用。放騷人於湘浦，移賈誼於長沙，尚有前席之期，未爽抽
毫之思，可隨州隨縣尉」。舍人裴坦之詞也。庭筠字飛卿，彥博之裔
孫也，詞賦詩篇冠絕一時，與李商隱齊名，時號「溫李」。連舉進士，
竟不中第。至是，謫為九品吏。進士紀唐夫歎庭筠之冤，贈之詩曰
「鳳凰詔下雖霑命，鸚鵡才高卻累身。」人多諷誦。上明主也，而
庭筠反以才廢。制中自引騷人長沙之事，君子譏之。前一年商隱以
鹽鐵推官死。商隱字義山，文學宏博，牋表尤著於人間。自開成二
年升進士第，至上十二年，竟不升於王庭，……豈以文學為極致，
已斬於此，遂於祿位有所愛耶？不可得而問矣。

根據文中的「前一年商隱以鹽鐵推官死。……至上十二年，竟不升於王
庭」的話，知裴坦下《貶溫庭筠隨縣尉制》似當在大中十三年（至少裴庭裕如
此認為）。而溫庭筠在大中九年的「攪擾場屋」的行為，即上引「詢為禮部侍
郎，聞而憂焉」之事，《南部新書》卷五也記「大中九年，日官李景亮奏云『文
昌暗，科場當有事。』沈詢為禮部，甚懼焉。至是三科盡覆，宏詞趙矩等皆
落，吏部裴諗除祭酒」。當時負責吏部銓選的官員皆受到貶謫、趙矩等十人皆
落下，獨溫一人，雖然作弊考場，卻安然無恙，而且過了四年，才最後被制貶
隨縣尉。在此四年中溫曾上啟杜審權。這個「四年」，似時間過長。溫貶尉隨
縣，也許早兩年，這樣他依徐商於襄陽時間也略長些（見下）。

我們先對《東觀奏記》所載《貶溫庭筠敕》（題目從《全唐文》卷七六四）
作解釋：「勅鄉貢進士溫庭筠」——首句點出溫受官時的身份。「早隨計吏，
夙著雄名」——說明溫的資歷和名望，還是二十年前的京兆薦名，或謂等第。
此話與《唐摭言》之「溫岐濫竄於白衣」等值，其實對溫之多年厄於一第含蓄
了很深的同情。「徒負不羈之才，罕有適時之用」，這是文中唯一所謂「責詞」，
而名貶實褒；就是真才直道、不為時所容的意思。行將滅亡的帝王專制制度
當然不需要直臣。「放騷人於湘浦，移賈誼於長沙」——竟然毫不顧忌把溫比
成正道直行而被放的屈原，當作懷忠抱屈而受貶的賈誼；「尚有前席之期，未
爽抽毫之思，可隨州隨縣尉」——則是冠冕堂皇地鼓勵溫有朝一日猶可重得
恩寵、顧問左右，並且希望溫繼續潛心文章大業，結句點出授官主旨。難怪
《東觀奏記》云「制中自引騷人長沙之事，君子譏之」，這句話等於讓皇帝承
認自己是昏君，代表皇帝說話的中書舍人裴坦難免要被君子嘲笑。《北夢瑣言》

卷四也記「謫尉」（方城）事，但所載制文則與《唐摭言》有所不同。「孔門以
德行為先，文章為末。爾既德行無取，文章何以補焉。徒負不羈之才，罕有適
時之用」。這裡去掉了「騷人、賈誼」之語而增加數句「責詞」；在不得不承認
溫的文才的同時，稱其「德行無取」而於時無補，不合孔教。這樣的兩個版
本，使我們對二者都不得不帶上一點懷疑。後來的《唐才子傳》則試圖揉合
以上兩段話，把制詞改為「孔門以德行居先，文章為末。爾既早隨計吏，宿負
雄名，徒誇不羈之才，罕有適時之用。放騷人於湘浦，移賈誼於長沙，尚有前
席之期，未爽抽毫之思。」自未盡可靠。不管怎麼說，《東觀奏記》所引制文
稱「可隨州隨縣尉」，可見已敕授溫庭筠官職，與一般的中第進士釋褐授官並
無二致，制文之後作者評論「竟不中第」云云，是有問題的；「至是，謫為九
品吏」正證明溫實際上是中第了的。中第算不算貶謫呢？也算也不算，因人
而異。

　　從正面看，從盛唐到中晚唐的很多例子都證明，進士及第之後，在一兩
年乃至更長時間釋褐而授縣尉（有時先要做校書郎之類清閑職），可謂司空見
慣。例如許景先，少舉進士（神龍元年前），授夏陽尉官（《舊唐書》卷一九
九）；「張長史（旭）釋褐（開元年間）為蘇州常熟尉」（唐張固《幽閑鼓吹》）；
馮定（《登科記考》定為貞元十八年進士）登第，尋為鄠縣尉（《舊唐書》卷一
七二）；李商隱開成二年中第（《舊唐書·文苑傳》）「（開成）四年釋褐秘書省
校書郎，調補弘農尉」（馮浩《玉谿生詩集箋注》附錄《玉谿生年譜》）；「薛
逢，會昌元年進士及第，為萬年尉（《唐才子傳卷七》）；杜讓能，咸通十四年
登進士第，釋褐咸陽尉」（《舊唐書》卷一八一）；等等。溫前後或同時之人登
第、釋褐為縣尉皆為正常的遷升而不為貶謫。

　　但是各種有關記載，則不但眾口一詞地說溫被貶，而且還湊了諸多他被
貶的理由。其一，《東觀奏記》所謂「上明主也，而庭筠反以才廢。……豈以
文學為極致，已靳於此，遂於祿位有所愛耶？不可得而問矣。」把溫的「以才
廢」歸因於唐宣宗靳惜祿位，當然不合理。這個「不可得而問」的原因其實
是顧忌宦官，溫得罪宦官，連皇帝也畏宦官而不能用他。其二，《唐摭言》（卷
十一）謂溫「以文為貨」、「攪擾場屋」，故貶隨州縣尉。這也不成立。我們看
到在大中九年的舉場風波中，獨有溫不受處罰。我們可將《舊唐書·宣宗紀》
（卷十八）所記大中九年發生的另一件事與溫「攪擾場屋」做對比：「御史臺
據正月八日禮部貢院捉到明經黃續之、趙弘成、全質等三人偽造堂印、堂

帖，兼黃績之偽著緋衫，將偽帖入貢院，令與舉人虞蒸、胡簡、党贊等三人及第，許得錢一千六百貫文。據勘黃績之等罪款，具招造偽，所許錢未曾入手，便事敗。奉敕並准法處死。主司以自獲姦人，並放。」這也是作弊案，情節較考場作弊嚴重些。故當事人黃績之等被處以極刑。而大中九年事件，影響範圍卻更大，溫對此有不可推卸的責任；當時負責吏部銓選的官員皆受到貶謫、獨有溫只是被「可隨州隨縣尉」而已，這能算得上貶嗎？其三，有人認為溫被貶是因得罪令狐綯。根據《南部新書》丁卷：「初綯曾問故事於岐，岐曰『出《南華真經》，非僻書也，冀相公燮理之暇，時宜覽古』，綯怒甚」；所以儘管唐宣宗很賞識溫，溫卻「為令狐綯所沮，遂除方城尉」。《北夢瑣言》卷二，「綯益怒之，乃奏岐有才無行，不宜與第。」關於得罪令狐綯的另一種說法見《北夢瑣言》卷四「宣宗愛唱《菩薩蠻》詞。令狐相國（綯）假其（溫庭筠）新撰密進之，戒令勿泄，而遽言於人，由是疏之。溫亦有言曰：『中書堂內坐將軍。』譏相國無學也。」這裡說令狐綯密進溫所撰《菩薩蠻》給宣宗，溫不遵令狐所囑而泄露自己是作者，就得罪了令狐綯。按令狐與溫有舊誼，本是友好的，但對溫的政治處境卻無能為助；他自己的兒子因忌諱都甚遲得第，把溫政治上的不得意歸因於令狐綯，也缺乏證據。其四，還有一種記載，說溫不識在逆旅中遇到的微行的唐宣宗，因而被貶方城尉，就更是小說家言了；如《北夢瑣言》卷二「會宣宗私行，為溫岐所忤，乃授方城尉」。《北夢瑣言》（卷四）也有「宣皇好微行，遇於逆旅，溫不識龍顏，傲然而詰之」云云。

對於溫庭筠之貶尉隨縣，以下《唐摭言》卷十一「無官受黜」所記，更試圖給出一種甚為可疑的老吏之言作為解釋。「時中書舍人裴坦當制，怊悵含毫久之。時有老吏在側，因訊之升黜。對曰「舍人合為責詞，何者？入策進士，與望州長馬一齊資。」坦釋然，故有澤畔長沙之比。庭筠之任，文士詩人爭為辭送，惟紀唐夫得其尤。詩曰云云。」

首先，「無官受黜」的說法本身邏輯上就是矛盾的，這只是舊時雜說作者吸引讀者興趣的一種手法而已。「無官」則為平民，除非關入監獄，平民不可能再受黜，尤其不能受黜而反而成官。「謫為九品吏」須在原任職級別高於九品時方能成立。其次，我們考察當時情境。裴坦當制而「怊悵含毫久之」者，應是對溫這個特別案例，猶豫不決，久久不知如何措筆。只讚揚他是不周全的，因這是貶制；要斥責他也不合常情，因這是釋褐授官之文。所以他向身

邊的老吏請教對溫褒貶毀譽的尺度。分析「老吏」所言，唐代前進士授官的制文，一般總是充滿讚揚和鼓勵；溫既是受貶，「舍人合為責詞」是對的。但老吏解釋「合為責詞」的話，「入策進士，與望州長、馬一齊資」就令人不得要領了。所謂「入策進士」，參見《唐摭言》卷一「試雜文」條云「調露二年，考功員外劉思立奏請加試帖經與雜文，文之高者放入策」這句話，——也就是通過帖經試和雜文試兩場試，並且在雜文試中文章高妙者，被允許進入第三場「答策」試，也就是被「放入策」，成為所謂「入策進士」。而「答策」所試內容，神龍元年之後乃以詩賦為主。所以「入策進士」不過是進入最後一場筆試的鄉貢進士而已。又，所謂「望州」，本唐代七等州府的第三等。杜佑《通典》三三「職官十五」州郡下：「開元中，定天下州府……，以近畿之州為四輔，其餘為六雄、十望、十緊，及上中下之差。」又《新唐書·百官志四下》「文宗世，宰相韋處厚建議，復置兩輔、六雄、十望、十緊州別駕。……（上州有）長史一人，從五品上；司馬一人，從五品下。」而「望州長、馬」之官品，總比「上州長、馬」高一兩級，約為正五品（上下），竟比從九品上的「隨縣尉」高十六級。所以，老吏認為入策進士可與望州長、馬一齊資（解作同等資歷？或者退一步，一齊論資歷？都講不通），是不符合史實的。這種說法，不但更不能由溫為「入策進士」證明溫之任隨縣尉可稱貶謫，也完全談不上能說服裴坦「合用責詞」而使他「釋然」。這裡，老吏和裴坦之間的互動之因果，令人瞠乎其後，不知所云。裴坦撰制時是否想用責詞，是否受老吏啟發我們都不得而知，但裴坦名下所撰制文充分肯定溫高才令德，又比之為屈原賈誼，寫得確實相當出色，也相當出格的。我們從中看出，官方迫於當時士林譏論，簡直為授溫「隨縣尉」難堪而無以塞責。官方其實是一定程度上暗護著他，奈何他的政敵宦官勢力及其幫凶就是堅持和他過不去。

那麼，溫遭貶制而尉隨縣的根本原因是什麼呢？除了自《東觀奏記》作者以來，認為所授官職品級太低而好像是謫的觀點前後承襲以外，其中必還有特殊原因。如我們前文已證，這個特殊原因是，溫曾侍從莊恪太子，位在司直（正七品上，因莊恪、文宗之死而未能實授）；隨縣尉卻只是從九品上。二者相比，當然為縣尉是貶。而溫作為前朝曾侍從莊恪太子的舊臣，忠誠盡職、文才吏德都是已經被證明了的；雖反對宦官，而頗觸時忌，故連皇帝也顧忌重用他，但他在朝野都還是得到相當認可的。所以不管他如何大鬧考場，弄出多大動靜來，當政者都不認為他有罪。好像不給他好官做就是一種貶謫

了。而他所受的這種貶謫，一是為了搪塞宦官勢力；二是含蓄著溫在開成二三年間從遊莊恪太子有所任職履歷的認可。有冤有理有才學甚至有功，卻常年屢次受挫，使這位詩人幻變出一種頗為詭激反常的行為：在考場為人假手。至大中九年他「為人作文」所引起科場風波已臻使執政者無法迴避而必須有所行動和表態的地步。經過朝中各派的折衷，制授他隨縣尉的九品官，形式上屬於前進士釋褐，所以溫實際上終於及第了。官方這樣做也是告訴溫，從此不要再考了，不要再攪擾場屋了。任職隨州隨縣，恐也與肯定溫庭筠的業師李程有關；李程元和三年至七年曾為隨州刺史，而溫則貶為隨縣尉。此事標誌著，溫已為官身，算是釋褐得官，他就這樣結束了求第的痛苦掙扎，而開始了求京官的頑強努力。所以，溫大中十三年（應略早）制授隨縣尉，是官方在當時政治形勢下對他自開成四五年間侍從莊恪太子以及等第罷舉」以來近二十年「濫竄於白衣」政治冤案的一個結論。

對溫而言，從正面講，這是「遂竊科名，才霑祿賜」（《投憲丞啟》）。從負面講，「膏沐之餘，則飛蓬作鬢；銀黃之末，則青草為袍。莫不顧影包羞，填膺茹嘆」（《上宰相啟二首》之一）。溫以六十有餘之年（大中十三年，62 歲），才得如此小官、如此低就，談何當年雄飛之志。他感覺就像無心膏沐的棄婦，面對成了國級、副國級的「高幹」同學舊友，他卻最多是副處級，官場剛剛起步。他能不感到羞辱嗎？他多年想當史官的夙願又遠遠不得實現。所以他繼續堅定地努力向上，好像十分看不開的樣子，實際上是不屈不撓，求為京官，求能接近皇帝，求能做一點影響天下的事業。雖非可歌可泣，也是可悲可嘆的。這個貶謫是對他生命價值的貶謫，他對此安能逆來順受，他一定要再放出一些光來。以下我們還要從《送溫庭筠尉隨縣》詩的研究，確證溫的貶所只是「隨縣」，而絕不是任何別的縣。

（七）所貶之地，隨縣而已

《東觀奏記》卷下《貶溫庭筠隨縣尉制》之後，接云：「進士紀唐夫歎庭筠之冤，贈之詩曰『鳳凰詔下雖沾命，鸚鵡才高卻累身（只採此兩句）。』人多諷誦。」《唐摭言》卷十一「無官受黜」條：執政間復有惡奏庭筠攪擾場屋，黜隨州縣尉。……庭筠之任

對溫庭筠貶尉隨縣及紀唐夫贈詩這個基本事實，唐宋間筆記小說記載非常混亂。有認為是貶尉隨縣的（如《東觀奏記》卷下、《唐摭言》卷十一、《唐語林》卷三、《金華子雜編》卷上）。認為是貶方城尉的更多（如《北夢瑣言》

卷四、《雲溪友議》卷中、《南部新書》丁、《全唐詩話》卷四、《唐才子傳》卷八等)。《唐詩紀事》,則兩項都認同;其卷五四稱「謫為方城尉」,卷六一則記「黜隨州縣尉」。《太平廣記》卷二六五「溫庭筠」條所引,作「隨州方城縣尉」,把兩種說法合二為一了。《舊傳》乃稱「(徐)商罷相出鎮,楊收怒之,貶為方城尉,再貶隨縣尉」;竟然分出先後來,而且把楊收和徐商的入相罷相時間搞錯。《新傳》則言「執政鄙其所為,授方山尉」,又開新說,但不離「方城山」三個字。如認可貶尉隨縣及紀唐夫贈詩是同時發生的事,貶方城之說、先貶方城再貶隨縣之說、乃至授方山尉之說等就必須都有所澄清。今從以下紀唐夫《送溫庭筠尉隨縣》(《全唐詩》卷五四二)原詩的解釋開始,希望能解決問題。

> 何事明時泣玉頻,長安不見杏園春;
> 鳳皇詔下雖霑命,鸚鵡才高卻累身!
> 且飲綠醽銷積恨,莫辭黃綬拂行塵;
> 方城若比長沙遠,猶隔千山與萬津。

(「辭」,《雲溪友議》所引作「言」。「飲」、「遠」,《全唐詩》作「盡」、「路」。)

我們先把原詩譯成現代漢語,以觀其問題所在。首聯:為什麼你在當今聖治清明的時代屢屢像卞和一樣抱玉而哭泣?因為你不能金榜題名、參加杏園盛宴而沐浴春風啊!頷聯:雖然中書省鳳凰詔書下來、你得到了皇家一紙任命,你卻只為如禰衡才高寫鸚鵡賦,而累及自身仕途。頸聯:只好乾幾杯綠醽美酒澆滅你長期積累的煩懣怨恨,不必推辭縣尉的黃綬青袍,準備在風塵中上路就任吧。尾聯:照字面解好像是:如果方城比賈誼所謫地長沙遠,那麼它還隔著長安千山萬津呢。

尾聯的這個解釋可能被不少人認可,但其中有問題。《史記‧齊太公世家》(卷三二)集解引韋昭注「方城,楚北之厄塞也。」所以位於楚之北疆的「方城」,無論照原意指楚北的楚長城,還是指楚國北部被(後世)命名為「方城」的某一城邑,離開長安的實際距離都比位於楚國南部的長沙要近得多。假設它比(所謂「若比」)長沙離開長安遠,這就構成假設複句的前半,而其後半,則是假設下的「結果」;「結果」是什麼呢?長沙已遠,若比長沙更遠,下句應該是「更隔千山與萬津」,而不是「猶隔」。「猶隔」的正確用法應是在讓步複句的後半,這時對應的上句應該是「方城(雖)不比長沙遠」。原文的「若比」和「不比」應該等值才對,這種等值只有在「若比」具有「怎能比」的意思

時，才能實現。所以問題的關鍵是怎樣理解「若比」二字，竊以為此處「若比」應理解成「若為比」，換言之，「若」字，是「若為」二字（意思是怎麼能）的縮略；這裡呈現的「若比」二字，是限於平仄和字數，在不能把「若為比」簡寫成「若為」情況下，不得不做的容易導致歧解的選擇。所以尾聯應該翻譯成：方城怎能比賈誼所貶的長沙更遠呢？但它離開帝都仍然是千山萬水啊。這裡含蓄了對溫庭筠的同情和安慰，同情他和賈誼一樣忠而被貶，安慰他尚不如賈誼貶得遠，而在安慰中仍帶有沉痛，雖然不遠，但離開京城還是千山萬水啊。

　　再回到詩的原意，該詩應是與「貶隨縣尉」相配的。詩中用「方城」這個更一般、涵蓋更廣的地名而不用隨縣，不僅是為了詩句的平仄，還因方城和隨縣本皆是「楚北之厄塞」，又是楚國之地名；而與「長沙」對舉，當然用「方城」比用「隨縣」好得多，故作者以方城作比而代指隨縣。實際上，自從《左傳》僖公四年「屈完曰：「楚國方城以為城，漢水以為池」以來，後世之古代楚國北疆因是楚長城所在、即「方城」所在，其地城邑乃至山嶺往往有被稱為方城者。《元和郡縣志》可以為証。其卷二一「唐州八到：西北至上都取葉縣路一千三百四十里。取鄧州路一千二百二十五里。方城縣，上。本漢堵（音者）陽地也……。隋改置方城縣，取方城山為名也，……貞觀中，改屬唐州。方城山，在縣東北五十里。……《左傳》屈完對齊桓公，『楚國方城以為城』是也。……隨州本春秋時隨國，與周同姓。……漢立為隨縣，……後魏文帝大統十六年改隨州，後遂因之。八到：西北至上都一千四百三里。西北至東都一千一百六十五里。隨縣，上。郭下。本漢舊縣，屬南陽郡。即隨國城也，歷代不改。」實際上，方城縣和方城山所在的唐州與隨州緊鄰，都在「楚國方城以為城」的範圍內。而觀《元和郡縣志》，或山，或城，名「方城」者，還有不少。例如卷二一「房州」竹山縣有「方城山，在縣東南三十里。頂上平坦，四面險固」；卷十四太原郡「石州」有方山縣；卷二一「太原府」之壽陽縣有方山，「在縣北四十里」。卷三一揚州有方山縣，這些地名中特別是位在楚北者，都和「楚方城」或多或少有一些歷史的聯繫。

　　所以，由紀唐夫詩中「方城若比長沙遠」一語，殘唐五代之際可能有人誤認為溫的貶所是方城而和隨縣有別，於是乃立新說，導致許多作者跟風。而「貶尉隨縣」說既然早已流行，就和新說並存。《太平廣記》卷二六五《輕薄》一「溫庭筠」條下作「隨州方城縣尉」，企圖將二說合併，但合併得不對，

因方城縣並不屬於隨州。既然有了新舊二說，就產生了貶隨縣和貶方城孰先孰後的問題。《舊傳》大概考慮了隨縣所在的隨州「西北至上都一千四百三里」，而方城縣所在的唐州「西北至上都取葉縣路一千三百四十里」；而認為隨縣離長安遠，故判斷「（先）貶為方城尉，再貶謫隨縣尉」。《新傳》不同意貶二地之說，故將《舊傳》說法否定，卻又找出個「方山縣」來，離題更遠。當代一些學者認為，既然貶尉隨縣發生在大中十三年是有史料可證的，不可懷疑，則貶方城就是第二次了。殊不知若因過而受貶，方城應該比隨縣離長安更遠才對。而實際上，方城和隨縣都是上縣，方城反而離長安還近一些。以上筆者找出的方山縣或在揚州，或跑到溫的老家太原府去了，在可疑的史料面前自出機杼，就去事實更遠了，難怪找不出任何佐證。貶尉方城唯一根據是紀唐夫送溫庭筠詩的一種解釋，而溫貶尉隨縣是有很多旁證的，例如「溫博士庭筠亦謫隨縣尉，節度使徐太師留在幕府」（《唐語林》卷三）。又李騭《徐襄州碑》《全唐文》卷七二四）「大中十年春，今丞相東海公自蒲移鎮於襄，十四年詔徵赴闕」，可見徐商大中十年以後就從河中節度使調任襄陽節度使；溫庭筠貶尉隨縣，正好是老友徐商的下屬，所以成了襄陽巡官。兩《唐書》本傳也皆記其事。後來徐商咸通五年為御史大夫之後，溫應是回到隨縣尉任上去了的。後文將附帶證明。

　　一言以蔽之，溫庭筠貶尉隨縣而已，什麼貶方城、方山，皆無根之談。

五、在蒙飛卿，末路傳奇

（一）鳴冤文楚，惺惺相惜

　　《百韻》詩「時輩推良友，家聲繼令圖」，非虛言也。大約比《投憲丞啟》略早幾個月，溫有《為前邑府段大夫上宰相啟》（以下簡稱《為段》），是他本人憂患終老之時，幫助落拓漂泊的忠臣良將段文楚而寫。段文楚是唐德宗時罵叛賊朱泚而死的名臣段秀實之後，溫幫助他可謂惺惺相惜。溫這篇文章在流傳印刷過程中，可能因版面毀壞而經重新排列，至有闕文、尤其文字顛倒錯亂的情況，謹先作整理，為溫庭筠之文，也為段文楚之人，以除疑慮，以杜讒孽。

　　　　某聞樂氏垂恩，延於十世；屈生罹譴，不過三年。雖行一切之科，
　　　　宜聽九刑之訴。某謬因門廕，獲忝朝私。雖位以恩遷，而官由政舉。
　　　　累經重事，皆立微勞。頃年初忝邑南，頗常犖弊，事皆條奏，不敢

曠官。氷蘗自居，膏腴不染。南蠻俶擾，邊徼先聞。始事詳觀，飛
章備述。黃伯選根基深固，溪洞酋豪，准詔懷來，署之軍職。李蒙
妄因非罪，忽使誅鋤。

（以上第一段，除末二句寫在任時對酋豪黃伯選懷柔，而其後任李蒙妄
造罪名殺黃，可能因有闕文，略顯突兀不接外，其他語序無問題）。

1 某離任之初，濫稱遺愛，伍營校隊，千里農商；叫譟盈途，牽留
截鐙。2 爰從初任，以至罷還，不戮一夫，聞於眾聽。3 其後既經焚
蕩，又遣統臨。4 糠籺不充，菅蓬自覆。5 曾無祿賜，惟抱憂危。6
至無尺絹貫緡，以為歸費。7 及蒙罪狀，煥在絲綸。8 以為徒忝官
常，曾無制置。9 且經營甫爾，物力未周。10 拜疏將行，替人俄至。

11 仰恩波而不浹，駐官局以何由。12 懦怯請兵，才非將帥。

（以上第二段。今將《文苑英華》卷六六六所載原文 12 個句子之順序按
阿拉伯數字從 1 到 12 排號。除前三句外，其他語序都有問題。尤其末二句 11
和 12，接不上）。

與 3「其後既經焚蕩，又遣統臨」下相接，應是 5「曾無祿賜，惟抱憂危」
和 9「且經營甫爾，物力未周」。5 和 9 二句構成遞進關係，即自己再任邕管
後，面臨的艱難形勢：不但朝廷對己毫無祿賜，自己則以國家安危為唯一關
切；而且剛剛開始經營，也缺乏財力物力。以下再接 7「及蒙罪狀，煥在絲
綸」，說的是在這種情況下，自己蒙朝廷授以貶詔，罪狀都在詔文上明白展示
（或以此句承上謂李蒙，李蒙其時已死；不會在此又提）。而所謂「罪狀」，是
8 和 12。8 認為段徒然占據官位，竟然毫無建樹；12 說他為人怯懦，不敢向
上求救兵，不是將帥之才。接到貶詔，下文當然是如 10 所言「拜疏將行，替
人俄至」（要辭任告別，而接替官員很快就到了）。所以 11 感嘆說，「仰恩波
而不浹，駐官局以何由？」謂仰望皇恩，恩波不能遍及，還有什麼理由在邕
管官邸住下去呢？（只能離開了）。但自己再任邕管以來，如 4 所言「糠籺不
充，菅蓬自覆」，連糠麩粗糧都吃不飽，且只有些菅蓬乾草作床作被。所以如
6 所言，以致於連一尺絹一貫錢的歸京路費都湊不出來。

因此，1，2，3 之後的正確順序是如下：5，9，7，8，12，10，11，4，
6：

5 曾無祿賜，惟抱憂危。9 且經營甫爾，物力未周。7 及蒙罪狀，煥
在絲綸。8 以為徒忝官常，曾無制置。12 懦怯請兵，才非將帥。10

拜疏將行，替人俄至。11 仰恩波而不洸，駐官局以何由。4 糠粃不充，菅蓬自覆。6 至無尺絹貫緡，以為歸費。

以下第三段，除「業開伊呂，朗鏡臨人；運值堯湯，平衡宰物」依一般對仗習慣，似當作「業開伊呂，運值堯湯；朗鏡臨人，平衡宰物」外，亦無問題。

今者九州徵發，萬里喧騰。憑賊請鋒，已至城下。則以三千土著，眾寡如何。兩任經年，曾無掩襲。雖有烟塵之候，不踰朝貢之州。無勞北軍，已自抽退。伏念至德建中之際，長蛇犬豕之間，願報國恩，盡縻家族。松楸未拱，帶礪猶存。顧愍無用之軀，旋漏不私之貸。僑居乞食，蓬轉萍飄。生作窮人，死為醜鬼。伏惟相公，業開伊呂，朗鏡臨人；運值堯湯，平衡宰物。伏乞錄其勳舊，假以生成。免令家廟豐碑，尚垂蟲篆。私庭陋巷，長設雀羅。戀闕傷魂，臨途結欷。無任懇迫。

（二）有功之臣，僑居乞食

段大夫，當指段文楚，根據吳廷燮《唐方鎮年表》卷七，段文楚第一次任邕管經略使始在大中九年；終在「（大中十二年）二月，「以前邕管經略招討處置使、朝議郎、邕州刺史、御史中丞、賜紫金魚袋段文楚為昭武校尉、右金吾將軍」（《舊唐書》卷十八下）。這期間段文楚仕途尚順。當他離開邕管，《為段》文說，「某離任之初，濫稱遺愛，伍營校隊，千里農商；叫譟盈途，牽留截鐙。」段第二次任邕管在咸通二年七月至咸通三年二月左遷之間。

咸通二年秋，七月，南蠻攻邕州，陷之。先是，廣、桂、容三道共發兵三千人戍邕州，三年一代。經略使段文楚請以三道衣糧自募土軍以代之，朝廷許之，所募才得五百許人。文楚入為金吾將軍（參上：在大中十二年二月），經略使李蒙利其闕額衣糧以自入，悉罷遣三道戍卒，止以所募兵守左、右江，比舊什減七八，故蠻人乘虛入寇。時蒙已卒，經略使李弘源至鎮才十日，無兵以御之，城陷，（繼任李）弘源與監軍脫身奔巒州，二十餘日，蠻去，乃還。弘源坐貶建州司戶。文楚時為殿中監，復以為邕管經略使，至鎮，城邑居人什不存一。

「文楚，秀實之孫也」……三年，二月，邕管經略使段文楚坐變更舊制，左遷威衛將軍、分司。《考異》曰「《補國史》：『文楚到後，

城邑牢落，人戶彫殘。纔得數月，朝廷責其更改舊制，降授威衛分司。』蓋文楚既之官，而朝議責邕州陷沒，由文楚請罷三道戍兵自募土軍，故云更改舊制。而《實錄》云『及文楚再至，城池圮廢，人戶殘耗，由是頗更舊制，未數月，朝廷慮致煩擾，復改命懷玉焉。』《新傳》『文楚數改條約，眾不悅，以胡懷玉代之。』蓋因《補國史》『改舊制』之語，相承致誤也」

（以上兩段引文均見《資治通鑑》卷二百五十及注引《通鑑考異》）。

可見，《通鑑考異》認為，段文楚因「變更舊制」而被貶的說法，是「相承致誤也」。其實，所謂段文楚「變更舊制」，不是他再至邕州做的事，更不是什麼「數改條約」，而指他初任邕管時「自募土軍」；其事不但不是罪狀，而且是改革弊政有功國家之舉。「請以三道衣糧自募土軍以代」此前的「廣、桂、容三道共發兵三千人戍邕州」的成例，就是《為段》所言「頃年初忝邕南，頗常鰲弊」。自募土軍的作用和結果，後文「今者九州徵發，萬里喧騰。憑賊請鋒，已至城下」的形勢下也提到：「則以三千土著，眾寡如何。兩任經年，曾無掩襲。雖有烟塵之候，不踰朝貢之州。無勞北軍，已自抽退。」而所謂「所募才得五百許人」，是段文楚第一次任邕管之末，當時「所募才得五百許人」，來不及招滿，段就入京了。

段文楚升任入京後，其後任經略使李蒙不但殺了酋豪黃伯選（「妄因非罪，忽使誅鋤」，羅織罪殺之；段文楚對黃「准詔懷來，署之軍職」）；而且把招兵缺額多出的錢財貪為己有，停止調遣三州之兵、只用所募的不足原數二三成的兵員守地。這既破壞了段文楚對南詔的懷柔政策，又很大程度上減弱了國防力量，致使「蠻人乘虛入寇」。李蒙死後，其繼任經略使李弘源遇敵脫身敗逃，所以朝廷又一次以段文楚為邕管經略使。對段到任敘職之後的情狀，《為段》說，「曾無祿賜，惟抱憂危。且經營甫爾，物力未周」（我何嘗沾一點祿賜，仍以社稷安危為唯一關切。因剛到任經營才開始，物力不足）。但是，段文楚馬上就因所謂「變更舊制」的莫名其妙的罪名而遭黜貶，上引《補國史》云「朝廷責其更改舊制」，《實錄》亦云「頗更舊制」，《新傳》乃云「文楚數改條約」。總之，罪名就這樣定下來。《為段》說，「及蒙罪狀，煥在絲綸。以為徒忝官常，曾無制置。懦怯請兵，才非將帥」。這幾句話說，蒙朝廷加我罪狀，都明寫在詔書上。第一個罪狀是徒然為官，竟無創造性的建制，這是無中生有的罪名；事實正與此相反；段自募土軍，對南蠻的懷柔和睦鄰，都說明段

是難得的儒將。第二個罪狀是怯懦於向朝廷求救兵，不是將帥之才，更可謂莫須有；邕管緊急而把段召回，時間不久卻又加以貶謫，都說明朝廷用人首鼠兩端，賞罰不到位，而使讒孽橫行，致使忠良被害。

《為段》以下所說「今者九州徵發，萬里喧騰。憑賊請鋒，已至城下」云云，發生在「咸通五年（864），三月，康承訓（新任邕管經略使）至邕州，蠻寇益熾，詔發許、滑、青、汴、兗、鄆、宣、潤八道兵以授之。」（《通鑒》卷二百五十）所以，溫的《為段》啟當寫於咸通五年四月之後。當時康承訓連連落敗，不聽諸將之計，後來借「天平小校」夜燒蠻營之計，而僥幸得勝。「乃遣諸軍數千追之，所殺虜不滿三百級，皆溪獠脅從者。承訓騰奏告捷，云大破蠻賊，中外皆賀。」朝廷「加康承訓檢校右僕射，賞破蠻之功也。自余奏功受賞者，皆承訓子弟親暱，燒營將校不遷一級，由是軍中怨怒，聲流道路」（同上）。可見有「破蠻之功」的康承訓是個什麼角色。而直到此時，段文楚還處在「顧慙無用之軀，旋漏不私之貸。僑居乞食，蓬轉萍飄」的狀態。他慚愧自己不能報國，同時還是得不到皇帝毫無私心的寬恕。這時離他「左遷」已兩年多了，還因沒有回京路費，到處漂泊、客居討飯。

我們不知段文楚何時回京。細讀《段文楚墓誌銘》（周紹良《唐代墓誌匯編》，上海古籍出版社，1992年），咸通三年（862）段「左遷威衛將軍分司」之後，主要的仕履是「改左衛大將軍，轉天德防禦使，改大同軍使（876～878）」而於任內被叛將沙陀人李克用所害。「乾符五年（878）二月七日，遇害於雲州」（被叛軍頭領殺害）。段的「僑居乞食，蓬轉萍飄」的歲月多虧溫庭筠記載下來。段文楚自864至876年十二年中，《墓誌銘》只記「改左衛大將軍，轉天德防禦使」，前者是虛銜，後者也查不到有關記載。通過溫的文筆，我們看到唐代忠臣世家段文楚，在邕管時就已懷冤抱屈。已有一段流離失所日子。我們欽佩他的高風亮節和忍辱負重，而嘆惜天不助忠而亡唐也。這時溫尚在隨縣尉之位，離去世只有一年多一點了。猶如此挺身而出，為忠良執言。可嘆也夫。

（三）憲長登庸，「徐寧」遷次

《投憲丞啟》（見《文苑英華》卷六六二啟十二投知五及《全唐文》卷七八六）啟主是誰？劉學鍇《溫庭筠全集校注》卷十一對本啟的說明認為「疑點頗多」，而疑此啟非溫作。本文認為，劉的疑點都可解釋，而啟主可定為徐商。今先簡釋如下：

　　某聞古者窮士求知，孤臣薦拔，或三歲未嘗交語，或一言便許忘年。
　　奇偶之間，彼何相遠。則運租船上，便獲甄才；避雨林中，俄聞託
　　契。此又無由自致，不介而親者也。某洛水諸生，甘陵下黨。曾遊
　　太學，不識承宮；偶到離庭，始逢種暠。懸蘆照字，編葦為資。遂
　　竊科名，纔沾祿賜。常恐澗中孤石，終無得地之期；風末微姿，未
　　卜棲身之所。

　　大意：我聞古來「窮士」求知遇、「孤臣」得薦舉，可能三年不能與對方
交談，可能一句話就成了忘年之交。機運的有無，差別多麼大啊。至於袁宏
運租，就被謝尚薦舉；茅容避雨，就成郭林宗深交。這又是無因由而自來相
逢，不須紹介而互相親近了。當年我曾為洛陽太學生，年少敬仰永貞黨人；
只是在學時，無緣得識承宮一樣的閣下；而偶至邊庭，才如種暠一樣有了被
知遇的機會。從此加倍發憤、苦讀經書，終於中第授官。但我總自憂像澗中
之石，畢竟得不到有利地勢；為望族之末裔而難求安身立命之位。

　　解釋：「三歲」句，《世說新語‧文學》「鄭玄在馬融門下，三年不得相見。」
「一言」句，未詳確典。可參《晉書‧趙至傳》：趙至年十四，詣洛陽遇嵇康
而問姓名；康曰「年少何以問邪？」至曰「觀君風器非常，所以問耳。」二人
遂成（忘年之）交。以上二例，正是下文「奇偶之間，彼何相遠」的例證。「運
租」、「避雨」，用袁宏在江上自詠詩為謝尚所賞（見《晉書》卷九二）及「茅
容避雨樹下」，為郭林宗所識事（《後漢書》卷六八）。洛水諸生，本東漢洛陽
太學生；故「太學」應指唐代洛陽太學。甘陵下黨，據《後漢書‧章帝八王
傳》（卷五五），劉慶本人雖被廢，其子終繼位，而尊其陵寢為甘陵。這與唐順
宗即位不久便被廢，而由其子李純（憲宗）即位甚似。劉禹錫《白舍人見酬拙
詩，因以寄謝》（《全唐詩》卷三百六十）「甘陵舊黨凋零盡」句即以「甘陵舊
黨」謂永貞革新的「二王」及「八司馬」（包括他本人）。溫年少無緣參加甘陵
舊黨，而心嚮往之，受一些社會聯繫的影響，自稱「甘陵下黨」，本啟的憲丞
恐亦同。承宮，《後漢書》（卷二七）有傳，少孤勤學，有「拾薪苦學」、終成
大儒的故事；入仕後「論議切愨，朝臣憚其節，名播匈奴」。離庭，當指離京
城相當距離的節度使駐所；種暠，《後漢書》（卷五六）有傳，少有濟世志，受
到王諶知遇而被薦拔，後多歷要職。二句交錯為文，以「承宮」比喻對方，而
以「種暠」自喻。「懸蘆」句，謂懸蘆火照明讀書，誇飾貧困勤學。編葦，細
品之，不足為好學之典，疑或作「絕韋」；用《史記‧孔子世家》（卷四七）「讀

《易》，韋編三絕」事，自謂苦學。風末，比喻強大事物之末尾，喻祖業衰微的自己，故接「微姿」。

> 侍郎議合機象，望逼臺衡。每敘群才，常推直道。昨日攝齊丘里，撰刺膺門。伏蒙清誨垂私，溫言假照。內惟孤賤，急被輝華。覺短羽之陵飆，似窮鱗之得水。今者方祗下邑，又隔嚴扃。誰謂避秦，翻同去魯。佇見漢朝朱博，由憲長以登庸；願同晉室徐寧，因縣遼而遷次。下情無任。

大意：侍郎您議論相合於天機神卦，聲望迫近宰臣首輔。你每每品敘當今諸公之才，經常推崇正直之道。日前我心懷敬畏，登門求見，承蒙您用感人的教誨予我私愛和慰勉，用熱誠的語言給我溫暖和許諾。我內心越是想到自己孤賤潦倒，越是急於得到您的恩寵薦拔。在您面前，我感覺到短小的翅膀也能乘風飛翔，如涸轍之鮒得到了救命之水。我現在正守職窮縣，而君門閉塞；誰說是什麼桃源人逃避暴秦，簡直如孔夫子不忍離開魯國了。我久久期盼著您像漢朝的朱博，由御史大夫拜相，那我便能如晉朝的徐寧由縣令升遷入朝。區區此情，難以盡表。

侍郎，當為本文的憲丞入相之前不久以本官御史大夫兼任之職。機，事情變化的深微因果；象，本謂周《易》概括卦辭之義的象辭；機象，猶言玄機神卦，譽見識高卓。臺衡，三臺星和玉衡星的合稱，都在紫微星（帝座）之前，舊用喻宰輔重臣。攝齊，據《論語·鄉黨》「攝齊升堂」朱熹注：「兩手摳衣，使去地尺，恐躡之而傾跌失容也。」齊（音茲），衣下縫。丘里、膺門，借孔丘居里、李膺門戶，尊指憲丞之宅。祗，祗候，恭敬侍候。下邑，下縣，即指隨縣，本為上縣；稱下者，示不滿與謙虛。嚴扃，崇嚴的門庭，此謂朝廷。避秦，陶潛《桃花源記》「自言先世為避秦時亂率妻子邑人來此絕境」。去魯，《孟子盡心下》「孔子之去魯，曰：遲遲吾行也。」「佇見」句，《漢書·朱博傳》（卷八三）「博以御史（大夫）為丞相」。徐寧，事見《晉書·桓彝傳》（卷四四）等，為輿縣令；桓彝遇賞之；薦之於庾亮，為吏部郎。

（四）侍郎援手，終上殿陛

全文既釋，我們就可以解釋劉學鍇在《溫庭筠全集校注》（卷十一）對於《投憲丞啟》的幾個疑點了。疑點之一，以為溫「終身未登第」，是一種誤會。如前文已証，溫終得第也。解釋清楚了疑點一，也就解決了疑點之三，就知道啟中語「方祗下邑」當然「可解為大中十三年貶隨州隨縣尉之事」之已為

官身，而這種經歷，正是溫已「竊科名」中第的結果，中第之後自然釋褐而「沾祿賜」的表現。紀唐夫贈詩中「鳳凰詔下雖沾命」句，是指溫獲得中書舍人所撰一紙任命制文而已。

從文中「方祗下邑」及「願同晉室徐寧」二句知，投送本啟的時間在大中十三年貶尉隨縣之後。根據《徐襄州碑》，「大中十年春，今丞相東海公自蒲移鎮於裹，十四年（即咸通元年）詔徵赴闕。今天子咸通五年，公為御史大夫」而「（段成式）退隱於峴山。時溫博士庭筠方謫尉隨縣，廉帥徐太師商留為從事，與成式甚相善」（《金華子》卷上）。這說明溫「謫尉隨縣」後一度留在（襄陽節度使）徐商幕下，可能掛著隨縣尉之職，隨州本是襄陽節度使的屬下。但這段交往只在大中十三年至咸通元年之間。而咸通元年之後，溫恐不得不赴任隨縣，但他也許有時帶縣尉銜「留長安中待除」（《唐才子傳》卷八）。《太平廣記》卷三五一所引《南楚新聞》的記載「太常卿段成式，相國文昌子也，與舉子溫庭筠親善，咸通四年六月卒。庭筠居閩肇下」，可以為證。「佇見漢朝朱博」二句，表明溫掛銜隨縣期間，早就盼這位御史大夫登上相位，來使自己如晉朝的徐寧一樣，也遷升入朝。咸通七年溫去世前，除了徐商外，似乎沒有別人從御史大夫之位拜相，使溫「因縣僚而遷次」但我們斷定徐商就是本啟啟主憲丞，還有更重要的根據。

我們考慮溫投獻此啟時已在縣尉之職頗有時日、入為京官之前，進而尋找大中十三年為隨州隨縣尉至咸通六年入為京官期間，對溫頗為知遇而大加薦拔的人，就發現本啟啟主憲丞的有關的履歷，尤「既稱憲長，又稱侍郎」之似乎令人生疑的情況，與徐商若合符契。以下史料也是如此顯示的。《全唐文》卷七二四李騭《徐襄州碑》「今天子咸通五年，公為御史大夫。」《舊唐書》卷十九《懿宗紀》「（咸通）六年二月，制以御史中丞徐商為兵部侍郎、同平章事」。《新唐書》卷九《懿宗紀》「（六年）六月，御史大夫徐商為兵部侍郎、同中書門下平章事」。《資治通鑑》卷二百五十「（咸通六年六月）以御史大夫徐商為兵部侍郎、同平章事」。嚴耕望《唐僕尚丞郎表》亦綜上記載為「徐商，（咸通六年）二月由大御遷兵侍同平章事。」徐商如何以御史大夫（從三品）而幾乎同時轉為兵部侍郎（從五品）、同平章事（同三品），確實有趣。其中轉兵侍為左遷、為平章事則為升調。但即使我們暫時找不出這樣任命的原因，卻至少可由此解決本文所謂「既稱憲長，又稱侍郎」的特殊問題。

以上引文中細節明顯無疑的共同點，是徐商「為兵部侍郎、同平章事」

而不記時間之先後。這一點值得充分注意。結合本啟的情況觀察，徐商應是在御史大夫任上，先兼職兵部侍郎，後來不久就入相的。所以「既稱憲長，又稱侍郎」應是可以解釋的，侍郎之稱無誤。而上啟時徐已以本官兼任兵部侍郎，故行文時完全可以就便簡稱之為侍郎。既領「憲長」之銜，又兼侍郎之職，而其後不久就入相（以致於史書莫能辨為兵侍與入相之先後），這種罕見仕履，既可用徐商的特別仕履證實，又可反過來證明本啟的啟主非徐商莫屬。而投送此啟的時間應在咸通五年秋冬。

其實徐商為山南東道節度使而鎮襄陽時（自大中十年至大中十三年）直到咸通六年入相後，對溫庭筠是始終褒揚和支持的。《舊傳》「徐商鎮襄陽，往依之，署為巡官」；又曰「徐商知政事，頗為言之」。《新傳》有類似記載。我們廓清了以上疑點，也就證明了本啟的啟主就是徐商。而從兩《唐書》溫本傳看，有更多旁證。徐商鎮襄陽時、尤其入相前後對溫褒揚舉薦，一直甚為用力；也就是說，溫授隨縣尉前後，徐商一直為其保護人。而從本啟看，在溫一生潦倒，幾乎絕望之際，徐對他「清誨垂私，溫言假煦」，表現了深摯友誼，使他在絕境中重燃起確定的希望而「覺短羽之陵飆，似窮鱗之得水」。另外，《全唐文》（卷七二四）李騭《徐襄州碑》敘商行實甚詳，其文德武治，尤「宣宗以北邊將帥，懦弱不武。戎狄侵叛，公時為尚書左丞，詔以公往制置安撫之，歸奏稱旨。尋授河中帥節，又移襄陽，……及受重藩，使絕塞，……吏民畏公之詳達，而不敢欺；戎虜感公之德惠，皆願向服。」——與啟文注引承宮之「論議切愨，朝臣憚其節，名播匈奴」等皆合。

溫與徐商的交遊，見於溫集者，一是從《徐襄州碑》曰「文宗五年春，考登上第，升朝為御史。會昌二年，以文學選入禁署」（即以殿中侍御史補禮部員外郎），可推開成五年冬寫《百韻》時，徐即詩題中所謂殿院徐侍御，而由《百韻》詩意推斷，溫開成二三年當與徐共有侍從莊恪太子之經歷，即皆曾任職左春坊司經局。

一是《碑》文曰「……大中十年春，今丞相東海公自蒲（河中原名蒲州）移鎮於襄，十四年（大中十四年十一月二日改元咸通）詔徵赴闕。……今天子咸通五年，公為御史大夫，自始去襄，於茲六年矣」（此「六年」包含大中十四年本年以及咸通元年至五年）知徐商鎮襄自大中十年至大中十四年。兩《唐書》本傳皆言「署為巡官」在徐鎮襄時，當時溫庭筠、段成式、余知古、周繇等名彥雲集徐幕下，乃有（新唐書藝文志）所記之《漢上題襟集》也。鑒

於徐商咸通元年內徵，溫為徐巡官而會諸彥，應始於大中十二年或更早。

二是清吳廷燮《唐方鎮年表》據《徐襄州碑》「授河中帥」，證徐鎮河中約在大中八年至十年春；溫《詩集》卷八《河中陪帥遊亭》，應係其時作，即本文所謂「偶到離庭」之時，約在大中八年。而從「遂竊科名，纔沾祿賜」之句接在「偶到離庭，始逢種暠」之後，適可證實，溫之「竊科名」當發生在大中十年以後。

三是《舊傳》「屬徐商知政事，頗為言之」及《新傳》溫本傳「徐商執政，頗右之，欲白用」與啟中語「今者方在下邑，又隔嚴扃。誰謂避秦，翻同去魯。佇見漢朝朱博，由憲長以登庸；願同同晉室徐寧，因縣僚而遷次」可謂因果相接。既然「今天子咸通五年，公為御史大夫」，而咸通六年二月，徐商入相，可見本啟應投獻於咸通五年末。其後溫成為國子助教，真的「因縣僚而遷次」了。

四是啟云「某洛水諸生，甘陵下黨。曾遊太學，不識承宮；偶到離庭，適逢種暠」云云，說自己在太學就讀時，未曾結識「承宮」（對方），而到離庭一遊，正好讓對方與自己（所謂「種暠」）相逢，可証溫與徐商本東都洛陽太學之先後同學；而在邊關（即河中）相遇。尤其溫徐為洛陽太學同學之事，可以追到元和中。而徐商在河中雄鎮邊關、在襄陽惠澤一方，都不但切合「承宮」的典故，也確實說明他是晚唐時難得的有氣節和能力的好官，信乎其為溫平生至交。此亦溫庭筠平生不幸中之幸也。

徐商咸通六年二月入相之薦溫。溫努力一生，終得「對明庭」（「羨君雖不祿，猶得對明廷」，出《過孔北海墓二十韻》，《全集》卷六）而直接服務皇帝了。這是他家族的傳統，也是他一生的追求。咸通六年（865），溫已六十八歲，用他自己的話說「當年不自遣，晚得終何補」！（《寒食節日寄楚望二首》之一，《全集》卷九）。

（五）榜國子監，雄詞卓識

溫最終入為京官，擔任過什麼職務呢？國子助教（正五品），見《寶刻叢編》卷八京兆府万年縣下，引《京兆金石錄》有《唐國子助教溫庭筠墓志》，「弟庭皓撰，咸通七年」。《唐摭言》（卷十）、《唐詩紀事》（卷六六）稱「溫飛卿任太學博士（正六品）主秋試」。以下的《榜國子監》，自稱「試官」，似是今存溫之最後文字。

右前件進士所納詩篇等，識略精微，堪裨教化。聲詞激切，曲備風

謠。標題命篇，時所難著。燈燭之下，雄詞卓然。誠宜榜示眾人，
不敢獨專華藻。並仰榜出，以明無私。仍請申堂，並榜禮部。咸通
七年十月六日，試官溫庭筠榜。

　　此文見元辛文房《唐才子傳》卷八，今存《永樂大典殘卷》亦載此文，其
後接「胡賓王序：邵謁，韶州翁源縣人。……苦吟，縣是工古調。尋抵京師隸
國子，時溫庭筠主試，憫攉寒苦，乃榜（《唐才子傳》作「謁詩」）三十餘篇，
以振公道，已而釋褐，後赴官，不知所終。……今錄其詞，附之篇末。安定胡
賓王序」。文中也提到邵謁「詞詠凄苦」。《唐詩紀事》（卷六七）「李濤長沙人
也。……溫飛卿任太學博士，主秋試。濤與衛丹、張邰等詩賦，皆榜於都堂。」
但《唐才子傳》卷九：「庭筠仕終國子助教。竟流落而死。」也可能是以「助
教」主試，其後死。

　　由《唐摭言》（卷十）「溫憲，先輩庭筠之子，光啟中及第，尋為山南從
事。辭人李巨川草薦表，盛述憲先人之屈。略曰：『蛾眉先妒，明妃為去國之
人；猿臂自傷，李廣乃不侯之將』言溫之負冤，一是因為見妒於朝臣，二是
因自己運氣不好。《唐才子傳》卷九有類似引文：「憲，庭筠之子也。龍紀元年
李瀚榜進士及第，去為山南節度度府從事。大著詩名。詞人人李巨川草薦
表……上讀表惻然稱美，時宰相亦有知者，曰『父以竄死，今孽子宜稍振
之，以厭公議，庶幾少雪忌才之恨。』上領之。後遷至郎中，卒。有集文賦等
傳於世。」

　　由以上這些資料看，溫咸通六年二月之後才調入為京官；咸通七年十月
六日尚為國子監試官；咸通七年年底之前已經去世（《唐才子傳》云「流落而
死」），而有其弟溫庭皓所撰《唐國子監助教溫庭筠墓志》傳世。可見溫的死
是很突然的，不僅是流落而死，而且是流放（竄）而死。流放的原因，我們只
能從《榜國子監》找了。溫榜示的詩篇。「識略精微，堪裨教化。聲詞激切，
曲備風謠」，大致是說有膽識，有深度，語言尖銳，揭露深刻，不但繼承風雅，
而且有所裨補於時政。其作者則都是「寒苦」士子，揭露時弊則恐甚於白居
易當年的新樂府，而更疾惡如仇。溫「憫拔寒苦」，而且贊同他們對許多重大
問題的揭露，並且出格地把有關詩篇公諸都堂，是他得罪之因。至於當時何
人治他的罪，加了什麼罪名則無歷史記錄，不得而知，故不得詳論也。

（六）邵詩溫評，詞鋒警世

　　以下試略論幾首邵謁今存詩（見《全唐詩》卷六百五）。

先看《放歌行》「龜為秉靈亡，魚為弄珠死。心中自有賊，莫怨任公子。屈原若不賢，焉得沉湘水」。全詩似乎很冷峻，平行地羅列了不同類型的物（當然皆關乎人）的不同死因，皆因心中之「賊」，即自身的敵人所致。屈原沉湘水而捐軀，則只為一個賢字，這個「賢」字，多少人立身的根本，也是自身之賊嗎？在那黑暗混亂、以不可阻擋的速度走向滅亡的末世，人們如龜之秉靈，會因其不同於眾的長處而死，如魚之弄珠（吐水泡），會為普通的謀生而死，也有因貪欲太大而死的，如任公子所釣大魚。最令人驚嘆痛惜的是，還有因賢而死的屈原。「賢」成為死因，看來「不賢」才是謀生的手段。作者無情地鞭撻了那個道德淪亡、民不聊生、完全沒有賢人生存空間的社會；出言之嚴厲，可謂驚心動魄。

再如《長安寒食》「春日照九衢，春風媚羅綺。萬騎出都門，擁在香塵里。莫辭弔枯骨，千載長如此。安知今日身，不是昔時鬼。但看平地遊，亦見摧輈死」。首四句寫春暖花開，連造物者都偏袒的遍身羅綺者，在千乘萬騎、香車寶馬簇擁中，出了都門，不知是為掃墓祭祖還是踏春尋樂。作者筆鋒一轉：不要推辭說什麼憑弔死人，自古都這樣（也要成為死人被活人憑弔）的。說不定你們就是以前的死鬼變的。我看你們今天在平地大道上奔馳，恐就會翻車死掉的。這樣的詩句，早就不溫柔敦厚了，毒意甚矣，充滿對高居社會上層者的詛咒，已非一般的仇富心理，而是殺富心理，可見當時社會矛盾之尖銳。所以後來高唱愛民論調的統治者及其幫閒文人，也不敢輕易引用。

此非專門論邵詩之文。故只再略舉成句：「流泉有枯時，窮賤無盡日」（《自嘆》）；「天地莫施恩，施恩強者得」（《歲豐》）；「他人如何歡，我意又何苦。所以問皇天，皇天竟無語」（《寒女行》）；「在鳥終為鳳，為魚須化鯤。富貴豈長守，貧賤寧有根」（《送從弟長安下第南歸覲親》）。類似這樣的詩句，是發自社會底層的無望呼號，是豐年不需天恩的深沉悲嘆，是仰問皇天而不得答的無奈沉痛，是對合理社會制度的茫然訴求。這樣的詩，不止晚唐統治者難容，後來諸朝宦達也不喜歡的。溫庭筠以榜示此等詩於都堂而得罪當塗，是十分自然的。

（七）在蒙飛卿，義山深意

今總結溫的一生主要經歷行實如下：

溫庭筠者，彥博六世孫。駙馬都尉溫西華之孫也。太原清源人。高祖肇基景命，太原溫氏卓建功勳而封侯拜爵。「高祖從容謂（彥博）曰『我起兵晉

陽，為卿一門耳』。」自幼隨家卜居江南。尚見祖業餘蔭也。元和中以蔭入東
都太學。少年歧嶷，師事八磚學士李程，而名高洛下。父某，失其名，時以忠
直為宦者所害。溫羈孤牽軫，困頓輟學。既而羈齒侯門，懷鉛提槧，旁徵義
故，遍訪山川。西窺塞垣，熟諳軍旅。南經蜀道，懷抱山河。卜居匡廬，開拓
學問；遄遊京、淮，憂念民瘼。不唯以詩文精警名天下，亦以放任不羈傳宇
中。與李商隱齊名，清詞麗句，皆一時之選，而各有千秋，親為弟兄也。每以
嵇紹自喻，見其忠藎皇室之心、憎惡宦豎之情。是之為臥龍，非諸葛之臥龍，
乃嵇康之臥龍也。大和末，甘露變起，所親鄉閭長輩宰相王涯被害。適溫有
江淮之遊，青樓之中有所遇，將買名妓為妻，因携涯薦書，投刺舊交，謀職揚
子鹽鐵院，望以自給，所求未果，而得有司饋贈。然揚州鹽鐵之利，多為宦者
盤踞，乃加醜名而辱之。溫自至長安，致書公卿間雪冤。公侯重臣頗有為溫
執言者。時其師李程為吏部尚書，而莊恪太子方待賢輔。乃薦之於文宗，帝
俞之，乃為宮臣，忠勤事幼主。位在司直，未暇實授。曉以綱常倫理、經史詩
文。使與渤海王子詩箋往來，名傳域外。楊賢妃擅寵而譖死王德妃。文宗反
其故常，乃信讒言而開延英議廢太子。宰輔重臣雪涕以諫，終使文宗回心。
然宦者利楊妃之謀，乃於開成三年八月與共害死太子而囚禁文宗，欲報甘露
之仇也。溫知其秘，而不能已於言，益為宦者所忌。嘗犯險，幾為所獲。中書
舍人裴夷直仗義庇之。其時文宗為宦者囚拘，溫則暗處囚拘之列。急難之中，
奔走京華，得益友、賢相之助，宰相裴度每憂儲君之事，命在彌留，猶鄭重囑
託京兆有司，顧念忠臣之後。改名溫歧，字在蒙，以應京兆府試。名在等第，
而慘遭罷舉，以改名事泄，宦者作梗故也。至開成五年初，宦者囚文宗而速
其死，且矯其詔立武宗。時皇權易手，宮闈喋血。溫遐遁南國，自謂「轂觫齊
牛，釁鐘未遠」，成南北司爭之犧牲也。及大中初，復試再登龍門，旋求為史
官，皆不能果。溫心不平，志在直對明庭。宣宗好聽《菩薩蠻》，而丞相令狐
綯假溫庭筠手為二十首而獻之，戒令勿泄，而劇言於人。不惟獻賦明志，蓋
欲炫才市寵也。區區其心其志，雖不能得，亦可憫也。高才落寞，久而救人自
樂。或言日救八人。又為宏詞拔萃者代筆，朝野為之喧噪。小宗伯莫之奈也。
溫集中有捉刀詞，捕風捉影或可求徵。久居下僚，而忠心不變，屢敗屢戰。執
政不得已，憫其以等第二十年濫竄，貶為隨縣尉，李程嘗為隨州太守故也。
是之為中第也，不亦悲乎。昔日同窗友，早已出將入相，溫猶為九品小吏，白
髮奔走，不能自已。時彥送溫之任，而紀唐夫詩尤壯其行。然其詩小有瑕疵，

致使後人不能趨同，方城隨縣，千年誤說不已，徒然惑人。舊友徐商入相，其時南司之勢稍衰，乃薦為國子博士，轉國子助教；一為試官，便榜進士譏政刺時之篇於都堂，得罪執政，當即重貶急放而死。兩《唐書》本傳知其冤，而不能辨其所以冤也。

溫摯友李商隱有《有懷在蒙飛卿》（《全唐詩》卷五四一）詩曰：

薄宦頻移疾，當年久索居。哀同庾開府，瘦極沈尚書。

城綠新陰遠，江清返照虛。所思惟翰墨，從古待雙魚。

詩題中之「在蒙」乃溫庭筠當年改名溫岐所用表字，如筆者昔文所證，李商隱將溫之原表字與改名後所用表字連在一起寫成「在蒙飛卿」，如「暗投的明珠、『不能奮飛』的鴻鵠，親密的戲謔中帶有多少摯友的同情」，也包含對溫正確評價的期望，使飛卿無復在蒙也。

詩中四聯言四事，而以「有懷在蒙飛卿」貫之。首聯言溫當年長期隱居，至今沉淪下僚，是在蒙也；頷聯言溫人瘦如尚書沈約，哀如開府庾信，則在蒙之飛卿也；頸聯言己與溫遠隔綠城新陰，而虛見清江返照；尾聯則盼得溫之筆墨，而待其書信之來，皆有懷飛卿也。全詩字面上緊扣有懷、在蒙、飛卿諸詞組的文字本義，兼關溫之才高命蹇與自己思慕之切；起承轉合之中，文心貫通，一氣流轉，誠為一人而發，而此人即『在蒙』之『飛卿』也」。其中「瘦極沈尚書」，典出《梁書・沈約傳》（卷十三》）（沈約）以書陳情於（徐）勉：「百日數旬，革帶常應移孔；以手握臂，率計月小半分。」（李後主詞「沈腰潘鬢消磨」即用此事）。值得注意的是，首聯明說溫薄宦移疾，頷聯卻偏用其爵貴為開府的庾信之哀、其官高為尚書的沈約之瘦，來比飛卿之精神的哀傷和身體的摧殘，明顯是同情他大材小用，良玉委塵。而頷聯言溫當時所在，春城方綠，新陰甚遠；江上波清，返照成虛。這分明是遠方的江城，溫當時行跡所在。頗疑這就是溫大中所貶之地隨州隨縣。《東觀奏記》所言溫貶隨縣在大中十三年，似乎應早一二年，意者或在大中十二年李商隱卒前。再細抉其意，「新陰」之「陰」，諧「蔭」，皇廕也；新廕遠，即皇恩遙遠，貶地遙遠。又「返照虛」易解，我們不願取最壞的理解，而只就皇恩而言，江上夕陽返照的最後光輝，是不是正可暗喻那徒有虛名的皇恩、即制貶隨縣尉呢？溫李往來篇什本不多，這樣理解只是一種猜測。若事實果如是，李商隱這首詩更可當作對溫庭筠到貶尉為止之人生的精準深刻之評價。

溫李交友，當始於當年曾同事令狐楚學藝。前文提及《上令狐相公啟》

「三千子之聲塵，預聞詩禮」，意為當對方如孔鯉一樣接受父訓、學詩學禮時，自己也在門下執弟子禮；把令狐相公之父令狐楚喻為孔子般廣收弟子的大儒。其時李商隱當然也在門下。《上宰相啟》二首之一又一次說「三千子之聲塵，曾參講席」，表達了類似的意思。溫李不但曾為同學，溫《秋日旅舍寄義山李侍御》云「旅雁初來憶弟兄」，也表明他們兄弟般的情誼。這一對天才詩人，從他們在世之年就有如天上雙星，同光齊名。例如：

《全唐文》（卷七九六）皮日休《松陵集序》「（咸通）十年，公出牧於吳，日休為郡從事。近代稱溫飛卿李義山為之最……」。這段話本是讚揚陸龜蒙的，其中提到溫李，大概是最早見於文字的「溫李齊名」論。又裴庭裕《東觀奏記》卷下「庭筠……詞賦詩篇冠絕一時，與李商隱齊名，時號『溫李』。」較上引事，已過了數十年。《舊唐書·文苑傳下》「（李商隱）與太原溫庭筠、南郡段成式齊名，時號三十六。文思清麗，庭筠過之。而俱無特操，恃才詭激，為當塗者所薄，名宦不進，坎壈終身。」《新唐書·溫庭筠傳》中謂溫「工為辭章，與李商隱皆有名，號溫李。」《北夢瑣言》（卷四）「溫李齊名」：「溫庭雲，字飛卿，……與李商隱齊名，時號曰『溫李』」。《郡齋讀書志》（卷十八）「庭筠，本名岐，字飛卿，宰相彥博之裔。詩賦清麗，與李商隱齊名，時號溫李。」《唐才子傳》「側詞艷曲，與李商隱齊名，時號溫李」。

如今的溫庭筠，歷史的誤會尚未完全釐清，而對他的研究還遠非透徹。但時下一些研究者，似乎有重李輕溫的勢頭。他的好朋友李商隱「在蒙飛卿」之言，至今有效；溫之生平為人為文，尚需研究，尚求理解，尚待再發現，為使飛卿無復在蒙，解文史之糾結，發前人所未發，尚待通人抉發其全部文心隱秘也。

附：《菩》詞十四，深情遠致

溫庭筠（798～866？）的代表詞作《菩薩蠻》十四首（以下簡稱《菩十四》），實是婉約詞派的開山之作，為歷代研究者所注目而頗有風流醞藉之美。本文將圍繞這組詞是否有寄託，對其相關藝術本質做一番粗淺探討。

一、關於「寄託」的爭論

歷來詞學研究者爭議的焦點是，作者寫這組詞時有沒有寄託？也就是說，美女詞面之下是否藏有深一層的主題？對這個有關這組詞根本藝術本質的問題，治溫詞者有以下幾種不同看法：

第一，「有寄託」說。湯顯祖稱溫詞「如芙蓉浴碧，楊柳挹青，意中之意，言外之言，無不巧雋而妙入」（湯評《花間集》卷一）。從形式到內容皆予以高度肯定，顯然是認為溫詞有其寫美人之外的深一層的寓意。張惠言在其《詞選》中更評《菩十四》云：「此感士不遇也。篇法彷彿《長門賦》而節節逆敘。此篇（按即十四首之第一首）從夢曉後領起。『懶、遲』二字，含後文情事。『照花』四句，《離騷》『初服』之意。『青瑣、金堂、故國、吳宮，略露寓意』」。這就把「寄託」的大概內容也坐實了，甚至還指出了溫用「寄託」的具體手段。但是，「篇法」如何「彷彿《長門賦》而節節逆敘」？「照花」四句，如何便是「《離騷》初服之意」？語焉不詳，令人將信將疑。張惠言論詞重「寄託」，影響甚廣；陳廷焯《白雨齋詞話》亦言「飛卿《菩薩蠻》十四章，古今之極軌也。徒賞其芊麗，誤矣」，堪稱張論之嗣響。譚獻也認為「以《士不遇賦》讀之最確。『懶起』句起步」（《譚評詞辨》卷一）。然則「寄託」說畢竟是一家之言，尚未得公認也。

第二,「無寄託」說。以王國維為代表的研究者對張惠言以後常州詞派的「寄託說」極力反對。《人間詞話》云:「固哉!皋文之為詞也。飛卿《菩薩蠻》皆興到之作,有何命意!」我們不否認王國維論詞有其獨到之境;他對詞史上許多重要詞人研究的結論不少已被詞學界所公認。然而他對張惠言的「寄託說」並沒有提出有力的駁斥,對《菩十四》也只是提出自己的讀後感罷了。這種看不出或不想看出《菩十四》「有何命意」的讀後感,不少人都有。如近人李冰若《花間集評註》以《栩莊漫記》形式評《菩薩蠻》曰「鏤金錯彩,眩人耳目,而乏深情遠意」,且謂溫「亦不過一失意文人而已,寧有悲天憫人之懷抱?」——粗暴斷定詞作者是所謂「失意文人」,蔑視其人不能有「悲天憫人之懷抱」,所以不能寫出有寄託之作品;其推理的根據就站不住腳,更不用說由此推出的結論了。

第三,「折衷說」。施蟄存先生《讀溫飛卿詞札記》(中華文史論叢)第八輯,1978年10月)云「溫飛卿詞為一代龍象,固不必援比興以自高。然我國文學,自有以閨襜婉孌之情,喻君臣際遇、朋友交往、邦國興衰之傳統。……張皋文、周介存箋釋飛卿詞,亦是助人神思。然此乃讀者之感應,所謂『比物連類,以三隅反』是也。若謂飛卿下筆之時,即有此物此志,則失之也。」他指出張惠言等釋溫詞有寄託,作為讀者的一種感應則可,當成作者的本意就錯了。這就既抽象肯定把「寄託」讀入溫詞,又具體反對常州詞派論溫詞之寄託說,而自相矛盾。與認為溫詞之「寄託」也可能有,也可能無的折衷說是相通的。一般的讀者有這種推斷也就罷了。研究者是不能滿足於這種表層的結論的,「飛卿下筆之時」畢竟「有何命意」,還是應予深究,方能得出的論。丁壽田、丁亦飛認為至少就第一首而言,「張、譚之說尚可從」。又針對李冰若駁之曰「或謂飛卿不過一浪漫無行之失意文人,平生未遭何奇冤極禍,寧有悲天憫人之懷抱足以仰企屈子?此說可商。夫浪漫無行不過當時社會之片面批評,豈足以盡溫尉之人格」(唐五代四大名家詞》甲編)。二人部分地肯定寄託說,並駁斥李冰若言之太過。但他所留餘地太多,只好歸諸折衷一派。

第四,「存而不問」說。另外一種相當普遍的傾向,就是陳廷焯所說的「徒賞其芊麗」了。我們在多種《花間集》的注本和研究溫詞的文章中,可以看到對溫的《菩十四》各種各樣的細心文字注解和藝術分析;或極力鑑賞女主人公的形神之美,或批評飛卿能豔不能淡,或認為飛卿筆下的女主人公是

完全客觀的描寫，更有不否定「寄託說」而不想為此立論的，也有蔑然指出其中有敗筆的。對這組詞畢竟有沒有「寄託」，則避而不談、「存而不問」，或論及而不論定。事實上，不徹底解決這組詞有沒有「寄託」的問題，猶如隔靴搔癢，就不能揭開其全部藝術內涵，任你變化多少種新理論、新方法，也說不到點上，甚至使研究的結果徒然離真實越去越遠，就很難從藝術上真正把握了。

　　《菩薩蠻》十四首之有無寄託的問題和爭論，實際上成了詞學研究中聚訟紛紜的一大公案。我們作為現代的讀者，應該怎樣通過古代作家遺留下來的作品去認識古代作家？或怎樣通過認識古代作家去正確理解其作品？上舉四種對於《菩薩蠻》十四首的理解，且不論其正確與錯誤的程度如何，它們的共同點就是：都沒有考察作者下筆之時的具體身世背景和可能的訴求，即作品產生的特定歷史條件；這就使對作品的立論失去了事實的基礎而帶上隨意性。事實上，溫庭筠平生偏偏遭際了詩人以來少見的「奇冤極禍」。尤其他以皇親貴族身份，侍從莊恪太子而幾乎被殺，「等第罷舉」多年後方中第，都是值得大書特書的經歷；而且一直處身南北司之爭和牛李黨爭的狹縫和陰影中，生前死後都受到謠言的誣蔑中傷。還有，人們罕有把溫詞與溫詩作一個比較研究，沒有因此看到溫在彼時彼地為文、寫詩和填詞的「文心」之共同肯綮所在。這就只好但從欣賞角度出發，而自然難免見仁見智了。

二、溫詩舉例

　　溫庭筠的詩文和詞在藝術上是密切關聯的。如果我們能從他的詩中找出「寄託「的實例，至少可以從一個側面告訴我們，他的《菩十四》中有寄託就不足為奇了。以下研究兩個例子。

　　　例一：《織錦詞》（《全集》卷一）

　　　丁東細露侵瓊瑟，影轉高梧月初出。

　　　簇簇金梭萬縷紅，鴛鴦艷錦初成匹。

　　　錦中百結皆同心，蕊亂雲盤相間深。

　　　此意欲傳傳不得，玫瑰作柱朱弦琴。

　　　為君裁破合歡被，星斗迢迢共千里。

　　　象齒薰爐未覺秋，碧池中有新蓮子。

　　本詩十二句，前六句和後六句各一段，猶詞之上下兩闋。

　　細密的露氣浸潤了「瓊瑟」（美言寶貴的織機）而發出丁東之聲；由此美聲引出織機而託出下文織錦的美人。高高梧桐的影子已在星光下移動良久而明月方出，可知其人夜深猶織。然後，織者現身了。隨著「簌簌金梭」的神奇運轉，她巧手下的「萬縷紅」絲剛剛織就「成匹」的「鴛鴦艷錦」，她原是一位柔腸百結的望夫之女啊。那「艷錦」上的「鴛鴦」象徵郎情妾意、堅貞圓滿的愛情，這正與「成匹」（結對）同聲相應。南朝樂府《子夜歌》「理絲入殘機，何悟不成匹」，也用「成匹」諧音雙關締結良緣。接下來，寫錦上千百個同心結，花蕊散亂、深淺穿插掩映在彩雲般的底盤上。百結同心，是她對愛情美好的夢想，是「妾意」對「郎情」永不變的期望。把同心結置於繁花彩雲之間，更令人幻想愛情的天機雲錦。而同心結、連同上文的鴛鴦錦，以及下文的合歡被，都巧妙暗用《古詩十九首》「客從遠方來」「文彩雙鴛鴦，裁為合歡被。著以長相思，緣以結不解」諸句詩意，引人入愛情描寫之勝，不落俗套而韻味無窮也。

　　第七句，此意，即前六句所表達的柔情蜜意，這蘊藉鬱結的摯愛之情，為什麼想傳它而傳達不出呢？作者在此故作迴旋，讓讀者想像。第八句給出第七句所含問題令人驚異的答案。她所傳之情竟然如此高雅尊貴！只有嵌裝玫瑰琴柱的朱弦（練絲所製之弦）之琴才能為之傳達。這可真令人歎為觀止。玫瑰（美石）琴柱，極言寶瑟之華貴，寓意則嚴肅正大；正與「朱弦」相配。朱弦，據《禮記・樂記》「清廟之瑟，朱弦而疏越，一倡而三嘆，有遺音者矣。」由首句的瓊瑟，在此悄悄轉成清廟之瑟；《詩經・清廟》鄭玄箋「清廟者，祭有清明之德者之宮也」；所以「朱弦」者，竟可代指廟堂之樂，此意用之於織錦女，就超出了一般的言情詩，而正透露出作者捐軀報國之心。白居易《五弦彈》「正始之音其若何？朱弦疏越清廟歌」，其中「朱弦」的用法，正同此意。第九句，上文微露其意之後，作者似又回到原來的女子角色，她說要把鴛鴦艷錦裁成象徵男歡女愛的合歡之被，待夫君來歸。第十句，然而眼前之境不過是兩地相隔，一心同望那滿天星斗而已，故此處又加一層頓挫，寫出女子癡情，實喻詩人報國的執著。

　　第十一句，香煙氤氳，似有暖氣繚繞著象齒薰爐，令人覺不出秋意。這只是詞面意思，韓偓詩所謂「已涼天氣未寒時」也。薰爐或香爐，本漢代「貴人公主」所用，有豐富的象徵含義。《西京雜記》「天子以象牙為薰籠」；曹操《上雜物疏》「貴人公主有純銀香爐四枚，皇太子有純銀香爐四枚。」張

敞《晉東宮舊事》「皇太子初拜，有銅博山香爐一枚。」南宋趙希鵠《洞天清祿集‧古鐘鼎彝器辨》考證「古以蕭艾達神明而不焚香，故無香爐。今所謂香爐，皆以古人宗廟祭器為之。唯博山爐乃漢太子宮所用者，香爐之制始於此」。所以我們不得不說第十一句用特殊景物描寫暗示接近太子。第十二句就用雙關語直接說（自己）新得寵：看那園中碧池，正新結下蓮蓬子——「新蓮子」，諧音「新憐子」，此處就是「最近降恩寵於你」之意。可見詩人當時因驟得（侍從太子）高位，而喜不自禁，寫出這樣一首詩，讓讀者按圖索驥，慢慢追索。

可以看出，與這位織女有關的物事如瓊瑟（一樣的織機）、金梭、玫瑰柱、朱弦琴及象齒薰爐皆華貴之至。華貴到完全超出尋常實寫，而必然暗含寓意。觀其抒情過程，從瓊瑟美聲引出美物，進而寫美人和美人綺豔的夢想以及為實現夢想做出的美好設計，也引人遐想。把萬縷紅絲用金梭織為成匹的、繡滿同心結的鴛鴦艷錦，這種誇張而有力的描寫，不但表現而且超越了織錦女與郎君的深摯戀情。前六句作為言情詩，準確、細膩、深刻、豐富，繪聲繪色，令人目不暇接。細味其中委曲，真可媲美《古詩十九首‧客從遠方來》而更精緻，織錦女之意已經傳得千迴百轉深刻動人。詩人卻偏要說「此意傳不得」。而欲傳之，必待玫柱朱弦——就是「清廟之瑟」的朱弦。這就與首句所指、織出絢爛愛情的織機（由「瓊瑟」代指）前後呼應，開頭說織機如瓊瑟，這裡又隱隱呼應它就是清廟之瑟；通過如此匠心安排，「此意」能承上啟下，把前文織錦女的濃郁愛意全都訴諸朱弦琴的表現。這就超越了男女之情，而顯露廟堂情懷，暴露了詩人的自我。所以，接下來，「為君裁破合歡被」以下，雖還作女子口吻，其實相當直白地言君臣之事了。「合歡被」，以君臣之事論之，不像前六句中那樣帶有懸想（代指對報國仕進的切實期望），大概可以確定地代指君臣共濟大業了。以下「象齒薰爐」含著富貴熱烈的氣氛。「新蓮子」則幾乎直接寫出自己「榮非始圖，事過初願」（見溫《上紇干相公啟》）、即得侍莊恪太子的喜悅心情。

總結地說，這首詩表面看似織婦詩，看似相當精緻的情詩。然而華麗的誇飾描寫中有超出常理的內容，令人感到其中有非情詩所能包容者，而不得不深求。仔細觀察織錦女，她以金梭織錦，又以朱弦傳情，這個細節本身就是非現實的。我們只好把她理解為詩人自喻，或者說織錦女不過是被詩人導演的一個自我的藝術形象而已。由此推理，全詩所寫織錦女顯然不是寫實的，

因為客觀現實中不會有這樣的織錦女；但是全詩卻寫得更合乎詩人的主觀現實：因為織錦女用一顆純潔堅貞的心所織出的絢爛愛情，正是詩人苦學成器、經世致用，效忠唐庭之夙志的象徵。從本詩實際存在著的詞面和詞底兩層意思，我們不得不說這首詩有寄託。

例二：江南曲（《全集》卷二）

妾家白蘋浦，日上芙蓉楫。軋軋搖槳聲，移舟入茭葉。

溪長茭葉深，作底難相尋。避郎郎不見，鸂鶒自浮沉。

拾萍萍無根，採蓮蓮有子。不作浮萍生，寧為藕花死。

岸傍騎馬郎，烏帽紫遊繮。含愁復含笑，回首問橫塘。

妾住金陵步，門前朱雀航。流蘇持作帳，芙蓉持作梁。

出入金犢幰，兄弟侍中郎。前年學歌舞，定得郎相許。

連娟眉繞山，依約腰如杵。鳳管悲若咽，鷥弦嬌欲語。

扇薄露紅鉛，羅輕壓金縷。明月西南樓，珠簾玳瑁鉤。

橫波巧能笑，彎蛾不識愁。花開子留樹，草長根依土。

早聞金溝遠，底事歸郎許。不學楊白花，朝朝淚如雨。

詩人運用「質文異變之方」，使此詩更有「驪翰殊風之旨」了。詩中濃厚的民歌色彩，可謂兼有樂府吳聲和西曲的特點，深得《採蓮》《陌上桑》等古樂府之妙。但詩人謀篇構思，又有明顯的意匠經營。用詩人自己的話說，雖然「尚慚於風雅」，卻也「劣近於謳歌」了。我們應注意的是，用一首似有民歌風味的樂府詩，詩人敘述了什麼故事呢？

當女主人公出場時，她自稱本來家在白蘋浦。「白蘋浦」應即「白蘋洲」，是柳惲《江南曲》中那位盼夫歸來的女主人公采蘋之地（《白氏長慶集》卷七一《白蘋洲五亭記》：「湖州城東南二百步，抵霅溪，溪連汀洲，洲一名白蘋。梁吳興守柳惲於此賦詩云」）。她每天都乘著「芙蓉楫」蕩入茭葉深處，叫人如此難尋她的蹤跡，畢竟是為什麼呢？她竟「避郎」而使郎看「不見」她，就像忽浮忽沉而捉迷藏的戲水鸂鶒一樣。她在溪上無意拾得的是無根之萍、有心採取的是有子之蓮，她不要作那無根的浮萍活著，寧願學那藕花守紅而死。巧語出之以俏皮的女郎情話，形象生動、呼之欲出。「芙蓉楫」代指芙蓉舟，芙蓉雙關「夫容」，暗含對夫君的思念。蓮，雙關「憐」，「蓮有子」當謂所愛有人；藕，雙關「偶」，處處都是民歌式的雙關語愛情提示（《樂府詩集》之《子夜夏歌》有「乘月採芙蓉」；《讀曲歌》「思歡久，不愛獨枝蓮，只惜同心

藕」等語，應是溫所借鑑）。

當「岸傍騎馬郎」出現時，她「含愁復含笑」地避開了他，「回首問橫塘」了，此處的「問」從下文的追憶看來，應該是詰問、追索、乃至追憶之意。橫塘，地名，六朝以降詩中習指女子家之所在，本難以確指或不須確證。但由「吳大帝時自江口緣淮筑堤，謂之橫塘」（《讀史方輿紀要》卷二十），可知，橫塘所在之地，大致就是古稱金陵、秣陵的京畿之地。問橫塘，其實引導讀者詢問採蓮女在「金陵」所經歷之事，也是她自憶前塵。所以接言她曾住在金陵帝王之州的「金陵步」，門前就是朱雀橋；家中有流蘇帳、芙蓉樑，甚為富貴華麗。「出入金犢幰，兄弟侍中郎」，自誇舊業繁華，更勝羅敷誇夫的情趣。那時候，她「學歌舞」以求「郎相許」，飾容色以取郎之悅。你看她眉繞春山，腰細如杵，鳳管鸞弦，多少柔腸，輕羅薄扇，何等丰韻。她住在殿閣樓臺之中，瓊樓玉戶之內，眉顰目笑，「出入君懷袖，動搖微風發」。度過一段十分愜意的時光，哪裏知道一個「愁」字。

然而「花開子留樹，草長根依土」之後，即繁華夢斷而種下前因、失去依託而退修初服之後，她卻嘆息悔恨昔日之嫁了「早知金溝遠，底事歸郎許」——既然我早就知道皇宮帝里是如此深遠難以高攀，我又何必嫁給「郎」呢？所謂「金溝」（《文選》卷二十二徐敬業（俳）《古意酬到長史漑登琅琊城》「金溝朝灇瀒，甬道入駕鸞」句下李善注「戴延之《西征記》曰：御溝引金谷水，從閶闔門入」。這就說明，金溝者，即「引金谷水」之「御溝」之別稱也，曲指帝苑、乃至皇家。只是她雖悲傷，尚能故作曠達「不學楊白花，朝朝淚如雨，」不願學楊白花，徒為昔日傷心、終日如女子一樣不斷以淚洗面。說是「不學」，大概是勉強自寬吧。

楊白花，據《樂府詩集》卷七三等記載，是胡太后為所喜愛者楊白花之南奔，傷心而作。柳宗元有《楊白花》詩（《全唐詩》卷三五三）「楊白花，風吹渡江水。坐令宮樹無顏色，搖蕩春光千萬里。茫茫曉日下長秋，哀歌未斷城鴉起。」全詩借樂府舊題，詠歌良臣投荒而朝廷無人的無限悲傷，是對樂府舊題的改造。通過下文的分析我們將看到，類似於柳所傾注的深度政治感情內涵，顯然也包含在溫詩末句之中。順便要說的是，柳宗元和劉禹錫都是溫庭筠業師李程的摯友。溫對老師的欽佩延及他對老師摯友的欽佩，所以在詩歌的創作上無論是有意或無意，效法柳宗元是可能的。

全詩故事情節很簡單：家居「白蘋浦」而篤於舊情的採蓮女避開了「烏

帽紫遊繮」的「岸傍騎馬郎」後，自述曾經有一段華麗哀豔、恩情婉變的「涉帝」（這個詞是筆者生造）婚姻。只是不知何故，或作者故意不說何故，她為什麼竟回到故地了。她的夫君畢竟是宮中什麼人物、結局如何？她本人嫁入宮中又重歸江湖，這是怎麼一回事？詩人走筆至此，竟不肯更著一字。但詩中的暗示已夠多了。

其一，採蓮女說「妾家白蘋浦」，如說西施出於越溪一樣，是指美女出身所在；如上文所言，是在越地。至於說「妾住金陵步」，其實是以金陵比長安，說她曾侍奉君王。

其二，一位江湖之女，自敘昔日富貴豪奢；她曾住在京華上都，瓊樓玉戶之內，又如此德容兼備，情深一往。她既有如此輝煌的昔日，為什麼在盛年又回到「白蘋浦」來了呢？「豔色天下重，西施寧久微」？只聽說有越女選入宮中的故事，豈有宮中豔妃又被送回越溪的奇聞？這個含蓄的細節是不現實的。我們只能把它理解為詩人杜撰，用來影射自己一度入為近臣，又回江湖之事。

其三，採蓮女又愁又笑、而避開的「岸傍騎馬郎」之服飾耐人尋味。烏帽，即隋唐時貴者所戴烏紗帽。紫遊繮，用紫色絲線做的可鬆可緊的馬繮繩；語出《晉書・五行志》「海西公太和中，百姓歌曰『青青御路楊，白馬紫遊繮。汝非皇太子，那得甘露漿？』識者曰『白者，金行，馬者，國族。紫為奪正之色，明以紫間朱也。』海西公尋廢，其三子並非海西公之子，繼以馬繮」（注意：年號「太和」，與晚唐也作「太和」的「大和」太近似了）詩人筆下的採蓮女為什麼避開「烏帽紫遊繮」的「騎馬郎」，該因此人「非皇太子」而委婉暗示她用情於皇太子吧？這和作者曾忠心侍從莊恪太子正可作類比。

其四，對「鳳管悲若咽，鸞弦嬌欲語」的解釋，若不深求，則可一般地認為鳳管美稱笙簫、鸞弦美稱琴弦（因琴聲如鸞鳴）；二句不過描寫悲婉的笙琴之樂。但深求之，我們說，鳳管即笙，因「笙十三簧，象鳳之身」（見《說文解字》卷六）。「吹笙」又因「王子喬，周靈王太子晉也。好吹笙，作鳳鳴」的故事（劉向《列仙傳》卷上），成為與太子有關典故。溫的《莊恪太子輓歌詞二首》中「鳳懸吹曲夜」，正用此典。姚合《莊恪太子輓詞二首》（《全唐詩》卷五百二）「吹笙今一去」，則直接用「吹笙」指代太子本人。據此，我們說「鳳管」之悲咽所蘊含的採蓮女對故夫的悲悼，暗含溫對莊恪太子的悲悼，應不為過。而「鸞弦」，就帶上更深切的悲情，應涉及「鸞膠」或「續弦膠」

的典故。《漢武外傳》「西海獻鸞膠，武帝弦斷，以膠續之，弦兩頭遂相著，終日射不斷。帝大悅，名續弦膠」；《海內十洲記》也載鳳麟洲上仙家煮鳳喙麟角煎為續弦膠。鸞弦在此可以理解成將斷而鸞膠難續之弦，「嬌欲語」者，含多少柔腸寸斷而不能說出。合言之，鳳管悲咽和鸞弦嬌語之中，寄託了採蓮女極力挽回不幸而又永遠不能復合的斷腸悲哀。這動人哀憐的細節所顯示的內容，暴露了她原是溫的「自家物」啊。

綜上而言，溫庭筠託興於美人而以兒女之情言君臣之事的詩篇，就謀篇構思的藝術而言，有以下兩個特點。一是詩中主人公的形象中帶有一種「非現實的理想性」：構成形象的各個因素、各個側面，其華美珍貴雖是現實的，而這些因素、側面之特定的組合卻是超現實而理想的；其鎔裁意象，既不為現實的某個原型所拘，乃能恰切地展現詩人極豐富的現實情感內涵。如對《織錦詞》中的女主人公，瓊瑟、金梭、鴛鴦錦、朱弦等美物個別看來都可以用來寫一個平常的採蓮女，但把這些形象因素用詩人的語言鑄成一個詩歌的整體，深究其中每個詞的底蘊和相互聯繫，這個織錦者的形象就發生了質變，變成了詩人的代言人。因為無論怎樣誇張美化一個實際存在的織錦者，詩人也不至於如此費詞。我們在這種理想化的描寫之中，在穠詞重彩之中，恰恰可以看見詩人的本心，也就是說，在詞面的異彩中窺見了詞底。認識到詩人這樣的顯微之趣，我們乃可以辨別他的具體篇章究竟是寫實還是寫意，是無寄託還是有寄託。二是詩中主人公的形象具有一種現實的特殊性：她那獨特的經歷和心理，反映出詩人自己具體的人生道路，以至連詩人本身的政治遭遇的特殊細節都通過女子愛情心理的刻畫、深刻細膩地表現出來。如《江南曲》中的採蓮女，她反常的遭遇、堅貞的愛情、欲言又止的心曲，令人深思的人格，恰可以印證溫侍從莊恪太子的人生際遇。但無論「非現實的理想性」還是「現實的特殊性」，都是一種藝術手段的兩個方面，各有所側重而已。質言之，詩人在詩中設下貌似不合理的語言或情節，使讀者發生疑問而循著詩人暗示加以追索，終可探到詞底，找到其寄託所在。詩人要使「微」者得「顯」，總留有蛛絲馬跡，否則豈不埋沒了他的深心！

中國先唐詩賦素有以「求女」喻「求君」的傳統。由於臣事君、妻事夫的封建倫理綱常的長期壓迫，兩漢以下更多以女子自喻。例如曹植的《七哀》、《美女篇》《雜詩・南國有佳人》等，都有這種表現。誠然，臣之受制於君更甚於妻之受制於夫。有的論者說晚唐溫李等人的詩篇多女子氣，似也近

乎事實。然而對於溫而言，即使是寄興於女子，仍掩抑不住他的個性：那種至死不變的陽剛之氣。以兒女之情言君臣之事，溫庭筠已沿著這條狹仄的藝術之路走到了他的終極：在全是比興體的賦中，句句有言外之言，語語含意內之意；把比興的運用拓廣和加深，廣到無事不可，深到無情不可，豔到不能再豔，曲到令人費解──實際上，只要弄清他的生平，畢竟可以理解他的本意。

溫庭筠有詩如此，說他的《菩》十四首有寄託，應不奇怪了吧？

三、《菩薩蠻》十四首的創作原委及藝術總論

孫光憲《北夢瑣言》卷四載「宣宗愛唱《菩薩蠻》詞。令狐相國假其新撰密進之，戒令勿泄，而遽言於人，由是疏之。」南宋王灼《碧雞漫志》云「今《花間集》溫詞十四首是也。」據此，溫撰《菩薩蠻》諸闋而由令狐綯進獻唐宣宗，當在令狐綯為相而溫求官求第屢屢不得意的大中三年後，也應在溫大中十三年貶尉隨縣之前。《唐才子傳》有與上述類似文字，其後且云「出入令狐相國邸第中，待遇甚優。」又，不知作者的《樂府紀聞》記錄以上《菩薩蠻》有關軼事之外，謂「『令狐綯假溫庭筠手撰二十闋以進』云云，且言溫曰『中書堂內坐將軍』，以譏其（令狐之）無學也。由是疏之」。通過研究溫庭筠與令狐綯的關係及當時情勢，我們得出以下幾個看法。

其一，對今傳《菩薩蠻》十四首，李冰若《栩莊漫記》評論曰：「為當日進呈之詞，亦為平日雜作，均不可考」。愚謂《北夢瑣言》關於令狐綯「假其（溫庭筠之）新撰密進之」的記載，說得很清楚，這二十首《菩薩蠻》就是「當日進呈之詞」。其實自後蜀廣正三年（即公元 940 年）《花間》結集，去溫庭筠之死不過七十餘年，這十四首詞，已經作為整體而共同出現，絕非偶然。其詞俱在，其情其文，有不可隔斷的連續性，它們當然屬於一個整體。然通十四首觀之，雲龍霧豹，千姿百態，婉轉旖旎、悱惻纏綿之氛圍中，敘事條理並不分明，首尾之間，似續若斷，故《樂府記聞》所謂原作二十闋之說，應是有根據而可信的。現存的十四首，比原作少了六首，應是溫將自己作《菩薩蠻》之事泄露出去之後，其中主旨太露而於「事體有妨」者被除去造成。但即使這十四首詞中，意脈仍一以貫之，都是託興於一個不幸的高貴婦人，描畫其貌態情懷和經歷的，是用「組詩」的形式，寫一個主題；絕無理由把它們看成「平日雜作」。作為溫詞的代表作，當初所進二十首，既要符合宜於歌唱

的宮詞形式，每首各自成首尾而聲情搖曳，又要寄興於深，藏意於密，詩人慘淡經營而歸於自然，是費了斟酌的。在宮中傳唱而「邐言於人」之後，可以想見各方面勢力、尤其是宦官勢力的反應；給令狐綯造成麻煩，他因此對溫不滿是當然的。

其二，溫與令狐綯的關係確有「待遇甚優」到相對冷漠的過程。溫大中初《上令狐相公啟》乃求令狐推薦自己為史官之作。啟言「豈繫效珍之飾，蓋牽求舊之情」，明言與令狐有舊；啟又言「三千子之聲塵，預聞詩禮」，與溫大中後期上令狐綯的《上宰相啟》之亦云「三千子之聲塵，夙與玄圖」，構成一種連續。所謂「預聞詩禮」者，暗用《論語・季氏》所載孔鯉「趨而過庭」「學詩」「學禮」之事，意為當年令狐綯受父訓時，自己是在令狐楚門下在弟子行的。「夙與玄圖」則更說明自己嘗參與令狐楚的某項文章事業。令狐綯入相，溫以舊誼來投而為令狐所接遇，本順理成章。但溫畢竟有前朝舊案，且為宦官所深忌。而令狐為相，亦不能不顧忌宦官之勢焰，又有黨人之偏見在作祟。所以他之善遇溫是有限制的。溫若不顧利害，違反了令狐的施政意願乃至個人利益，令狐對他就更無奈了，雖然還不至於仇讎相對。其實，令狐正因與他有舊情就更不能舉薦他。考慮溫與令狐關係的起伏和他自己長期厄於一第、以及大中十三年貶尉隨縣的經歷，這一組詞大約寫於大中八九年間。其時溫既未得官，亦未得第。

其三，令狐綯為什麼要把溫所撰《菩薩蠻》「密進之」而「戒令無泄」？溫是當時極負盛名的詞人，令狐綯找到他填詞進呈，可謂找到了國手，是很有知人之明的。查令狐之行實，《全唐文》卷七五九載其《薦處士李羣玉狀》。又《資治通鑑》大中十二年記其推薦詩人李遠（庭筠之友）事，可見令狐還是能推薦賢人的。他作為位極人臣的大中朝在位十年之宰相，在輔政上當然要迎合宣宗，但卻不至於強取溫撰《菩薩蠻》著作權為己有。所言「密進之」而不讓外人知道其詞為溫作，不是要瞞宣宗，而是要遮某些人耳目。但令狐會怕什麼人以至「戒令無泄」呢？只有唯一的答案：怕宦官。《通鑑》大中八年記唐宣宗私下避開宦官召見翰林學士韋澳，他對韋說自己還很害怕宦官。令狐綯密奏對宦官採取「有罪無赦，有闕無補，自然漸耗，至於盡矣」的方針，其事泄，其後南北司仍勢如水火。溫是宦官的仇人，而且幾乎是個欲報仇的仇人，宦官對他十分嫉恨，不但曾阻斷他東宮進身和科舉進身之路，也不會容他進詞宮中而得志的，尤詞中含有對他們的譏諷時。

其四，溫為什麼要「遽言於人」？令狐不過想利用溫的精雅篇什取悅宣宗，他並不想因此招惹宦官。溫卻不能這麼想。他已因宦官之仇的干係多年受盡誹謗而被壓抑。現在能直接撰寫詞章、服務皇帝而傳唱宮中，他當然不肯自隱其名。它不但要極力投合宮廷趣味，發揮其擅長，由此炫才以市寵；還要藉此抒寫苦衷、剖白心跡，達到獻賦以明志的目的。於是一組精緻絕倫、曲意深包的《菩薩蠻》就產生了。

溫沒後一千一百五十多年的審美實踐證明，若不知《菩》詞作者（對當時人而言），或不知作者生平大概，尤其侍從莊恪太子前後之事（對後人而言），從中但見流金溢彩而為之目眩神迷，含英咀華而終罕能探驪得珠。這組詞，即使看作宮詞，也是登峯造極之作。而正因為其中含有更深厚的底蘊，或者說有作者政治上苦心的結晶，才使它超越了宮詞。那麼《菩薩蠻》十四首總的藝術特徵究竟是怎樣的呢？

其一，從賦的角度觀之，這十四首內在的若斷若續的敘事線索，表明所寫的是一個貌比西施的失意宮人。她當年本「家住越溪曲」（第九首），繼而與她後來苦苦思慕哀悼的情郎「相見牡丹時，暫來還別離」（第三首）；但不知何故從綺羅叢中回到了江南，「畫樓音信斷，芳草江南岸」（第十首）；無限傷心地追憶昔日，「當年還自惜，往事哪堪憶」（第十二首）；她孤獨地沉緬在絕望的哀思之中，「鸞鏡與花枝，此情誰得知」（第十首）；而今只能在「玉關音信稀」（第四首）的情況下，哀嘆著「故國吳宮遠」（第十四首），而「相憶夢難成」（第八首）了。這位美人，像《江南曲》中的採蓮女一樣，曾有承歡侍宴的繁華舊夢；但是好景不長，自從遠適江南故地，便只靠追思回憶、傷心懷舊了；盛年獨處，無心膏沐，撫今追昔，不勝悲苦。雖然她的儀態風韻，比採蓮女更豐富深刻細緻，其惟妙惟肖，更像宮中嬪妃，我們卻不能不承認，在她的形象勾勒中，套印著詩人的苦悶和追求，反射著他的人生失意，尤侍從莊恪太子的傷心往事和「等第罷舉」多年不第的無限懊惱。鑑於原作是二十首，這流傳下來的十四首應是通過某種刪削之後的劫餘，也就是說，在溫「遽言於人」而暴露了自己的作者身份之後，很可能為了搪塞宦官，當時把一些主題更為鮮明而容易被看出者刪掉了。所以我們不能期望這十四首詩能給我們一個更詳盡深刻明確的故事。因為被刪而造成的空白，造成十四首中意脈不能完全連貫成完整一體的缺憾。對後代的讀者而言，只好如面對一個斷臂的維納斯而興嘆，而接受這個事實。也因此難怪治詞專家們的議

論不能統一。

其二，詩中女主人公所相思的對方始終沒有亮相。但從暗示中頗可窺見他絕非尋常人物，而且已死。「青瑣、金堂、故國、吳宮略露寓意」，張惠言看出其中是有寓意的，卻未具體說清是何寓意。但我們至少可看出，男女雙方昔日之珠聯璧合是在宮中，男的是宮中人物，他不是皇帝，也至少是皇子啊。又這十四首，屢用「畫樓」字樣：「畫樓相望久」（第七首），「畫樓音信斷」（第十首），「畫樓殘點聲」（第十四首）都表示女主人公所思之地。對比溫《生祿屏風歌》「畫壁陰森九子堂」與《蔣侯神歌》（此詩諷楊賢妃而憫懷王德妃），「畫堂列壁叢霜刃」中「畫堂」與「畫壁」之解，就可知「畫樓」可以理解成「畫堂」的隱蔽的同義語。據《漢書‧成帝紀》「元帝在太子宮生甲觀畫堂」，應劭注「甲觀在太子宮甲地，……畫堂畫九子母」。如此平常而看似毫無出處的字眼，竟然也可掩飾著直指太子的所在。如果我們不深求其出處，詞中女子更具一般性。安知在這一般性之中，竟蘊含著如此的特殊性？溫就這樣善於似無若有地用「典」說事，不那麼坐實，讀之反覺更加空靈；即使直接影射他的親身經歷，終不許一語道破。例子留待逐首解詞時說明。

其三，注意到這十四首詞是以一組宮詞的形式出現的，每首自具首尾而合起來連成一體，它當然不能像敘事詩那樣脈絡清晰地交代事件發展的過程。然而作者所欲寄寓的有才而不用、忠而被謗的基本志節懷抱卻貫穿其中。具體地分析起來，雖然不能說全是「節節逆敘」，卻多在上闋（或其前兩句）憶及舊日之情，而在下闋（或其下兩句）寫到眼前之景。正是在這種今昔的情景交錯之中，突出了現實和夢想之間的巨大落差，使我們在其特殊的「情」的背後，窺見了詩人的事。而能大概地把這原來的十四首按照女主人公懷念的事情按時間排列起來（而標以阿拉伯數字）。所謂「神理超越，不復可以迹象求矣；然細繹之，正字字有脈絡」（周濟《介存齋論詞雜著》）。他所寄託者，已不是一般的志節懷抱，連自己具體的遭遇感受也託比興出之。如此一個「美人」形象，多處能與詩人的特殊現實經歷相印合，仍然是因為它的超現實性直接與詩人的自我相通，在似乎不合理的地方顯露了詩人寄託之端倪。這裡沒有乘龍駕雲、升天入地那種開闊雄渾的境界，卻在鏤玉雕瓊、拈花照影之工巧哀豔的描寫中別運機杼、獨闢蹊徑，把「美人香草」的傳統比興引向更深微細緻的運用，這是溫的特殊貢獻。無論承認與否，後世詞人，鮮有不受其影響者。

其四，這十四首中，除了大量的句子外（有些留待逐首解詞時再說明），
「略露寓意」者尚多。影射宮廷的名詞，「青瑣、金堂、故國、吳宮」之外，
玉樓、玉關、畫樓等也應算入。另外，花木蟲鳥之名，各因其意象的繼承性而
引申入微，恰切地含蓄了各種感情。楊柳，凡八見，皆寓不同場合不同時段
的離思；杏花，兩次，暗喻科舉相關的事。牡丹三次，多暗指遇合太子及文宗
朝悲劇故事。其他如棠梨、梨花、夜合、萱草、竹、芳草，無不具有暗示或比
喻作用。至於鳳凰、鸞鳥、鵝鵠、鴛鴦、鸂鶒、翡翠、子規、曉鶯、燕子、蝴
蝶，也多是富於愛情內涵或悲劇精神、甚至報喜、報春功能的形象。

　　《菩薩蠻》十四首是溫應令狐綯之命為唐宣宗所寫，在精雅濃艷的宮詞
形式之下寄託了自己的苦衷。其詞不但是對於莊恪太子的《招魂》之曲，而
且是對他自己的《哀時命》之賦。固然千折百回，那是因當日極其複雜的政
治形勢下，溫作為前朝謫臣向新君獻賦明志，不得不寫成宮詞所致。總之，
《菩薩蠻》十四首是有「寄託」的，是確實有，而不是可能有，是作者有意為
之，而不是讀者穿鑿的一種讀法。是典雅的宮體詞，又是以宮體為掩飾的的
政治抒情詩。認識到這一點，是理解其詞的關鍵。這裡我們順便論及本文開
頭舉出的有沒有寄託兩種主要觀點。張惠言主寄託說，可謂偶然言中。這除
了與常州詞派論詞重寄託的時代背景有關，也與張氏本人易學家的學養有關。
寄託說的反對者便譏張氏以說易家法解釋溫詞。但我們還是得重視《周易》
多少世紀以來對中國詩歌比興之運用的的深刻影響。而溫夫子自道的「頗識
顯微之趣」，正是得之於《易》。溫是自覺按照《易》法的誘導創作的。他不但
自覺選用或質直或豔麗的詞藻而能質能文，文質彬彬，而且有意識地掌握著
筆下形象對為文主旨的顯露或隱藏的程度，而能微能顯、能藏能露、能深能
淺。我們今天研究他的一些晦澀曖昧的作品，當然也應彰其往而察其來，弄
清他的身世和主要經歷；只有如此，才能把他的作品顯其微而闡其幽（當然，
對作者身世和對其作品的研究，應該是互相促進的）。但張沒有這樣做，只是
就詞論詞，而功虧一簣。

　　至於國學大家王國維的學說，他的「審美直觀」是建立在叔本華的唯意
志論哲學之上。他雖力圖成為一個「能忘物與我之關係而觀物」的「純粹主
觀」（1904 年發表《叔本華之哲學與教育學說》很難成為我們讀溫李詩的指
導），但在這種純粹主觀制約下的審美直觀，就被《菩薩蠻》詞溫軟豔麗的辭
藻所眩惑，而稱之為「有何命意」了。實際上，任何移植過來的西方文學或哲

學理論，都不能完全無誤地解釋極其複雜的中國文學和文學史現象。

四、《菩薩蠻》十四首簡釋

對這十四首詞的解釋和分析，前輩學人發言已經夠多。以下只就其宮體的結構而簡言之。全十四首表面上寫一個失意的富貴美人之撫今追昔的貌態和心事，每一章似乎總可得出有無寄託之二讀。雖然景中情、情中事有時故作曖昧，我們還是能就溫之主要人生經歷而言，嘗試把這十四首幾乎按作者的原順序排起來（當然當中有斷裂）。

其一（1）

小山重疊金明滅，鬢雲欲度香腮雪。懶起畫蛾眉，弄妝梳洗遲。

照花前後鏡，花面交相映。新帖繡羅襦，雙雙金鷓鴣。

第一首，上闋寫美人晨睡，懶起弄妝。首二句美人亮相，主要顯其「內美」：她眉額閃爍如春山明滅，鬢雲散亂而欲遮香腮；對晨睡未起的貌態，工筆細描，表現了作者對女性美極端細心的客觀觀察。三四句轉而揭示她的心態，是理解此詞的關鍵：「懶起」畫眉，遲遲弄妝，無心打扮，是無「悅己者」可「為容」的表現。這裡暗含「首如飛蓬。豈無膏沐，誰適為容」（《詩經·伯兮》）的惆悵。這種心態，關乎其昔日高升之夢和今日沉落之悲。溫《上宰相啟》（二首之一）說「膏沐之餘，則飛蓬作鬢；銀黃之末，則青草為袍」；也把自己為九品縣僚、懷才不遇的狼狽無奈，用美人的懶於梳妝來表達。當然，依照以美女喻良臣的慣例，美女之美及其不偶是要比喻良臣之良和不遇的。但是他對女性美之驚人形似而近於純客觀的描寫，不能不說是基於他的實際生活體會，尤其是愛情生活體會。下闋前二句正面寫弄妝。簪花照鏡，前後兩鏡相映，鏡中復有鏡，層層影像，花面和鮮花交相輝映，美不勝收。這裡所呈現的女子的貌態，正暗示了她當年無限風光的得意春夢。這個夢在後二句的新裝上卻失去了鮮活的生命。那「繡羅襦」上新貼的「雙雙金鷓鴣」表明，女主人公與其所夢對方比翼雙飛的願望只能繡在衣上，存在心裏，憶在夢中。其中「金鷓鴣」，成為溫詞品之濃艷而缺乏生機的定評。其實，溫筆下的美女，淡妝濃抹都是由他自定的；「金鷓鴣」是一個預定的美麗而無生命的形象。

張惠言謂「此感士不遇也。篇法彷彿《長門賦》而節節逆敘。此篇從夢曉後領起。『懶、遲』二字，含後文情事。『照花』四句，《離騷》『初服』之意。

『青瑣、金堂、故國、吳宮，略露寓意』」今按：謂十四首可以讀出「感士不遇」的主題是正確的，只是尚須求其詳細。反復誦讀《長門賦》，知其用心理的直接描寫加上景物的反襯，寫陳皇后的失寵之悲；是變換角度深刻表達失寵后妃的痛苦，其文之敘事順序則是以其賦寫出之時為時間原點，不時向昔日追溯的。統十四首觀之，也可把此首（也就是美人的現在）當成起點，後面的十三首回憶往日或往日的往日，這自是倒敘，而且倒敘之中復有倒敘；並且不時回到目前。所以如把「節節逆敘」理解成每一節本身都是第一首的一種逆敘，好像可通。「懶、遲二字，含後文情事」，即女主人公今日對於往事的種種傷心，正是這種「節節逆敘」的讀法之表現。至於「『照花』四句，《離騷》初服之意」，由《離騷》「進不入以離尤兮，退將復脩吾初服」可以推想，「入朝見嫉」的士之引退而「復修初服」，即去追求出仕前的樸素無求的生活模式，與「入室見嫉」的女失寵而「弄妝」呈美，很難說可以相通。溫從暫時的高位落下，百折不撓求進取，也並非「復修初服」。這第一首的主旨，寫美女之慵懶弄妝而孤芳自賞的姿態。如果非要與「士不遇」相提並論，應是表達了溫失意而仍盡力而為、不肯完全頹放的人生姿態。

其二（2）

　　水精簾裏頗黎枕，暖香惹夢鴛鴦錦。江上柳如煙，雁飛殘月天。

　　藕絲秋色淺，人勝參差剪。雙鬢隔香紅，玉釵頭上風。

　　第二首，上闋寫當年的合歡之夢和夢後餘波。起首二句，畫面其實暗含二人。「水精簾裏頗黎枕」和「暖香鴛鴦錦」是今日「惹夢」之因，因為這些物事所昭示的環境本身就是女子與故夫兩情相悅的舊事舊夢。這個夢，亦是第一首「懶」「遲」之故。「鴛鴦錦」，溫《織錦詞》「鴛鴦艷錦初成匹」給了我們足夠的啟示，是象徵愛情好合的亮麗錦緞，亦是溫用來表達遇合君王（此處指莊恪太子）的隱語。所以對於詩人而言，「暖香鴛鴦錦」所惹之夢便是他的東宮舊夢，以艷語出之而已。從宮詞的角度看，精美的物事排比之中，不寫人而一雙璧人自在其中，《洞戶》詩所謂仙郎玉女也。

　　「江上」二句之景語，歷來歧解最多，它和上文有何聯繫？張惠言謂之「略敘夢境」，俞平伯則謂「說實了夢境似太呆，不妨看作遠景」。筆者解作「夢後餘波」。這兩句分明是行客羈旅所體驗的情景，所以有的論者寧可把本詞當作一般的思婦之詞，當作從思婦角度（從對面著筆）懸想遊子日夕行舟江上所見景致。仔細體味二句內涵，殘月雁飛，表明是拂曉時分的仰觀，江

上柳煙，則是初春季節的遠望。如把這兩句的景置於同一畫面，則觀察者應是行舟江上，岸柳如煙，望雁船頭，殘月在天，春色再來而鴻雁無音，那江聲月色，行人征雁，暗含多少傷春之情，離別之悲，用這種景語來比襯起首二句的歡合，可謂「以哀景寫樂」，而哀樂自加倍了。但其觀察之細膩，含蓄之微妙，非親歷者不能體會，更非不出門之閨中思婦所能想到或看見。這其實是詩人昔日（開成末）「南遁」旅途中的情景，現在移作女主人公之夢後餘緒而已。

歷來評論家雖交口稱讚此為「好言語」，卻未講出其詞微妙之所以然。其實，柳煙雁飛之景與上文之情本來若即若離，迷離惝恍中令人似解非解。俞平伯先生就此句評曰：「飛卿之詞，每截取可以調和的諸印象而雜置一處，聽其自然融合。在讀者心中仁者見仁，智者見智……，即以此言，簾內之清穠如斯，江上之芊眠如彼，千載以下，無論識與不識，解與不解，都知是好言語矣。若昧於此理，取古人名作，以今人之理法習慣尺寸以求之，其不枘鑿也幾希」（《讀詞偶得·詩餘閒評》——引自網上，未見過其原書）。其說誠為讀詞有得的經驗之談。然細味之，殆涉於不可知論歟？如果不知其相對確定的內涵亦可認「江上」句作「好言語」，填詞者就是這樣東一句西一句地湊「好言語」而毫無形象聯繫麼？古人名作，之所以為「好言語」，正因為更經得起「以今人之理法習慣尺寸以求之」。至於「今人之理法習慣」，若指在文學研究和欣賞中探明作者塑造藝術形象的方法和心理，本不足厚非。溫在此用了什麼藝術手段呢？簡言之，他用了好像是寫文人羈旅的景語寫簾內美人的情思。這是溫慣用的移花接木的藝術手法，我們稱之為「代入法」，就像以「朱弦」寫織錦女一樣，詩人暗暗地由描寫美女轉換成描寫美女所喻的良臣，正是實現「以兒女之情，言君臣之事」的必要手段。昧於此理，則雖知其好言語，實難求正解。話說回來，以此淒美悲涼之景襯託那鴛鴦舊夢，不正暗示良辰不再麼？

下闋，寫眼前伶俜寂寞，猶能褒美自重。「藕絲」二句，巧用諧音雙關和語義的雙關，表現了女主人公為情所困楚楚動人的形象，以及懷人亦復自傷的癡情。藕絲，顏色名，淡紫近白，又藕絲，諧音「偶思」，即思偶也。秋色淺，指女主人公所著香衫，這裡反文見義，正見相思之深。人勝，即人日剪彩勝為頭飾，紙花之類；參差剪，謂長長短短剪成。又，「人勝參差剪」全句，以語意雙關與「偶思」相對，似也可解作「人簡直有過於長短錯落剪成」、似

弱不勝衣。末二句,寫妝成女子臨風玉立,雲鬘花顏,頭飾隨風搖曳的丰姿神韻。不煩多言,第二首中,託美人以寄興詩人事君王,微旨已顯,話說回來,即純以艷詩讀之,雖有令人不甚了了句,亦情緻纏綿,音韻諧婉,的是耐人尋味「好言語」。

其三(3)

蕊黃無限當山額,宿妝隱笑紗窗隔。相見牡丹時,暫來還別離。

翠釵金作股,釵上蝶雙舞。心事竟誰知?月明花滿枝。

上闋描寫夢中歡會,哀嘆初戀時節。首二句亦如第二首,也是寫夢境,表面寫女子「宿妝」的貌態和容止,其實是寫當年男女歡會。「蕊黃」即額黃,唐時女子以黃色顏料(可能是花蕊或松粉等製成)塗額為山形;無限,指額黃成暈染狀,沒有清楚邊緣。當山額,正在那「山額」上。溫《偶遊》詩(《全集》卷四)有「額黃無限夕陽山」句,與此句可相參。宿妝,夜晚就寢保留的殘妝。隱笑,含蓄半露的笑;「隱」與「宿」相對,做形容詞用。兩句之中,另有人在焉,否則,此女子之「隱笑」,就無著落了;而此人就是女主人公的故夫。紗窗隔,謂人在紗窗內,那麼誰在紗窗外呢?這樣似更神祕些,作者保留一層祕密給讀者猜測,令人有一種不能盡觀廬山的不足感而更企望其美,也許如有人說的倫敦的霧。三四句言女子與她的郎君相遇在牡丹盛開之時,謂相見恨晚,別離太速。牡丹盛開,已是農曆三月下旬,春光將盡,喻已非年少。筆者考得溫侍從太子,始於開成二年,已四十歲,正合此喻;而侍從時間僅一年,太子便被宦官和楊賢妃合謀害死,可謂短促,所以稱「暫來還別離」。

唐蘇鶚《杜陽雜編》記載,「大和九年,誅王涯、鄭注後,仇士良專權恣意,上頗惡之,或登臨遊幸,雖百戲駢羅,未嘗為樂。……上於內殿前看牡丹,翹足憑欄,忽吟舒元輿《牡丹賦》云:『俯者如愁,仰者如語,含者如咽。』吟罷,方省元輿詞,不覺嘆息良久,泣下沾臆。」《新唐書》(卷一七九)「元輿為《牡丹賦》一篇,時稱其工。死後,帝觀牡丹,憑殿欄誦賦,為泣下。」舒元輿是大和九年十一月甘露之變中被宦官不分青紅皂白野蠻屠殺的四位宰相之一,由於宦官因甘露之變事尋機復仇,使唐文宗更受困辱,他吟誦舒的《牡丹賦》而淚下沾臆,悲慘而無奈。溫是唐文宗親自俞可的太子侍從官,他在那牡丹時(甘露之變後的幾年)「冥升而欲近青雲」之希望的幻滅自是刻骨銘心的。牡丹的國色天香映襯著莊恪太子慘死的命運,當然也承載著溫的

慘痛回憶。這也是「牡丹時」含蓄的意味；對晚唐文宗至宣宗時代的讀者，這種意味應是清楚的。

下闋兩聯則是刻畫和剖析今日之人情了。「翠釵」二句，如前賢所言，是通過寫女子頭上兩股合成的金釵和金釵上的彩蝶雙舞，來反襯女子的形單影隻的，這孤獨的美麗和美麗的孤獨，有悲劇的底蘊。末二句說，這心事，這不可言傳又無法實現的心事，誰會竟然能知道呢？大概只有天上那輪明月，映照鮮花滿枝，可以鑒我心中之悲。前人浦江清《詞的講解》（人民文學出版社，1958 年）引《說苑・越人歌》「山有木兮木有枝，心悅君兮君不知」解末二句，認為「知」、「枝」諧音雙關。果如此，更增語音語義融合之美，動人哀憐的傾訴中，其中二人，是被無情分隔的情侶，還是曾經生死相託的君臣？當然兩種讀法皆宜，而淺者深者，皆有所宜也。而最宜者，從前者讀出後者也。

其四（4）

　　翠翹金縷雙鸂鶒，水紋細起春池碧。池上海棠梨，雨晴紅滿枝。

　　繡衫遮笑靨，煙草黏飛蝶。青瑣對芳菲，玉關音信稀。

上闋寫鸂鶒戲水、棠梨盛開，以景物暗示昔日歡會之夢。首二句寫一雙翠尾金羽的鸂鶒，在碧綠的春池中戲水游來游去，應是喻指昔日的兩情相悅，可以想像那鳥兒交頸相歡、充滿生機的溫柔，碧水漣漪也蕩漾著愛的深沉和歡樂。那是怎樣的難得機遇啊。《詩・召南・甘棠》「蔽芾甘棠，勿翦勿伐。」陸璣疏「甘棠，今棠梨。」海棠梨，就是開紅花的「甘棠」。一場春雨過後，雨霽天晴，池邊的海棠梨正開滿紅花，應也含「勿翦勿伐」的愛惜之意。溫《醉歌》「唯恐南園風雨落，碧蕪狼藉棠梨花」也透露對「海棠梨」的愛惜。那經雨而帶著水珠，紅花滿枝的海堂梨，也許象徵著美滿的婚姻遇合吧。下闋寫如今美人姿態心理及現狀。「繡衫遮笑靨」，寫其憨態可掬，用衣袖遮住了笑靨；煙草黏飛蝶，似是以信手拈來的蝴蝶黏於花草叢的物象比喻女子用情深固而徒然為情所誤；深一層看，這也是詩人婉轉抒懷和反思：願復修初服而自褒其真，不再為榮祿之途賠上性命；出之以艷詞而已。青瑣，舊用法主要指宮門，代指朝廷；唐李頎《聽董大彈箛篥聲兼寄語弄房給事》（《全唐詩》卷一三三）「鳳凰池對青瑣門」是其例。很多學者認為「青瑣」代指富貴之家，沒有說到點上。俞平伯解作「宮門也」，而斷「此殆宮體詞也」，極是。芳菲，香花，可喻指美女，乃至賢臣。溫《陽春曲》（《全集》卷二）「廄馬何能囓芳草，路人不敢隨流塵」；其中的「芳草」與此處的「芳菲」可同指

賢臣。青瑣,「以青畫戶邊鏤中,天子制也」(《漢書‧元后傳》(卷九八)「赤
墀青瑣」句孟康注),則「青瑣」句,寫青瑣門面對芳草之景,暗含宮廷中美
女如雲,或朝廷中自多賢臣之意。所以下句說難以聽到再度得寵的消息,或
(自己)被起用的音訊,即「玉關音信稀」也。「玉關」不是玉門關,而也指
宮門,代指朝廷。

話說回來,我們若把「青瑣」當成非帝王專有的「青漆塗連瑣花紋窗」,
並直接把玉關解為玉門關,則解本詞為「悔教夫婿覓封侯」的遊春美女所思
所見也不錯的。能從中悟出平常之情,也能悟出非常之情,這不僅是因讀者
而異,也正是溫詞本身的特點。

其五(9)

杏花含露團香雪,綠楊陌上多離別。燈在月朧明,覺來聞曉鶯。

玉鉤褰翠幕,妝淺舊眉薄。春夢正關情,鏡中蟬鬢輕。

上闋寫夢境和夢的延申,都是昔日事。首二句寫夢境,杏花含露欲滴、
飄香如麝、如雪之結團,如錦之成簇,與陌上楊柳依依、傷別頻頻的情景在
此被詩人寫到一起。多離別,當然是這位女主人在夢中(在過去)與其夫君
的哀別,在杏花盛開、綠柳成蔭的道路上告別。是作者以女子視角從「對面
著筆」,寫杏花似雪,也是以樂景對比寫哀,所謂「綠楊(即楊柳)陌上」之
「離別」,是傳統的寫法。而溫更隨境變用。

就晚唐文人語境而言,我們只憑杏花如雪和綠楊離別被放在一起,就可
猜測頗有科舉失意的衷曲纏夾其中。這裡的杏花,和進士杏園宴有關,而可
與科舉有關,溫《長安春晚》(《全集》卷六)「杏花落盡不歸去,江上東風吹
柳絲」——通過杏花、柳絲抒發落第的惆悵。其《楊柳枝》八首之二(《全集》
卷九)「南內牆東御路旁,預知春色柳絲黃。杏花未肯無情思,何事行人最斷
腸」——亦有杏有柳。安知不是含蓄著自己對帝京的眷戀、對中第的渴望?
所以就溫創造意象的習慣言,本詞首二句寫女子之夢恐亦暗透了自己追求名
第,卻屢屢落第而奔走陌路的逐臣情懷。溫《春日雨》(《全集》卷九)詩云
「細雨濛濛入絳紗,湖亭寒食孟珠家。南朝漫自稱流品,宮體何曾為杏花」,
也似乎給出了我們啟示。詩人說,那在南朝專寫孟珠之類題材的宮體詩,雖
被稱為南朝的流品,但哪裏只是為杏花寫的呢?不正可以表明這首寫杏花而
似宮體的詞有所寄意嗎?這是不是為我們理解他的《菩薩蠻》十四首之原意
留的一條線索呢?溫自詡賢臣,而不能盡以美女之情抒其特殊懷抱,有時未

免稍露自身行跡，直接把自己詩中寫仕途感慨的句子「代入」了他的宮體詩。正如「江上柳如煙」，聽任它與美女的形象相結合，有時難免令人感到文思阻隔。但從溫的身世經歷和寫作藝術求解，往往可生面別開，而達到美人和賢臣皆深刻的表達。

回到本詞上闋第三四句。應是拂曉時她醒來了。室內殘燈煢煢，室外殘月悠悠。大概因朦朧的殘夢太不如意，眼前之景竟是夢境的延伸，這時她居然聽到嚶嚶的鶯啼聲，那「出自幽谷，遷於喬木」的嚶嚶聲，遷鶯出谷的夢想，空幻地彌補杏花陌路的失落。夢境就和夢後之情融成一片了。

下闋首二句馬上又正面描寫這位女主角現在的行為和容止，是宮詞本色。只見她帶著宿妝緩緩地起身，用玉鉤打開窗帷。經過一宿多夢之睡，其「妝」自淺，眉額漫漶，也變「薄」了；這句話和第一首「懶起畫蛾眉，弄妝梳洗遲」異曲同工，美人失意，故妝淺眉淡，也懶得去修飾了。末二句點出她的深情和她的春夢是如此息息相關，以至於鏡中雲鬢衰減。回想夜來春夢，正是平日所思，怎能不「關情」？那「關夢」的「春情」就女子而言，大概是思念她離別的對方。但這夢既關杏花曉鶯，應是長安杏園之夢，應是京郊離別之夢。失意女子只能夢想如意，對鏡理妝，但見蟬鬢稀疏，玉容憔悴。那夢境也似鏡中蟬鬢，輕忽飄渺了。「蟬鬢輕」和前句「舊眉薄」呼應，細緻地寫女子宿妝蟬鬢之美外，還帶有一抹衰颯的餘韻；所以應理解為：美人輕柔的雲鬢消減了。為什麼呢？那是春夢關情折磨的結果。春夢，是她的夢，還是詩人的夢，還是二夢本一夢？有時是分不清的。換言之，美人夢中之杏花離別、醒後之曉鶯等，雖然也似表達溫的妻子思夫之情，卻同時套印了一個溫庭筠之「思君」。

第六首（8）

玉樓明月長相憶，柳絲裊娜春無力。門外草萋萋，送君聞馬嘶。

畫羅金翡翠，香燭銷成淚。花落子規啼，綠窗殘夢迷。

首句有二讀，既可解為女主人公「長相憶」的對象是「玉樓明月」，也可解為她在「玉樓明月」中「長相憶」她的良人。那長久思憶的玉樓明月（宮中人，宮中月），是十四首一以貫之的豔思，其實象徵永遠難再圓的舊夢，含有永生難忘的思念和近於絕望的悲哀。「柳絲裊娜」句，柳絲諧音「留思」，看似景語，萬縷柳絲，隨風飄拂，與前句那有情的明月，流光中的玉樓，構成相思無望、柔腸寸斷的情語之具象表達，尤其「春」之「無力」之「春」字，更令

人聯想到連無邊的春色也無濟於事，簡直是命運在主宰著這人間的悲劇。那相憶的對象，就是第四句中的「君」。

三四句，用《楚辭・招隱士》「王孫遊兮不歸，春草生兮萋萋」意；《招隱》為淮南王門客悼懷劉安之作，這兩句尤就春草生而王孫不歸呼喚他、為他招魂，成為名句。六朝和唐代詩人引用雖頻，能切合原文所「憶」王孫之確切身份者頗寡；而多將詠唱的對方、有時把自己當成王孫。而溫此詞，是準確運用原典含義的。本詞中所言之君不但是女子稱其夫，也是臣子稱其君，而且是名副其實的「王孫」或「帝孫」，即莊恪太子李永，深含悼念莊恪太子之意。此處所謂「送君」，就不是送行，而是送喪了。姚合《莊恪太子輓詞》（《全唐詩》卷五〇二）也有「淒涼望苑路，春草即應生」的句子。下文緊接的「聞馬嘶」之「馬」，就是送喪拉柩車的馬，也就是溫《莊恪太子輓歌詞》「霜郊贈馬悲」句中的「贈馬」。連「贈馬」也悲嘶，人自更加悲傷。這裡不只是寄託了對太子年幼遭受摧折的傷悼，也包含了作為一個侍從之近臣失去進身之階的悲苦。誰能想到這兩句竟然含有如此意蘊。

話說回來，若不知溫生平事，不知其中典故，或不考慮典故深意，只寫一個在連天萋萋春草中為丈夫送行的女子，不也是相當動人哀憐嗎？只是那女子就不是宮中女子了，更不像溫在《菩十四》別的篇章中寫的女子了。

下闋又轉寫醒後。「睹畫羅之翡翠，香燭代為流淚；憶綠窗之殘夢，子規應共銷魂」（徐沁君《溫詞蠡測》，見《國學月刊》第八期）。這是從純欣賞角度得出的感興，頗能表現原詞的情感深度。「畫羅」句，以女子眼前畫羅上金色成雙翡翠鳥反興其自悲不偶之懷；「香燭」句，意同李商隱「蠟炬成灰淚始乾」，含有直以生命化為淚水的深沉悲哀。最後兩句，則是在「流水落花春去也」之時，興「望帝春心託杜鵑」之悲。溫《錦城曲》云「怨魄未歸芳草死，江頭學種相思子」。也是用杜鵑那悲劇精靈的啼血哀鳴唱出自己的傷心舊夢。往事是舊夢，思之成新夢。夢斷，故謂之「殘」；思亂，故謂之「迷」。殘夢迷離，萬古春歸夢不歸，永遠地演繹著女子和士子的悲哀。所謂兒女之情和君臣之義就常常宿命地被悲劇永遠織在一起。

第七首（7）

鳳凰相對盤金縷，牡丹一夜經微雨。明鏡照新妝，鬢輕雙臉長。

畫樓相望久，欄外垂絲柳。音信不歸來，社前雙燕回。

上闋寫美人夢中或昔日的裝束行止。首二句，寫金線刺繡的一對鳳凰，

配上仿佛方經一夜微雨滋潤的、嬌艷欲滴的牡丹，成一幅含蓄著鮮明對比的鳳凰牡丹圖。它繡在女主人公的新妝羅襦上。那金線編成的金鳳凰，似象徵高貴而被拘束、缺乏活力的婚姻。特別其中的牡丹微雨形象，有似梨花帶雨，暗示女子為情灑淚。三四句與第一首上闋「新帖繡羅襦，雙雙金鷓鴣」可以相參。女主人公日思夜想的舊夢已非圓滿，寫她鬢輕臉瘦，其憂慮和煩惱自在不言中。下闋「畫樓」可有含典和不含典二讀。含典故，則指太子甲觀畫堂（見前），不含典，也指女子久久懷念之地或者居處。由此引出美人和賢臣的不同失意。她久久地佇立、向往、相望，欄杆外的絲絲垂柳也被她同化而為她深情搖曳。她「相望」的人在哪呢？曾在那畫樓之中，如今也事在人不在了。春社前的燕子已經雙雙飛回，但是有關畫樓的音信，卻一點也盼不到。女子所戀對象，其實已不在人間。大中之時，溫多方奔走，沿曾侍從太子一途而求官，或接「等第罷舉」之路而求第。所謂「音信不歸來」，當然也可暗指溫求官求第都毫無結果而已。

近人李冰若在評注《花間集》的《栩狀漫記》中說此詞「『雙臉長』之『長』，尤為醜惡。明鏡瑩然，一雙長臉，思之令人發笑。故此字點金成鐵，純為湊韻而已」。愚以為「雙臉」後所當用的字只需與前面的一個「妝」字押韻，作者能把一百韻的長律寫的妥妥貼貼，還不至於貧乏到找不定兩個都合適的押韻字的地步。所以「莊」和「長」字都是預設的。李冰若讀出「醜」來，自是一得，也是勉強合於作者原意的一得。美人不快樂時大概瘦些醜些，這很自然。如理解成「憂慮使她變得都不如原來美麗了」，這一點也不可笑。更談不上什麼「醜惡」。

第八首（11）

牡丹花謝鶯聲歇，綠楊滿院中庭月。相憶夢難成，背窗燈半明。

翠鈿金壓臉，寂寞香閨掩。人遠淚闌干，燕飛春又殘。

上闋說昔日之夢（或事），首二句則是夢中之夢。那時牡丹花凋謝已盡，能報喜的黃鶯鳴聲也早已停歇。景中藏著事。這顯示春天已過去。牡丹花凋謝，謂標志侍從莊恪事的「牡丹時」（第三首）已經結束。「鶯聲歇」，既可謂春天的歌聲已停止，也可謂有關中第與否的消息再無下文，即得「等第」之後的努力都是徒然，只得接受「罷舉」的不公平。那滿院的綠楊，昭示的已不同於「綠楊陌上多離別」（第五首，表奔波道路、舊夢惜別），也不是「欄外垂絲柳」（第七首，重複和加強久久相思相望），也與「柳絲裊娜春無力」（第六

首，表命運不助、近於絕望的相思）不同，而暗示歲華漸晚。中庭見月，則是夜不成眠所致。所以三四句接言她追憶當年舊夢，而不能入睡成夢，面對窗前孤燈熒熒，被思念所折磨；這是求夢不得、醒不如夢的無限悵惘。下闋又回寫到眼前，寫女主人公此時對此夢的感受。她雖金釵翠鈿，孤芳自賞，卻閉門自處，香閨寂寞，縱有國色天香，奈無人欣賞何。這直接啟示一個懷才不遇的士子不能事君。末二句寫相憶之苦，懷念遠人，珠淚闌干，不覺燕子又歸去，春天又凋殘，她只能年復一年讓青春虛度。景中藏情，因而敘事，說到情濃處，又歸結於景。情景之交融，無以復加。這和《離騷》之敘事寫景的無痕交替，確實可以相比。

第九首（6）

　　滿宮明月梨花白，故人萬里關山隔。金雁一雙飛，淚痕沾繡衣。

　　小園芳草綠，家住越溪曲。楊柳色依依，燕歸君不歸。

　　上闋用含情之景所暗示的宮中舊夢，引出女主人公的孤獨和悲傷。首句謂明月銀光遍灑宮苑中，月光之下本來盛開的梨花更顯得一片慘白；這是女主人公心頭抹不掉的舊夢，「梨」諧音「離」，明月梨花中深含別離之悲。第二句則說到女主人公本人此時的慘境：她是故人，是宮中舊人，已與那「雲陣」的往事、哪怕相當淒慘的往事，萬里關山相隔，完全沒有聯繫了。三四句說，她的繡衣上徒然有金絲織就的一雙金雁雙飛雙舞，映襯她的孤獨，如今這繡衣只好用來沾滿眼淚，那是孤獨的單相思之淚、永離別之淚、思君之淚，絕望的被棄捐之淚。或解「金雁」為箏柱、書信，皆越說越遠了；直接將「金雁」句解為一雙大雁各自分飛，應更好。「金」字，與「金梭」略同，美稱之而已，與前文「白」、後文「綠」色彩相映。

　　下闋自報家門，先說家中小園芳草正綠，映襯她的盛年蕭瑟；然後說她像西施一樣是越溪美女，天生麗質，而且兼備修能。如此美女，得不到服侍君王的機會。那依依不捨的楊柳色，也是他萬難割捨的忠悃之情。當此青春之季，年年歸來的燕子又歸來了，但是「君」卻不回來啊。那「君」是誰呢？如果看作一般的閨閣詩，也該是離開了她、曾經寵愛她、賞識她的夫君！可這夫君是宮中的夫君啊！對溫來說，是信任他、提拔他的「君王」啊。有的論者為了證明這不是宮體，不嫌麻煩地證明「宮」其實和一般的民居沒有什麼區別。這是故意避免可能導致「寄託」主旨的讀法，也可理解。無論場景怎樣變換，還是「外託男女眷戀之貌，內寄感士不遇之情」（張以仁：《溫飛卿詞舊

說商榷》，《台大中文學報》，1989 年 12 月）。本詞首句同於與溫《舞衣曲》，它們之間有什麼聯繫呢？茲附原詩簡解。讀者可從中得出結論。

> 藕腸纖縷抽輕春，煙機漠漠嬌蛾顰。
> 金梭淅瀝透空薄，翦落鮫綃吹斷雲。
> 張家公子夜聞雨，夜向蘭堂思楚舞。
> 蟬衫麟帶壓愁香，偷得黃鶯鎖金縷。
> 管含蘭氣嬌語悲，檀槽雪腕鴛鴦絲。
> 芙蓉力弱應難定，楊柳風多不自持
> 迴顰笑語西窗客，星斗寥寥波脈脈。
> 不逐秦王卷象床，滿樓明月梨花白。

原詩語言極端精美含蓄深情細膩。我們只能先把全詩意象內容簡陋地加以復述，再解釋。

首四句以浸透深情的語言寫女子抽絲、織錦、裁成舞衣的過程。尤首句以藕（偶）腸謂蠶繭，以輕春謂情絲（思），簡直把從蠶繭抽絲寫成了從愛人心中引出細密深情。第二句在織機旋轉迷離的視覺中讓織者蛾眉漫顰而亮相。三四句則寫金梭來回穿行在透明輕薄的絲縷間而織成錦綃，然後吹斷彩雲一樣剪斷輕柔的鮫綃，織成華貴的舞衣。五六句寫張公子夜聞風雨之聲，而當夜急急來到蘭堂想觀楚舞、聽楚歌。這時她穿上親製舞衣翩然起舞了，那薄如蟬翼的輕衫、那連綴的玉刻麒麟腰帶，竟使她纖細含愁的香軀不勝負荷。而那伴舞的歌聲，竟似把黃鶯在金色柳絲中的囀鳴偷借而來。她吹簫徐吐的蘭氣，化成柔軟嫵媚而含情的嬌音。她彈琴的雪白手腕輕輕飛揚，在鴛鴦絲上奏出柔腸萬轉的情曲。她輕移玉步，裊娜的風姿，如出水芙蓉，無力自定，她斜倚腰身，如迎風楊柳，難以自持。她對「西窗客」只能回響淺笑，稍稍致意，河星寥寥，她亦神情黯然，欲言又止。因為她不能服侍秦王，為他「卷象床」。滿樓明月照耀著滿院梨花，無限淒艷襯託她深沉的悲哀。

所謂「張家公子」，即《漢書・五行志》（卷二七）「張公子，時相見」中之「張公子」，富平侯張放也。據《漢書・張湯傳》，放父駙馬都尉張臨，母敬武公主；放與漢成帝臥起，從帝微服出遊。溫之祖父溫西華是唐宗室女婿（其父也很可能是），與張放很類似，故以張自謂；而溫曾侍從莊恪太子，而與之保持過一段親密而客氣的關係，故有「西窗客」身份。「張家公子」二句，非常罕見地不是因疊字而重用兩個「夜」字，顯示當時情勢相當緊張。所謂「蘭

堂」者，可指御史臺，此處則指「比御史臺」的太子左春坊司經局下某處官署。而「思楚舞」者，則真的用劉邦謂戚夫人「為我楚舞，吾為若楚歌」之言的語境和語義；它歇後式揭示了「吾為若楚歌」的憂慮，即劉邦對戚夫人求其子趙王如意做太子的擔憂，在此移作詩人對莊恪太子位置難保的憂慮。從章法上講，「思楚舞」把本詩前四句舞衣之製和下文緊接的六句歌舞表演無痕銜接起來了。最後四句，夜闌更深，歌舞已罷。「不逐秦王卷象床」一語，包含深深的失望。李世民武德元年尚非太子時封秦王，此用來暗指位置不穩的莊恪太子。這位以生命的熱情和忠誠裁就舞衣，妙舞婀娜，清唱如鶯，管吹芝蘭之呢喃，手撩鴛鴦之情絲，而準備全身心奉獻君王的舞者，竟然被剝奪了服飾「秦王」的機會。她怎能不失落和茫然呢？所以說，末句「滿樓明月梨花白」的情中之景，含蓄著無限凄艷的深沉悲哀。

《唐語林·企羨》（卷四）「文宗為莊恪太子選妃，朝臣家子女悉令進名，中外為之不安。……遂罷其選。」文宗雖曾想為太子選妃，先因太子尚幼，未急其事。至開成二年楊賢妃受封後，極力誣譖，形勢對王德妃和莊恪太子越來越不利。我們猜測，詩中的舞者，是莊恪太子侍從宮女中色藝兼備的佼佼者，能歌善舞，兼擅絲竹，一度有被選為太子妃的希望。由於種種原因，其事未成。溫庭筠很賞識和同情這位女子，因為她精製舞衣，又色藝俱佳、志在忠心服侍君王，與溫本人苦學成器、忠誠唐庭，頗有可比之處。可惜她生命的全部內美和修能，也如那美輪美奐的舞衣一樣，幾乎沒用派上用場就被閒置了。此詩未嘗沒有以舞衣比舞女，又以舞女自比之旨。

第十首（12）

寶函鈿雀金鸂鶒，沉香閣上吳山碧。楊柳又如絲，驛橋春雨時。

畫樓音信斷，芳草江南岸。鸞鏡與花枝，此情誰得知？

上闋寫女主人公弄妝沉香閣、情語景語中引出她多年苦苦相思的情結。首二句，描寫女主人公打開華貴的妝奩（鏡匣）正梳妝，鏡匣上閃光的一對「金鸂鶒」如第一首的「金鷓鴣」一樣反襯她的孤獨。她所居的沉香閣，窗前是碧綠的吳山。沉香閣在此不指宮中樓閣，「沉香」之名，暗示她香玉沉淪（賢人失位）的處境。而「吳山」其實正指下文「她」所在的「江南」；「吳山碧」之「碧」自是山水春風之境，除引出下文的迷人春色外，也與她的玉容寂寞形成鮮明對比。「楊柳」句，言眼前柳絲經雨、柔條曼垂，含蓄了多少相思，尤其「又」字，可謂一年又一年，生命就在這樣悲苦的相思中走向凋殘。和第

四句「驛橋春雨時」合起來講，對其意大致是，年復一年，又到了楊柳垂絲的季節，她所懷念的他依然奔波道路，小橋旁專司傳遞信件的驛站在無邊的春雨中，也沒送來任何消息。

這第四句，作為女子之思慕的具象表達，即使看作「從對面著筆」，也不甚恰切，蓋思婦之於「驛橋春雨」，必無如沐其濕、如過其橋之切身感覺也；「驛橋」也不是她剛好望窗外就看到的。前人已指出，它與第二首」江上柳如烟，雁飛殘月天」一樣，「皆晚唐詩之格調也」（浦江清《詞的講解》）。愚以為，單說它有似於「江上」二句是對的；說它是「晚唐詩格調」、甚或溫詩格調，卻未解釋其意，可見它在上下文中之意難解。其實，它是溫本人羈旅詩的一種語境：奔波道路，常居驛站，消息不來，愁思無限。用移花接木之法置於美人的所見所思範圍。以詩人感思代替了女子感思，間接讓美女所喻的詩人稍露真容。

下闋隱約暗示其情之所自來及其真正的性質。前兩句謂自從畫樓（應是太子甲觀畫堂的暗語）的音信斷掉以後，芳草只能在江南岸凄凄生長。那江南岸的芳草，引人遐想，可以引起對「王孫」的懷念，也可喻美女，喻賢人。那她畢竟是被從宮中放逐出來的美女？還是曾經一睹青雲，卻又流落江湖的詩人？二者各有其宜。從末二句面對鸞鏡的花枝，容易想見，她如「顧影悲同契」（《藝術類聚》卷九十范泰《鸞鳥詩》）的孤鸞之對鏡，直欲「終宵奮舞而絕」，那是失去了她全部身心的依託、或者是失去了生命的另一半的悲傷啊！「鸞鏡」的悲哀故事，有極強烈的情感內涵：除表明了女主人公之盛年喪偶、悲哀欲絕，還以她的孤影自弔表明了她相思對方的不幸死亡，斷絕了她的繁華舊夢。這種絕望而孤獨的斷腸相思之苦，有誰理解呢？此情此悲，是那種生死相託的帶有濃重悲劇意味的愛之失落。溫是個真正敢愛能愛的人。他能真實而始終如一地愛一個身份遠比他低的妓女，他更能忠誠而矢志不渝盡心於與他身家性命相連的李唐王朝。他能寫出諸多愛得深沉、被愛拋棄而仍堅守其愛的美女之儀態、之深情，之靈魂，除了現實生活中對女性美之深刻而客觀的觀察外，全因他本性中深植的真摯與忠誠。這應該不是過譽的話。

第十一首（10）

南園滿地堆輕絮，愁聞一霎清明雨。雨後卻斜陽，杏花零落香。

無言勻睡臉，枕上屏山掩。時節欲黃昏，無聊獨倚門。

　　上闋由醒後眼前之景，聯想到她的夢。一霎清明雨後，兼之以風，柳絮滿地，杏花零落。花殘絮落，是春風春雨催成，總是風狂雨驟、摧花斷柳的破壞，所以女子醒後為之發愁。雨後又返晴，斜陽映照著雨洗過的有些殘敗的杏花。詩人借他筆下女子的感覺，把他詩的鏡頭聚焦在雖然零落殘敗而仍然散發清香的杏花上。從女子角度來說，她是在傷春惜春，春柳春花，牽動著她敏感的愁腸，未嘗不是在感嘆她的青春虛度。詩人借此傳達的用意，是他本人經過一場考試風波，雖然不得中第，但毀譽參半，在瞭解他的人心中，畢竟留下了美名。下闋則簡明地回到眼前，重新化妝或者補妝。想想前因後果真覺得毫無意趣。她不說「天色欲黃昏」，而偏說「時節欲黃昏」。可見「她」有點老了。「他」也差不多快成糟老頭子了。假設《菩十四》作於大中中（大中八年，854），他已 57 歲。「無聊獨倚門」的形象不是很漂亮。往好處理解，這大概是《離騷》「日月忽其不淹兮，春與秋其代序」之意。

　　第十二首（13）

　　　夜來皓月才當午，重簾悄悄無人語。深處麝煙長，臥時留薄妝。

　　　當年還自惜，往事那堪憶。花落月明殘，錦衾知曉寒。

　　這首是十四首中唯一看不出有什麼特別光澤的。藝術上也平平。蓋因情景不能相富，故無可稱道也。寫一個寡居富貴女子，夜深難寐。她大概看到那光透簾幕的中天之月，簾內無人與之言，她很孤獨。滿屋子麝香煙氣，也不能治失眠。她就寢時是否卸妝也無人理會。她當年甚為珍重自己，許多往事都不堪回首了，如今就像萎謝的花無人過問、凋殘的月無人瞻望，獨宿空房，獨暖冷被，領略寒冷的孤獨。能使這首詞有資格和其他諸首一樣獨立存在於十四首之中的唯一原因是她「哪堪憶」的「往事」，一旦揭曉，當是她的宮中經歷，或曰「涉帝婚姻」。

　　第十三首（5）

　　　雨晴夜合玲瓏日，萬枝香裹紅絲拂。閑夢憶金堂，滿庭萱草長。

　　　繡簾垂籙簌，眉黛遠山綠。春水渡溪橋，憑欄魂欲銷。

　　上闋寫雨後夜合之美而引出昔日」金堂「之夢的旖旎情境。從「閑夢憶金堂」看，首二句應是女主人「情思睡昏昏」時所見之景。一場澍雨過後，夜合花在日光下盛開得玲瓏剔透，千萬枝紅花香氣裊裊，花蕊也在微風中飄拂。眼前美麗花開之象，刺激她憶起當年在「金堂」的情景，那時滿院萱草欣欣向榮，長得好茂盛啊。

「萱草」，又名忘憂草，又名宜男草。《詩·伯兮》「焉得萱草，言樹之北」；《毛傳》「萱草令人忘憂」。《藝文類聚》卷八一周處《風土記》「宜南草宜懷妊婦人佩之，必生男。」萱草作為一種香花，在歷代詩人筆下積累了豐富的內涵，由上古時植於母親所居的北堂之前，其物象有思母、忘憂的含義；為后妃佩戴，取其宜生男而母子安康之意。此處把夜合（合歡）與萱草相連提到，嵇康《養生論》「合歡蠲忿，萱草忘憂，愚智所共知也」。萱草又名宜男草，還有更具體的文化內涵。晉夏侯湛《宜男花賦》「充后妃之盛飾兮，登紫微之內廷」就特別提到「萱草」，此處「滿庭萱草長」也可以有多層祝願，包括是否可使莊恪母王德妃「忘憂」，能否「宜」莊恪之「男」。可以肯定，「閒夢」二句暗示的是女主人公（作者）追念昔日在宮中侍奉太子的日子，反映其時的所望和所憂。溫《生祿屏風歌》「宜男漫作後庭草，不似櫻桃千子紅」句亦稱此草，二句蓋有所指。詹安泰《讀夏承燾溫飛卿繫年》曾提到溫侍從莊恪太子事，他舉出的例證之一就是上述二句，並說「宜男之草竟不似櫻桃千子紅，這不正是說莊恪太子還不如諸子嗎？」詹先生的猜測方向是對的。但他把「宜男草」直接當作代替太子的一種物象了。從字面說，上引二句似可大致解作，後庭空有宜男草，卻不能宜太子，更談不上櫻桃多子多福了。

下闋「繡簾垂籙簌，眉黛遠山綠」顯然文思跳躍。這位女子掀開隔斷她與外邊世界的、低垂的繡簾，乃蹙如遠山之翠眉，而望如眉翠之遠山。人美，或山美？相得而益彰、相形而益美也。而春水溢漲，淹過了溪上小橋之景，也使憑欄眺望時的她為之銷魂。江淹《別賦》「黯然銷魂者，唯別而已矣。況秦吳兮絕國，復燕趙兮千里」。可為這位美人之銷魂做注。尤其「況秦吳兮絕國」有巧合似的針對性。

第十四首（14）

竹風輕動庭除冷，珠簾月上玲瓏影。山枕隱濃妝，綠檀金鳳凰。

兩蛾愁黛淺，故國吳宮遠。春恨正關情，畫樓殘點聲。

上闋，言女子夜不思寐，帶著濃妝倚在繪有金鳳凰的綠色檀枕之上，她身感庭除間竹風輕動之微寒，欣賞珠簾外月影徘徊之玲瓏。一如既往，言「綠檀」、言「金」、言「珠」，不是珠光寶氣的俗艷，而是「其志潔，故其稱物芳」的高貴。下闋，兩蛾，即兩道彎細蛾眉。黛即畫眉之黛色顏料，愁黛者，謂緊蹙的畫黛之愁眉，因以「黛」畫眉，乃以「黛」代眉也。淺，謂淡掃蛾眉，形其天生麗質、淡妝之美也。「故國吳宮遠」句，有二解。若以其「故國」與「吳

宮」遠相隔，而謂此女子在吳宮中思念故國越地，則成宮人思鄉之宮詞，雖有道理，歷來未見宮女思鄉之作也，溫也不至於在此處別開生面。若以「故國吳宮」為主語，「遠」為謂語，則此女子乃吳宮之妃，直以吳宮為其故國而懷之念之也；為吳宮之妃，當然是可為為唐室之臣的比喻。末二句言「春恨正關情」，而不是「春夢正關情」（第五首），正可見這位女子所「關情」者，是醒而不能自已的春恨、是「寐」而不能自已的春夢。那關情的春恨，使她徹夜不眠；所以她聽到來自畫樓的殘點之聲。如前所言，這畫樓，原來是畫堂的一種飾語。那畫堂舊夢，已經永遠失去，能夠聽到關於它的殘點之聲，也算幸運了。

（本文旨在揭開溫氏一生奧秘，引文隨文注明出處，不再立注。請參作者以下舊文）

〈溫庭筠生年新證〉，《上海師範學院學報》，1984 年第一期。

〈關於溫庭筠生平的若干考證和說明〉，同上，1985 年第二期。

〈溫庭筠從遊莊恪太子考論〉，《唐代文學研究》，1988 年第一輯。

〈溫庭筠改名案詳審〉，《文史》，1994 年第 1 輯（總第 38 輯）。

〈溫庭筠江淮受辱始末考〉，《中華文史論叢》，2014 年第 1 期。

〈溫庭筠《百韻》詩考注〉，魏晉南北朝隋唐史資料，2015 年第 2 期。

〈溫庭筠改名補證〉，魏晉南北朝隋唐史資料，2016 年第 1 期。